译文名著精选

YIWEN CLASSICS

理智与情感

〔英〕简·奥斯丁 著 冯涛 译

Jane Austen

Sense and Sensibility

上海译文出版社

图书在版编目(CIP)数据

理智与情感／（英）简・奥斯丁(Jane Austen)著；
冯涛译.—上海:上海译文出版社,2019.11（2025.10重印）
（译文名著精选）
书名原文：Sense and Sensibility
ISBN 978－7－5327－8281－9

Ⅰ.①理… Ⅱ.①简… ②冯… Ⅲ.①长篇小说—英
国—近代 Ⅳ.①I561.44

中国版本图书馆CIP数据核字(2019)第250154号

Jane Austen
SENSE AND SENSIBILITY

理智与情感
〔英〕简・奥斯丁 著 冯涛 译
责任编辑／管舒宁 装帧设计／张志全工作室

上海译文出版社有限公司出版、发行
网址：www.yiwen.com.cn
201101 上海市闵行区号景路159弄B座
山东临沂新华印刷物流集团有限责任公司印刷

开本890×1240 1／32 印张13.25 插页2 字数245,000
2019年12月第1版 2025年10月第3次印刷
印数：8,001—10,500册

ISBN 978－7－5327－8281－9
定价：43.00元

其姐卡珊德拉为奥斯丁所绘铅笔水彩肖像

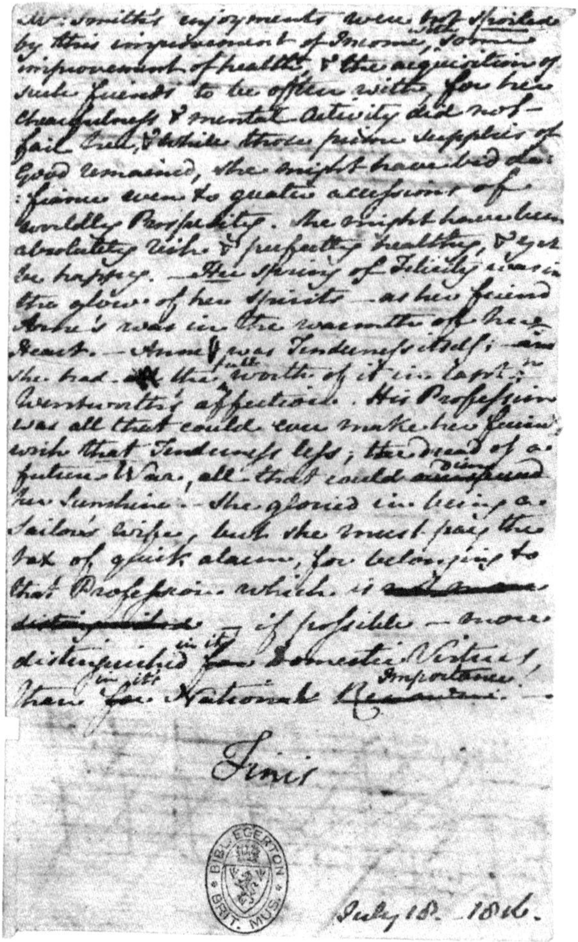
Mrs. Smith's enjoyments were ~~not~~ little spoiled
by this improvement of Income, with some
improvement of health, & the acquisition of
such friends to be often with, for her
cheerfulness & mental activity did not
fail her; & while those prime supplies of
Good remained, she might have bid de-
:fiance even to greater accessions of
worldly Prosperity. She might have been
absolutely rich & perfectly healthy, & yet
be happy. — Her spring of Felicity was in
the glow of her Spirits — as her friend
Anne's was in the warmth of her
Heart. — Anne was Tenderness itself; — and
she had ~~all~~ the full worth of it in Captn
Wentworth's affection. His Profession
was all that could ever make her friends
wish that Tenderness less; the dread of a
future War, all that could ~~overspread~~ dim
her Sunshine. — She gloried in being a
Sailor's wife, but she must pay the
tax of quick alarm, for belonging to
that Profession which is ~~all as more~~
~~distinguished~~ — if possible — more
distinguished ~~for~~ in its Domestic Virtues,
than ~~for~~ in its National ~~Renown~~ Importance. —

Finis

July 18. — 1816.

作者手迹

译本序

英国小说家简·奥斯丁在她诞生地汉普郡的斯蒂文顿繁荣而稳定的乡间长大，十二三岁就开始写作。她早期的习作都是中短篇，光是十五六岁时写的，后人就编成了两部集子。一七九七年，简二十二岁，完成第一部长篇小说《第一面印象》，接着开始写《埃莉诺与玛丽安》。这两本都是书信体小说，十多年后，分别改写成用第三人称叙述的长篇小说《傲慢与偏见》和《理智与情感》。后者于一八一一年出版，等到前者于两年后问世时，后者于同年再版。所以，尽管《傲慢与偏见》的原始本子写作在前，她第一部出版的作品却是本书。

和《傲慢与偏见》一样，《理智与情感》也是以英国当时的乡间体面人家的婚姻大事为题材的。事实上，奥斯丁所有的六部长篇小说，以及她的早期习作，都没有跳出这个范围。她最关心的是女主人公——往往是体面人家的没有丰裕陪嫁的淑女——的婚事。不错，这是个相当狭小的天地，但是，因为这正是奥斯丁终身逗留其间的天地，她对之了解得最为透彻，因而有条件创作出公认的第一批英国现代小说。

奥斯丁对当时的妇女问题进行了高度现实主义的探讨。她把笔下的那些女主人公放在当时的父权制社会中来考察。在那个社会中，人的价值建立在财产所有权上。由于一代代的财产都为男继承人所得，她们一开始就处于不利的地位，只能从属于男人。因此，奥斯丁笔下一再出现下列这些类型的人物："独断独行的父亲；念念不忘社会身份、千方百计想把闺女嫁出去的母亲；条件齐备的青年男子，他们玩世不恭，正反映出他们的优越的社会地位；以及待嫁的女儿，从优雅的没头脑的姑娘到好事多磨的富有理智或情感的青年女子。"①

处身在这样一个严峻、要求苛刻而往往带有敌意的世界上，女主人公该怎样通过婚姻来获得个人幸福呢？奥斯丁的告诫是应该用理智来控制情感。在交男友的过程中，应审慎从事，不能轻易动情，任性行事。她认为情感往往是女性行为的危险的向导。如果逢到一个条件优越而用情不专的男子来追求就以身相许，其后果常常是灾难性的。男方不是由于个人喜新厌旧，就是由于家长的反对而另择条件更好的对象。在这种情况下，如果女方感情用事，就将受到极大的精神创伤，难以自拔。

奥斯丁的这些看法，最鲜明地表现在这第一部长篇小说中。英国自由主义经济学家伦纳德·伍尔夫在“简·奥斯丁文中的经济决定论”一文中说得好：“情节和人物在多大的程度上取决于金钱问题，这一点是显而易见的。《理智与情感》的整个开头部分环绕着达什伍德遗嘱中的财产问题以及年收入一万镑的约翰·达什伍德太太的贪心不足而展开。”[②]就在分遗产的过程中，奥斯丁开门见山地交代了达什伍德家两姐妹相反的性格特征：姐姐埃莉诺“拥有极强的理解能力，而且遇事头脑冷静，虽然只有十九岁，却堪当母亲称职的顾问……她生性富于爱心，感情强烈；不过她知道怎么驾驭它们：这门学问她母亲尚有待学习，而她的一个妹妹则断然拒绝受教”。妹妹玛丽安的“能力在很多方面都跟埃莉诺不相上下。……她的悲伤，她的欢乐，都全无节制。……她一切都好，只是不够稳重谨慎”。这就是说，玛丽安放任情感去支配行为，而埃莉诺则不愿被这种冲动所摆布。

奥斯丁的创作意图是非常明确的。她干脆把原来的书名《埃莉诺与玛丽安》改为《理智与情感》，以强调她这个主题。

由于两姐妹的父亲逝世后遗产归他前妻所生的儿子约翰，她们和她们的母亲不但经济上拮据，还得摆脱寄人篱下的生活。她们终于在德文

---

①引自勒鲁瓦·史密斯的《简·奥斯丁和女性的戏剧》（麦克米伦出版公司，1983年）第46页。

②转引自安妮特·鲁宾斯坦的《英国文学的伟大传统——从莎士比亚到萧伯纳》（城堡出版社，1953年）第342页。

郡一座乡间别墅内安了家。这一来，埃莉诺和她爱上的青年爱德华(她嫂嫂范妮的弟弟)分了手，而玛丽安在乡间邂逅并迷恋上的威洛比也突然有事去了伦敦。两姐妹就这样都和她们所爱的人分开了。

随着情节的发展，这两头恋爱都发生了波折。当埃莉诺听到露西·斯蒂尔私下告诉她和爱德华私订终身已有四年之久时，她硬压住了感情，保证为她保守秘密。埃莉诺把失恋的痛苦藏在心底，在玛丽安终于遭到了威洛比的拒绝，精神大受刺激，后来甚至在病倒的过程中，竭力安慰妹妹，帮助她振作起来。露西遭到爱德华的母亲，富孀费拉尔斯太太的反对，她硬要她儿子和莫顿爵士的独生女结亲。爱德华不愿，他母亲竟剥夺他的继承权，把财产传给次子罗伯特，这时，埃莉诺心胸还是那样开阔，受人之托，通知爱德华可以得到一个牧师的职位，有条件和露西成婚。哪知露西转而去追求那交好运的罗伯特，和他结了婚。这样，埃莉诺和爱德华才能终成眷属。

奥斯丁在本书中展示了主人公两姐妹性格的对比，从姐姐的人生观、伦理和社交观念出发，叙述大部分故事，从而塑造了一个“明事理的凡人”。这是她心目中的“理想女性”。等她们得悉威洛比充分利用他的优越的社会地位，玩弄了玛丽安真挚的爱情，遗弃了那苦命的姑娘伊莱扎，最后和有钱的格雷小姐成亲，玛丽安才彻底认识到自己的愚蠢，她母亲也承认当初十分赞赏威洛比，未免做事冒失。这都反衬出埃莉诺一贯对事对人的态度是多么明智。玛丽安清醒了过来，认为早该拿姐姐做榜样，慎重处理恋爱和婚姻的问题，这时才考虑到早就爱上她的布兰登上校。上校和她们姐妹刚结识时，已过了三十五岁，在当时十七岁的玛丽安眼里，“已经是个彻头彻尾的老单身汉”，“老得都可以做我父亲了”，而且“三十五岁可是跟婚配再没有任何关系了”。上校却是一开始就爱上了她，由于知道威洛比诱奸并遗弃单凭热情行事的小姑娘伊莱扎的全部经过，担心这性格相同的玛丽安也会遭到同样的厄运。他始终关怀着玛丽安的幸福。经过长期的接触，埃莉诺和她母亲都深深认识到上校心地善良、品格高尚。在玛丽安病倒后，他去接达什伍德太太时，终于向她透露了对玛丽安的爱意。玛丽安精神上成长了，吸取了教训，只隔了两年，就克服了十七岁时的天真的恋爱观，情愿嫁给上校，开始担负起做主妇的职责。

理智就这样在两姐妹心中都占了上风。奥斯丁给她们安排了幸福的归宿。全书从喜剧开始，中间发生了风波，玛丽安险些酿成悲剧，结果以喜剧告终。

奥斯丁在十六岁时写作的未完成的中篇小说《凯瑟琳》中，就第一次试图把女主人公全面地放在完全现实的社会环境中，探讨她对传统道德和社会习俗的复杂而往往相互冲突的要求所作出的种种反应。作者在这里显出对女人在男人世界中所处的地位有成熟的认识。她强烈批判使她笔下的女主人公遭到不幸的社会习俗，痛惜青年男女在求爱方面的双重标准：男方可以用种种计谋来俘获女方，而女方不得不委曲求全，以天生的美色来换取经济上的稳妥地位。

作者洞察了问题的症结，但是这一点并没有使她像后来的大部分严肃作家如雪莱等那样，成为时代的叛逆。她在作品中揭示了这社会制度的弊端，但基本上相信这制度是健康而能自我完善的，所以至多用犀利的笔触对个人的行为作温和的讽刺，并不流露出深恶痛绝的情绪。这正是她创作中的一大特色：用白描手法，通过人物的道白和动作，客观地勾勒出那些拥有财产和特权、贪婪自私的老爷太太的嘴脸。作者在第一章中这样交代了两姐妹的兄嫂的性格："他并不是个坏心肠的年轻人，除非是心肠冷硬、自私自利也算得上坏心肠……如果他娶的是个更加善良和气的女人的话……就连他自己都有可能成为一个善良和气的好人；因为他结婚的时候年纪轻得很，对他的妻子又很是言听计从。可是约翰·达什伍德太太跟他却像是一个模子里刻出来的——只不过更加狭隘、更加自私罢了。"紧接着在第二章中就让这对夫妻登场现身说法，煞有介事地讨论该如何履行老庄主临终时要他好好照顾他后母和她的女儿们的嘱咐，结果男的在女的那些“更加自私”的建议的进攻下，节节败退，终于决定什么钱也不用给，只消帮助她们做些找找房子、搬搬家等一般邻里相助的事，就可以心安理得了。这种绝妙的讽刺文章，在奥斯丁其他作品中是屡见不鲜的。

奥斯丁还让书中那些热衷于支配青年男女的命运的闲得发慌的老爷太太一一在读者面前亮相。例如那“只想着成全全天下的男婚女嫁”的富孀詹宁斯太太深信上校深深地爱上了玛丽安时，认为“这倒是一桩美满姻缘，因为他很有钱而她很漂亮”[①]。两姐妹的哥哥约翰曾误以为上校对埃莉诺钟情，竟开导她说：“你微薄的财产可能让他有点裹足不前…… 可是只要稍稍献献殷勤、鼓励鼓励——这对女士们而言是很容易做到的——就能让他身不由已地缴械投降。”他看到玛丽安害了病，姿色差了，便说“我真怀疑现在的玛丽安还能不能嫁给一个年收入超过五六百镑的男人了”。这些人满脑子的唯利主义的价值观和根深蒂固的男尊女卑的庸俗观点就暴露无遗了。

但是，对那个道德败坏的花花公子威洛比，作者却并没有加以丑化。他第一次出场时，正当玛丽安在别墅附近爬山不慎失足扭伤了脚，他打猎路过，便把她抱起送回别墅。他的容貌和风度立刻征服了她们母女。此后他每次出现，作者总是通过别人的眼光，对他赞美。奥斯丁没有正面描写他犯下的罪行的经过，而是通过上校首先讲出来的，最后还让他本人来表白一番，说他后悔莫及，对玛丽安从未变过心。这一番话竟然博得了埃莉诺的同情，心想“一个原本外表和才华样样出众的人…… 就因过早地开始独立生活而养成了懒散、放荡和奢侈的习惯，

---

① 詹宁斯太太初登场时，确是一副爱管闲事的势利老太太的嘴脸，在敏感、清高的玛丽安看来尤其觉得可厌，不过随着情节的展开，大家才认识到她的古道热肠和诚心助人，就连最讨厌她的玛丽安，在离开她庇护的时候也“满怀真诚的感激和美好的祝愿，像是发自内心地在为自己过去对老太太的怠慢冷淡默默地表示歉意”。——译者

他的心灵、品格和终身的幸福无不受到了无可挽救的伤害”。这样看来，作者分明把威洛比也当作那个制度的受害者来看待，并把爱德华跟他作对比。两人都依赖富孀过着游手好闲的生活，为了继承财产不得不听命于她们，但爱德华始终为人正直，富有原则性，在个人幸福问题上终于违反母命，而威洛比则屈服于环境所加的几乎毁灭性的影响，为了金钱牺牲了对玛丽安的爱情，和格雷小姐结婚，后来悔恨已来不及了。在本书中，奥斯丁强调了这一点：对当时的男男女女来说，制度比起他们个人和别人来是更大的敌人，人人都是这制度的牺牲品或潜在的牺牲品。

作者的外甥詹·爱·奥斯丁-利在他的《简·奥斯丁回忆录》中写道：“在简·奥斯丁笔下那些最可人心意的人物的迷人之处，简直没有一个不是她本人那可爱的气质和热情的心胸的真实反映。”[①]埃莉诺·达什伍德就是一个这样的人物，完全体现作者的理想。因此，本书理所当然地主要从埃莉诺的视角来叙述。但是，随着近年来西方女权主义运动的勃兴，不但有些作家用女权主义的观点来指导创作，评论家们也试图在过去的文学作品中寻找这种思想的表现。在英国文学中，他们特别热衷于以勃朗特姐妹、奥斯丁等著名女作家的作品为研究对象。在本书中，他们特别赞美玛丽安，因为她敢说敢为，是个不遵守传统规范的大胆女子，敢于反对伪善的社会习俗。例如，当她的表亲约翰·米德尔顿爵士说她在挑逗威洛比时，玛丽安毫不留情地说：“你这种说法我讨厌死了。什么庸俗的字眼儿都拿来当俏皮话说，真恨死人了，又是‘抛绣球’啦，又是‘征服男人’啦，尤其不堪入耳。”当她那势利的嫂嫂范妮说埃莉诺在小屏风上画的画“跟莫顿小姐的画风有点相像”时，玛丽安断然不顾莫顿小姐的贵族身份，激动地说：“这种毫无道理

---

①转引自 R. 布林姆莱·约翰逊写的前言（“人人丛书”版《理智与情感》，1916 年）。

的夸奖也未免太奇怪了吧！——莫顿小姐跟我们有什么相干？——谁认识她，谁又在乎她？——我们现在想的和说的是埃莉诺。”所以，相形之下，从长远的观点来看，埃莉诺所选择的做法显得倾向于更好地维护那既定的社会秩序，旨在如何好歹在其中生存下去，而玛丽安的言行倒能有时对这秩序造成威胁，因而是更可取的。①

今天，奥斯丁所有的精雕细琢的作品已成为世界文学中的瑰宝。各种各样的原文版本及其他语言的译本拥有越来越多的读者，许许多多论文和专著对她和她的作品的各个方面作出了细致的研究。这说明了经得起时间考验的现实主义文学作品是能永葆青春的。

吴　劳

① 参见约翰·奥德马克的《对简·奥斯丁的小说的一种理解》（巴兹尔·布莱克韦尔出版社，1981年）第8页。

第一卷

第一章

达什伍德家族可算是萨塞克斯郡[1]的老住户了。他们拥有广大的产业，府第就是坐落于自家地产正中央的诺兰庄园，他们祖祖辈辈居住于此，居家得体、持家有方，赢得了四近乡邻的一致称道。这片地产之前的主人[2]是位单身汉，得享高寿，身边一直由胞姊常年陪伴，并替他管家。不想姐姐先他十年撒手人寰，她这一走他的家也随之发生了巨变；为了弥补她的空缺，他将诺兰庄园的法定继承人，他的侄子亨利·达什伍德一家接来居住，他本来也打算将产业传给他的。在侄子、侄媳和侄孙辈的陪伴下，老绅士的日子过得倒也称心舒适。他对侄子一家人的依恋日渐加深。亨利·达什伍德夫妇对他的体贴入微和悉心照顾不但是出于利害考虑，而且是天生宅心仁厚，使老先生享尽了他这个岁数所有可能的福分，孩子们的欢声笑语更为他的生活平添了乐趣。

亨利·达什伍德先生结过两次婚，与前妻育有一子，与现在的夫人生了三个女儿。儿子是个踏实体面的年轻人，他母亲家产丰厚，从小就生活优裕，而且一俟成年就可以承继母亲一半的遗产。成年以后他很快结了婚，妻子的嫁奁更增添了他的财富[3]。所以对他来说，父亲对于诺兰产业的承继并不像对他的几个妹妹那么重要；因为她们的财产如果不能靠承继那份产业而有所增益的话，实在是少之又少的。她们的母亲一无所有，她们的父亲能够支配的只有七千镑；父亲前妻遗产的一半最终也要传给她儿子承继的，他只有终身的所有权[4]。

老绅士死了；宣读遗嘱，结果就跟几乎所有的遗嘱一样，让人喜忧参半。他为人还算公正，行事也算是领情，毕竟还是把产业留给了他的侄子——可是那附加的条件却使这份遗赠损失了一半的价值。本来达什伍德先生想要得到这笔财产，主要就是为了妻子和女儿们着想，并非为了自己和儿子——而遗嘱却明确规定必须将全部产业完整地传给他的儿子和儿子的儿子：一个四岁的孩子，这么一来，他就无权从产业的资产中提取任一部分[5]，或者出售地产上的珍贵林木，来赡养他最为疼爱又最需要保障的妻女了。全部的产业都为了那个孩子被打包扎牢，这孩子跟他父母来过诺兰几趟，跟两三岁的孩子也没什么两样：口齿不清，一心要自行其是，诡计多端，大吵大嚷，就凭这个居然赢得了太叔公的欢心，把侄媳和侄孙女儿们多年来的悉心照顾都给比了下去。不过，老人家也并没有故意要无情无义，为了表示对于三位姑娘的一片慈爱之心，他给她们每人留了一千镑。

一开始，达什伍德先生是大为失望；不过他生性开朗乐观，他满有希望还能活很多年，又拥有这么大的产业，只要勤俭节省，他很可以从出息当中积下可观的财富，妻女的境况几乎马上就有望得到很大的改善。可是这宗姗姗来迟的巨大财富，他攥在手里却只有一年的时间。他并没有比他叔叔多活多长时间；他留给寡妻和女儿的，包括已故叔父的遗赠，总共就只有一万镑。

一知道自己命不久矣，他就马上派人把儿子给叫了来，达什伍德先生强支病体，无比急切地千叮咛万嘱咐，要他一定要照顾好他的继母和

① 萨塞克斯郡(Sussex)，英格兰东南部历史郡名，辖伦敦南部英吉利海峡沿岸地区，现分为东萨塞克斯和西萨塞克斯行政郡以及布赖顿与霍夫区。

② “之前的主人”（The late owner）初版为“倒数第二位主人”（The last owner but one）。（《理智与情感》的第一版一八一一年十一月由奥斯丁自费出版，初版售罄后在出版商托马斯·埃杰顿［Thomas Egerton］的建议下于一八一三年十一月出了第二版，这第二版奥斯丁不但改正了初版的错误，而且作了不少修订，由此而成为定本，《理智与情感》以后的各版均以此修订第二版为基础印行。为使读者了解这两版之间具体的不同，体会作者的修订意图，凡遇有明显改动之处均以短注注明，以示提醒。）

③ 初版后面还有一句话：他妻子现在的财产已经相当可观，他岳母百年以后还有更多财产可以指望，他岳父早就不在了，他妻子还可以承继岳家的大笔财产。

④ 只有他本人在世时可以享受的权益。亨利·达什伍德先生终身享有诺兰及其前妻一半财产的使用和收益权，他死后这些权益须全部转由他的儿子兼继承人约翰·达什伍德拥有。

⑤ “从产业的资产中提取任一部分(by any charge on the estate)”初版作“将产业分出任一部分(by any division of the estate)”。

儿子的儿子：一个四岁的孩子

几个妹妹。

约翰·达什伍德先生不像家里的其他人那样重感情；不过，在这样的时刻受到父亲这样的信托还是颇受感动的，他承诺一定会尽他的所能让她们母女的生活过得称心舒适。有了他这番保证，他父亲也就放了心，约翰·达什伍德先生这才有闲工夫定下心来琢磨，在他的能力范围之内以精打细算的原则该给她们多少才算是合适。

他并不是个坏心肠的年轻人，除非是心肠冷硬、自私自利也算得上坏心肠：反之，总的说来，他还是很受人尊敬的；因为他平常在待人接物方面还是非常稳重得体的。如果他娶的是个更加善良和气的女人的话，他的表现原是可以更加受人尊敬的——就连他自己都有可能成为一个善良和气的好人；因为他结婚的时候年纪轻得很，对他的妻子又很是言听计从。可是约翰·达什伍德太太跟他却像是一个模子里刻出来的——只不过更加狭隘、更加自私罢了。

他在向父亲做出郑重承诺的时候，心里考虑的是给每个妹妹每人再补贴一千镑的收入。当时他真心感觉他是有这个能力的。眼看着每年又有四千镑的进项，加上他现有的收入，这还不算他生母那一半的遗产，他内心感觉热乎乎的，这使他觉得自己能够慷慨一下了。——"是呀，他要给她们三千镑：这事儿做得多慷慨，多漂亮！这么一来她们就完全可以过得舒舒服服的了。三千镑呢！他可以毫不勉强地匀出这么一大笔钱。"——他整天都在这么琢磨，一连琢磨了好多天，并没有反悔。

刚刚办完他父亲的丧事，约翰·达什伍德太太事先连个招呼都不打，就带着孩子和仆从来到了婆婆家。她搬过来的权利是无可争议的；她公公一咽气，那公馆就是她丈夫的了；可是她这番举动实在是过于粗鄙无礼了，对任何一个达什伍德太太这种处境下的女人来说，只要她还有常人的情感，都会感觉大受冒犯的；——更何况她这样一个荣誉感极强、满腔罗曼蒂克情感的女人了，对于任何这种类型的冒犯行为，不管是谁施谁受，她是统统会深恶痛绝的。约翰·达什伍德太太在婆家是从来都不受任何人待见的；不过君子报仇十年不晚，时至今日，她终于可以让她们见识到，在必要的时候，她的为人处事是可以毫不顾及别人的感受的。

达什伍德太太对她儿媳这种无礼的行径感受如此强烈，对于如此行事的儿媳又是这么鄙夷不屑，她原是会在她儿媳一进门的时候就愤而离开这个家的。只是由于她大女儿的苦苦恳求，她这才开始考虑就这么一走了之是否明智之举，再加上她对三个女儿的真心疼爱，为了她们的缘故还是避免跟那个做哥哥的闹翻为好，这才使她决定含垢忍辱，暂且留了下来。

埃莉诺，这位对母亲的劝解大为奏效的长女，拥有极强的理解能力，而且遇事头脑冷静，虽然只有十九岁，却堪当母亲称职的顾问；因为达什伍德太太生性热情、脾气急躁，为人处事免不了轻率鲁莽，有了埃莉诺的温言相劝，她才能为了大家的好处而稍加克制，顾全大局。埃莉诺心地善良；——她生性富于爱心，感情强烈；不过她知道怎么驾驭它们：这门学问她母亲尚有待学习，而她的一个妹妹则断然拒绝受教。

玛丽安的能力在很多方面都跟埃莉诺不相上下。她通情达理、聪明伶俐；可是在任何事情上都过于急切；她的悲伤，她的欢乐，都全无节制。她为人大方，友善亲切，妙趣天然，她一切都好，只是不够稳重谨慎。她跟她母亲真像是一个模子里刻出来的。

眼见着自己的妹妹过于感情用事，埃莉诺不禁有些担心；可是在达什伍德太太看来，这却是无比珍贵，最值得珍爱的。母女俩相互鼓励，在悲痛欲绝之中愈陷愈深。起先，丧亲的痛苦使她们难以承受，之后她们又主动地相互提醒、故意去寻愁觅恨，结果一次次地悲从中来、痛不欲生。母女俩完全沉浸在悲痛当中，故意去回忆任何一件能增添她们悲惨不幸的往事，打定主意拒不接受未来还有任何获得慰藉的可能。埃莉诺自己也是悲痛万分；但她还能够勉力挣扎，能够尽力而为。她还能跟她哥哥商讨具体的事务，她嫂子闯上门来以后，她还能够以礼相待；她还能努力劝说母亲也尽量振作起来，鼓励她也同样尽量地克制忍耐。

小妹玛格丽特是个性情快活、心地善良的小姑娘；虽然已经沾染了不少玛丽安罗曼蒂克的癖性，却又没有二姐那样的见识，现年十三岁的她，像是长大以后也不大有希望及得上自己的两位姐姐。

第二章

约翰·达什伍德太太已经自任为诺兰庄园的女主人；她的婆母和小姑子全都降级到客居的地位。尽管如此，对她们她倒也是默默地以礼相待的；她丈夫呢，待她们就跟对他自己和老婆孩子以外的其他人一样和和气气。他确曾带着几分诚意敦促她们把诺兰当自己的家看待；达什伍德太太在附近横竖一时也找不到合适的房子住，便只得接受他的邀请，在那儿暂住下去。

继续待在一个处处都能勾起她往昔的快乐回忆的地方，倒也正合她的心意。在她高兴的时候，谁的兴致也没有她的兴致高，谁对幸福的期望也没有她那么乐观，就仿佛那乐观的期待本身就是幸福。可是难过起来，她也是同样难以自拔，任由自己陷入痛苦的遐想，就像在快乐时无人能及一样，她在悲伤时也同样无法宽解。

约翰·达什伍德太太丝毫都不赞成她丈夫资助几位妹妹的打算。从他们的小宝贝儿的财产当中凭空挖掉三千镑，这岂不是要让他成为一个穷光蛋吗？居然忍心从他们的孩子，而且是他们的独子手里抢走这么一大笔钱，他如何向自己交代？三位达什伍德小姐不过是他的异母妹妹，她认为这根本就算不上真正的至亲骨肉，她们有什么权利，竟敢指望他如此慷慨地施舍这么大一笔钱财？众所周知，同父异母或者同母异父的子女之间是根本不可能存在什么真正的情感的；那他又为什么要不惜使自己破产，而且还要连累他们可怜的小哈里也一道破产，而把他所有的钱财全都白送给他的几个异母妹妹呢？

“这是父亲临终前对我的嘱托啊，”她丈夫回答，“他要我帮助他的寡妻和弱女。”

“他当时都不知道自己说的是什么，我敢说；他那时候十有八九已经神志不清了。他要是脑子正常的话，就不会想出这种事来，竟然会恳求你把亲生儿子的财产拿出一半来送人。”

“他并没有指定任何具体的数目，亲爱的范妮；他只是要求我，笼而统之地，帮助她们，好让她们的境况比他能力所及的程度更舒适些罢了。也许他还是把这件事完全交托给我自己来办的好。他总不至于会认为我会置她们于不顾吧。可是他既然要求我许下诺言，我也就不得不照他的意思做了：至少当时我是这么想的。于是我就给出了承诺，诺言既然已经许下，那就一定得兑现吧。不管她们何时离开诺兰搬入新居，我肯定是得有所表示才行啊。”

“好呀，那就有点表示就是啦；可那点表示可不需要三千镑吧。你想想看，”她补充道，“钱一旦跟你分了手，它可就永远都回不来了。你那几位妹妹总归要出嫁的，那钱可就真是有去无回啦。可是说起来了，那钱要是能回到咱们那可怜的小男孩儿手里的话——”

“喔，那是当然啦，”她丈夫道，变得异常严肃，“那可就大不一样啦。有朝一日，哈里或许真会遗憾跟这么一大笔钱失之交臂的。他要是家里生齿日繁，比方说，有了这笔钱可就方便多啦。”

“那是肯定的。”

“如此说来，如果数目减半的话，也许对各个方面都更好些吧。——每人五百镑，这对她们的财产而言可是有巨额的增加的！”

“哦！大得都没法想象啦！就算是亲兄妹，这世上哪个做哥哥的能为自己的妹妹做到一半这么多！更何况——还只不过是异母兄妹！——你可真是太慷慨大方啦！”

“我做事从来就不喜欢小里小气，”他回答道，“在这种事上，宁肯太多些，绝不能太少。至少，不会有任何人认为我亏待了她们：就连她们自己，也不大可能有更高的期望了。”

“她们期望得到多少，可只有天知道了，”做太太的道，“不过，咱们可犯不着去想她们到底期望多少：问题只在于，你负担得起多少。”

“那是当然——我觉得每人五百镑我还是负担得起的。事实上，我就是一个子儿都不给，她们的母亲一死，她们每人也都能拿到三千多镑——对任何一位年轻的女性而言，这都是一笔非常舒心的财富啦。”

“谁说不是呢：是呀，这倒是提醒了我，她们根本就不需要什么额外的补贴了。将来她们足足有一万镑可以分呢。她们要是嫁人的话，日子一定能过得很不错，要是不嫁人，就靠那一万镑的利息过活，她们在一起也能过得舒舒服服的。”

“这话说的倒是，总的说来，我觉着，与其去帮她们，倒不如在她们母亲活着的时候帮帮她——我是说比如给她一笔年金之类的。——这对她有利，我那几个妹妹也能沾上点光。一年给个一百镑，她们就全都能过得舒服得不得了。”

可是他妻子却犹豫了一下，并没有马上首肯这个想法。

“这是肯定的，”她说，“这比一下子就拿出一千五百镑来要好。可要是达什伍德太太再活上个十五年的话，咱们可就上了大当啦。”

“十五年！亲爱的范妮；她连一半都活不上的。”

“话是这么说；可你要是留心观察一下的话，人只要是有了年金可拿，简直就要永远活下去啦；她身子骨还很结实，连四十都还不到。年金可是非同小可；一年接一年地都要给下去，永远都没有个头。你还没意识到这么做的严重后果呢。我对于年金的麻烦可是有不少切身感受的；因为我母亲依照我父亲的遗嘱，要为三位退休的老用人支付三份年金，这个包袱背下来真是让她苦不堪言。这三份年金每年要支付两次；钱的事不说，还得费心劳力地给他们送了去；终于听说死了一个了，后来又发现根本没这么回事儿。我妈妈真是头疼死啦。她说这么没完没了地给人家勒索，她的收入都不是她自己的啦；因为要不然的话，银钱就全归我妈妈自由支配，想怎么花就怎么花，这就越发显出我父亲的不厚道来了。我对于年金真是深恶痛绝，不管怎么说，我是坚决不肯被哪怕是一份年金给捆住手脚的。”

“这当然是件很不愉快的事，”达什伍德先生回答道，“让这种每年都有的负担榨干你的收入。你母亲说得很是，这么一来你的财富都不再是你自己的啦。每到交租的日子你都得付出这么一笔款项，这样被捆住手脚，实在让人讨厌：它把你的自主权都给剥夺了。”

“可不是嘛；而且饶这么着，人家还不感谢你哪。他们觉得到时候钱就稳能到手，你不过是做了该做的事，人家丝毫都不会感恩戴德。我要是你啊，不管是干什么，我都一定要完全自己作主。我才不会作茧自缚，每年都给她们任何东西呢。再过些年，也许从我们的用度里再想匀出个一百，甚至五十镑，都会感觉很不凑手了呢。”

“我认为你说得很对，我的爱；在这上头还是不要搞什么年金的好；时不时地周济她们一点，可比每年都给一笔津贴强多了，因为如果她们感觉有了更多收入的保障，就只会变得大手大脚，到了年底，连一个小钱都不会省下来的。这么办是再好也没有了。偶尔地给她们个五十镑，使她们免受捉襟见肘之苦，我想，这也就充分地履行了我对父亲的承诺了。”

“这是肯定的。的确，说实话，我心里确信无疑你父亲根本就没有要你给她们任何钱财的意思。他所说的帮助她们，我敢说，也就只不过让你尽一点情理之中的义务；比方说，帮她们找一所舒适的小房子住啦，帮她们搬搬东西啦，送她们些当令的鲜鱼和野味啦，诸如此类的。我敢以性命担保，他的意思无非也就是这些；他要是再想别的呀，那可就真是咄咄怪事，而且蛮不讲理啦。你就想想看吧，我亲爱的达什伍德先生，靠着那七千镑的利息，你继母和她那几个女儿的日子该过得多么舒服啊，这还没算姑娘们每人都有的那一千镑呢，光她们自己这笔钱，她们每人每年都能有五十镑的利息，当然啦，她们还得从里头拿出伙食费来交给她们母亲。这么加起来，她们每年都有五百镑的收入呢，四个女人，还要更多的钱干什么呢？——她们日常的花销便宜得很！家用开支简直可以忽略不计。她们一无马车，二无马匹，仆人都可以不用；

“我简直没法想象她们怎么才能花掉其中的一半”

她们又不需要什么交际，这一类的花销什么都不需要！你就想想她们过得该有多舒服吧！一年五百镑！我简直没法想象她们怎么才能花掉其中的一半；而至于你还想再周济她们一些，这种想法未免太荒唐了吧。她们倒是真有能力周济周济你呢。”

“好家伙，”达什伍德先生道，“我相信你说得一点都不假。我父亲对我的要求，肯定是不会超过你所说的这一些的。现在我才算是明白过来了，我一定会严格信守我的承诺，照你所说的，帮她们忙，待她们好。到我继母搬家的时候，我一定会高高兴兴地尽力帮她把新家安顿好。那时候再送几件小家具，也就很过得去啦。”

“那是当然，”约翰·达什伍德太太又道，“可是，还有一件事你必须想到。当初你父亲跟你继母搬到诺兰来的时候，斯坦希尔老家的家具虽然都卖了，可是所有的瓷器、金银餐具和床品桌布可是都留了下来，现在这些东西都归你继母所有。所以，她搬家以后，房子里几乎马上就能完全陈设妥当啦。”

“这个考虑无疑至关重要。那真算得上一笔珍贵的遗产呢！其中的有些金银餐具就是放到咱们这里，也都算得锦上添花呢。”

“是呀；那套早餐用的瓷器比咱们宅子里用的还要漂亮一倍呢。依我看来，这些用具未免太漂亮了，放到她们住得起的房子里实在是不般配。可是事已至此，也只能就这么算啦。你父亲心里想的只有她们。这话我可得说清楚：你根本就不欠他什么特别的情分，他的愿望什么的你也无须特别放在心上，因为我们都知道得很清楚，他要是做得到的话，巴不得把他在这个世上所有的一切全都留给她们呢。”

这个论点是无法抗拒的。如果说之前他还有点拿不定主意的话，这一下他可是铁了心了；他最终决定，对于他父亲的寡妻和弱女，只需照他妻子指示的那样给点邻里式的关照也就够了；如果做得过了头，即便说不上有失体统，也绝对是大可不必的。

第三章

达什伍德太太又在诺兰住了几个月；她倒也并非不想搬走，因为一见到每一处她再熟悉不过的地方就忍不住情难自已的情况已经过去有段时间了；实际上在她的精神开始振作，她的心思已经能够放到别的一些事情上，而不再是一直因为忧伤的回忆而被痛苦所压倒以后，她就迫不及待地想离开这里，她开始不辞劳苦地四处打听，想在诺兰周边找一个合适的住处；因为她决不愿意离开这深爱的地方太远。但她一时间找不到一处既符合她对于舒服安逸的理想，同时又能让她那处事审慎的大女儿满意的地方——有好几幢房子她出于更为明智的判断而放弃了，因为她认为对于她们的收入来说都嫌太大了，其实这几幢房子倒是都挺中她母亲的意的。

达什伍德太太已经听丈夫说过他儿子郑重承诺要照顾她们这件事了，这使他最后的几桩尘世的牵挂得到了宽解。对这一保证的诚意，她就像丈夫本人一样深信不疑；她对这一点感到满意完全是出于替几个女儿着想，至于她自己，她相信别说自己还有七千镑了，就是比这少得多，她日子也能过得绰绰有余。她也为了她们这个做哥哥的，为了他自己的好心肠而感到高兴；她怪自己以前错待了他，还以为他的为人没这么慷慨大方。他无论是待她自己还是他的几个妹妹的细心周到使她相信，他是真心关切她们的福祉的，有好长一段时间，她对他的慷慨大度都一直坚信不疑。

当初刚跟她儿媳认识就已经怀有的鄙薄之意，随着这寄人篱下的半年来对她性格的进一步了解而愈发变本加厉了；若非出现了一种特殊的情况，使达什伍德太太认为她几个女儿比以往更应该继续在诺兰待下去的话，即便是她这方面处处考虑到以礼相待、顾及婆媳间的和睦相处，恐怕这两位太太仍旧会感觉无法一起共处这么长时间的。

这个特殊的情况就是在她大女儿和约翰·达什伍德太太的弟弟之间萌生的情愫越来越明显了起来。约翰·达什伍德太太全家住进诺兰庄园不久，就介绍他们认识了，她这个弟弟是个举止高雅、讨人喜欢的年轻人，自打认识了达什伍德家的大小姐，他就把他绝大部分的时间全都消磨在诺兰庄园里了。

有些做母亲的出于利益关系的考虑，也许会大大地鼓励这种亲密关系的发展，因为爱德华·费拉尔斯是一个已故富家翁的长子；而有些做母亲的出于审慎的考虑，则有可能对这种关系加以压制，因为除了一点微不足道的财产以外，他所有的财富全要靠他母亲的遗嘱来确定。不过这两种相反的考虑倒像是对达什伍德太太全都没有任何影响。在她看来，只要他为人亲切友善，只要他爱她的女儿而且埃莉诺也爱他，这就足够了。因为财富的差异就硬是拆散一对情投意合的眷侣，这是跟她所有的人生信条都背道而驰的；而且在她看来，每个认识埃莉诺的人如果竟然认识不到她的优良品质，那简直是绝无可能的。

她们母女之所以对爱德华·费拉尔斯大有好感，倒并非源自他的仪表或是谈吐有任何特别的优雅之处。他人不漂亮，他的举止也只有在熟识之后才会表现得讨人喜欢。他太缺乏自信，无法尽显自己的本色；不过在他克服了这种天生的羞赧之后，他的一举一动就无不表现得襟怀坦荡、满怀深情了。他原本就善解人意，优良的教育又极大地增强了他的眼光和见识。不过无论是他的才能还是他的本性，都无法满足他母亲和姐姐对他的期望，她们渴望看到他出人头地——至于怎么个出人头地法，她们也没有个准主意。她们就是希望他在这个世界上成为这种或是那种的大人物。他母亲希望他能对政治感兴趣，想让他进议会，或是能看着他跟当时的大人物攀上交情。约翰·达什伍德太太也抱有同样的愿望；不过呢，在这样的宏图伟业最终成就之前，若能看到他坐上四轮四座的大马车，她也就算是心满意足了。可是爱德华无论是对于伟人还是四轮大马车都没什么兴趣。他的愿望都集中在家庭的舒适和个人生活的安宁上。幸好他还有个弟弟，比他大有前途。

爱德华在诺兰盘桓了好几个礼拜了，这才真正引起了达什伍德太太的注意；因为她当时过于伤恸，对周围的事务全不在意。她只是看他安安静静，不显山露水，为此而挺喜欢他。他不会用不合时宜的谈话来打扰她难过的心情。有一天埃莉诺偶尔谈起他跟他姐姐的不同，这才第一次引起她对他的注意和赞许。这种对比，对她母亲来说等于是为他做了最有力的荐举。

“这就够了，”她说道，“只要说他的为人跟范妮不同就足够了。这等于说他的一切都很和蔼可亲。我就已经爱上他了。”

“我想你会喜欢他的，”埃莉诺道，“在你对他多了些了解以后。”

“喜欢他！”她母亲面带微笑道，“我感受到的赞许之意可绝不次于热爱。”

“你会敬重他的。”

“我还从来都不知道敬和爱怎么能够分开呢。”

达什伍德太太开始尽心竭力地跟他亲近。她态度蔼然可亲，很快就消除了他的拘谨。她马上就了解到了他全部的优点；相信他对埃莉诺郎心有意对她大有帮助，使得她目光如炬、洞烛幽微；不过她对他的人品价值也是真有了信心：在她了解到他心肠热诚、情意深重以后，就连他的举止文静、寡言少语——这原是跟她对一个年轻人应有的谈吐风度的既定观念相距甚远的——在她看来也不再是毫不足取的。

她刚一觉察到他对埃莉诺有了点爱慕的苗头，她就认定他们已经是真心相爱了，于是就开始巴望着他们很快就会谈婚论嫁。

“不出几个月，我亲爱的玛丽安，”她说，“埃莉诺十有八九就会成就终身大事了。我们会想念她的；不过她会很幸福的。”

“哦！妈妈，我们没有了她，可该怎么办呢？”

“我亲爱的，这都算不上是真正的分离呢。我们两家住得这么近，不过几英里的距离，以后天天都能见面的。你会得到一位兄长，一位真正的、情真意切的兄长。我认为爱德华的心地是再好也没有了。可是你看起来却是一脸的严肃，玛丽安；难道你不赞成你姐姐的选择吗？”

“或许吧，”玛丽安道，“在我看来，还是有些出乎意料的。爱德华是非常友善可爱，我对他也有很亲切的好感。可是——他可不是那种年轻人——他身上缺了些什么东西——他的形象并不出众；一点都没有我认为能真正打动我姐姐的那种优雅的魅力。他的眼睛当中缺少预示着美德和智慧的那种神采，那种火花。除此以外，我恐怕，妈妈，他还没有真正的鉴别力。音乐对他几乎没有什么吸引力，而且尽管他对埃莉诺的绘画赞赏有加，却并非那种真正懂得它们的价值的内行之人的赞赏。很显然，他虽然在她画画儿的时候经常都好像很关切的样子，可事实上他对绘画一无所知。他那只是爱慕者的仰慕，并非鉴赏家的赞赏。要想让我满意，这些品质都得兼备才行。跟一个不能在每一点上都跟我趣味相投的人在一起，我是不会幸福的。他必须要完全跟我情投意合；我们一定得为同样的书籍、同样的音乐而心醉神迷。哦！妈妈，昨儿晚上爱德华在给我们朗读的时候，他的态度是多么无精打采，情绪是多么寡淡乏味！我真为我姐姐感到难过死了。可是她却完全泰然自若地甘之如饴；就像是根本就没注意到似的。我简直都快坐不住了。听着那些常常让我如痴如狂的优美诗句，却让他以如此令人费解的冷静自持、如此令人不快的无动于衷念出来！”——

“他肯定更适合朗读简练素雅的散文。我当时就这么想来着；可是你偏要给他科珀[①]的诗歌。”

“不，妈妈，如果连科珀都打动不了他！——不过我们必须允许趣味上的差异。埃莉诺没有我这样的情感，所以她也许能无视这一点，跟他在一起也许会挺幸福。可如果我爱的是他的话，听到他这样毫无感

---

① 科珀(William Cowper，1731—1800)，英国诗人，患有不时发作的精神抑郁症，赞美乡村生活和自然风光，诗风朴素平易，代表作为长诗《任务》和抒情短诗《白杨树》等。科珀是奥斯丁本人最喜爱的作家之一。

情的朗读，我的心都要碎了。妈妈，我对这个世界了解得越多，我就越发肯定我这辈子都不会遇见一个我真爱的人了。我的要求太高了！他必须具有爱德华所有的优点，他还必须人才出众、风度迷人，能为他的美德增光添彩才行。”

“别忘了，我亲爱的，你还不到十七岁呢。这时候就对这种幸福灰心丧气实在为时太早了。你怎么可能都不及你父母那样幸运呢？我的玛丽安，但愿你的命运只在一个方面跟她不同！”

第四章

“多可惜啊，埃莉诺，”玛丽安道，“爱德华对绘画居然没什么鉴赏力。”

“对绘画没有鉴赏力，”埃莉诺回答道，“你怎么会这么想呢？诚然，他自己并不画，可是他非常喜欢观看别人画画儿，我可以向你保证，他绝不缺乏鉴赏的天资，只不过没有机会去改善和增强罢了。他要是学过绘画的话，我相信他会画得很好的。他在这方面太不相信自己的判断力了，总是不愿意对任何画作发表意见；不过他拥有一种与生俱来的朴实而又得体的趣味，一般而言总能引导他做出完全正确的判断。”

玛丽安怕惹姐姐不快，在这个话题上就没再说什么；不过埃莉诺所描述的那种在他内心所激起的对于别人的画作的赞赏之意，却远远还未曾达到欣喜若狂的地步，而在她看来，唯有达到这样的程度，方才称得上是真正的鉴赏力。不过，尽管在心里面暗笑姐姐的误解，她又很尊敬姐姐对于爱德华的盲目偏袒，她的误解正是由此而产生的。

“我希望，玛丽安，”埃莉诺继续道，“你不至于认为他连一般的鉴赏力都不具备。确实，我想我是可以说你绝不至于，因为你对他的态度是十分热情友好的，如果你对他真有那种看法的话，我敢肯定你待他就不会那么客气啦。”

玛丽安简直不知道说什么好了。她无论如何不想伤害姐姐的感情，可是又决不能言不由衷。最后她这么回答：

“你可千万别生气，埃莉诺，如果我对他的赞扬与你对他的优点长处的认识并不完全一致的话。我不像你，有那么多的机会去估量他在思想、倾向和趣味方面的细微癖好；不过我对他的善良品性和理性见识有最高的评价。我认为他是个非常值得尊敬而又和蔼友善的人。”

“我敢肯定，”埃莉诺面带微笑地回答道，“像这样的揄扬，就是他最亲密的朋友听了都不会感到不满意的。依我看来你对他的赞赏是再热诚也没有了。”

玛丽安很高兴发现她姐姐这么容易取悦。

“说到他的见识和善良，”埃莉诺继续道，“我想，凡是经常跟他见面、同他毫无保留地交谈过的人，谁都不会有任何怀疑的。他那卓越的理解力和原则操守，只是因为为人腼腆使他过于沉默寡言，这才无从彰显。你对他有足够的了解，能对他那实实在在的价值做出公正的评判。不过对于那些你所说的细微的癖好，由于一些特殊的情况你对他没有我那么了解。他和我经常能单独待在一起，而你则全身心地沉浸于妈妈最慈爱的包围中了。我跟他见面的次数多，细细地考究过他的思想情感，认真听取过他有关文学与审美方面的见解；总的说来，我敢断言，他的头脑博学多识，他对阅读的爱好超出常人，他的想象力自由活跃，他的观察能力公正而又准确，他的审美趣味精雅而又纯正。他在各方面的能力就跟他的举止和品貌一样，你了解得越多，认识就越深。第一眼看上去，他的谈吐的确不算出众；他的品貌也很难说得上俊美，可是等你捕捉到他那异常动人的眼神和他那甜美可爱的表情以后，你的感觉就大为不同了。现在我已经对他知根知底了，我觉得他非常漂亮；或者至少可以说，几乎算得上是很漂亮的。你觉得呢，玛丽安？”

“我很快也会觉得他长相漂亮了，埃莉诺，即使现在还没看出来。在你告诉我像对姐夫一样爱他以后，我就再也看不到他相貌上的不完美了，就像我现在看不出他心灵上的不完美一样。”

埃莉诺听她这么一说，不禁吃了一惊，她有些后悔在说起他时竟不小心泄露了这么热烈的真情。她感觉爱德华在她心目中占有极高的地位。她相信这种尊崇是相互的；但她对此需要有更大的把握，才能因为玛丽安对他们相互钟情的确信而感到舒心愉快。她知道玛丽安和她母亲一旦有了猜疑，马上就会信以为真——对她们母女而言，愿望就等于希望，希望就等于预期。她试图将事情的真实状况解释给她妹妹听。

“我并不企图加以否认，”她道，“我对他评价是很高的——我非常敬重他，我喜欢他。”

玛丽安听到这里义愤填膺地突然发作起来——

“敬重他！喜欢他！铁石心肠的埃莉诺！哦！比铁石心肠还坏！你只是因为害臊才这么说的。你要是再这么言不由衷，我马上就离开这个房间。”

埃莉诺忍不住笑了起来。“原谅我，”她说，“我向你保证我这不是有意要惹你生气，以这么平静的方式来谈论自己的感情。请相信，我的感情比我宣称的要更为强烈——请相信，总之，我的感情就如同他的美德一样，而且我对他的怀疑——莫如说我对他的希望是他对我的感情能够得到保证，而不是出于任何的轻率或是蠢行。但如若超过了这个限度，你切不可信以为真。他对我是否有意，我一点把握都没有。他对我的情义到底有几分，有时候也显得令人生疑；在他的真情实感完全得到确定之前，我希望能避免因异想天开或是言过其实而对于我单方面的情感做出任何不切实际的鼓励，我想这应该没什么奇怪的吧？在我内心深处，我绝少——我几乎丝毫不怀疑他对我的偏爱。可是除了他自己的倾向以外，还有别的问题需要考虑。他还远没有实现经济上的独立。他母亲的为人到底怎样我们还不得而知；但是，从范妮偶尔提到的她的所作所为和观点主张来看，我们从来都不会倾向于认为她是亲切友善的；要是爱德华想要娶一个既没有巨额财产又没有高贵地位的女人为妻，料必会是困难重重的，如果我认为爱德华本人并没有意识到这一点的话，那可就大错特错了。”

玛丽安惊讶地发现，她母亲和她的想象居然距离事实这么遥远。

“你还真是没有跟他订婚！”她道，“不过，这很快也就会发生了。这种拖延倒也有两个好处。一则我就不会这么快就失去你，再者爱德华也可以有更多的机会提高他对你所钟爱的艺术追求的天生的鉴赏力，这对于你们将来的幸福可是绝对不可少的。哦！他要是能被你的天才所激发，学会自己画画儿，那该多么令人高兴啊！”

埃莉诺已经把自己真实的看法告诉了妹妹。她不相信她对于爱德华的倾心会像玛丽安所想的那样一片光明。有时候他会显得没情没绪的，如果这并非表示他态度冷淡的话，那也说明他们的未来当中有什么几乎同样不容乐观的障碍。如果说他是因为感觉到她的情义还有些靠不住的话，那至多也只会让他有些焦虑不安。没道理会让他的情绪经常表现得那么灰心沮丧的。更合理的原因或许能在他的经济地位尚未独立中找到，这一点不容许他放任自己的情感喜好。她知道如果他不谨遵慈命巴结上进的话，他母亲是既不会容许他就这么舒舒服服地在现在的家里待着，也绝不会容许他组建自己的家庭的。因为对这一情况心知肚明，埃莉诺是不可能在这个问题上大放宽心的。她不敢指望他对她的喜爱当真能功德圆满，尽管她母亲和妹妹仍旧觉得那么理所当然。不，他们俩相处得越久，他的情义在她看来就越显得没有把握；每隔一段时间就会出现那么几分钟令她备感痛苦的时刻，她会感觉他对她的感情也不过就是友谊罢了。

可是，不管这种感情的实际性质如何，一旦被他姐姐有所觉察，也就尽够让她心神不宁的了；同时，也就让她表现得粗暴失礼起来（这种情况是越来越普遍了）。她一抓住机会，就不依不饶地辱慢自己的婆婆，故意说起她弟弟的伟大前程，说起费拉尔斯太太是决计要给两个儿子都攀上贵亲的，要是有哪个年轻的姑娘妄图勾引他的话，是绝对不会有好下场的；她这番话说得是这么露骨，弄得达什伍德太太既不能装聋作哑，也没办法强自镇定。她无比轻蔑地回了她一句，马上就离开了那个房间，下定决心不管有多不方便，花费有多大，也必须马上就搬走，不能让她挚爱的埃莉诺再在这儿多待一个礼拜，忍受嫂子这种含沙射影的恶意中伤了。

正是处在这样的精神状态下，达什伍德太太收到了邮局送来的一封信，信里提出了一个特别及时的建议。来信主动提出有幢小房子可以出租，租金非常便宜，房主就是她的一个亲戚，德文郡[1]一位有钱有势的绅士。这封信就是这位绅士的亲笔，写得情真意切，洋溢着真正乐于助人的精神。他说他听说她正需要个住处，虽然他能提供的只是一幢乡间的小别墅，但他向她保证，只要她觉得地方合适，一切都可以按照她的要求和需要装修布置好。他在详细描述了一番房子和花园的情况以后，恳切地敦请她和女儿们一道前来巴顿庄园，他自己的公馆做客，好亲自决定巴顿别墅——因为这两处房产都位于同一个教区——为了她们居住的舒适该如何进行改建和装饰。看来他是真心诚意地想尽快帮她们解决困难，整封信又都写得那么亲切友善，对他这位表亲而言真不啻于雪中送炭；尤其是在原本更亲近的亲属却待她如此冷酷无情之际。她都等不及去细想或是打听了。她一面读信，一边已经下定了决心。巴顿位于德文郡内，距离萨塞克斯如此遥远，单凭这一条，在几个钟头以前就足可以抵消它可能具备的一切优点，现在却反倒成了首要的可取之处了。远离诺兰庄园已经不再是件坏事；反倒成为值得向往的目标；相较于继续寄人篱下，忍受儿媳的窝囊气，这真成了幸事一桩： 永远搬离这个她如此钟爱的地方固然令她痛苦，却也强似在这样一个女人当家的地方定居或是暂住。她当即给约翰 · 米德尔顿爵士回信，表示对他的好意万分感谢，愿意接受他的建议；然后忙不迭地把这两封信都拿给女儿们看，她得征得她们的同意以后才能把回信寄出去。

埃莉诺一向就认为她们如果能住得离诺兰稍微远一些，会比继续生活在目前的这帮熟人当中更为可取。所以，基于这一点，她没有反对母亲打算搬到德文郡去的主张。而且，按照约翰爵士的描述，那所房子规

① 德文郡(Devon)，英格兰的行政、地理和历史郡名，为大不列颠的西南半岛的一部分，行政、地理和历史郡所辖范围略有不同，历史郡包括整个地理郡、西多塞特区的小片地方和北康沃尔的大块领地。

模既小，租金又罕见地便宜，对于这两点她都没有反对的理由；因此，这个计划虽说无法为她带来任何美妙的遐想，远离诺兰庄园虽说并不符合她的希望，她还是没有劝阻她母亲把那封表示同意的信寄出去。

第五章

达什伍德太太刚把回信发出去，就迫不及待地喜滋滋地向她的继子和儿媳宣布，她已经找好了房子，一待迁居的一切准备工作停当，她就马上搬过去，不再打搅他们了。他们听了大吃了一惊。约翰·达什伍德太太一句话都没说；不过她丈夫倒是客客气气地表示，希望她们住得不要离诺兰太远。而她则大为满意地回答说她要搬到德文郡去。——爱德华一听这话，马上转过身来重复道："德文郡！您真要搬到那里去吗？离这儿太远啦！在德文郡的什么地方？"语气是既惊讶又关切，一点都不出她的所料。她把那地点说明了一下。在埃克塞特①以北不到四英里的地方。

"那只是座乡间的小别墅，"她继续道，"不过我希望能在那里接待我的很多朋友。很容易再添造一两个房间；如果我的朋友们不觉得大老远跑去看我有什么不便的话，接待他们我肯定也不会有任何的不便。"

临了，她很客气地邀请约翰·达什伍德先生和太太去巴顿做客；她对爱德华的邀请就更为殷切得多了。虽然最近一次跟儿媳的交谈使她下定决心尽可能地不在诺兰多待一天，可是儿媳想要借此达到的目的对她却并没有丝毫的影响。她一如既往，决不想把爱德华和埃莉诺分开；她想通过针锋相对地向她弟弟发出邀请，好让约翰·达什伍德太太明白，她压根儿就不理睬她对这桩婚配的非难。

约翰·达什伍德先生一再向他继母表示，因为她租下的房子离诺兰这么远，导致他在搬运家具方面一点忙都帮不上，对此他感到多么抱歉。他说这番话的时候是真正感到了良心上的不安；因为这么一来，他经过一再变通用以履行对先父承诺的那一点点帮助，也已经是无法做到了。——家具全都由水路运走。主要包括床单桌布、金银餐具、瓷器和书籍，还有玛丽安的一架很漂亮的钢琴。约翰·达什伍德太太眼看着这一包包东西被运走，不觉叹了口气：她不由得心中好生难受，因为达什伍德太太的收入和他们比起来是那么微不足道，居然能够享用一件件这么漂亮的家具。

达什伍德太太租了那房子一年；里面陈设齐全，她马上就可以住进去。双方在合同的签订上没有遇到任何困难；她单等处理掉诺兰的动产，决定留用的仆人，就可以动身西行了；这些事很快也都处理完了，因为只要是她有兴趣去做的，任何事都能干得特别麻利。——她丈夫留给她的马匹，在他死后很快就卖掉了，现在又有人想买她的马车，在她长女的恳切劝说之下，她也同意出售了。如果全凭她自己做主的话，为了孩子们的舒适起见，她是会把马车留下来的；但埃莉诺的审慎还是占了上风[②]。也是由于她的明智决断，最后只留用了三个仆人[③]；两个女仆和一个男仆，这三个人很快就从诺兰庄园原有的仆佣当中挑选了出来。

那个男仆和一个女仆马上就被差往德文郡去收拾房子，为女主人的到来做好准备；因为达什伍德太太和米德尔顿夫人素昧平生，所以她宁肯马上就住进小别墅，而不愿意到巴顿庄园暂时客居；而她对于约翰爵士有关那幢房子的描述深信不疑，连事先去查看一下的好奇心都没有，索性决定等住进去再细看不迟。达什伍德太太想赶快搬走的迫切心情丝毫都没有衰减，因为她的儿媳眼看着她就要走了，那心满意足的神情实在是太过明显；那种高兴劲儿，就算是在她冷冰冰地挽留婆婆晚几天再搬时也丝毫不加遮掩。现在到了她的继子履行对先父承诺最适当的

① 埃克塞特（Exeter），英格兰德文行政、历史郡一重要城市。

② 维持家用马车和马匹需要不小的花费，同时也是身份的标志，因此达什伍德太太不情愿把它们都放弃。奥斯丁的父亲发现每年七百镑的收入都很难维持车马的开销，而达什伍德母女的年收入总共只有五百镑。

③ 当时的家政经济学家们会支持埃莉诺的判断的：每年五百镑收入的家庭至多只能维持三个仆人的开销。

时候了。既然他在刚承继这份产业的时候什么都没有做，现在她们母女就要搬走了，再不履行更待何时呢？不过达什伍德太太很快也就死了这个心，她从他说话的口气当中已经看透了，他的所谓鼎力相助不过就是负担她们母女在诺兰又住了半年而已。他如此经常地谈起维持整个庄园的家用开支如何越来越大，谈到到处都是花钱的地方，就连这个世上最有钱的阔佬儿简直都要入不敷出了等等，那架势真好像他自己就需要更多的钱财入账，哪里还会主动送钱给别人呢。

自打约翰·米德尔顿爵士的第一封信送到诺兰，不过几个礼拜的时间，达什伍德母女未来的住所就已经一切安排就绪，单等她们起程上路了。

她们最后向这个如此钟爱的地方挥手告别的时候，真是抛洒了不少珠泪。“亲爱的，亲爱的诺兰！”她们在那里度过的最后一个夜晚，玛丽安独自一人在宅子前顾影徘徊的时候叫道，“我什么时候才会停止对你的思念！——什么时候才会感觉别处也是自己的家！——哦！幸福的家园，你知道我现在从这里望着你的时候有多么痛苦吗，也许从此以后我再也不能站在这里看着你了！——还有你们，你们这些我多么熟悉的树木！——可是你们将依然故我。——不会有一片叶子因为我们离去而凋落，也不会有一根枝条因为我们再也看不到你们了而不再摇摆！——不；你们将依然故我；全然不知你们给人带来的是快乐还是悲愁，浑然不觉在你们的树荫下走过的那些人有任何不同！——可是谁将留在这里享受你们的青枝绿叶呢？”

第六章

她们的第一段旅程因为心情过于忧郁，只感觉沉闷乏味、很不愉快。不过在快到终点的时候，由于对即将定居于斯的乡间是个什么样子的兴趣盖过了沮丧的情绪，而且进入巴顿山谷以后，那里的景色也让她们高兴了起来。那是个风光怡人、富饶肥沃的地方，林木葱茏、牧草丰美。在山谷中迤逦行进了一英里多路以后，她们抵达了自己的住宅。房前的地产只是一片小小的绿草地；她们推开一扇整洁的小门就进入了前院。

巴顿小别墅作为一幢住宅虽然嫌小了些，却也舒适紧凑；但作为一幢小别墅还是有缺陷的，因为房子造得过于规整，房顶覆瓦，百叶窗既没有漆成绿色，外墙上也没有爬满忍冬。一条狭窄的过道穿过宅子，直通屋后的花园。一进门的两侧各有一间起居室，大约十六英尺见方；起居室后面是家务区域[①]和楼梯。楼上是四间卧室，外带两个小阁楼。房子建好并没有多少年，状态良好。跟诺兰庄园比起来，的确显得寒酸而又狭小！——不过她们一走进宅子，那回忆所唤起的泪水很快也就干了。先期到达的仆人见到主母和小姐分外高兴，她们也由此而振作起来，每个人为了他人着想都决意要显出欢喜的样子来。时序刚进入九月初；节气正好，她们初见这个地方就碰上了好天气，留下的印象自然也就颇佳，这对于她们母女日后对这里持久的喜爱自然是大有助益的。

这幢宅子的位置很不错。屋子背后就是小山，两侧的不远处也是山峦环抱；山地的有些部分是开阔的丘陵，其余的部分则是耕地和山林。巴顿村的大部就坐落在这样一座山丘上，从小别墅的窗口望去，景色十分怡人。房屋前面的视野更加开阔；整个的山谷尽收眼底，一直可以望到谷外的原野。环抱小别墅的各个小山丘就在那个方向形成山谷的出口；伸出去以后又被另外两座陡峭的山峦所夹峙，成为另外一段峡谷，也换了另外一个名字。

对于宅子的大小和设备，达什伍德太太大体上很是满意；因为虽然照她以前的生活方式，目前的住宅里许多的添置工作是必不可少的，不过添置和改进对她来说是桩乐事；而且她这时候还有足够的现钱，足以把每个房间都改装得更漂亮一些。“至于房子本身，”她道，“对咱们一家来说肯定是太小了些，不过今年就进行增建的话有些来不及了，目前收拾一下也还过得去。也许到开春吧，要是咱们有一大笔钱的话——我敢说一定会有的——就可以考虑开工建设了。我希望经常邀请朋友们过来做客，这两个客厅都嫌太小了些；我有些小想法，我想把这个过道并到其中的一间里去，也许把另一间的一部分也并进去，把剩下的部分留作进门的通道；这么一来，加上一个新的客厅——这很容易添造，再在楼上加盖一间卧室和一个阁楼，这就真成了一幢很舒适的小别墅了。我原本还希望楼梯能更漂亮些。不过你也不能事事求全责备；虽然要加宽一点也不是什么难事。看看明年开春我手头到底能有多少钱吧，咱们再相机行事，来筹划到底怎么改建。”

与此同时，对这幢宅子她们能够满足于现状还是相当明智的，因为所有这些改建工作都得指望一个一年只有五百镑收入的妇人的积蓄才能实现，而这位妇人这辈子还从没攒下过一个子儿。她们母女暂时都忙于归置各自牵挂的东西，尽心竭力地把书籍和各种什物摆放停当，努力给自己布置一个新家。玛丽安的钢琴拆了包装，摆在了合适的位置；埃莉诺的画作也都在起居室的墙上挂好了。

第二天吃过早饭不久，她们母女正忙着归置布置的时候，她们的房东就登门拜访来了，他是专程前来欢迎她们来到巴顿的，同时表示但有短缺不便之处，尽管从他的府上和园林里取用无妨。米德尔顿爵士相貌漂亮，大约四十岁的年纪。以前他曾拜访过斯坦希尔，不过年岁太久，

①厨房、餐具室、洗涤室等功能性部分。

他这几位年轻的表外甥女都不可能记得他了。他满面春风，举止仪态就和他信里的语气一样亲热友好。她们的到来确乎是让他大为高兴，她们娘儿们的舒适与否也确乎是他关切的问题。他反复言及、恳切期望他们两家能真正友好相处，邀请她们在一切安顿妥当之前每天都去巴顿庄园用餐，他的态度是如此诚恳，所以虽然他的恳求不屈不挠到了简直失礼的程度，却并不惹人反感。他的好意并非只是口惠而实不至；因为在他走后还不到一个钟头的时间，满满一大篮子的鲜蔬水果就从庄园里送了过来，天还没黑，又送来了一些野味。他还坚持每天都去邮局为她们取送所有的信件，并一定要把自己每天的报纸都送给她们阅读，坚决不容推辞。①

他还带来米德尔顿夫人一个十分客气的口信，表示一俟达什伍德太太确信她的来访不会给她们带来任何不便，就即刻前来拜访她们；由于她们马上以同样客气的口吻恭请她光临，爵士夫人第二天就被引见给了达什伍德母女。

她们母女当然非常急切地想见见这位夫人，因为她们在巴顿的生活是否舒适多半都要仰仗于她了；她外表的雅致也深孚她们的期望。米德尔顿夫人至多不过二十六七岁；相貌漂亮，身材高挑，姿态动人，谈吐优雅。她举手投足的雅致是她丈夫全不具备的。不过如果多少分得几分她丈夫的坦率和热情，那就更加锦上添花了；她待的时间一长，她们一开始的叹赏之情可就要打些折扣了，因为她的表现虽说极有教养，同时却寡言少语，待人冷淡，除了最普通的几句问询和寒暄以外，就再也无话可说了。

尽管如此，话也没少说，因为约翰爵士非常健谈，而且米德尔顿夫人也有先见之明，把她的长子——一个六岁左右的漂亮小男孩带了来，这么一来，到了快要冷场的时候，太太小姐们总有一个万无一失的

① 当时的报纸订阅费用相当昂贵，邻里们通常都是共同订阅一份报纸，相互传看。

怎么一出来见客竟这么羞人答答

话题，因为她们总得问问他的名字和年纪，夸赞他有多漂亮，问他各种各样的问题，不过都得他母亲代为回答，而他却扭股糖一样紧缠着他母亲，头都不敢抬一下，这可真是大出爵士夫人的意料，搞不懂这孩子在家里跟个霸王似的，怎么一出来见客竟这么羞人答答。凡是正式地走亲访友，真是该带上个孩子同往，这样的话就总不至于缺少了谈资。在眼下这个场合，大家就足足花了十分钟的时间来判定这孩子到底是更像父亲还是母亲，具体又在哪一点上相像，因为每个人的看法当然是各不相同，而且每个人都会对别人的看法大感吃惊[①]。

达什伍德母女很快就会有机会对房主家的另外几个孩子展开争论了，因为约翰爵士力邀她们母女第二天去庄园赴宴，不答应他的邀请他就不走。

① “对别人的看法大感吃惊”（was astonished at the opinion of the others），初版作“对相互的看法大感吃惊”（... at each other's opinions）。

第七章

巴顿庄园距小别墅大约半英里远。达什伍德母女沿着山谷过来的途中曾路过它的近旁，但由于一座小山的遮挡，她们在家里却是看不见的。庄园的宅第巨大而又漂亮；米德尔顿一家既殷勤好客，又高雅讲究。殷勤好客的是约翰爵士，高雅讲究的是爵士夫人。他们家难得没有好朋友在那儿做客，他们是无论什么类型的朋友无不接纳，整日高朋满座，比附近所有人家的客人都多。这对夫妻两人的幸福都必不可少；因为他们两位不管在内在的脾性和外在的行径上有多么不同，但在全无一点天资和趣味上却又惊人地相似，因此他们所从事的日常事务就跟通常的社交界全不相干，完全局限在非常狭小的范围当中。约翰爵士喜好打猎，米德尔顿夫人则是位专职母亲。他行围打猎，她宠溺孩子；这就是他们唯一的消遣。米德尔顿夫人占便宜的地方在于她可以一年到头地娇惯孩子，而约翰爵士可以尽情打猎的时间满打满算也只有半年。不过，接连不断地招待客人和外出做客倒也补足了先天和教育上的一切缺陷；足以使约翰爵士一直都能兴致勃勃，也可以使他妻子尽情展现自己的良好教养。

米德尔顿夫人素以餐桌上的佳肴美馔以及室内所有陈设的精美考究而自诩；这种虚荣心的满足是她每次请客宴饮的最大乐趣。不过约翰爵士对社交聚会的热衷却务实得多；他尤其喜欢招徕一大帮年轻人，多到家里都装不下，而且他们越是闹哄，他就越发开心。他是附近所有青少年的福星，因为一到夏天，他就会不断地组织户外的冷餐会，请大家吃冷火腿和鸡肉，到了冬天他就举办家庭舞会，只要不是贪得无厌的十五岁少女，那次数足以使任何一位年轻的女士都心满意足。

对他而言，地方上又来了一家新住户总是一桩喜事，他为自己的巴顿别墅新招徕的这户人家在每个方面都让他大为称心。几位达什伍德小姐既年轻，又漂亮，而且举止都落落大方。这就足以赢得他的好评了；因为一位漂亮姑娘，只要别装模作样，就能使她的心灵和外表一样富有魅力。他性情友善，乐于帮助那些处境跟过去相比大为不幸的落难之人。因此，对他这几位表亲表现一下他的善意，对他这个好心人来说是一种真正的舒心快活；将全家都是女性的一户人家安置到他的小别墅里，对于他这个喜爱狩猎的士绅而言就更是心满意足了；因为身为一个狩猎爱好者，他虽然只看重跟他同一性别并且同样喜欢打猎的人，却并不太想让他们住到自己庄园的地产上来，以助长他们的这种爱好。

约翰爵士亲自到家门口迎接达什伍德母女，他真诚地欢迎她们到巴顿庄园做客；他一路陪着她们往客厅里走，一面因为连一位时髦的小伙子都没能请了来陪她们而反复向几位年轻小姐道歉，说他从昨天就开始为这件事情发愁了。除了他本人以外她们只能见到，他说，一位男客；是他的一位正在庄园做客的好友，不过这位绅士却既不年轻，又不快活。他希望她们千万原谅这次宴会的客人这么少，他敢保证下次绝不会出现这样的情况。当天上午他还又跑了好几户人家，想多拉几个客人过来，争奈当晚正是月明之夜，大家的约会早就排满了①。幸运的是，米德尔顿夫人的母亲在不到一个小时以前来到了巴顿庄园，由于他的岳母是个喜欢热闹又讨人喜欢的老太太，他希望几位年轻的小姐不至于像她们可能设想的那样感到特别乏味。几位年轻的小姐和她们的母亲知道此次宴会只有两位完全陌生的客人在座，感到非常满意，并不希望再见到更多的生人。

詹宁斯太太，米德尔顿夫人的母亲，是位好性儿的胖老太太，喜欢热闹，嘴里说个不停，显得非常快活，人有点俗气。她笑话不断，笑声不绝，晚饭还没吃完，已经就情人和丈夫的话题说了很多的俏皮话儿；说她希望几位小姐的心并没有留在了萨塞克斯，并且假装看到她们红了

① 由于当时的室内照明状况不佳，大家更喜欢在月明之夜安排夜间的交际活动。

脸，也不管到底有没有这种事儿。玛丽安为了姐姐的缘故很是恼火，偷眼去看埃莉诺对这样的揶揄有什么反应，而埃莉诺见她居然这么一本正经，由此感到的痛苦倒远甚于詹宁斯太太那老生常谈的打趣。

布兰登上校，约翰爵士的朋友，行为举止跟他大为不同，貌似并不适合做他的朋友，就像米德尔顿夫人并不适合做他妻子、詹宁斯太太也不适合做米德尔顿夫人的母亲一样。他沉默寡言、一本正经。不过他的外表倒是并非不讨人喜欢，尽管在玛丽安和玛格丽特眼里他已经是个彻头彻尾的老单身汉了，因为他已经过了三十五岁；虽说他的相貌并不漂亮，他的面容却显得通情达理，而且他的谈吐尤其富有绅士风度。

这几个人当中并没有一位能与达什伍德母女有什么志趣相投之处；不过由于米德尔顿夫人的冷漠乏味显得特别令人生厌，相比之下，布兰登上校的不苟言笑，甚至约翰爵士和他岳母的笑谑吵闹反倒显得更有趣一些。直到饭后她那四个闹哄哄的孩子跑进来以后，米德尔顿夫人才好像提起了兴致，他们把她拉过来拖过去，扯她的衣服，于是别的谈话只得统统终止，只能聊聊跟他们有关的话题了。

到了晚上，由于发现了玛丽安的音乐才华，于是她就被邀请当众表演。打开了钢琴，每个人都准备好了要被她的演唱陶醉一番，而玛丽安也不负众望，唱得很好，在大家的一再请求之下，她把米德尔顿夫人从娘家带来的歌谱里的主要歌曲全都演唱了一遍。那歌谱极有可能自打她嫁过来以后就一直摆在钢琴上，从没挪过位置，因为爵士夫人为了庆祝她的婚姻大事从此就放弃了她的音乐大业，虽然照她母亲的说法她当初的弹唱好得不得了，照她自己的说法，她可喜欢音乐了。

玛丽安的表现大受欢迎。每唱完一首歌曲，约翰爵士就大声喝彩，而在每首歌演唱的过程中他跟别人交谈的嗓门儿也同样响亮。米德尔顿夫人不断地叫他遵守秩序，表示奇怪面对这么美妙的歌声怎么有人居然会有片刻的分神；然后她就请求玛丽安再演唱一首特别的歌曲，而这首歌曲正是玛丽安刚刚唱完的那首。在所有人当中，唯有布兰登上校在听她唱歌时没有表现得欣喜若狂。他只是满怀赞许地倾听着；为此她不禁对他心生敬意，而其他几位则因为极不体面地全无欣赏的趣味而完全失去了她的尊敬。他对音乐的喜爱，虽然尚未达到唯一能跟她心意相通的那种心醉神迷的程度，不过跟其他人那可怕的麻木不仁相比之下，却也显得难能可贵；而她通情达理地认为，一个三十五岁的男人也许早就丧失了一切敏锐的情感和所有精雅的欣赏能力了。她绝对愿意充分地体谅上校的所有缺憾，因为他年事已高，不能过于苛求，否则可就不人道了。

第八章

詹宁斯太太是个寡妇，丈夫死后给她留下一笔充裕的财产。她只有两个女儿，她都眼看着嫁到了好人家，所以她如今无事可做，只想着成全全天下的男婚女嫁。为了达到这个目标，她总是热心积极，但凡能力所及，从不错过机会，一心替她认识的所有青年男女筹划婚事。她眼睛尖得很，最善于发现男女间倾心暗许的苗头，最喜欢点破某位小姐已经迷住了某个小伙子，非常享受眼看着她们脸红心跳的乐趣。凭借着这种洞察力，刚到巴顿庄园不久她就宣布布兰登上校已经深爱上了玛丽安·达什伍德。他们第一晚聚在一起的时候，她心下就颇有些怀疑是这么回事儿，因为玛丽安在唱歌的时候，他听得是那么用心；等到米德尔顿一家前往小别墅回拜用餐，他再次听她唱歌的时候，这事儿就已经确定无疑了。一定是这么回事儿。她已经有了十成的把握。这倒是一桩美满姻缘，因为他很有钱而她很漂亮。詹宁斯太太自打因为女婿的关系知道了有布兰登上校这个人以后，她就一心想给他择配个好太太；而她但凡见到一位漂亮姑娘，又总是想为她找个好丈夫的。

这件事对于她眼前的好处来说也无疑是非常重要的，因为这就为她提供了无穷无尽的好材料来开他们俩的玩笑。在巴顿庄园，她打趣上校，到了小别墅，她就打趣玛丽安。对于上校而言，只要她的玩笑只牵涉他一个人，倒是完全可以置之不理的；但是在玛丽安这边，起先她完全不明就里，等到她明白了是怎么回事的时候，她真是有些哭笑不得，不知道究竟该是笑它的荒诞无稽呢，还是该斥责它的鲁莽无礼，因为她认为这是对上校年事已高以及对他身为一个老单身汉的孤凄无助的无情嘲弄。

达什伍德太太倒是很难想象，一个比自己还要年轻五岁的男人，在她女儿那种青春少女的心目中就已经是老迈得无可名状了，于是就冒昧地替詹宁斯太太开脱，说她不太可能是故意拿他的年龄寻开心。

“可是至少，妈妈，你没办法否认这种说辞是荒唐的吧，尽管你不认为这是出于恶意。布兰登上校自然是比詹宁斯太太年轻一些，可他老得都可以做我父亲了；就算是曾经有过恋爱的精神头儿，也肯定早就心如死水了。这太荒谬可笑啦！一个人什么时候才能免受这种奚落呢，如果年老和病弱都保护不了他的话？”

“老弱！”埃莉诺道，“你说布兰登上校老弱？他的年纪在你眼里也许比在母亲眼里要大得多，这可以理解；可是你总不至于自欺欺人地故意看不见他的手脚还是灵便的吧？”

“你没听见他抱怨风湿病吗？那不是人衰老以后最常见的病痛吗？”

“我最最亲爱的孩子，”她母亲笑着说，“照你这么说，你一定是时时刻刻都在为我的衰老而心惊胆战啦；我居然已经活到了四十岁的高龄，在你看来一定觉得是个奇迹了吧。”

“妈妈，你这么说我可是不公道。我当然知道布兰登上校还没老到会让他的朋友们担心将要失去他的程度。按照自然的规律他也许还能活上二十年呢。不过三十五岁可是跟婚配再也没有任何关系了。”

“也许，”埃莉诺道，“三十五和十七岁的最好不要谈婚论嫁。可要是碰上一位二十七岁尚且单身的女人，我并不觉得三十五岁的布兰登上校如果想娶她的话会有什么障碍。”

“一个二十七岁的女人，”玛丽安沉吟了一会儿才说道，“是再也没有希望能感受到或者激起别人的爱意了，如果她家境不好，或是财产太少，出于嫁人为妻以后可以生计无虞、终身有靠的考虑，那倒是不妨屈就这么个保姆的职位。他要是想娶这么一个女人的话，确实没什么不合适的。这是桩双方两便的协议，大家都会感到满意。但在我看来这却根本就不是什么男婚女嫁，不过这倒也无关紧要。在我看来这就像是一桩商业交易，双方都希望对方吃亏，自己赚到便宜。”

“我知道，”埃莉诺回答道，“你是不可能相信一个二十七岁的女人还有可能对一个三十五岁的男人产生任何接近于爱情的情感，使他成为自己的如意郎君的。不过只是因为昨天他偶然抱怨了一句一边的肩膀略微有点风湿疼的感觉（昨天是个非常寒冷的阴雨天），你就判决把他和他妻子永远都关进病房里，这我可是必须要反对的。”

“可他还说起了法兰绒的背心，”玛丽安道，“我感觉法兰绒背心总是和疼痛、痉挛、风湿以及各种侵袭年老病弱者的病痛分不开的。”

“他如果只是发了场高烧的话，你就不会这么瞧不起他了。说实话，玛丽安，你是不是觉得人发起烧来两颊通红、眼睛眍䁖、脉搏加速也挺有趣的？”

说完这话以后，埃莉诺没过多久也就离开了这个房间。“妈妈，”玛丽安在她走了以后说道，“说起生病来我倒是真有些担心，这个不能瞒你。我恐怕爱德华·费拉尔斯肯定是病了。咱们搬到这儿已经快半个月了，而他却还没有来。除非真是偶染微恙，否则是绝不会迁延这么久的。除此以外还有什么事能把他硬留在诺兰庄园呢？”

“你真的认为他这么快就会追过来？”达什伍德太太道，“我可不这么想。正相反，要是在这上头我有什么担心的话，倒是我想起当初我邀请他来巴顿做客的时候，他表现得有些犹犹豫豫、没精打采。埃莉诺已经开始盼着他来了吗？”

“我从没跟她提过这事儿，不过她肯定是盼着他来的呀。”

“我倒是觉得是你弄错了，因为昨天我跟她提起那间空余的卧室还需要添一个新炉架的时候，她说没必要这么着急，那个房间一时半会儿也不大会有人来住的。”

“这可太奇怪啦！这到底是什么意思呢！不过他们两个对待彼此的态度也真是莫名其妙！他们上次分手的时候是多么冷淡，多么平静啊！待在一起的那最后一个夜晚，他们说的话是多么没精打采！爱德华在道别的时候，对待埃莉诺和我没有任何差别：都像是一位满怀关切的兄长的良好祝愿一样。最后一天的那个早上，我有两次故意留他们单独在一起，可每一次他都莫名其妙地跟着我走出了房间。而埃莉诺在离开诺兰和爱德华的时候，哭得还没我厉害。就是现在，她也还是一如既往地克己自制。你见她什么时候灰心丧气、伤心难过过？你见她什么时候躲着不想见人，或者在人前显得不耐烦、不高兴过？”

第九章

达什伍德母女就这么在巴顿安顿下来，日子过得尚算得舒适。那幢住宅和花园，还有周围的一草一木都已经变得熟悉起来，诺兰的一半魅力要源自当初在那里的日常事务，如今在这里又重拾起来，相较于她们父亲去世后的那段时间还要远为愉快得多。一开始的半个月里，约翰·米德尔顿爵士每天都来拜访她们，他在家里向来都无所事事，看到她们母女总是这么忙忙碌碌的，禁不住大为惊奇。

除了巴顿庄园，来自别处的客人并不多；因为尽管约翰爵士强烈地请求她们多跟邻居们交往，并且一再保证他的马车随时都听凭她们使用，达什伍德太太不愿求人的秉性还是盖过了为了几个女儿应该多跟人交往的愿望；坚决地拒不拜访步行范围之外的任何人家。步行可及的原本就没几户人家，何况还不是家家都到得了的。前面已经提到，巴顿山谷再往外延伸就叫作艾伦厄姆了，有一次，姑娘们沿着狭窄弯曲的艾伦厄姆山谷散步时，发现距离她们的小别墅大约一英里半的地方坐落着一幢看起来颇为气派的古老府第，多少有点让她们想起了诺兰庄园，激发了她们的遐想，因此而希望能多了解一点这座府第的情况。可是打听以后才知道，府第的主人是位品行良好的老夫人，可惜身体太坏，只能深居简出，无法跟外界来往。

她们家周围的乡间，处处是景色优美的步道。高高的丘陵，透过小别墅的几乎每个窗口都在招引她们攀到顶上去寻幽揽胜，呼吸新鲜空气；当两个山谷的绝胜美景被谷底的泥泞封锁，无法涉足的时候，那开阔的丘陵就成为令人愉快的替代选择。在一个值得纪念的早晨，玛丽安和玛格丽特朝其中的一座山丘攀去，那天虽是个阵雨天，她们却被天空中露出的阳光所吸引，又加上前两天霪雨不断，一直关在家里也实在有些腻味了。不过母亲和埃莉诺还是觉得这阴晴不定的天气靠不住，尽管玛丽安宣称天气肯定会越来越好，每一块吓人的乌云很快就将从山顶上慢慢散开，她们还是不肯放下手里的画笔和书本；小姐儿俩只得结伴出发了。

她们高高兴兴地往山上爬，每当头顶上露出一线蓝天就为她们的先见之明而洋洋得意；一阵阵鼓舞士气的西南劲风吹在脸上，姐妹俩不禁可怜起缩在家里的母亲和埃莉诺，她们因为怕这怕那的而无法领略到这么快意的感受。

“世上还有比这更快乐的吗？”玛丽安道，“玛格丽特，咱们至少要在这儿走上它两个钟头。”

玛格丽特欣然同意，姐妹俩就顶着风前进，嘻嘻哈哈地又走了大约二十分钟，这时头顶的乌云突然连成了一片，倾盆大雨劈头盖脸地浇下来。——两人又惊又恼，虽然很不情愿，也只得掉头往回走，因为再没有比她们家更近的避雨之处了。不过仍有一个念头可以聊以自慰，因为事出非常，她们可以用最快的速度从小山的陡坡上直冲下来，直达她们花园的门口，应该也算不上有失体统了。

她们就起跑了。先是玛丽安跑在前头，可是一步踏错就摔倒在地上，而玛格丽特却已经收不住脚停下来帮她，不由自主地冲了下去，平安地跑到了山下。

当玛丽安摔倒的时候，一位手拿猎枪的绅士正巧上山打猎经过这里，两条指示犬①绕着他跑前跑后，离她只有几码的距离。他赶紧放下枪跑上前去帮她。她已经强撑着从地上爬了起来，可是因为摔倒时把脚崴了，几乎无法站立。那位绅士一心想帮她，见她不好意思咬牙拒绝，而她的情况又的确需要帮忙，索性毫不迟疑地把她抱起来，送下山来。穿过玛格丽特没关上的花园门，径直把她抱进了屋里，一直到把她安顿在客厅里的一把椅子上这才撒手，玛格丽特这时也不过刚跑进来不久。

---

① 指示犬（pointer），打猎时会向猎人示意指出猎物位置的猎犬。

埃莉诺和母亲见他们就这么进来，大惊失色地站起来，母女俩的目光紧盯在他身上，对他的出现一方面明显地表示惊奇，另一方面又暗地里表示赞赏，他为他的贸然闯入表示歉意，赶紧解释了情由，态度极为坦率而又优雅，他的品貌原就异乎寻常地俊美，他的嗓音和表情又为他平添了几分魅力。即便是他又老又丑，举止粗俗，单凭他救护自己的孩子这一点，达什伍德太太也会对他感激不尽、竭诚以待的；更何况他又这么年轻、俊美、态度文雅呢，这就使她对他更加好感大增、另眼相看了。

她对他是谢了又谢，以她素有的亲切口吻和柔和的嗓音邀请他坐下。可是他却不肯就座，因为他身上又脏又湿。达什伍德太太又请教恩人的大名。他回答说他姓威洛比，目前住在艾伦厄姆，并说他想明天再来探望达什伍德小姐的伤情，恳求她能俯允。达什伍德太太一口答应了，然后他就冒着大雨告辞而去，这就使得他更加招人喜欢了。

他那富有男性气概的俊美和异乎寻常的优雅风度马上就成为全家交口称赞的话题，他对玛丽安的殷勤举动引来了母亲和姐妹们对她的取笑，由于他那迷人的外表，大家就取笑得更加起劲了。——玛丽安因为被他抱在怀里，羞得满面绯红，心慌意乱，进屋后更是不好意思去看他，所以不像母亲和姐妹们端详得那么细。不过匆匆瞥见的那几眼也尽够她跟着大家对他赞不绝口了，而且她一旦赞赏起什么人来总是不遗余力的。他的品貌和风度恰恰符合她心目中为心爱的故事里的英雄人物所描画的形象；而且他在抱她进屋的时候是那么不拘小节，那种当机立断的劲头儿尤其使她倾心不已。有关他的一切都是那么招人喜欢。他的姓氏动听，他又住在她们喜欢的那个村子里，而且她很快就已经认定，在所有男士的装束里，就数猎装外套最神气了。她的想象空前活跃，想来想去一切都是那么令人愉快，脚踝崴了的伤痛早就被她抛到九霄云外去了。

那天上午天刚一放晴，能够出门了，约翰爵士就来拜访她们；玛丽安的小事故当然讲给他听了，接着她们就急切地问他是否认识艾伦厄姆一位姓威洛比的绅士。

“威洛比！”约翰爵士叫道，“怎么，他在这里吗？不过这真是个好消息；我明天就骑马去找他，请他周四来吃晚饭。”

“这么说来你认识他，”达什伍德太太道。

“认识他！岂止是认识啊。喔，他每年都到这儿来的。”

“那么他是个什么样的年轻人呢？”

“是个顶呱呱的好小伙子，我向你们保证。一位神枪手，英格兰最胆儿大的骑手。”

“对于他你就只能说这些？”玛丽安叫道，大为愤慨，“可是他在跟人熟识以后，他的行为方式是什么样的呢？他有什么爱好、才能和天赋呢？”

约翰爵士显得相当困扰。

“说实话，”他说，“这些方面我对他还真不是特别了解。不过他是个讨人喜欢、脾气很好的小伙子，他有一条黑色的小母狗，是我见过的最好的指示犬。他今天带出来没有？”

可是玛丽安却无法令他满意地告诉他威洛比先生那条指示犬的毛色，就像他无法跟她说清楚他心灵的色调一样。

“可他到底是谁？”埃莉诺道，“他是哪儿人？他在艾伦厄姆有住宅吗？”

在这一点上，约翰爵士还是能够提供一些更为确凿的情报的；他告诉她们威洛比先生在这一带并没有自己的产业；他只有来看望艾伦厄姆府的老夫人时才住在这里，他是这位老夫人的亲戚，将来要承继她的财产的；然后又补充道：“是的，是的，他可是很值得抓住的，告诉你吧，达什伍德小姐[1]；他在萨默塞特郡[2]还有他自己的一份小产业；我

---

①英俗，某某小姐一般即某姓氏家的大小姐，故本书中的达什伍德小姐即指达什伍德家的大小姐埃莉诺。

②萨默塞特郡(Somersetshire)，英格兰西南部一郡，西北濒布里斯托尔湾。

要是你的话，我可是不会把他拱手让给我妹妹的，管她有没有从山上滚下来。玛丽安小姐也不能把所有的男人都霸占下吧。布兰登可是要吃醋的，要是她不小心一点的话。”

“我可不认为，”达什伍德太太道，面带心平气和的微笑，“我的这几个女儿有谁会像你说的那样去抓住他的，威洛比先生可以但放宽心。我把她们养大可不是叫她们去干这种事的。男人不管多么有钱，跟我们在一起都是非常安全的。不过听你说来他是个正派体面的小伙子，我还是很高兴的，这么说来跟他结识一下就没什么不合适的啦。”

“我相信，他是个再好也没有的小伙子啦，”约翰爵士重复道，“我记得去年的圣诞节，在我们庄园举行的一个小舞会上，他从八点钟一直跳到凌晨四点，一次都没坐下来休息过。”

“这是真的吗？”玛丽安叫道，眼睛烁烁放光，“而且一直都风度翩翩，精神十足？”

“是呀；而且他早上八点钟又起来，骑着马打猎去了。”

“我就喜欢这样的；这才是年轻人该有的样子。不管他干什么，就该如饥似渴，就该不知疲倦。”

“是呀，是呀，我看出是怎么回事儿了，”约翰爵士道，“我看出是怎么回事儿啦。你这就是想要向他抛绣球了呀，一点也不顾惜可怜的布兰登了。”

“约翰爵士，”玛丽安说，火冒三丈了，“你这种说法我讨厌死了。什么庸俗的字眼儿都拿来当俏皮话说，真恨死人了；又是‘抛绣球’啦，又是‘征服男人’啦，尤其不堪入耳。这种话多么粗俗，多么鄙陋；如果一开始还算得上有点小聪明的话，时间一长，那点俏皮劲儿早就荡然无存了。”

约翰爵士听不大懂这番指责到底是什么意思；不过他照旧开心地哈哈大笑，然后又回答道：

“是呀，我相信你会旗开得胜的，不管怎么说。可怜的布兰登！他已经为你神魂颠倒啦，而且他是很值得你向他抛绣球的，我这么跟你说吧，尽管有这些滚下山啊、崴了脚的小插曲。”

第十章

被玛格丽特言过其实地敬称为玛丽安的救命恩人的威洛比，第二天一早就亲自登门探病来了。达什伍德太太待他岂止是客气，简直是蔼然可亲，这是约翰爵士对他的介绍以及她本人对他的感激之情加在一起的结果；他这次拜访期间耳闻目睹的一切都使他确信，因为那个意外的小事故而使他偶然结识的真是一户通情达理、举止文雅、互敬互爱、温暖舒适的人家。而对于她们个人的魅力，不须第二次拜访，他也已经是深信不疑了。

达什伍德小姐皮肤细嫩，五官端正，身材尤其漂亮。玛丽安还要漂亮。她形体虽没有她姐姐那么匀称，个头却更加高挑，显得更为动人；她面容非常可爱，如果用一般表示恭维的俗套说她是个美人儿，倒也不像通常的那样过分歪曲事实。她肤色黝深，但像是透明的一般，面色显得非同寻常地亮泽；她五官也生得非常好看；她的笑容甜美而又迷人，眼睛的颜色非常深，眼神里有一种活力，一种神采，一种热情，任谁见了都会不由得喜欢。她因为威洛比帮过她的忙而有些不好意思，眼睛里活灵活现的表情起先是故意收着的。不过等过了这一阵，等她的精神镇定下来，在她发现由于受到完美的绅士教养，他的举止既坦率又活泼，尤其是听他说他酷爱音乐和跳舞以后，她忍不住无比赞赏地看了他一眼，就这一眼，便决定了在他这次拜访的剩余时间里，大部分的时间都专用来跟她交谈了。

要想引她说话，只消提一下她的任何一项爱好就足够了。只要谈到这样的话题，她就再也不会保持沉默了，而且谈论起来既不会扭扭捏捏，也不会有任何保留。他们很快就发现，音乐和跳舞是他们共同的爱好，而且对这两者的见解两人也完全一致。大受鼓舞之下，想进一步细检他的其他看法，于是就问起了阅读方面的问题；她把自己心爱的作家都搬弄出来，热情洋溢地掰着指头一一细数他们的好处，任何一位二十五岁的年轻人，不管以前对书本有多么漠视，如果还不马上就对这些伟大的作品皈依膜拜，那就简直是麻木不仁了。他们的趣味相似得惊人。两人都极端喜欢同样的书籍，同样的篇章——假如出现了任何分歧，引起了不同的意见，她只要力陈己见，再加上明眸一闪，马上就会消弭于无形。他对她的一切论断无不点头默许，对她的所有喜好全都欣然景从；在他这次拜访还远未结束之时，两个人已经旧雨重逢般躲在一旁促膝谈心了。

"我说，玛丽安，"威洛比一走，埃莉诺就说道，"依我看你这一个上午成绩就非常可观呢。你已经查清楚了威洛比先生几乎在每一个重要问题上的观点。你知道他对于科珀和司各特①是怎么看的；你确信他对他们的优美诗篇的评价是恰如其分的，你也已经完全有把握他对蒲柏②的赞赏丝毫不会过头③。可是如果每一个话题都这么快就给打发掉的话，你们的交往又怎么能长久地维持下去呢？你们很快就会把每一个喜爱的话题都消耗光了的。下一次会面就足以解释清楚他对于诗情画意④之

① 司各特（Sir Walter Scott，1771—1832），英国苏格兰小说家、诗人、历史小说的首创者，浪漫主义运动的先驱，主要作品有长诗《玛密恩》、《湖上夫人》和历史小说《威弗利》、《艾凡赫》等。

② 蒲柏（Alexander Pope，1688—1744），英国诗人，深受法国布瓦洛的影响，著有诗体论文《批评论》，阐述古典主义审美原则，主张诗歌应模仿自然，认为古希腊、罗马的作品是艺术的典范，著有长篇讽刺诗《秀发遭劫记》和《群愚史诗》等，并翻译荷马史诗《伊利亚特》和《奥德赛》。

③ 相对于情感节制的古典主义者蒲柏，玛丽安显然更喜欢富有强烈情感的当代的，亦即浪漫主义的诗作。玛丽安对于创作风格与科珀大为不同的司各特的偏爱不太可能出现在早期的手稿中，因为司各特第一首广为流传的长诗《最后一个行吟诗人之歌》发表于一八〇五年，这也正说明奥斯丁在煞费苦心地向读者点明玛丽安对于当代浪漫主义文学的偏爱。奥斯丁本人虽然也像玛丽安一样喜欢司各特和科珀，她对于蒲柏也同样赞赏有加，她在一封信中曾这样断言："这个世界上还有这么一位永不犯错的蒲柏。"（一八一三年十月二十六日）而且《理智与情感》随后的情节可能正是对于《秀发遭劫记》的化用。

④ "诗情画意"（picturesque）这个术语用于描绘一种主要表现在绘画和园艺中的自然风景。与单纯的"美丽"（beautiful，在画出来以后会显得呆板或者单调）的不同之处在于，"诗情画意"之美是以不甚规则、高低不平的质地以及光与影的变幻为特征的。诗情画意风格的绘画和园艺在十八世纪末和十九世纪初风靡一时。

美的看法，还有对二婚[1]问题的感想，这之后你可就再无任何问题可问啦——”

“埃莉诺，”玛丽安叫道，“你这么说公平吗？公道吗？我的思想就这么贫乏吗？不过我明白你的意思。我刚才太自在、太开心、太心直口快了。我冒犯了每一条老生常谈的礼仪轨范；我本该少言寡语、没精打采、呆滞迟钝，而且口是心非，结果我竟然又坦率又真诚：我要是只谈谈天气和路况，要是十分钟只开一次口的话，就不会受到这种责难了。”

“我的爱，”她母亲道，“你千万不要生埃莉诺的气——她只是在开玩笑。她要是真想打断你和我们的新朋友交谈的乐趣的话，我会亲自责骂她的。”——玛丽安很快就消了气。

威洛比这边呢，他处处都表现得很高兴跟她们认识，因为他显然希望尽一切可能跟她们套近乎。他每天都来看她们。一开始的借口是来探望受伤的玛丽安；不过她们母女对他的款待一天比一天更热情，这种鼓励使得他在玛丽安尚未完全康复、这个借口还没真正失效以前就已经没这个必要了。她有好几天没法出门；不过还从没有像这次一样被迫关在家里而并不感到丝毫厌烦。威洛比是个极有本事的小伙子，思维敏捷、精神活跃，而且性情开朗、深情款款。他和玛丽安简直就是天造地设的一对儿，因为除了这些品质以外，他还有迷人的品貌和一个天生热情的心灵，如今又受到她自己心灵的激发，更是变得愈发炽热，这一点比任何别的东西都更能赢得她的倾心相爱。

他的相伴逐渐成了她最大的乐趣。他们一起读书、一起交谈、一起唱歌；他有很高的音乐天赋，他朗读起来充满情感、精神饱满，而这都是爱德华不幸而全付阙如的。

---

① 在当时的浪漫主义的概念当中，敏感的灵魂，尤其是敏感的女性一生只会有一次真爱。

他们一起唱歌

在达什伍德太太看来，他就像在玛丽安眼中一样地完美无瑕；埃莉诺也说不出他有什么值得责难的地方，只不过他有个跟她妹妹极像，因而特别讨她妹妹欢心的倾向，就是在不管什么情况下都只关心自己的想法，只顾表达自己的喜好，从不顾及任何对象、任何场合。他急于对人做出评判，急于妄下断语，一旦注意力被什么吸引住了，马上就心无二用、旁若无人，连最基本的礼貌都不顾了，而且太容易轻视世俗的礼仪轨范；对他这种不够审慎的做派，不管玛丽安如何为之辩护，埃莉诺总是无法表示赞同。

玛丽安现在开始觉得在她十六岁半时产生的那种绝望情绪，觉得自己这辈子都别想能碰上一个满足她全部理想的完美男人，未免过于草率和不合情理。威洛比就正是她无论在那忧愁的时刻还是每一个心情舒畅的阶段为自己描画出来的理想爱人的形象，而他的实际行动也表明，他不仅论起才具来完全符合理想，他在这方面的愿望也是同样热切的。

她母亲虽然并未因为他将来有望大富大贵就兴起想让他们结婚的投机打算，现在一个礼拜的时间还没到，却也真心期盼起这桩婚事能够成功了；而且还因为自己能得到爱德华和威洛比这么两个好女婿心下暗自庆幸不已。

布兰登上校对玛丽安的爱慕虽然早经他的朋友们透露出来，埃莉诺则是直到现在才有所察觉，这时反而不再引起大家的注意了。他们的注意力和俏皮话儿都转到比他更为幸运的那个竞争对手身上去了；上校在并未生出爱慕之情的时候，别人就已经开始拿他来打趣儿，而当他真正开始动了感情，理该受到嘲弄的时候，大家偏偏转移了目标。埃莉诺虽不情愿，却不得不承认，詹宁斯太太当初为了自己寻开心硬派给布兰登上校的那片相思之情，现在居然当真被她妹妹给激发了起来；虽然说威洛比先生的钟情是有双方秉性脾气的大体相似而促成的，而性格上的截然相反却也并没有妨碍布兰登上校情愫暗生。看到这一点她不禁大为担心；因为一个三十五岁少言寡语的男人跟一个二十五岁异常活跃的小伙子交锋对垒，还能有什么希望呢？既然在她看来他都绝无胜算的可能，她就只能衷心希望他能不那么痴情了。她喜欢他——尽管他严肃而又矜持，她仍将他视作一个值得关心的对象。他态度举止虽不苟言笑，却也温和有礼；他的矜持看来也是某种精神受到压抑的结果，而并非由于天性上的阴沉。约翰爵士曾暗示他过去经受过伤害和失意，这就证实她把他当作一个不幸的人来看待是对的，对于他，她满怀尊敬和同情。

也许是由于他受到威洛比和玛丽安的轻视，才使得她对他愈发怜悯和敬重；他们对他大有偏见，认为他既不活泼又不年轻，似乎一心要对他的优点视而不见。

“布兰登就是这么一种人，”有一天他们一起谈到他时，威洛比这么说，“人人都说他好，却谁也不关心他；人人都乐意见到他，可是谁都想不起要和他说话。”

“这正是我对他的看法，”玛丽安叫道。

“可别那么夸大其词，”埃莉诺道，“因为你们俩对于他都不公道。巴顿庄园的一家人对他可都是十分敬重，至少我每次见到他，总会尽力和他交谈一番的。”

“他能得到你的屈尊俯就当然是他的荣幸了，”威洛比回答道，“至于说到其他人对他的器重，那本身就是种耻辱。有谁会甘愿受到米德尔顿夫人和詹宁斯太太这种女人的赞许呢？那简直就是一种侮辱，只能招致其他人的不以为然。”

“不过像你和玛丽安这种人的辱骂，也许正好可以抵消米德尔顿夫人和她母亲对他的敬重。如果她们的赞许相当于一种非难，你们的非难也许就可以被当作一种赞扬了，因为她们的没有辨别力正跟你们的偏见和不公不相上下。”

“为了捍卫你的被保护人，你居然这么出口不逊。”

“我的被保护人——用你们的话说——是个通情达理的好人；在

我看来，理智一直都是很有吸引力的。没错，玛丽安，甚至对于一个三四十岁之间的人而言也是这样。他见过不少世面；出过国；读过很多书，还有个善于思考的头脑。我已经发现，他在各种问题上都能给我很多教益，他在回答我的问询时，总是胸有成竹，显示出良好的教养和善良的品性。”

“也就是说，”玛丽安倨傲轻蔑地叫道，“他告诉过你东印度群岛气候炎热，蚊子烦人啰。”

“如果我问到他这些问题的话，我并不怀疑他是会这么告诉我的，不过碰巧这些都是我早就听说过的事了。”

“也许，”威洛比道，“他的见闻还会扩展到莫卧儿王朝的印度长官、莫赫金币①和四人小轿。”

“冒昧地说一句，他的见闻可比你大度的想象远为广博得多。可是你究竟为什么不喜欢他呢？”

“我并没有不喜欢他。相反，我认为他是个非常可敬的人，人人都说他的好话，可是没人会注意他；他的钱多得花不掉，时间多得不知道该如何消遣，每年都添置两件新外衣。”

“还有呢，”玛丽安叫道，“他既没有天资和情趣，也没有精气神。他的理解力相当平庸，他的感情像是温吞水，他的声音没有表现力。”

“你们给他编派了这么多缺陷，”埃莉诺回答道，“而且几乎都是你们想象出来的，相比而言我能够给予他的褒扬就真是平淡无奇了。我只能说他是个通情达理的人，教养良好、见多识广、吐属文雅，而且我认为他心地温厚善良。”

“达什伍德小姐，”威洛比叫道，“你这么说可是待我不厚道了。你是竭力在用讲道理的方式来解除我的武装，说服我违心地接受你的观

---

①莫赫金币（gold mohr），在英属印度使用过的一种旧金币，值十五卢比。

点。可这是不会起作用的。你会发现我的固执和你的狡猾不相上下。我有三个不喜欢布兰登上校的理由，而且无可辩驳：我希望天晴的时候他老拿下雨来威胁我；他对我的两轮轻便马车的车幔横挑鼻子竖挑眼；再有就是我横竖说不动他买我的棕色母马。不过如果我说我相信除此以外的他的品格是无可指责的，而这会让你感到满意的话，我是愿意承认这一点的。作为对我的这一认账的报答，因为我承认这一点是颇有些勉强的，你就不能否认我有一如既往地不喜欢他的特权啦。”

第十一章

刚来到德文郡的时候，无论是达什伍德太太还是她的几个女儿都没有想到，居然马上就会有那么多的约会送上门来，占用了她们那么多时间，没想到她们会那么经常就受到邀请外出做客，又会那么经常有客人登门拜访，简直没有任何空闲可以干点儿正经事。可是实际情况偏偏就是这样。玛丽安的脚伤刚刚痊愈，约翰爵士事先就已安排好了的室内和户外的娱乐活动便已经开始付诸实施了。巴顿庄园的家庭舞会这时就开始举行；水上的游艺宴会也准备停当，只要阵雨频仍的十月天气许可，马上就搞起来。每一次这样的社交聚会威洛比无不参加；他算准了这类聚会自然会具有的那种轻松和随意肯定能促进他和达什伍德母女的亲密关系，能让他有机会目睹玛丽安的优长之处，向她表露他对她的热烈爱慕，同时也从她的言谈举止当中获得她钟情于他的最确凿明显的保证。

埃莉诺对于他们的倾心相恋并不感到意外。她只希望他们不要表现得那么堂而皇之；有一两次她也确曾不揣冒昧地建议玛丽安还是应该稍加自我克制。可是玛丽安却痛恨一切的遮遮掩掩，她认为毫无保留地说爱就爱并无任何真正的丢脸之处[①]；在她看来，如果感情本身是无可非议的，有意地对它加以克制不仅仅是徒劳无益，而且是理性对于陈腐、错误观念的可耻屈从。威洛比的想法跟她一样；他们的行为举止无时无刻不在表明他们的这一观点。

只要有他在场，她的眼睛里就再也看不到别的人了。他做的事样样都对。他说的话句句聪明。如果巴顿庄园的晚会以打牌作为收场，为了让她凑到一手好牌，他会不惜对自己，也对其他所有的人作弊。如果当晚的娱乐主要是跳舞，有一半的时间两人都会是舞伴；即使有一两支舞不得不分开，他们也总是尽量挨在一起，跟旁的人几乎一句话都不讲。

这样的举动自然使他们受到大家极端的嘲笑；可是嘲笑却并不能让他们感到难为情，似乎也不大会惹得他们动怒。

达什伍德太太满怀热情地完全体谅他们所有的感情，根本无意于劝阻他们这种情感的过分表露。在她看来，这不过是年轻而又火热的心灵热情相恋时的自然流露罢了。

这真是玛丽安的幸福时刻。她把整颗心都扑在了威洛比身上，她从萨塞克斯带来的对于诺兰庄园的怀念，原本认为是不可能磨灭的，如今却已经变得淡薄了，因为有他的陪伴，她现在的这个家也被赋予了魅力。

埃莉诺却没她这么幸福。她的内心并没有那么自在，对于他们的各种娱乐也并没有那么心满意足。他们无法为她提供一个伴侣,可以替代她已经撇下了的那个，也无法让她在想起诺兰庄园的时候不再那么满怀遗憾。无论是米德尔顿夫人还是詹宁斯太太，都提供不了她所怀念的那种倾谈之乐；尽管詹宁斯太太极为健谈，说起来就没个完，而且从一开始就待她很亲热，她也由此成为她主要的倾吐对象。她已经把自己的身世向埃莉诺絮叨过三四遍了；如果埃莉诺的记性和她添油加醋的本事不相上下的话，那么在她们[②]刚一认识的时候，就已经熟知詹宁斯先生最后病倒的所有详情，以及他去世前几分钟都跟他妻子说过些什么话了。米德尔顿夫人倒是比她母亲更容易让人接受一些，而这仅仅是因为她话说得少些。埃莉诺用不着仔细观察就已经看出，她的矜持只是由于态度的冷淡，跟通情达理是全无干系的。她对她丈夫和母亲就跟对她们完全一样；她压根儿就不会去寻求或是企盼什么亲密的关系。除了重复前一天已经说过的那几句话以外，她再无别的话可说。她的寡淡无趣是始终如一的，因为就连她的精神状态都是一成不变的；虽

---

① 女性在正式订婚前对于男性的爱慕究竟表露到何种程度才算是“得体”的，在十八世纪九十年代是个备受激烈争议的话题。

② 初版是“她们”（their），而第二版则改为“她”（her），此处应该取初版。

说她并不反对她丈夫操办的那些游宴聚会，只要样样事情都办得体面气派，而且她那两个最大的孩子都跟在她身边就行，可是她尽管参加这些聚会，却从来也并不显得比她一个人坐在家里更高兴一丁点儿；——她的参与也绝少能增加别人的乐趣，因为她从来不参与他们的交谈，常常是只有在她牵挂她那几个讨人厌的孩子的时候，大家才会意识到她也在场。

在埃莉诺所有的这些新相识中，她发现唯有布兰登上校的才能还能让人敬重，能激起跟他交往的兴致，和他做伴时能感到交往的乐趣。威洛比是根本指望不上的。她对他的赞赏和敬重，即便只是姐妹般的敬重，都只是单方面的；但他是个情人，他的全副注意力都倾注在了玛丽安身上，所以一个远不如他那么讨人喜欢的人倒也许更能赢得众人的欢心。而布兰登上校却没这么幸运，没人鼓励他一心只想着玛丽安，也只有在同埃莉诺的交谈中才能为她妹妹对他的全不在意，最大限度地找到点安慰。

埃莉诺对他的同情日渐增长，因为她有理由怀疑他已经尝到过失恋给他带来的苦痛了。她的这种猜疑来自有天晚上在庄园舞会上他无意中漏出来的只言片语，当时大家都在跳舞，他们俩则两厢情愿地坐在一起。他的目光集中在玛丽安身上，沉默了几分钟以后，带着淡淡的微笑道：“依我看，令妹是不大会赞成二次恋爱的。”

“是的，”埃莉诺回答道，“她的见解全都是罗曼蒂克的。”

“或者，以我的理解，她认为所谓的二次恋爱根本就是不可能存在的。”

“我相信她是这么想的。可是她究竟为什么会有这种想法，我真是不懂，因为她难道没有想到过自己的父亲吗？他老人家就有过两位妻子呀。不过再过上两年，等她具备了更多的常识和阅历，她的见解就会变得更加通情达理了；到了那时，在除她以外的旁人看来，她的人生观兴许就会变得更容易理解和接受了。”

“情况可能会是这样的，”他回答道，“不过一个年轻的心灵，即便是有各种偏见，也还是有其非常可爱之处的，看到它们让位给那些四平八稳的所谓公意，还是挺让人惋惜的。”

“这一点我可不能同意，”埃莉诺道，“像玛丽安这样的情感会带来各种的麻烦，无论热情和无知有多少魅力也将于事无补。她的思维方式有一种很不幸的倾向，那就是完全无视礼俗仪法；我希望她对这个世界的认识能更加深入一些，那才能给她带来最大的好处。”

稍过了一会儿，他又把话题转了回来——

“令妹是不加区别地一概反对二次恋爱吗？不管什么人，只要这么做了都算是罪过吗？如果有的人第一次择偶不当，无论是因为对方变了心，还是由于时乖命蹇，难道他这一辈子就再也不该动感情了吗？”

“说实在的，我不太熟悉她那些原则的具体细节。我只知道，我还从没听她说过有哪一桩二次恋爱是情有可原的呢。”

“这种主张，”他道，“是不可能持久的；但是一旦有变，一旦情感上有了完全的变化——不，不，还是不要有这种痴心妄想的好，——因为一个年轻的心灵当中那些浪漫的美好情感一旦被迫放弃，代之而来的不幸往往是那些平庸之极而且极其危险的观点！这是我的经验之谈。从前我认识一位姑娘，她在脾气和心地上都跟令妹很是相像，无论是想法还是是非观都像，可是自从因为被迫做出改变——因为一系列不幸的际遇而发生改变，她就……”说到这里他突然住了口；看来是觉得自己说得太多了，而且他的神色也不禁令人生疑，否则的话埃莉诺也就不会往心里去了。想来那位姑娘无疑已经不在人世了，因为他让达什伍德小姐相信凡是跟她有关的事情他是绝对不该泄露的。若是事情果真如此的话，那只需稍微想一想，就不难把他的激动情绪和有关过去的[1]温柔回忆联系在一起了。埃莉诺没有再追问下去。若是换了

①“过去的”（past）初版作“逝去的”（passed）。

玛丽安，她是绝对不会就此罢休的。在她那活跃无比的想象之下，整个故事很快就会呼之欲出；一切都将以最令人感伤的顺序编织成为一个最为悲惨的爱情故事。

第十二章

第二天早上，埃莉诺在和玛丽安一起散步的时候，玛丽安告诉了姐姐一桩新闻，尽管埃莉诺早就知道自己这个妹妹做事情孟浪轻率而且很欠考虑，但这件事还是把她吓了一跳，因为在这桩事上她表现得实在是轻率孟浪、有欠考虑得出了格。玛丽安欢天喜地地告诉她，威洛比送了她一匹马，是他在萨默塞特郡他自己的庄园里亲自喂养，专供女性骑乘的。完全没考虑她母亲并没有养马的打算，而且即便是母亲为了这个礼物的缘故改了主意，她也必须另为仆人再买一匹马，还得专雇个仆人来骑它，而且终究还得为这两匹马建个马厩，而她居然毫不犹豫地就接受了这个礼物，还欣喜若狂地当特大喜讯告诉了姐姐。①

“他打算马上就派他的马夫前往萨默塞特郡去把马取了来，”她补充道，“马一到，咱们就可以天天骑马了。你可以跟我一起骑它。你想想看，我亲爱的埃莉诺，在这些丘岗之上往来驰骋，该是多么开心的事啊！”

她极不情愿去认清跟这一事件相伴而生的那些不愉快的事实，因为她极不情愿从这样一个幸福的美梦中惊醒；一段时间以来，她都拒不接受这样的现实。至于再雇个仆人，那花不了几个钱；妈妈肯定不会反对的；他骑什么马都可以的嘛；他总可以到巴顿庄园里去牵上一匹；至于说到马厩，搭个最简陋的棚子也就足敷使用了。埃莉诺这时不揣冒昧地提出，她从一个所知甚少，或者至少是最近才认识的男人手里接受这样一份厚礼，她怀疑是否得体。这一下玛丽安可受不了啦。

“埃莉诺，”她激动地道，“你认为我对威洛比所知甚少，这你可错了。我跟他认识确实没多长时间，可我对他的了解胜过了全天下所有的人，只除了你和妈妈罢了。决定人与人亲近与否的并不是时间或是机遇——只看性情是否相投。对某些人来说，七年的时间也还不够他们相互了解，而对其他人而言，七天就已经绰乎有余了。倘若我是从哥哥那里接受了一匹马，我会感觉比接受威洛比的馈赠更不合适，更加问心有愧。我对约翰才是所知甚少，虽说我们一起住了都好多年了；可是对于威洛比，我心里对他早就有了定论。”

埃莉诺觉得还是不要再碰这个话题为好。她知道她妹妹的脾气。在如此敏感的问题上表示反对，只会让她更加固执己见。不过通过诉诸她对母亲的热爱之情就大不一样了，于是她就描绘了一番母亲如果出于对她的溺爱，答应了再多雇仆佣（她多半是会咬牙应允的）以后将给自己的日常用度带来多少不便，如此一来玛丽安马上也就屈服了；她答应不向母亲提起这桩送礼的事情，以免打动了母亲的慈爱心肠，导致鲁莽行事，她还答应下次见到威洛比的时候，一定会谢绝他的馈赠。

她说到做到，当天威洛比来她们小别墅拜访的时候，埃莉诺听到她低声向他表示很遗憾，出于不得已而不能接受他的礼物。她同时也讲了之所以改变主意的缘由，于是他也就不便再作强求。不过他的关切之意是非常明显的；在真诚地做过一番表白以后，他又以同样的低声补充说——“不过，玛丽安，那匹马仍旧是你的，即使你现在不能骑乘。我就帮你继续喂着它，直到你把它领走为止。等你离开巴顿建立自己的家庭以后，‘麦布女王[②]’将会欢迎你的骑乘。”

这一席话都被达什伍德小姐无意中听了个正着；从他说话的内容，

---

①按照当时一位家政专家约翰·特拉斯勒（John Trusler）的说法，在拿破仑战争期间，养马的花费上涨了一倍，每年约需四十镑，这对于达什伍德太太每年有限的预算而言是个沉重的负担。

②麦布女王（Queen Mab），当然是那匹母马的名字，典出莎士比亚《罗密欧与朱丽叶》第一幕第四景。麦布女王是个仙后，据罗密欧的朋友牟克休的描述是司梦的，这一充满幻想色彩的迷人典故在他嘴里已经变得有些不祥，因为与她联系在一起的梦“不过是徒劳的幻想”，“比飘渺的空气更加无常”。正像阅读《哈姆雷特》的达什伍德母女以及《曼斯菲尔德庄园》中的伯特伦一家，奥斯丁对莎士比亚的阅读和熟悉程度是不言自明的。

到他说话的态度，还有他对她妹妹只称呼教名①这一点上，她一眼就看出他们的关系已经非常亲密，相互间已经毫不避讳，证明两人已经真正到了情投意合的程度。从那时起，她认为他们俩无疑已经私定了终身；她对这一发现并不感到意外，她意外的倒是以他们俩那种从来不知道避讳的脾气，居然在这上头瞒过了她和他们的朋友们，她纯粹是事出偶然才发现了这一点。

第二天，玛格丽特又跟她说了一桩事，这么一来情况就显得更加明朗了。头天晚上威洛比是和她们一起度过的，有一段时间，客厅里除了他和玛丽安以外，就剩下她一个人，这让她有机会观察到了一些情况，于是她在第二天单独和她大姐待在一起的时候，就摆出一副最为俨然的面孔跟她透了个口风。

"哦，埃莉诺，"她叫道，"我有一个天大的秘密要告诉你，是有关玛丽安的。我确信她很快就要嫁给威洛比啦。"

"自打他们在高教会丘岗上邂逅以来，"埃莉诺回答道，"你几乎每天都这么说；我记得他们认识还不到一个礼拜的时候，你就言之凿凿地说玛丽安的脖子上挂上了他的相片；结果呢，那只是咱们叔公的微型画像。"

"但这次可是绝对不一样啦。我敢肯定他们很快就要结婚了，因为他已经拿到了玛丽安的一绺头发。"

"当心哦，玛格丽特。那也可能只是他哪位叔公的头发呢。"

"可是真的呀，埃莉诺，那是玛丽安的头发。我几乎可以百分百确定，因为我是眼看他剪下来的。昨天晚上喝过茶，你和妈妈离开房间以后，他们俩就在那儿一个劲儿地小声嘀咕，说得可快啦，他像是在跟她

---

① 在彼时的英国上层社会中，对于称呼是要遵循严格的规范的，由于只称呼女方的教名（而不是合乎礼俗地以其姓氏称其为某某小姐）表明了一种极为亲密的关系，绅士们除非是在已经跟对方订婚的情况下，否则是绝不会只以教名来称呼年轻的淑女的，以此，埃莉诺才有了下面的这番心理活动。

剪下了她很长的一绺头发

央求什么东西，没过多久他就拿起玛丽安的剪子，剪下了她很长的一绺头发，因为她的头发原本都是披散在背后的；他吻了吻那绺头发，用一张白纸包起来，放进他的笔记本里去了。”

她描述得这么详细，说得又这么言之凿凿，埃莉诺也就不得不信以为真了：她也并非是不肯相信，因为这一情况正跟她耳闻目见的完全一致。

玛格丽特的机灵劲儿并不总能表现得这么让她姐姐感到满意。有一天晚上在庄园里，詹宁斯太太硬逼她说出埃莉诺的意中人到底是谁，这早就是她备感好奇的一件事了，玛格丽特先是看了她姐姐一眼，然后说：“我不能说的，是吧，埃莉诺？”

这当然引得大家哄堂大笑；埃莉诺也勉强跟着咧了咧嘴，但这种努力是很痛苦的。她相信玛格丽特已经认定是谁了，她可没办法神态自若地听任那个名字成为詹宁斯太太长期的笑柄。

玛丽安是真心体谅她的心情；可是她的好心却帮了倒忙，因为她脸涨得通红，怒冲冲地对玛格丽特道：

“记住，不管你胡猜的是谁，你都没有权利说出来。”

“我从来就没有胡猜过，”玛格丽特回答道，“明明就是你亲口告诉我的。”

这一下大家伙更乐了，忙不迭地立逼着玛格丽特接着往下说。

“哦！求你啦，玛格丽特小姐，把一切都说出来吧，”詹宁斯太太道，“这位绅士姓甚名谁？”

“我绝不能说，夫人。可我知道得一清二楚；我还知道他现在在哪儿。”

“是呀，是呀，我们猜得出他在哪儿；肯定是在诺兰他自己的家里啦。我敢说他就是那个教区的副牧师。”

“不对，他才不是呢。他根本就没有任何职业。”

“玛格丽特，”玛丽安火冒三丈地说，“你明知这全都是你胡编乱造的，事实上根本就没这么个人。”

“你要是这么说的话，那他就是最近才死了的，玛丽安，因为我敢肯定曾经是有这么个人的，而且他姓氏的开头是个‘费’字。”

正在这时，米德尔顿夫人突然说了句“雨下得真大呀”，埃莉诺对她真是感激不已，尽管她也知道爵士夫人此时插话进来并非出自对她的关心，而是因为她对她丈夫和母亲乐此不疲的这些低俗的取笑逗乐甚是反感。这个话题既然已经由她开了头，布兰登上校马上就接过了话茬，他在任何场合对于别人的情绪都是非常细心在意的；他们俩于是就说了一大通有关下雨的闲话。威洛比打开钢琴，请玛丽安坐下来弹奏；于是，在众人纷纷想岔开这个话题的努力之下，这才终于算是偃旗息鼓了。不过埃莉诺可是被吓得不轻，好长时间才算是惊魂甫定。

当晚，大家约好第二天去游览距巴顿庄园约十二英里的一处非常美丽的所在，那是布兰登上校一个姐夫的产业，如果没有上校的介绍是无缘得见的，因为现居国外的主人就这一点曾留下过严格的命令。那里的庭院据说美极了，约翰爵士对此尤其赞不绝口，他可算得上是个够格儿的评判，因为在过去的这十年间，他每年夏天都至少要组织亲友们前去参观两回。那里有片壮美的水域；在水面上乘船游玩可以构成上午主要的娱乐项目；他们可以带上冷餐食品，只消乘坐敞篷马车，一切都可以按照通常游园会的方式实施起来。

这里面只有几个人觉得这是一桩大胆的冒险举动，考虑到时令并不合适，尤其是过去的两周里每天都在下雨；——达什伍德太太因为已经感冒了，经埃莉诺劝说决定留在家里。

第十三章

他们计划中的惠特韦尔远足结果却跟埃莉诺料想中的大不相同。她已经准备好要全身淋透、精疲力竭、担惊受怕了；可是情况比这个还要不幸，因为他们根本就没有去成。

十点钟的时候，全部人马都已在庄园里聚齐，准备吃早饭了。那天早上天气相当给面子，尽管下了一夜的雨，天上的云彩却正在散开，太阳经常会露出脸来。——大家全都兴致高昂、心情愉快，一心想玩个痛快，下定决心不管有多大的艰难险阻也在所不惜。

大家正坐下来吃早饭的时候，有几封信送了进来，其中一封是写给布兰登上校的；——他拿起信，看了一眼信封上的姓名地址，马上变了颜色，当即就离开了房间。

“布兰登这是怎么啦？”约翰爵士道。

谁都不明就里。

“希望不是什么坏消息，”米德尔顿夫人道，“肯定是什么异乎寻常的事情，否则布兰登上校是不会这么突然地离开我的早餐桌的。”

大约五分钟后，他回来了。

“不是什么坏消息吧，上校，我希望；”他一进来，詹宁斯太太就说道。

“不是，不是，夫人，谢谢您的关心。”

“是从阿维尼翁[①]来的吗？希望不是令姊的病情又加重了。”

“不是，夫人。是从伦敦寄来的，只是一封事务性的信件。”

“可如果只是封事务性信件的话，又怎么会搅得你这么焦虑不安呢？得了，得了，这可不成，上校；你就跟我们实话实说吧。”

“我亲爱的夫人，”米德尔顿夫人道，“看看你说的都是些什么呀。”

“也许是告诉你，令表妹范妮结婚啦？”詹宁斯太太道，对她女儿的责备置之不理。

“不，真的不是。”

“喔，那么，我知道这是谁写来的啦，上校。希望她一切都好。”

“您这是什么意思，夫人？”他说，微微有些脸红。

“哦，你知道我什么意思的。”

“我非常非常抱歉，夫人，”他对米德尔顿夫人说，“偏偏今天收到了这封信，因为为了公事我必须马上就赶到伦敦去。”

“伦敦！”詹宁斯太太叫道，“一年当中的这个时候，你在伦敦能有什么必须要做的事儿？”

“不得不离开这么一个令人愉快的聚会，”他继续道，“我自己的损失固然非常巨大；不过更加让我感到不安的是，恐怕你们要进入惠特韦尔游玩，须得由我亲自陪同才行。”

这对他们所有的人简直是当头一棒！

“可是如果你给那里的女管家写个字条，布兰登先生，”玛丽安急切地道，“难道也不行吗？”

他摇了摇头。

“咱们一定得去，”约翰爵士道，“事已至此，是不能够推迟啦。你要去伦敦的话就明天再去，布兰登，就这么定了。”

“我巴不得事情能够这么容易呢。可是我实在是无法推迟行期，哪怕是只有一天也不行！”

“你只要告诉我们你到底有什么急事要去处理，”詹宁斯太太道，“我们就可以帮你看看到底能不能推迟一下了。”

“你就算是等我们回来再动身，”威洛比道，“最多也晚不了六个钟头。”

---

①阿维尼翁(Avignon)，法国东南部普罗旺斯山—蓝岸大区沃克吕兹省城市和省会。

“我就是一个钟头也耽搁不起——”

这时埃莉诺听到威洛比小声对玛丽安道：“有些人就是受不了大家伙儿一起开开心。布兰登就是这种人。他是唯恐着了凉，我敢说，这才搞出这么个金蝉脱壳的诡计。我拿五十个几尼[①]打赌，那封信肯定是他自己写的。”

“我觉得准是这么回事儿，”玛丽安回答道。

“一旦你决定要做什么事，再怎么劝你也是不会改变主意的，布兰登，”约翰爵士道，“可是，我还是希望你能再考虑一下。你想想看，有两位凯里小姐是专程从牛顿赶了来的，三位达什伍德小姐是从小别墅步行过来的，还有威洛比先生特意比平常早起了两个钟头，就是为了前往惠特韦尔游玩观光。”

布兰登上校再次因为自己的缘故让大家的游兴落了空而表示歉意；不过同时也宣称他实在是身不由己，一定得去伦敦走上这么一遭。

“那好吧，你什么时候能回来呢？”

“我希望你一得便就赶紧回来，”爵士夫人补充道，“我们都在巴顿等着你；我们也只能等你回来以后再去惠特韦尔了。”

“非常感谢您的一番盛情。不过我什么时候才能回来，自己也是丝毫都无法确定，所以也根本不敢做出任何保证。”

“哦！他必须回来，也肯定会回来的，”约翰爵士叫道，“他要是这个周末还不回来，我就去把他给抓回来。”

“赞成，就这么做，约翰爵士，”詹宁斯太太叫道，“而且到时候你也许能查明他到底是干什么去的呢。”

“我可不想去刺探人家操心的事情。我猜想这应该是件不好启齿的事儿。”

---

① 几尼(guinea)，英国一六六三年发行的一种金币，值二十一先令，一八一三年停止流通；后仅指等于二十一先令即一点零五英镑的币值单位，常用于规定费用、价格等。

仆人这时候进来通报，布兰登上校的马已经备好了。

“你不会想要一路骑着马去伦敦吧？”约翰爵士又问道。

“不。只是骑到霍尼顿。然后就改乘驿递马车[①]。”

“好吧，既然你一定要走，就祝你一路顺风吧。不过你还是改变主意的好。”

“我向你保证，我实在是迫不得已。”

然后他就向大家道了别。

“达什伍德小姐，今年冬天我在城里就没机会见到您和两位令妹了吗？”

“恐怕是这么回事。”

“如此说来，我跟您分别的时间就要比我希望的更为长久了。”

对玛丽安，他只是鞠了一躬，什么话都没说。

“我说，上校，”詹宁斯太太道，“你走之前还是务必让我们知道一下，你到底是干什么去的吧。”

他向她道了声再见，就由约翰爵士陪同，离开了那个房间。

刚才大家碍于礼貌一直控制着的埋怨和哀叹，现在一股脑儿都爆发出来；大家异口同声，反反复复地表示碰上这么扫兴的事，真是让人恼火。

“不过，我倒是能猜出他到底是为了什么事儿，”詹宁斯太太得意洋洋地道。

“到底是什么事儿，夫人？”几乎每个人都脱口而出。

“没错；是为了威廉斯小姐的事儿。我敢肯定。”

“威廉斯小姐是谁？”玛丽安问。

“什么！你还不知道威廉斯小姐是谁吗？我敢说你以前肯定听说过她的。她是上校的亲戚，我亲爱的；一个很近的亲戚。我们就不说到底

---

① 驿递马车（post-chaise）是六匹马拉的四轮马车，可在各个驿站换乘，是当时最快也最昂贵的交通工具。

有多近了吧，以免吓着你们这些年轻的姑娘。”然后她稍微压低一点声音，对埃莉诺说，“她是他的私生女。”

“真的吗！”

“哦！是的；她瞪起眼睛来的时候跟他可像啦。我敢说上校会把所有的财产全都留给她的。”①

约翰爵士回来以后，也和大家一样对这么倒霉的意外尽情地惋惜了半天；不过他最后又说，既然大家已经聚在一起了，他们一定得干点什么高兴高兴；经过一番商议以后，大家一致同意，虽说要想真正玩得开心就得前往惠特韦尔，不过去乡间兜兜风倒也差强人意，对抚慰大家的情绪不失为一种不错的替代办法。于是就吩咐备车；威洛比的车一马当先，玛丽安上他的车的时候看上去别提有多高兴了。他驱车飞快地穿过庄园，一眨眼就无影无踪了；一直等到大家全都回来了，这才见他们俩姗姗来迟。看起来两个人这次风兜得都特别开心，不过嘴上却只笼统地说，大家都上了丘岗，他们就只在底下的小道上逛了逛。

大家商定晚上要举行一场舞会，好让每个人都痛痛快快地乐上一整天。凯里家又来了几个人吃饭，几乎有二十个人高高兴兴地一起用餐，约翰爵士看在眼里别提有多得意了。威洛比像往常一样坐在达什伍德家的大小姐和二小姐中间。詹宁斯太太坐在埃莉诺的右手边；大家刚入座不久，她就扭身俯在埃莉诺和威洛比背后跟玛丽安说起悄悄话来；那声音又刚好能让他们俩都听到：“你们要什么花招也别想瞒过我。我知道你们在哪儿待了一上午。”

玛丽安脸一红，慌忙回嘴道：“哪儿呢，你倒是说？”

“您不是知道，”威洛比插话道，“我们是坐我的轻便马车出去的吗？”

---

① 初版紧接着还有这么一句：米德尔顿夫人高雅的心灵大受震惊；为了消除私生女这样一个如此不恰当的话题，她居然不辞劳苦地说了几句有关天气的闲话。

你们耍什么花招也别想瞒过我

“是呀，是呀，厚脸皮先生，我知道得可清楚啦，我当时就下定决心要查明你们去了什么地方。——我希望你能喜欢你那幢宅子，玛丽安小姐。我知道那幢宅子大得很，等我去看你们的时候，希望你们已经把那儿装饰一新了，因为六年前我去那儿的时候，那幢宅子一副年久失修的样子。”

玛丽安大为窘迫地扭过头去。詹宁斯太太则是开怀大笑；埃莉诺发现她为了弄清楚他们到底去了哪里，实际上已经不惜亲自盘问过威洛比先生的马夫了，用这个办法她才探听出他们是去了艾伦厄姆府，而且在那儿消磨了好半天，不但逛遍了整个的花园，也把整个大宅子都看了一遍。

埃莉诺简直不敢相信竟然真有这等事，因为在史密斯太太还住在里面，而玛丽安又跟她素不相识的情况下，威洛比既不太可能提出这样的邀请，玛丽安也是不可能答应的。

她们一离开餐厅，埃莉诺就向她问起这件事；她不禁大为吃惊地发现，詹宁斯太太所说的居然一丝都不差。玛丽安还因为她不敢相信而大为生气。

“你为什么觉得我们不大可能到那儿去，或者并没有参观过那幢房子呢，埃莉诺？你自己不是也经常想进去看看吗？”

“不错，玛丽安，可是在史密斯太太还住在里面，而且只有威洛比先生一个人陪同的情况下，我是决不会进去的。”

“可是威洛比先生是唯一有权带人去参观那幢房子的人呀；而且我们[①]乘坐的是敞篷的轻便马车，再多一个人也坐不下了。我平生还从没像今天早上过得这么开心呢。”

“我恐怕，”埃莉诺回答道，“一件事让人开心与否并不总是它是否该做的保证。”

---

① “我们”（we）初版作“他”（he），显系手民误植。

“恰恰相反，再没有比这个更有力的证明了，埃莉诺；因为如果在我所做的事情当中确实有什么不应该的地方，我当时就会有所觉察，因为我们在行为失检的时候自己总是心知肚明的，而在明知自己不该这么做的情况下，我们是不可能感到开心的。”

“可是，我亲爱的玛丽安，这件事已经招致了一些相当无礼的说三道四了，难道你现在还没开始怀疑你的行为确实有考虑不周的地方吗？”

“如果詹宁斯太太的说三道四就是行为欠妥的证明的话，我们这辈子就无时无刻不在惹人非议了。我是既不稀罕她的褒奖，也不在乎她的责难。我不论在史密斯太太的庭院里散步，还是在参观她的住宅的时候，都没有觉得做错了任何事。它们总有一天都会归威洛比先生所有，而且……”

“就算它们总有一天归你自己所有，玛丽安，也并不能证明你现在这么做就是对的。”

这句话里的隐含之意让她脸红了；不过看得出来这还是挺让她感到得意的；她仔细思忖了一阵，十分钟后她又来到她姐姐跟前，眉飞色舞地说：“也许，埃莉诺，我去艾伦厄姆的确是有些考虑不周；不过威洛比先生特别想带我去看看那个地方；这么说吧，那可真是幢迷人的府第。——楼上有一间非常漂亮的起居室；平常日用大小正好合适，要是配上新式的家具，可真是太让人满意啦。那是个位于屋角的房间，两面都有窗户，一面朝着屋后，隔着一个滚木球场，可以望见斜坡上一片美丽的树林，另一面可以看到教堂和村子，再过去就是咱们经常赞叹不置的那些美丽险峻的山岗了。那个房间乍看是没多大优势的，因为家具陈设实在是太过可怜，——不过如果重新陈设一下——只要两三百镑，威洛比说，就能把它打造成全英格兰最讨人喜欢的消夏房间。”

要是没有别人来打岔，埃莉诺肯一直听下去的话，她能把那幢宅子里的每一个房间同样津津有味地描述一番。

第十四章

布兰登上校突然终止在庄园做客，而且坚决不肯说明原因，这不免使詹宁斯太太放心不下，两三天来一直揣测个没完；她是个大玄想家，凡是对所有熟人的来去行踪都保持着一种强烈兴趣的人，无不是大玄想家。她几乎无时无刻不在猜疑琢磨上校的举动究竟出于何种原因；她断定准是出了什么不幸的事情，于是把每一种有可能降临到他头上的不幸全都想了一遍，最后断定这些可能他不可能全部逃脱干净，必有一款就是实情。

“准是出了什么特别让人伤心的事儿，我敢肯定，”她道，“从他脸上我就能看出来。可怜的人儿！恐怕他的经济状况不佳呢。他那德拉福的产业一年的收益我估计不会超过两千镑，又是给他那个哥哥弄得一团糟以后才扔给他的。依我看一定是因为钱财方面的事儿才把他叫了去的，要不然还能是什么事儿？不知道是不是这么一回事儿。无论如何我一定得弄个水落石出。也许是为了威廉斯小姐的事儿——说起来了，想必是因为这个，因为我在提到她的时候，他看起来那么警醒。也许是她在城里生了病；十有八九就是这么回事儿，因为我有个印象，她一直都是病病歪歪的。我敢出任何赌注，赌一定是为了威廉斯小姐的事儿。现在他是不大可能因为他的经济状况揪心的啦，因为上校是个非常审慎的人，他产业上的那些麻烦想必早就理清楚了。真猜不透到底是为了什么！也许是他在阿维尼翁的姐姐病情加重了，所以把他叫了去啦？他这么匆匆忙忙地起身出发，像是这么回事儿。咳，我真是衷心希望他尽快摆脱一切困境，而且再讨上一位好太太。”

詹宁斯太太不断这么猜疑，也不断地这么唠叨。她的看法时刻在变，一会儿就一个新鲜的猜想，每一个在冒出来的一刹那在她看来都同样是极有可能的。埃莉诺虽然也是真心关切布兰登上校的祸福休咎，却不会像詹宁斯太太切望于她的那样，对他的突然离去百般惊疑不置；因为除了她本来觉得这件事根本不值得那么大惊小怪、胡思乱想以外，她还另有备感惊疑之事。那就是她妹妹和威洛比明明知道他们的关系是所有的人都特别感兴趣的，却又为什么异乎寻常地对此保持沉默。这沉默多拖上一天，就越发显得奇怪，越发显得与他们两人的脾性无法相容。他们为什么不跟她母亲和她自己坦白承认他们相互间一直以来的举止已经昭然若揭了的事实呢？埃莉诺真是百思不得其解。

他们还不能马上就结婚，这一点她是不难设想得到的；因为威洛比经济上虽说是独立的，却没有理由相信他很富有。据约翰爵士估计，他的产业一年的收入大约有六七百镑；可是他日常的用度却很难做到收支相抵，而且他自己也常常哭穷。可是对于他们订婚的事儿一直就这么奇怪地秘而不宣，而事实上又什么都藏不住，她实在是有些弄不明白；而且这跟他们平素的想法和做法都是完全牴牾的，因此她有时候就不免要生疑，怀疑他们是否当真已经订了婚，而如此一来，她反倒是不便再去探问玛丽安了。

而威洛比对她们一家的一往情深，又再没有比他的实际行动更加显而易见的了。对待玛丽安，他的表现明显就是一个情人所能给予的一腔柔情；对于家庭中的其他成员，他表现出儿子和兄长般的亲切感情。巴顿别墅看来已经被他当作自己的家来热爱了；他在那里消磨的时间比在艾伦厄姆府还要多得多；如果巴顿庄园没有大型聚会的话，他早上出去做过照例的运动以后，几乎肯定会到她们这儿来，剩下的一整天都陪伴着玛丽安度过，而他那只钟爱的指示犬就趴在她的脚边。

尤其是布兰登上校离开大约一个礼拜以后的一天傍晚，他对于小别墅里周遭一切事物的热爱之情表现得比平常更加溢于言表；达什伍德太太碰巧提到她打算来年春天对小别墅进行一些增改扩建，当即就遭到他的强烈反对，因为他对这个地方的热爱让他感觉这里的一切全都已经尽善尽美了。

“什么！”他惊叫道——“要对这个可爱的小别墅进行改建！不。这我是决不会同意的。如果我的感情能够得到尊重的话，那么墙上一块石头都不能添加，整个房子连一英寸都不能扩大。”

“用不着担心，”达什伍德小姐道，“这种事是绝不会发生的；因为家母永远都不可能有足够的闲钱进行改建的。”

“那我真是由衷地高兴，”他叫道，“如果她老人家不能把手里的金钱派上更好的用场，那我但愿她永远穷下去。”

“谢谢你，威洛比。不过你尽可以放心，我是决不会不顾你或者我喜爱的任何人对这个地方的爱恋，而去做任何改建工作的。你放心，到来年开春我结算好账目以后，不管还能有多少闲钱剩余下来，我宁肯放着不用，也决不会以让你如此难过的方式把它花掉的。可是你当真这么喜欢这个地方，竟然连一点缺点都看不出来吗？”

“是的，”他道，“在我看来它是完美无瑕的。不，还不仅如此，我认为它是唯一能让人获得幸福的建筑形式，我要是有了钱，我马上就把库姆大厦推倒，完全照这座小别墅的模样重建一幢。”

“附带同样又暗又窄的楼梯和四处漏烟的厨房啰，我想，”埃莉诺道。

“没错，”他以同样热切的语气喊道，“所有的一切都要一模一样；——它所有的便利或者不便，一丝一毫的变动都不允许。然后，而且唯有在那之后，在那样的屋檐底下，我在库姆才有可能像在巴顿一样感到幸福。”

“依我看呀，”埃莉诺回答道，“即便你的府上不幸房间更漂亮、楼梯更宽大，将来你也会感觉自己的家完美无瑕的，就像你对这幢小房子的感觉一样。”

“肯定会有这样的情况，”威洛比道，“会让我对自己的家钟爱有加；不过这个地方将永远让我无法割舍，那是别的任何地方都无法取而代之的。”

达什伍德太太高兴地望着玛丽安，而她那双美目正如此意味深长地紧盯着威洛比不放，清楚明白地表示她对他的情感是如何感同身受。

“一年前我来到艾伦厄姆的时候，”他接着又说，“我是多么经常地希望巴顿别墅能住上一户人家呀！每次从它旁边经过，我总不免要对它所处位置的得天独厚叹赏不已，为这么好的地方竟然无人居住而叹惋不已。当时我怎么也想不到，等我再度来到这里的时候，史密斯太太告诉我的第一桩新闻就是巴顿别墅已经有人住了：听到以后我顿感满意和兴趣，这不是预感又是什么呢？我只能说那时候我就预感到在这里我能收获最大的幸福了。玛丽安，难道事实不正是如此吗？”他压低声音对她道。然后又回复原来的语调继续道：“可是您居然想要把这幢房子给毁掉，不是吗，达什伍德太太？您居然要通过异想天开的改造毁掉它的朴质天然！这间亲爱的客厅，我们就是在这里初次结识，又是在这里一起度过了多少快乐的时光，您居然想把它降格成一个普通的门厅，每个人都只会匆匆地走过，却不知道这个房间一直以来早已具备了真正舒适的条件和设备，那是这个世界上无论多么恢弘气派的房间都无法提供的。”

达什伍德太太再次向他保证，她决不会再尝试进行任何这一类的改建了。

“您真是太好啦，”他热情地回答道，“您的许诺让我放下心来。如果您能稍稍再将其拓展一下，那就真会让我无比幸福了。告诉我，不但您的房子将保持原样，而且保证您和您的家人都会像您的住处一样永不会变；而且永远待我这么好，正是因为这种情义才使我觉得属于你们的一切对我而言都是无比亲切的。”

这样的承诺马上就向他郑重做出了，从威洛比整个晚上的表现看得出来，他是多么深情款款、幸福绵绵。

“明天我们能期望你来吃晚饭吗？”达什伍德太太在他告辞的时候

向他发出了邀请。“你不用上午就来，因为我们必须前往巴顿庄园拜访米德尔顿夫人。”

他和她们约定下午四点钟过来。

第十五章

第二天达什伍德太太如约前去拜访米德尔顿夫人，她的两个女儿陪她同往；不过玛丽安借口有些琐事要办，不想跟她们一起去；她母亲猜到肯定是头天晚上威洛比和她有约在先，想趁她们不在家时前来看她，于是完全赞成她留在家里。

她们从庄园回来以后，发现威洛比的轻便马车和仆人正在她们门口候着，达什伍德太太确信她的猜测一点都没错。到此为止，一切尽如她之所料；可是一进了门，她所见到的情形可就完全出乎她的意料了。她们刚走进过道，玛丽安就从客厅里飞奔出来，显然悲痛难当，用手绢儿捂着眼睛，根本就没注意到她们，噔噔噔地跑上楼去。她们又惊又怕，径直走进她刚跑出来的客厅，发现只有威洛比一个人待在里面，背对她们倚在壁炉架上。她们进来以后他才转过身来，从他的面色上看得出来，他的情绪就跟玛丽安一样痛苦不安。

“她出了什么事？”达什伍德太太一进屋就叫道——“她病了吗？”

“希望她没有，”他回答道，竭力装出一副高兴的样子；勉强挤出一丝微笑后马上又加了一句，“倒是我很有可能会病倒了呢——因为我正承受着一件令我失望透顶的意外事件的折磨。”

“失望透顶！”

“是的，因为我无法履行和您一起吃饭的约定了。史密斯太太今天早上行使出有钱人对仰赖于她的穷亲戚的特权，把我支派到伦敦去为她办事。我刚刚接到我的派遣令，已经向艾伦厄姆辞了行；当作一种苦中作乐的方式，我现在前来府上向您辞行。”

“到伦敦！——今天上午就走吗？”

“马上就要动身。”

显然悲痛难当

“这可太不幸啦。不过史密斯太太一定也是迫不得已，——我希望她的事务不会使你离开我们的时间太久。”

他脸一红，回答道：“您真是太好了，可我想我不太会马上就返回德文郡的。我来史密斯太太家小住向来都是每年只有一次的。”

“只有史密斯太太才是你唯一的朋友吗？附近只有艾伦厄姆是唯一欢迎你入住的宅第吗？真不害臊，威洛比。你就不能等着接受这里的邀请吗？”

他的脸更红了；他的眼睛却紧盯着地板，只是回答道：“您真是太好了。”

达什伍德太太吃惊地看了埃莉诺一眼，埃莉诺也同样感到大惑不解。一时间谁都没有作声。还是达什伍德太太率先开了口。

“我只再补充一句，我亲爱的威洛比，巴顿别墅一直都张开怀抱欢迎你；我并不想勉强你马上就回到这里，因为只有你能够判断清楚这么做究竟是否会让史密斯太太满意；在这一点上我不会对你的判断提出质疑，也不会对你的意愿表示疑问。”

“我眼下这桩差使，”威洛比的回答前言不搭后语，“具有这样的一种性质——以至于——我不敢不自量力地——”

他说不下去了。达什伍德太太惊愕得说不出话来，一时间又是一阵沉默。这次打破沉默的是威洛比，他面带惨然的微笑道：“再在这上面纠缠下去就太蠢了。我不愿再折磨自己了——既然我已经不可能再享受和朋友们的相处之乐，还不如就此别过。”

于是他匆忙辞别达什伍德母女，离开了房间。她们眼看着他登上马车，不一会儿就消失不见了。

达什伍德太太心乱如麻，一时间说不出话来，当即也离开了客厅，独自沉浸于威洛比这次突然的离别所带来的忧虑和惊惧之中了。

埃莉诺所感到的不安至少并不亚于她的母亲。她满怀焦虑和怀疑想起刚才发生的这一切。威洛比在和她们告别时的举动，他的窘迫，他的强颜欢笑，最重要的是他居然不愿接受她母亲的邀请，那畏畏缩缩的神气实在不像个情人该有的样子，和他平常的表现判若两人，这不禁让她深感不安。她一会儿生恐他这方面对她妹妹从来就没有过认真的打算；一会儿又怕是他和她妹妹之间发生了什么不幸的争吵；——看她妹妹离开房间时那悲伤的样子，最合理的解释就是两人当真是大吵了一架，可是她又想到玛丽安是那么爱他，大吵一架的可能性几乎是不存在的。

可是不管他们分手的具体情形如何，她妹妹的痛苦总是无可置疑的；她满怀最温柔的同情想到玛丽安那剧烈的悲恸之情，想到她十有八九非但不会自我安慰和排遣，反倒会把推波助澜、痛上加痛当作自己应尽的责任呢。

大约半个钟头以后，母亲回来了，眼睛虽然还是红红的，神情倒也算不上是不高兴了。

“我们亲爱的威洛比现在距离巴顿已经有数英里之遥了，埃莉诺，”她说，一边坐下来做她的女红，“他这一路上的心情又将是多么沉重呢？”

“这实在是太奇怪了。他这么突然就一走了之！简直就像是一眨眼的事儿。昨天夜里他还和我们在一起，那么幸福，那么开心，那么充满深情！而现在呢，只提前个十分钟跟我们知会一声——就这么走了，而且根本没打算回来！——事情肯定不止他跟我们承认的这么简单。他居然不告诉我们，这可不像他平时的为人。您一定也和我一样看出这其中的不同寻常了吧？能是什么事呢？他们有可能吵过嘴吗？要不然他怎么表现得那么不乐意接受您要他来这儿的邀请呢？”

“他不是不愿意来，埃莉诺；这一点我看得很清楚。他是自己做不了主啊。我已经全都琢磨明白了，我向你保证，我现在能把刚才你我看来都很奇怪的事情全都给解释清楚啦。”

“真的吗？”

“是的。我已经以最让人满意的方式跟我自己解释清楚了；——可是你，埃莉诺，你总是喜欢怀疑这怀疑那的——这是不会让你感到满意的，我知道；可是你也休想再说得我开始疑神疑鬼了。我相信是这么回事：史密斯太太疑心到他对玛丽安有意，她不赞成(也许是因为她对他另有安排)，于是就急于把他给支走了；——她让他去办的什么事务不过是要把他打发走而编造的借口。我相信这就是事情的真相。而且，威洛比也知道她是真心不赞成这门亲事，因此目前还不敢向她坦白他和玛丽安订婚的事，而且他感觉自己不得不听从她的摆布，因为他还处在依赖她的地位，也只得暂时离开德文郡一段时间。我知道你会跟我说，事情也许是这么回事，也许根本不是这么回事；可我不想听你那些吹毛求疵的苛责，除非你能提出另一种同样令人满意的解释来。那么，埃莉诺，对此你有什么话要说的吗？”

“没有，因为您已经预料到我会怎么回答了。”

“那就等于是说，事情是不是这么回事还是两说着。哦！埃莉诺，你的想法真是不可理喻！凡事你是宁肯相信恶，不肯相信善的。你宁肯让玛丽安蒙受痛苦，在可怜的威洛比身上寻找罪过，而不肯为他申辩一句。你是认定了他该受责备，就因为他在跟咱们告别时表现得不像平常那么亲亲热热。你是丝毫都不肯体谅他或是一时的无心之失，或是因为最近的失意而情绪失落的。仅仅是因为事情还没有得到确证，就根本不承认它的可能性吗？对一个我们有一千条理由去喜爱而没有一条理由去恶待的人，就丝毫不肯假以辞色吗？对于一些本身无可非议的行为动机，虽然不得不暂时保守秘密，就丝毫不肯加以通融吗？而且说到底，你究竟对他有什么样的疑虑呢？”

“我自己都说不太清楚。——可是在刚刚亲眼看到他的态度居然有这么大的改变，你疑心会有什么不愉快的事情发生也就在所难免了吧。不过，您极力主张应该对他有所体谅也确实很有道理，我也希望对任何人都秉持公道。威洛比也许有无可置疑的充分理由这么做，我也希望他有。可他要是当时就把这些理由说清楚，那就更像是他一贯的为人了。保守秘密也许是可取的；可我仍旧不免觉得奇怪，他居然一下子变得这么谨言慎行了起来。”

“还是不要责怪他做事背离了他的性格吧，有时候可能也真是迫不得已。不过，你果真承认我对他的辩护是有道理的？——我很高兴——他终于被宣判无罪了。”

“并不尽然。向史密斯太太隐瞒他们订婚的事实（如果他们果真订婚了的话）也许还说得上是应该的——如果此事当真，威洛比目前尽量少在德文郡露面倒也不失为理所应当的权宜之计。但他们一直瞒着我们可就没有任何借口可言了。”

“瞒着我们！我亲爱的孩子，你当真指责威洛比和玛丽安瞒着我们吗？这可真是太奇怪了，你每天不是都在用眼神来责备他们不知道谨慎吗？”

“我并不需要他们相亲相爱的证据，”埃莉诺道，“我需要的是他们确实已经订婚的证据。”

“对这两方面我都是绝对满意的。”

“可是在这个问题上，他们俩谁都没有跟您透露过一个字呀。”

“实际行动已经表现得明白无误的事情，还需要什么言语来证明！难道他对玛丽安和对我们大家的态度，至少是在这半个月内，不是已经清楚无误地宣布他将她视作他未来的妻子，他将我们当作他最亲的亲人了吗？难道我们相互之间不是已经尽在不言中了吗？难道他的神情、他的态度、他的殷切多情、他的毕恭毕敬，不是每天都在征得我的许可吗？埃莉诺，还有任何可能对他们是否已经订婚表示怀疑吗？你怎么会有这样的想法？在明知你妹妹已经对他倾心相许，你怎么还能设想他在离开她，而且这一去也许就有数月之久的情况下，不会向她倾诉衷肠；——设想在离别前他们相互间没有海誓山盟呢？”

“我承认，”埃莉诺回答道，“各种情况都表明他们已经订了婚，但只有一条除外；这一条就是他们俩在这个问题上全都讳莫如深，而在我看来，这一条却几乎比其他的任何一条都要重要。”

“这太奇怪了！如果在他们俩这么毫不避讳地相亲相爱以后，你仍旧能怀疑他们在一起的这种关系的性质，你一定是把威洛比想得太坏了。难道所有这些日子里他对你妹妹的举动全都是做戏？你真的认为他对她其实是无情无义的吗？”

“不，我不那么想。我相信他一定爱她，也确实爱她。”

“可是这种柔情也真够奇怪的，如果他居然就这么无情无义地跟她离别，对于未来是这么漫不经心，就像你是硬栽在他头上的那样。”

“您可千万别忘了，我亲爱的母亲，对他们的这件事我可是从来都不带任何成见的。我是有过疑虑，这我承认；但这种疑虑已经越来越少了，也许很快就能完全烟消云散了。如果我们发现他们之间相互通信[①]，那么我的所有担心也就全都不存在了。”

“一个多么巨大的让步啊！你一定得看到他们站在圣坛前，才肯相信他们终于要结婚了吧。多么促狭的姑娘！我可不需要这样的证据。在我看来，他们之间没有任何值得怀疑的地方；他们从来就没想要保守什么秘密；他们始终都是光明正大、毫无保留的。你是不会怀疑你妹妹的心愿的。所以你怀疑的一定是威洛比啰。可是为什么呢？难道他不是个有荣誉感又富有感情的人吗？难道他曾有过什么言行不一的地方，从而引起了你的警觉吗？他难道会是个骗子吗？”

“我希望他不是，我相信他不是，”埃莉诺叫道，“我喜欢威洛比，真心喜欢他；怀疑他的正直对我而言并不比对您来说更好受。但这种怀疑是不由自主地产生的，我是不会去助长它的。我坦承，他今天早

① 因为按照当时的习俗，适婚的男女唯有在已经订婚的情况下才会相互写信给对方，埃莉诺此处一心盼望威洛比和妹妹之间能相互通信，以作为判断他们是否订婚的确凿证明。

上态度的变化把我给吓坏了；——他讲起话来完全不像是他本人了，对待您诚邀他的好心没有报以丝毫的诚意。不过所有这一切或许都可以用您所设想的他的处境来解释。他刚和我妹妹分手，眼看着她痛不欲生地离开他；如果他是身不由己，因为害怕惹恼了史密斯太太所以不得不抗拒很快就返回这里的愿望，然而又意识到拒绝您的邀请，说他短时期内不会回来，由此就会在我们一家人的心目中扮演一个胸襟狭窄、令人生疑的角色，想到这一点他极有可能是会感觉窘迫不安的。在这种情况下，如果他能坦诚地直言他身不由己的苦衷，我感觉这会光明磊落得多，而且也符合他平素的性格；——可是我不会那么心胸狭隘，只因为人家的想法跟我不一样，或者不像我所认为的那么理所应当和前后一致，就横挑鼻子竖挑眼的。”

“你说得很对。威洛比的确不该被人怀疑。我们虽然跟他认识时间不长，他在这片区域却并不是初来乍到；有谁曾说过他的坏话来着？假如他的境况能够独立自主、可以马上结婚的话，他临走前不把一切都马上跟我交代明白，那才是咄咄怪事呢：可是情况并非如此啊。他们的订婚在某些方面从一开始就有些好事多磨，因为他们的婚事现在看来还是遥遥无期的；以现在的情况看来，甚至暂时保密都还是相当可取的呢。”

这时，玛格丽特走进房来，打断了她们的谈话；埃莉诺在得空仔细考虑了一番她母亲的那些说法以后，也承认其中有很多是大有可能的，她满心希望一切都能成为事实。

她们一直都没见到玛丽安，一直到吃晚饭的时候她才走进房来，坐在餐桌旁一声不吭。她两个眼睛又红又肿；看起来那眼泪也是刚刚才勉强忍住的。她躲避着所有人的目光，既不吃东西也不说话，过了一会儿，她母亲满怀温柔的同情默默地握住了她的手，这一下她那仅有的一点勇气也马上就被摧垮了，她痛哭失声，离开了饭厅。

整个晚上她都处在极度的精神压抑之中。她无力控制自己，因为她根本就无意加以控制。只要提到一丁点儿跟威洛比有关的大事小情，她马上就忍受不了了；虽然一家人对她都极尽关切之能事，可是只要她们一开口，无论说什么都免不了让她联想到威洛比身上。

第十六章

如果在和威洛比离别的第一个夜晚玛丽安就能睡得着觉的话，她一定会认为自己罪不可赦的。如果她第二天早上起床时并不觉得比上床时更需要休息的话，她一定会觉得没脸去见家里人的。不过这种视克制镇定为耻辱的情感，她是绝无危险去干犯的。她整夜都未曾合眼，绝大部分时间都在伤心地哭泣。她起床时头痛欲裂，话说不出，饭也吃不下；无时无刻不让她母亲和姐妹们为她难过，谁的安慰她都一概拒绝。她的情感可真够强烈的！

早饭以后，她独自一人走出家门，在艾伦厄姆村里徘徊蹀躞，沉湎于过去那欢乐的回忆，为眼前那截然相反的处境伤心落泪，就这样度过了大半个上午的时间。

傍晚也在同样情感的放任中度过。她把当初曾弹给威洛比听的每一首心爱的乐曲、他们曾经一起合唱过的每一首歌曲挨个儿弹唱了一遍，坐在钢琴前目不转睛地望着威洛比为她誊写的每一行乐谱，一直到她的心情沉重、悲痛到无以复加的程度；这种悲伤的滋养每天都毫无间断地供给。她在钢琴前一坐就是几个钟头，唱了又哭，哭了又唱；常常是泣不成声。读书也和弹琴一样，她专门在其中寻找那今昔对比之下最能让她痛不欲生的感觉。她只读他们过去一起读过的那些书。

这样强烈的痛苦肯定是无法持久的；不出几天，它就渐渐和缓成为一种相对平静的忧郁之情；不过那些她每天反复都在做的事情，她的踽踽独行，她的沉思默想，仍旧偶尔引起悲痛的迸发，其刻骨铭心的程度依然没有丝毫的衰减。

威洛比没有写信过来；玛丽安看来也并没有期望能收到他的信。她母亲感到了惊讶，而埃莉诺重又变得焦灼不安。可是达什伍德太太只要是需要，总能找到解释，至少能让她自己感到满意。

“别忘了，埃莉诺，”她说道，“咱们的信件可大都是由约翰爵士亲自去邮局取送的。我们已经达成共识，认为还是有必要保守秘密的，那就必须承认，假如他们的信件经由约翰爵士亲手传递，那也就无密可保啦。”

埃莉诺无法否认这是事实，她也一心想找出他们俩保持缄默的动机。倒是的确有一种直截了当、简单易行，而且在她看来非常适合的办法可以了解事情的真相，马上就能解开所有的谜团，于是她禁不住向母亲提了出来。

“为什么您不马上就去问问玛丽安呢，”她道，“问问她到底有没有跟威洛比订婚？您是她母亲，又是这么一位慈爱、宽容的母亲，这话您问起来是不会惹她着恼的。那将是您真心爱她的自然结果。她平常一向都是没什么保留的，尤其是对您。”

“无论如何我可决不会问她这样的问题。万一他们并没有订婚，我贸然这么一问会引起她多大的痛苦啊！不管怎么说，这都太不大度了。她现在还不想告诉任何人的事儿，我这么硬逼着她坦白，那以后也再别想得到她的信任啦。我明白玛丽安的心：我知道她深深地爱我，到了情况许可，她肯说明真相的时候，我绝不会是最后一个知道的。我不愿意勉强任何人跟我交心；对自己的孩子尤其如此；因为出于一种责任感，她本来不想说的话也不得不说出来了。”

埃莉诺觉得鉴于妹妹年纪尚小，做母亲的这种宽厚未免有些太过，再度敦促之下仍是枉然；达什伍德太太出于这种罗曼蒂克的体贴入微，反倒是把正常的情理、正常的关切和正常的慎重全都抛诸脑后了。

一直到过了几天以后，家里人才算是第一次在玛丽安面前提起威洛比的名字；约翰爵士和詹宁斯太太自然是不会这么体贴入微的，他们的俏皮话很多次使玛丽安的痛苦变本加厉；——不过有一天晚上，达什伍德太太在无意中拿起一卷莎士比亚的时候，不禁大声说道：

“咱们一直都没把《哈姆雷特》读完，玛丽安；我们亲爱的威洛比还没等咱们读完就走了。先把书收起来吧，等他回来以后……可是在那之前，也许要等上好几个月呢。”

“好几个月！”玛丽安叫道，语气中大为惊讶，“不会的——几个礼拜都不用。”

达什伍德太太对她说的这番话感到抱歉；可埃莉诺却大为开心，因为由此引出的玛丽安的回话清楚地表明她不但对威洛比信任有加，而且还非常了解他的打算。

有一天早上，那是在威洛比离开乡间大约一个礼拜以后了，玛丽安终于被姐妹俩拉去跟她们一起做例行的散步，而并没有再独自一个人走开。在此之前，她外出漫步的时候一直都小心地避免和任何人同行。如果她的姐妹打算去丘岗上散步，她就径直偷偷地朝山下的小路上溜去；如果她们说起去山谷散步，她就飞快地朝山上爬去，姐妹们出发的时候早就找不见她的踪影了。不过埃莉诺非常不赞成她总是这么把自己幽闭起来，费尽心思终于把她给拉了过来。姐妹们一路穿过山谷，大部分时间都是默默地走路，因为玛丽安的心绪仍然难以平静下来，而埃莉诺这一招得手已经很是满意了，也不期望再得寸进尺。从另一侧的入口走出山谷，虽然仍是一片沃野，相比她们那边却少了一些野趣，更加开阔了些，一条长长的道路铺展在眼前，她们当初来到巴顿时走的就是这条道儿；来到这里以后，她们止步四望，细细观赏眼前的景色，因为从她们的小别墅望过来，只是一片模糊的远景，她们以前散步还从没到过这儿。

在各色景物中间，她们很快就发现了一个活动的目标；那是一个人骑在马上正朝她们走来。不出几分钟，她们就能辨别出那是一位绅士了；又过了一会儿，玛丽安突然欣喜若狂地喊叫起来：

“是他；真的是他；——我就知道是他！”——忙不迭地跑上去迎他，这时埃莉诺却喊道：

“哎呀，玛丽安，我想你是看错了。那不是威洛比。这个人的个子没有他高，而且神态也不像他。”

“像的，像的，”玛丽安叫道，“我肯定那就是他。他的神态，他的外套，他的马匹。我就知道他很快就会回来的。”

她边说边急切地往前走；埃莉诺为了挡住她也赶紧加快脚步跟上来，因为她几乎可以肯定那绝不是威洛比。她们很快就距离那位绅士不到三十码远了。玛丽安定睛又看了看，心下不禁凉了半截，猛地转身急忙往回走，可是她的两个姐妹却高声让她留步，另一个几乎跟威洛比同样熟悉的声音也加入进来求她停下，她吃惊地转过身来，发现来人竟是爱德华·费拉尔斯，这才赶紧上前去迎接他。

在那个时刻，他应该是这个世界上唯一一个不是威洛比却又能被原谅的人；唯一一个能赢得她展颜一笑的人；可她是强压下眼泪冲他微笑的，她为了姐姐的幸福，一时间忘了自己的失望。

他从马上下来，把马交给仆人，和她们姐妹一起朝巴顿别墅走去，他就是专程前来拜访她们的。

他受到她们全家非常热忱的欢迎，尤其是玛丽安，她对他的接待表现得甚至比埃莉诺本人都更热情。在玛丽安看来，爱德华和她姐姐的会面不过就是她经常在诺兰观察到的那种不咸不淡关系的继续，他们双方这种共同的态度实在让她感到费解。爱德华那方面表现得尤其明显，完全缺乏一个情人在这种时刻应有的言谈和举止。他糊里糊涂的，在他身上几乎感觉不到他见到她们有什么高兴的，他看起来既不喜出望外，也不开心快活，只有在问他什么的时候才难得开一下口，对埃莉诺也并没有表现出任何特别的热情。玛丽安耳闻目睹之下，不禁越来越感到惊讶。她几乎都开始有点儿讨厌爱德华了；这种感觉就像任何一种情感一样，最终又把她的思绪带回到威洛比身上，她不禁感叹他跟这位未来的连襟之间形成的对比是何其鲜明。

一开始的惊喜和寒暄结束后，有一小会儿停顿，然后玛丽安就问爱德华是不是直接从伦敦来的。结果并不是，他在德文郡已经待了有两个

求她停下

礼拜了。

“两个礼拜！”她重复道，诧异于他和埃莉诺已经在一处乡间待了这么长时间，居然一直到现在才来看她。

他的神情显得相当苦恼，又补充说他这阵子一直在普利茅斯①附近，和几位朋友待在一起。

“最近你去过萨塞克斯吗？”埃莉诺道。

“大约一个月前我去过诺兰庄园。”

“那最最亲爱的诺兰现在是什么样子？”玛丽安叫道。

“那最最亲爱的诺兰，”埃莉诺道，“大概还是每年这个时候的老样子吧。树林和步道上厚厚地积满了落叶。”

“哦！”玛丽安叫道，“从前我每次看到落叶飘零时，都是多么心潮激荡啊！在散步的时候眼看着阵阵秋风将树叶扫落，我感觉多么高兴！那季节，那气氛，能激起多少动人的情思！而如今，再也没有人会去关心它们了。它们只会让人觉得讨厌，巴不得赶紧扫掉，扫除得越干净越好。”

“也不是每个人，”埃莉诺道，“都像你那样对落叶满怀深情啊。”

“是呀，我的情感不是经常能引起共鸣的，而且经常都不为人所理解。可有时候却是有知音的。”——说到这里，她不禁陷入了沉思，过了一会儿才惊醒过来，“你看，爱德华，”她说，让他注意看周围的风景，“这里就是巴顿山谷。你抬头看看，不心驰神往才怪呢。看看那些山！你见过这么美的丘岗吗？我们的左边，在那郁郁葱葱的林木中间就是巴顿庄园。你可以看到那幢大宅的一角。再瞧那里，在最远的那座雄伟壮丽的山脚下，就是我们的巴顿别墅。”

“是个美丽的地方，”他回答道，“可是这些山谷和低洼地在冬天肯定很脏。”

---

①普利茅斯(Plymouth)，英格兰西南德文地理、历史郡一单一政区、城市和海港，海军基地。

“面对这样的美景，你怎么能想到脏不脏的问题？”

“因为，”他回答，微微一笑，“在眼前的这些美景中间，我还看到了一条肮脏的小路。”

“多奇怪啊！”玛丽安边走边暗自想道。

“你们这里的邻居讨人喜欢吗？米德尔顿一家礼貌友善吗？”

“不，一点也不①，”玛丽安回答道，“我们的环境真是倒霉透顶。”

“玛丽安，”她姐姐叫道，“你怎能这么说？你讲话怎么能这么不公道？他们是个非常受人尊敬的家庭，费拉尔斯先生；而且是以最为友好的态度对待我们的。你难道忘了吗，玛丽安，我们度过的多少愉快的时光都是拜他们所赐的？”

“我没忘，”玛丽安低声道，“也没忘记有多少痛苦的时刻也是拜他们所赐的。”

埃莉诺没有理会这句话，把注意力都倾注在来客身上，想方设法找些话来和他交谈，跟他说起她们现在的住宅，它的种种便利之处等等，使得他也不得不偶尔提一个问题，发表点意见。他的冷淡和缄默使她深感屈辱；她很烦恼，也有点生气；不过还是决心控制好对待他的态度，这更多的是为了过去而非为了眼下，她避免流露出一点怨恨或是不悦的神情，用她认为招待一位至亲好友应有的态度来对待他。

---

①“一点也不”（not at all）初版作“并不尽然”（not all）。

第十七章

达什伍德太太见到他时的惊讶之情只一闪就过去了；因为在她看来，他到巴顿来原是天底下最自然不过的事。她的欢喜之情和关切的表示要远比她惊讶的时间长得多。他受到她最为热情的欢迎；腼腆、冷淡和缄默是经不住这样的接待的。还没等进屋，它们就已经开始挂不住了，很快就被达什伍德太太那让人着迷的态度一扫而光了。的确，若是有谁对她无论哪一个女儿产生了爱恋之情，就不太可能不顺带也恋上她这位丈母娘的；而埃莉诺眼见着他很快就恢复了旧有的样子，也就心满意足了。他对她们母女的感情像是重又点燃了起来，他对她们生活境况的关心也重又显而易见了。不过他仍旧情绪不高；他称赞她们的房子，赞赏周围的景色，他礼貌周全、亲切备至；可是他仍旧情绪不高。这种情况她们全家都看出来了，达什伍德太太将其归咎于他母亲为人的鄙吝狭隘，她在坐下来吃饭的时候，对天底下所有自私的父母无不表现得义愤填膺。

“费拉尔斯太太现在对你有什么打算，爱德华？”吃完晚饭后大家都围坐在壁炉前时，达什伍德太太问道，“还是不管你自己的意愿，想让你做个伟大的演说家吗？”

“不了。我希望家母现在已经明白，我既没有这个愿望，也没这个能耐去从政了。”

“可是你的名声该怎么确立呢？因为你只有出了名才能让你的全家感到满意；而你既不爱花钱，又不爱交际，既无职业，又不会自命不凡，这么一来事情可就难办啦。”

“我原本就并无此意。我不想出人头地；我也实在没这个本事，可以让我有这样的想法。谢天谢地！天资和口才是逼也逼不出来的。”

“你没有雄心壮志，这个我知道得很清楚。你的希望全都是很普通的。”

“跟世上其他人的愿望一样普通，我相信。我和其他的任何人一样希望能够得到美满的幸福；可是也跟别的任何人一样，一定要以我的方式去获得。成为大人物并不能使我得到幸福。”

“如果能的话那才怪了呢！”玛丽安叫道，“财富或者名望跟幸福又有什么关系呢？”

“声望的确是关系不大，”埃莉诺道，“不过财富却是大有关系的。”

“埃莉诺，真丢脸！”玛丽安道，“金钱只有在别无任何途径可以获得幸福时，才能让人幸福。除了足以过上温饱生活的收入[①]以外，金钱是不能真正让人心满意足的，至少就我个人而言是这样。”

“也许，”埃莉诺微笑道，“咱们说的其实是一回事。我敢说，你说的生活必需和我说的财富是非常接近的；我们都承认，以现在的世道，如果少了它们，就不会有各种生活上的舒适。只不过你的说法比我的更清高些罢了。你倒是说说，到底多少算是你所谓足以过上温饱生活的收入？”

“一年大概一千八或者两千镑，不超过这个数。”

埃莉诺笑了。“一年两千镑！我所谓的财富不过才一年一千镑！我猜就是这么回事。”

“可是一年两千镑只是很普通的收入啊，”玛丽安道，“再少的话，基本的家用就不能很好地维持了。我相信我的要求并不过分。正经安个家的话，是需要像样的仆人，一辆或者两辆马车，还有狩猎用的马

① “足以过上温饱生活的收入”（competence），在约翰生博士的《词典》中是这样定义的：“这样一笔财富，算不上富足，相当于生活的必需。”如随后的对话所示，具体多少收入才算是“足以过上温饱生活的收入”，是要因人而异的，端赖一个人认为要维持自己的身份地位所必需的最少收入是多少。很多注释者认为要维持上流社会的地位，最低的年收入应该在二百到三百镑，虽然在本书中这个数字被认为是非常之少的。简·奥斯丁在父亲去世后，和母亲、姐姐一起生活的年收入是四百六十镑。

匹，钱再少了就不够用了。”

埃莉诺听她妹妹这么精确地描述他们将来在库姆大厦的花销，脸上不禁再次浮上了微笑。

“狩猎马匹！”爱德华重复道，“可是你为什么一定要养狩猎专用的马匹呢？又不是每个人都要打猎。”

玛丽安脸一红，回答道：“可大多数人都打猎的呀。”

“我希望，”玛格丽特说，突然冒出了个新奇的想法，“有人能给我们每人一大笔财产！”

“哦，会有那一天的！”玛丽安叫道，她沉浸在幸福的幻想之中，激动得眼睛闪闪发亮，两颊绯红。

“我们全都会有那样的希望的，我想，”埃莉诺道，“尽管是不可能有那么多财富的。”

“哦天哪！”玛格丽特叫道，“我真要高兴死啦！我都不知道该拿这些钱来干什么了！”

玛丽安看起来就像是对这一点毫不怀疑似的。

“孩子们要是都有了钱，不再需要我的帮助了，”达什伍德太太道，“我倒是真不知道该怎么花掉我自己的那一大笔财富了。”

“那你肯定就可以开始改建这幢房子，”埃莉诺道，“你的麻烦很快也就烟消云散了。”

“要是真有这种事，这个家庭该有多么巨额的订单从这里发往伦敦啊！”爱德华道，“对于书店、乐谱店和图片店来说那该是多么幸福的一天啊！你，达什伍德小姐，会一总儿委托他们把每一本有价值的新书都给你送到这儿来——而玛丽安呢，我知道她可是心比天高，伦敦所有的乐谱还满足不了她的需要呢。还有书！——汤姆逊[①]，科珀，司各

---

①汤姆逊(James Thomson，1700—1748)，英国诗人，主要作品有歌咏自然的无韵诗《四季》、颂歌《统治吧，布里塔尼亚》、长诗《自由》等，其中《四季》开创了十九世纪浪漫主义诗歌之先河。

特——她要把他们的书全买下来，买了一遍又一遍；她会把所有的印本全都买光，省得它们落入庸人之手；她还会把每一本教她怎么欣赏一棵老歪脖子树的书也都买下。你说是不是，玛丽安？我要是出语莽撞的话，还请多加海涵。不过我是想让你知道，我还没忘记咱们争论过的那些老话题呢。”

“有人能提醒我想到过去，我喜欢得很呢，爱德华——不管那让人开心还是伤感，我都喜欢去回忆——你跟我谈起过去的时光，我是无论如何都不会生气的。你设想我有了钱以后会怎么花，猜得也很对——至少是其中一部分吧——我的零用钱肯定是会用来提升我的音乐和图书的收藏的。”

“而你的大部分财产将设为年金，由作家或者他们的继承人领用。”

“不，爱德华，我还有别的地方要用钱呢。”

“那么，也许你要设立奖金，用来奖励你心爱的那个信条最强有力的辩护士吧，就是一个人的一生中只能恋爱一次——我猜想，你在这个问题上的观点仍旧没有改变吧？”

“那是当然。到了我这个年龄，我的观点就算是已经定型了。不大会因为看到什么或是听到什么就改变主张了。”

“玛丽安仍旧像以前那么毫不动摇，你看，”埃莉诺道，“她一点都没变。”

“她只是变得比以前更严肃了些。”

“不，爱德华，”玛丽安道，“你没必要来责怪我。你自己就不是很开心的那种人。”

“你怎么会这么想！”他回答，叹了口气。“不过快乐从来就不是我性格的一部分。”

“我也不觉得那是玛丽安的一部分，”埃莉诺道，“我都很难说她是个活泼的姑娘——她不论做什么都非常认真，非常热心——有时候话说得很多，总是那么热情洋溢——可她经常并不是真的很快乐。”

“我相信你说的是对的，”他回答道，“可我过去一直都把她当作一个很活泼的姑娘。”

“我也经常发觉自己会犯这样的错误，”埃莉诺道，“在这样或那样的时候完全误解了人家的性格：妄自揣摩人家的性情是开朗还是严肃，或者估计人家是聪明还是愚蠢，结果却跟真实的情况大相径庭，我自己都说不清楚到底为什么会这样，这种误解到底所为何来。有时候你会被人家对自己的说法所左右，更经常的是听信了别人对他们的议论，而自己却并没有花时间去深思熟虑和审慎判断。”

“不过，埃莉诺，”玛丽安道，“我原本还以为完全遵从别人的看法是对的呢。我原以为我们之所以能够允许有自己的判断，只不过是为了屈从于邻居们的主张呢。我敢说，这不一直就是你的信条吗？”

“不，玛丽安，从来就不是。我的信条从来就不是要屈从于别人的主张。我一直都只是想劝你注意一下自己的态度。你可千万别错会了我的意。我承认，我的确经常希望你对待一般性的熟人在礼貌方面更周全一些；可是在正经事上，我什么时候劝过你要采纳别人的观点或者遵从他人的判断了？”

“这么说来，你还是没能说服你妹妹要以礼待人的处事原则啰，”爱德华对埃莉诺道，“连一点进展都没有？”

“谁说不是呢，”埃莉诺回答道，意味深长地看了玛丽安一眼。

“在这个问题上我的看法是完全站在你这一边的，”他继续道，“可是恐怕实际做起来就更像是令妹了。我从不希望冒犯任何人，可我实在是羞怯得可笑，我经常显得对人简慢无礼，其实那只是因为我天性笨拙，畏缩不前。我经常在想，我想必是天生注定只喜欢结交穷朋友的，一旦置身于陌生的上层人士中间我就感觉浑身不自在！”

“玛丽安对人的简慢无礼可绝不能拿羞怯做挡箭牌，”埃莉诺道。

“她对自己的价值有充分的自信，用不着故作羞怯之态，”爱德华回答道，“羞怯只是自己在某个方面的自卑感导致的结果。我要是能说服自己相信我的举止态度完全是从容而又得体的，我也就不会感到羞怯了。”

“可是你仍旧会矜持缄默，”玛丽安道，“这就更糟了。”

爱德华瞪大了眼睛——“矜持缄默！我很矜持吗，玛丽安？”

“是的，非常矜持。”

“我真不懂你的意思，”他回答道，脸红了起来，“矜持缄默！——怎么会，怎么个矜持法呢？我该说什么？你指的到底是什么？”

埃莉诺见他居然这么激动，感觉有些奇怪，不过还是想一笑置之，岔开这个话题，于是对他说：“你还不了解舍妹吗，还问她到底什么意思？你还不知道她吗？她把所有说话没她那么快，不像她那么爱什么都爱得死去活来的人都叫作矜持。”

爱德华没有搭腔。他又完全恢复了他那一脸沉重和心事重重的样子——呆呆地坐在那儿，半晌默不作声。

第十八章

埃莉诺看到她的朋友情绪低落，心下大为不安。由于他自己表现得就不怎么高兴，他的来访也就只给她带来了非常有限的一点满足。他明显地不很开心；她倒是希望他对她的钟情也同样地明显，她曾经相信自己无疑已经激起了他这种钟情的；可是事到如今，他对她是否仍旧另眼相看却显得很不确定了；他对她的态度阴晴不定，前一刻还是眉目传情，后一刻马上却又矜持沉默起来。

第二天早上，他走进餐厅的时候只有她和玛丽安在那儿，别的人都还没下来；玛丽安一直都一心成全他们的幸福，马上就借故走开了，好让他们俩单独在一起。可还没等她走到楼梯的半当中，就听见客厅的门打开了，扭头一看，惊讶地看到爱德华本人居然也走了出来。

“既然早饭还没有备好，”他说，“我先到村子里去看看我的马匹，去去就来。”

爱德华回来以后，对周围乡间的风景重又大为赞赏了一番；他在往村子里走的过程中，更其清楚地看到了这个山谷中很多部分的好处；而村子本身又位于别墅的更高处，这就使他可以对周围的景色一览无余，这让他格外感到高兴。这是个必然能引起玛丽安兴致的话题，她于是开始描绘起她对这些景致的喜爱来，并且更加详细地询问到底是哪些景致对他的触动最深，爱德华却打断了她的问话说：“你可千万别再寻根究底了，玛丽安——你该记得我对所谓的诗情画意可是一窍不通，如果我们再往深里说的话，我的无知和缺乏品味肯定会惹得你生气的。本来应该把山说成险峻的，我却只会说是陡峭；本来应该把地面说成是崎岖不平的，我却只会说是奇形怪状；远处的景致本来只该说是薄霭氤氲、迷离惝恍的，我却只会说看不见。对于我诚心实意的赞美，你必须感到满意，千万别再苛求。我称这个地方为非常美好的一处乡野——山很陡峭，树林里看来尽是优良的木材，山谷看起来舒心惬意——草场丰茂，几处整洁的农舍散布于其间。这正是我理想中的美好乡野，因为它将美丽与实用融为了一体——而且我敢说，这一定也是个诗情画意的好地方，因为你也对它赞不绝口；不难相信，这里肯定也是巉岩嶙峋、怪石突起，苍苔遍地、灌木丛生，不过这些方面我全都没有在意。我对于诗情画意的美景可是一窍不通的。”

“这恐怕是千真万确的，”玛丽安道，“可这又有什么好吹嘘的呢？”

“我怀疑，”埃莉诺道，“爱德华是矫枉过正了：为了避免这种形式的装模作样结果堕入到另一种形式中去了。因为他相信有很多人是假装对自然之美无比赞赏，其实他们并没有这种真正的感受，他对这种冒充风雅的做法非常厌恶，因此上他反其道而行之，在评价自然之美时就故意表现得比实际上的更加漠不关心、不辨美丑。他是个很爱挑剔的人，有他自己的装模作样。”

“这话说得是，”玛丽安道，“对风景的赞赏已经变成一种纯粹的行话套话了。每个人都假装像是第一位界定了何为诗情画意之美的那个人那样感受到了这种美，并力图用他的趣味和风雅来描绘这种美①。我厌恶一切的行话套话，有时候我只能把自己的感受放在心里，因为除了那些毫无意义的空话套话、陈词滥调以外，我再也找不到任何语言来加以形容。”

---

①威廉·吉尔平（William Gilpin，1724—1804）以其著名的《论森林景观》（*Remarks on Forest Scenery*，1791）、《诗情画意之美三论》（*Three Essays: On Picturesque Beauty*，1792）以及遍及英伦诸岛的系列插图旅行记开始了诗情画意的时尚风潮。其他协助其“界定了何为诗情画意之美”的人士还有乌维戴尔·普赖斯（Uvedale Price，1747—1829）、威廉·佩恩·奈特（William Payne Knight，1750—1824），以及在《曼斯菲尔德庄园》中作为一个角色出现的汉弗莱·雷普顿（Humphry Repton，1752—1818）。奥斯丁对吉尔平的著作评价甚高，极为稔熟。

“我相信，”爱德华道，“面对美景你是真正感受到你自称感受的所有那些喜悦的。不过，作为回报，令姊也必须允许我只能感受到我声称的那种程度。我喜欢美好的景致，却不是基于诗情画意的那些原则。我不喜欢弯曲、扭曲和干枯的树木。如果它们长得又高又直而且枝繁叶茂，我就更是加倍地喜欢了。我也不喜欢倾颓破败的农舍。我不能欣赏荨麻、蓟草或是石楠花。一幢温暖舒适的农舍比一座瞭望塔更中我的意——一帮整洁、快活的村民比世上最漂亮的绿林好汉都更让我满心欢喜。”

玛丽安吃惊地看了看爱德华，又同情地瞧了瞧姐姐。埃莉诺只是笑了笑。

这个话题没有再继续下去；玛丽安仍在默默地沉思，这时一个新物件突然引起了她的注意。她是挨着爱德华坐的，在接达什伍德太太递过来的茶时，他的手就正从她面前伸过去，她看到他的手指上戴了个戒指，戒指的中间还缠着一绺头发，非常抢眼。

“我以前还从没见你戴过戒指呢，爱德华，”她叫道，“那是范妮的头发吗？我记得她答应要给你一绺的。不过我感觉她的头发颜色应该更深一些的。”

玛丽安想到什么，不经考虑就脱口而出——可是当她看到她的话让爱德华多么难堪以后，她因为自己说话欠考虑而感到的苦恼，在程度上并不比爱德华更轻省。他脸涨得通红，迅速地瞥了埃莉诺一眼，回答道：“是呀；是家姊的头发。头发被戒指的镶嵌底座一衬，颜色总会显得有些不一样的。”

埃莉诺刚才和他对了一下目光，也同样显得有些难为情。那头发其实就是她的，她一时间跟玛丽安一样感觉心满意足；她们姐俩得出的结论只有一点不同：玛丽安认为这肯定是姐姐主动送给他的礼物，而埃莉诺知道那一定是他背着她偷了去或者要了什么手腕得到的。不过，她并无意于把这看作一种冒犯，于是假装莫名所以的样子，马上就谈起了别的事情，心里则打算等以后一有机会定要好好再看看那绺头发，直到确定了那就是她的发色以后才能放心。

爱德华手足无措了好一会儿，后来就越发显得心神不宁了。整个上午他都神色凝重。玛丽安为自己说的那番话深深感到自责；不过她要是知道这件事并没有惹她姐姐生气的话，她就会更快地原谅自己了。

还没到中午，约翰爵士和詹宁斯太太因为听说别墅里有位绅士来访，就迫不及待地赶来拜会，好看看到底是位什么样的客人。在岳母的帮助下，约翰爵士很快就发现费拉尔斯这个姓氏的开头是个“费”字，这就为他们将来打趣痴心的埃莉诺备好了大量的弹药，只是由于跟爱德华还是初次见面，这才没有即刻发动攻势。不过，埃莉诺仅从他们几次意味深长的眼神当中就看得出来，根据玛格丽特提供的线索，他们的想象力已经深入到了怎样的程度。

约翰爵士每次到达什伍德家里来，不是邀请她们次日到庄园去吃饭，就是请她们当晚去喝茶。这次为了更好地款待她们的客人，自感有责任为他的娱乐消遣竭尽绵薄，他就把两种邀请一起提了出来。

“今晚你们一定要和我们一起喝茶，”他道，“因为我们孤单得很——而明天你们一定要和我们一起吃晚饭，务必要赏光，因为我们要举行一次盛大的晚会。”

詹宁斯太太进一步强调了这一必要性。“而且要是没有你们，谁还能搞得起一场舞会来呢？”她道，“这对你就有点诱惑力了吧，玛丽安小姐。”

“舞会！”玛丽安叫道，“怎么可能！有谁会跳呢？”

“有谁！有你们自己呀，肯定还有凯里家的小姐，还有惠特克一家。——怎么！你以为就因为我暂且不说他名字的那个人不在这儿，就没有人能跳舞啦！”

“我衷心希望，”约翰爵士叫道，“威洛比能再次回到我们中间。”

这句话，再加上玛丽安的脸红，使爱德华又起了疑心。“这位威洛

迫不及待地赶来拜会

比是谁？”他低声问身旁坐着的达什伍德小姐。

她简明扼要地解释了一句。玛丽安的面部表情其实更能说明问题。爱德华看得真切，不但理解了别人话里的意思，而且明白了先前玛丽安说的那些令他不解的话；等他们的客人走后，他马上走到她跟前，低声说道：“我一直在猜。要不要我告诉你我猜到了什么？”

“你这话什么意思？”

“要不要我告诉你吧？”

“当然啦。”

“那好；我猜这位威洛比先生是喜欢打猎的。”

玛丽安又惊又疑，不过对他那副不动声色的淘气劲儿也忍不住微微一笑，她沉默了一会儿以后，这才说：

“哦！爱德华！你是怎么——不过那一天会来到的，我希望……我相信你一定会喜欢他的。”

“对此我并不怀疑，”他回答道，对她那急切而又热情的劲头颇为惊讶；因为他原本不过是为了让大家开开心，才拿威洛比和她本人之间可能有也可能并没有的关系开个玩笑的，早知如此他就不会这么冒失地说这番话了。

第十九章

爱德华在小别墅待了一个礼拜；达什伍德太太非常热切地挽留他再多待些日子；可他好像一心只想着要自我禁欲似的，偏偏在跟朋友们相处最为融洽的时刻执意要走。在最后这两三天里，他的情绪虽仍旧很不稳定，但已经大为改观了——他越来越偏爱这幢宅子和周围的环境——每次提起要走总免不了一声叹息——宣称他的时间完全是空闲的，没有任何事可干——就连离开她们以后要去哪儿都还是未定之数——可是他还是必须要走。从来没有哪个礼拜过得这么快——他简直不能相信这个礼拜就要过去了。他一再这么说；别的话也说了不少，全都表明他感情的变化，显得他言行的不一。他在诺兰过得毫无生趣；他又讨厌住在城里；可是他必须得走，要么去诺兰，要么去伦敦。他对她们的盛情好意无比珍视，他最大的幸福就是和她们在一起。可是刚刚待满了一周，他就必须离开她们了，尽管这违背了她们以及他本人的意愿，而且他在如何安排自己的时间上并无任何限制。

埃莉诺把他所有这些令人惊讶的行为全都算到他母亲的账上；幸好他有这么一位其性格脾性对她来说不甚了了的母亲，这么一来，她儿子无论做出多少奇怪的事儿来都可以在她那儿找到借口。尽管她也感到失望和苦恼，有时候也会为他对待她的反复无常而很不高兴，总体说来，她对他的行为还是非常坦诚地予以体谅，非常宽宏地为他开脱，当初在对待威洛比的时候，这同样的态度可是她母亲费尽唇舌才硬逼出来的。爱德华的没有精神、不够坦率和前后不一，基本上全都被归咎于他的不能独立自主，归因于他对费拉尔斯太太的性情和打算有更多的认识。他的来访如此短暂，他离开她们的态度如此坚决，也同样是因为他无法随心所欲，同样是由于他不得不迎合他母亲的意志的缘故。这种由来已久、根深蒂固的责任与意愿、父母与子女之间的龃龉，就是这一切的根源。她真是很想知道，这样的困境何时才能终结，这种对立何时才能消解，——费拉尔斯太太何时才能改弦更张，她的儿子何时才能得到自由、获得幸福。可是这一切都只不过是痴心妄想，为了求得安慰，她不得不重新燃起对爱德华的爱情的信心，一再回想他在巴顿别墅时流露出的每一个关爱的眼神和每一句倾心的话语，尤其是他经常戴在手指上的那令她无比欣慰的爱的明证。

“我想啊，爱德华，”最后一天吃早饭的时候，达什伍德太太道，“你要是有个职业把你的时间占用起来，能使你对计划和行动产生兴趣的话，你会成为一个更快乐的人的。这的确会给你的朋友们带来些许不便——你就不能把这么多的时间花在他们身上了。不过（她面带微笑）至少在一点上这能给你带来实际的好处——你再离开他们的时候就知道该往哪儿去了。”

“我向您保证，”他回答道，“有关这一点我已经像您这样考虑过很长时间了。没有必要的事务要我操心，没有职业需要我从事，换句话说不能让我获得任何一点的独立自主，这不论是过去、现在还是将来，都一直是我背负的一桩沉重的不幸。可倒霉的是，使我成为现在这个样子的恰恰是我自己和亲友们的挑肥拣瘦，结果我成了个无所事事、全无用处的闲人。在选择职业方面，我们从来就达不成一致意见。我一直都想从事圣职，现在我还是这么想。可在我的家人看来这个职业不怎么时髦。他们的建议是从军。这对我来说又嫌过于时髦了。从事法律算是足够体面的职业了；很多年轻人在圣殿①都拥有事务所，经常在上流社会抛头露面，乘着时髦的双轮轻便马车招摇过市。可我又无意于做个律师，就连钻研一下这些并不深奥的法律条文我也没有兴趣，尽管这个职业我的家人都还比较赞同。至于说到海军，那倒是挺时尚的，可是这个

① 圣殿(The Temple)，伦敦弗利特街的一系列建筑，因曾由圣殿骑士团拥有产权而得名，后归英国四个律师学院中的两个(中殿和内殿)所有，律师和学法律的学生可在此租用房间和办公室。

行当第一次被提上议事日程的时候，我都已经超龄了[1]——结果到最后，既然根本也没有从事任何职业的必要，穿不穿军队的红色制服都同样可以风度翩翩、生活奢华，总的说来还是无所事事最为有利，也最体面，而一般来说一个十八岁的年轻人总不会一门心思地想要忙忙碌碌，偏要抗拒朋友们对他什么都不需要干的良言相劝的。于是我就进了牛津大学，打那以后也就理所当然地一直游手好闲了。"

"这样的结果，我感觉，"达什伍德太太道，"既然闲暇并没有使你更加幸福，你在对待子孙上面想必就会改弦更张，将他们培养成像科卢米拉[2]的儿子那样多才多艺、样样精通啰？"

"我对他们的培养，"他用很严肃的口吻说道，"将尽我所能越不像我越好。在情感上，在行动上，在身体上，在一切方面。"

"得啦，得啦；这都不过是你一时意气消沉的发泄罢了，爱德华。你心情忧郁，就感觉只要和你不一样的人就一定都很幸福。可是你要知道，有时候和朋友的离别之苦，是任何人都会感受得到的，不管受过什么样的教育，是什么身份。你要认清属于你的幸福。你所缺的就只有耐心——或者给它一个更动听的名号，就叫它希望吧。你一心渴求的独立，到时候你母亲总会给你的；那是她的职责，而且不久她就会因为没有让你心怀不满地虚掷了整个青春而感到高兴的。几个月的时间里面什么事情都有可能发生的呀！"

"我感觉，"爱德华回答道，"再有多少个月也不会给我带来什么好结果的。"

---

① 要想加入皇家海军，男孩须于十二岁左右进入朴茨茅斯的皇家海军学院学习、训练三年，奥斯丁的哥哥弗朗西斯（Francis Austen，1774—1865）走的就是这条路。

② 科卢米拉（Columella），典出英国教士、诗人、小说家理查德·格里夫斯（Richard Graves，1715—1804）的小说《科卢米拉，或苦恼的隐士》（*Columella, or, The Distressed Anchoret*, 1779），他荒唐地想让他的儿子掌握各种各样的职业技能，从外科手术一直到买卖啤酒花。

他这种意气消沉的性情虽说无法被达什伍德太太所理解，但接踵而来的别离，却给他们每个人都平添了额外的痛苦，尤其是给埃莉诺的情感留下了一种很不舒服的印象，这是需要花一些力气费一些工夫才能克服的。不过她下定决心要把它克服，而且有意避免让自己在他走后显得比全家更难受，因此她并没有采取玛丽安在相似的情况下对她而言合情合理的办法：通过默不作声、独自一人和无所事事来增加和确定自己的苦痛。她们姐俩的目的不同，方法自然也就不同，也都同样适合她们各自的诉求。

他刚一走，埃莉诺就在她的画桌前坐下，忙碌了一整天，对他的名字既不主动提起，也不有意回避，对于家里的日常事务也照常关心，表现得几乎和平常没什么两样，如果说她这么做并没有减轻自己的悲伤的话，至少也防止了它无谓地增长，而且也因此而免除了她母亲和两个妹妹针对她的很多焦心。

在玛丽安看来，姐姐的这种跟自己截然相反的行事方式也并不见得更加值得赞许，当然她也并没觉得自己的做法就更不可取。自我克制这个问题，她觉得解决起来非常简单——强烈的爱情是没办法克制的，爱情不够强烈的情况下的克制也没有任何值得称道之处。而她不得不承认她姐姐的爱情的确不够强烈，尽管承认这一点让她感到脸红；而她也以实际行动证明了她自己的坚强：她尽管为此而痛心疾首，她仍旧热爱和尊敬她这个姐姐。

埃莉诺虽然并没有把自己和家人隔绝开来，没有走出家门刻意躲开她们好单人独处，也没有躺在床上彻夜不眠专门沉思默想，她发现每天还是有足够的闲暇用来想念爱德华，细细地揣摩他的一举一动，在不同的时间和不同的心境中，产生的结果也自不同——时而深情，时而怜惜，时而赞许，时而责怪，时而疑虑，真是酸甜苦辣，样样具备。也有很多这样的时刻，如果不是母亲和妹妹不在跟前，那么至少也是她们都各自在忙着自己的事，大家也就没办法相互交谈，这种时候也跟单人独处没什么区别。她的思绪也就必然地自由驰骋起来；可是她也不会想到别的地方去；在这个让她心无旁骛的问题上，它的前前后后、过去和未来桩桩件件都摆在她面前，必然会迫使她去留心注意，会使她的回忆、她的沉思和她的遐想全部倾注于此。

爱德华离开后不久的一天早上，她正坐在画桌前沉浸于这样的遐思幻想中的时候，却被一群人的到来惊醒了白日梦。这时她碰巧是一个人在屋里。她们房前那个绿色庭院的小门的关闭声将她的视线引向窗外，她看到一大帮人正朝门口走来。其中有约翰爵士、米德尔顿夫人和詹宁斯太太，不过还有两个人，是一位绅士和一位夫人，她却并不认识。她当时就坐在窗前，约翰爵士一看到她，就让其他人继续走向门前敲门，他自己则穿过草坪朝她走来，埃莉诺也只得打开窗户和他说话，其实门窗之间的距离很近，在窗口这边说话，门那边是不可能听不见的。

“哎，”他道，“我们给你们带来了几位生客。你觉得他们怎么样？”

“嘘！他们会听到的。”

“听到也无妨。只不过帕尔默夫妇。夏洛特人很漂亮，我告诉你吧。你往这儿看就能看到她。”

埃莉诺明知一两分钟以后就能见到她，便不肯冒昧失礼，请他原谅。

“玛丽安呢？因为我们来了她就故意跑开了吗？我看到她的钢琴盖还开着呢。”

“我想她应该散步去了。”

詹宁斯太太这时候也凑了过来，她不耐烦等着开门，急不可耐地要把她的故事讲出来。她大呼小叫地朝窗口走来，“你好啊，亲爱的？达什伍德太太可好？你那两个妹妹呢？什么！就你一个人！那你一定会高兴有几个人陪你坐坐的。我带了我另一个女儿和女婿来看你们。只要想想他们来得多么突然！昨天夜里我们正在喝茶的时候，我觉着像是听到了马车响，可我怎么也想不到来的会是他们。我只想到是不是布兰登上校终于回来了呢；所以我对约翰爵士说，我肯定是听到了马车的声音；也许是布兰登上校终于又回来了——”

她话只讲到一半的时候，埃莉诺就不可不丢下她，转身去接待其他的客人了；米德尔顿夫人向她介绍了那两位生客；达什伍德太太和玛格丽特这时也从楼上下来了，大家全都坐下来相互打量，而约翰爵士陪着詹宁斯太太穿过过道进入客厅的时候，她还在继续叨叨她那没讲完的故事。

帕尔默太太比米德尔顿夫人年轻几岁，在各个方面都完全不像她姐姐。她矮墩墩胖乎乎的，有一副很漂亮的面孔，表情喜气盈盈，显得世上再没有比她更好性儿的人了。她的举止远没有她姐姐那么文雅，却讨人喜欢得多。她笑盈盈地走进门来，除了有几次哈哈大笑以外，整个拜访期间一直都是笑盈盈的，告辞的时候仍旧是笑盈盈的。她丈夫是个不苟言笑的年轻人，二十五六岁，神气看上去比他妻子更时髦也更有见识，但不像他妻子那么愿意讨好人和被人讨好。他带着一副高傲的神情走进房间，朝女士们微微一躬，一句话都没说，在对她们以及房间的摆设大约摸扫了一眼以后，就从桌子上拿起一份报纸，一直看到临走才放下。

帕尔默太太正好相反，她天生一副既客气而又快活的脾性，还没有坐定就对客厅和里面的一切摆设满口夸赞个没完。

“哎哟！多讨人喜欢的房子啊！我还从没见过这么迷人的房子呢！您就想想吧，妈妈，自打上次我来过这儿以后，这变化该有多大啊！（她转向达什伍德太太，）可是您把它收拾得多迷人啊！你瞧瞧，姐姐，样样东西都多么喜人呀！我要是有这么一幢房子该有多好！你说是不是，帕尔默先生？”

帕尔默先生并没有回答她，连眼皮都没从报纸上抬一下。

“帕尔默先生听不见我说的话，”她哈哈地笑道，“有时候他一句话都听不见。实在太好笑啦！”

这在达什伍德太太听来感觉真新鲜，她以前可从来不曾在任何人的疏忽大意当中发现还能有什么风趣好玩儿的地方，于是忍不住面带惊讶地又看了看这对夫妻。

与此同时，詹宁斯太太还在用她最大的嗓门儿继续讲述昨天晚上见到她的女儿女婿是多么意外，一直到把全部的经过全都讲完以后方才罢休。帕尔默太太一想到他们昨晚惊愕不已的样子，忍不住开心地大笑起来，大家一致同意，接连两到三次地表示，那真是让人又惊又喜。

“你可以相信，我们见到他们该是多么高兴，”詹宁斯太太俯身朝着埃莉诺又说道，把声音压得很低，就好像不想让别的任何人听到似的，尽管她们俩其实分坐在房间的两边；“高兴归高兴，不过我又忍不住希望他们路上赶得不要这么急，也不要一下子跑这么远的路，因为他们还有点事情要办，是先到了伦敦，然后又绕过来的，因为你知道（她指着女儿，意味深长地点点头），以她身体的状况这是不合适的。我本想让她今天上午就待在家里好好休息一下的，可她偏要和我们一起过来；她是多想见到你们一家人啊！”

帕尔默太太呵呵一笑，说这对她一点都不碍事。

“她两月份就要坐月子了，”詹宁斯太太继续道。

米德尔顿夫人再也受不了这样的谈话了，于是就硬着头皮问帕尔默先生报上可有什么新闻。

“没有，什么都没有，”他回答，继续看他的报。

“哦，玛丽安来啦，”约翰爵士叫道，“我说，帕尔默，你可就要见到一位绝色的姑娘啦。”

他马上跑到过道里，把正门打开，亲自引她进来。詹宁斯太太一见到她，就问她是不是到艾伦厄姆去了；而帕尔默太太听到这话后笑得那么开心，为的是表示她明白这其中的奥妙。帕尔默先生在她进屋的时候抬眼凝视了她好几分钟，然后又回头看他的报纸。帕尔默太太的目光这时被四壁悬挂的绘画吸引住了。她站起身来仔细端详起来。

“哦，我的天哪，这些画儿多美啊！真格的！多讨人喜欢！您快看看呀，妈妈，多可爱呀！我得说这些画儿可真是迷人；我怎么看都看不够。”然后她就又坐了下来，很快就把房间里还挂着画儿这件事抛到九霄云外去了。

当米德尔顿夫人起身要告辞的时候，帕尔默先生也站了起来，把报纸放下，伸了个懒腰，四顾看了看每一个人。

“亲爱的，你是睡着了吗？”他妻子道，哈哈大笑。

他没理她；再次把房间审视了一遍以后这才说，房顶的坡度太缓了，而且天花板也有些不平整。然后他鞠了一躬，就跟其他人一起告辞了。

约翰爵士坚邀她们母女次日都去巴顿庄园做客。达什伍德太太是看重礼尚往来的，不愿意多去他们那儿吃饭，于是自己坚辞谢绝了；至于女儿们去不去则随她们的便。可她们也根本没有兴致去参观帕尔默夫妇怎么用餐，而且并不指望还能在其他方面得到任何的乐趣。因此她们也同样找借口推托，说天气阴晴不定，看来不大会放晴。可是约翰爵士却不依不饶——届时他会派马车来接，她们一定要去。米德尔顿夫人虽然没有勉强她们母亲，却也坚持要她们姐妹一定要去。詹宁斯太太和帕尔默太太也都异口同声地敦请她们一定要赏光，全都像是一心要避免只剩下他们一家人一起吃饭似的；几位小姐也只得勉强答应了。

“他们干吗要邀请咱们？”他们一走，玛丽安就道，“这幢小别墅的租金说是很低；可是那条件却也够苛刻的啦，如果他们家或是咱们家只要一有客来，就一定得去庄园陪他们吃饭的话。”

“他们现在的邀请也同样是出于殷勤和好意，”埃莉诺道，“就跟几个礼拜前咱们频繁接受的邀请并无二致。如果说他们举行的宴会变得可厌乏味了，那也不是他们那方面有了什么不同。这改变了的原因咱们得到别处找去。”

“我得说这些画儿可真是迷人”

第二十章

第二天，达什伍德家的两位小姐前往巴顿庄园赴宴，刚进客厅的门，帕尔默太太就从另一边的门跑了进来。跟昨天一样兴致高、心情好。她不胜亲热地抓住她们姐儿俩的手，为再次见到她们而高兴不已。

“见到你们可真高兴！”她道，在埃莉诺和玛丽安中间坐下，“因为今天天气这么不好，我害怕你们不来了呢，那对我来说可就太糟糕啦，因为明天我们就又要走了。我们必须得走，因为韦斯顿夫妇下周要来看我们，你知道。我们这次过来原本就事出突然，马车都停到门口了我还什么都不知道呢，到了那时帕尔默先生才问我愿不愿意和他一起来巴顿。他可真是滑稽！他什么事都不告诉我！我很遗憾我们不能再多住些日子了；不过我希望我们很快就能在伦敦再次见面。”

她们姐俩不得不打消了她的这种期望。

“你们不去城里面！”帕尔默太太叫道，哈哈一笑，“你们要是真不去的话，我可要大失所望了。我能给你们弄到一套全世界最漂亮的房子，就在我们家隔壁，在汉诺威广场。你们一定要来，真的。要是达什伍德太太不愿意抛头露面的话，我坐月子前随时都会很高兴陪你们姐妹出入各个社交场合的。”

她们谢了她；不过还是不得不谢绝了她所有的恳切邀请。

“哦，亲爱的，”帕尔默太太冲这时正好走进房间的丈夫叫道，“你一定得帮我劝说达什伍德小姐们今年进城去过冬。”

她那亲爱的没搭理她；在向小姐们微微一躬后，就开始抱怨起了坏天气。

“这天气也实在太可怕了！”他道，“这鬼天气搞得每件事情和每个人都令人生厌。雨下得室内室外都一样乏味无聊。让你看到所有的熟人都觉得厌烦。约翰爵士到底是什么鬼意思，家里面连个弹子房都没有？

懂得什么才叫舒适的人实在太少啦！约翰爵士就跟这鬼天气一样蠢。”

其他人的人很快也都进来了。

“玛丽安小姐，”约翰爵士道，“恐怕你今天没有能像通常那样去艾伦厄姆散步吧。”

玛丽安面沉似水，什么话都没说。

“哦！在我们面前就别这么躲躲闪闪啦，”帕尔默太太道，“说真的，我们已经全都知道了；我对你的眼光可是非常赞赏，因为我觉得他漂亮极了。我们的庄园距离他住的地方并不远，你知道。不会超过十英里，我敢说。”

“都快三十英里了，”她丈夫道。

“啊！这样啊！那也没多大差别。我从没到他家去过；不过大家都说，那是个很可爱很漂亮的地方。”

“我这辈子都没见过更糟糕的地方，”帕尔默先生道。

玛丽安仍旧一声不吭，不过她的脸上却流露出对这个话题大感兴趣的神情。

“那地方很丑陋吗？”帕尔默太太继续道，“那我想，人家都说那么漂亮的一定是别的什么地方了。”

等大家都在餐厅里坐定之后，约翰爵士非常遗憾地表示他们一共只有八个人。

“亲爱的，”他对夫人说，“咱们才这么几个人，实在让人扫兴。你干吗没请吉尔伯特一家今天过来吃饭呢？”

“约翰爵士，你之前跟我说这件事的时候我不就告诉过你不能这么做了吗？他们上次刚跟我们一起吃过饭。”

“你我之间，约翰爵士，”詹宁斯太太道，“就不用这么过于拘礼啦。”

“那你可就是很没教养啦，”帕尔默先生叫道。

“亲爱的，你和谁都过不去，”他妻子道，仍旧一如既往地哈哈一乐。“你知道你这样是很粗鲁无礼的吗？”

“我倒不知道说令堂没有教养就是和任何人过不去。”

“好啊，你爱怎么辱骂就怎么辱骂我好了，”那位好性儿的老太太道，“你已经把夏洛特从我手里抢走了，就再也不能把她退回来了。所以呢，你已经被我捏在手掌心里啦。”

夏洛特一想到她丈夫再也摆脱不了她了，就开心地哈哈大笑；而且得意洋洋地说，无论他对她怎么粗暴乖戾她都不在乎，反正他们必须在一起过日子。再也不可能有人像帕尔默太太的性情那样好得那么彻底，或者拿定主意要一直开心下去了。她丈夫那有意的冷漠、辱慢和不满，统统对她毫发无伤：就在他斥责或是辱骂她的时候，她却会被他逗得乐不可支。

“帕尔默先生可真是滑稽！”她压低声音对埃莉诺道，“他总是在闹情绪。”

埃莉诺稍稍观察之后，就不再相信他是像他故意要表现得那样，是当真天生的脾气不好或是缺乏教养。他也许是因为——就像很多其他的男性那样——对美貌抱有某种不可理喻的偏爱，结果却发现娶了个其蠢无比的女人为妻，所以性情变得有些乖戾了。不过她也知道这种失策太司空见惯了，任何有点头脑的男人都不会为此而永远耿耿于怀的。她相信他应该是一心想要与众不同，这才无论对谁都轻蔑简慢，无论对什么都口出不逊的。那是一种想要显得高人一等、鹤立鸡群的强烈愿望。这动机本身非常寻常，不足为怪；可是他采用的手段，尽管在粗鲁无礼方面的确能做到鹤立鸡群，却除了他妻子以外，不可能赢得任何人的爱慕。

“哦，我亲爱的达什伍德小姐，”帕尔默太太随后又道，“我恳请你和令妹今年圣诞去我们的克利夫兰住些日子，不知肯否赏光？好了，请一定来吧，就在韦斯顿夫妇做客期间来。你想象不到我该有多高兴！那该多让人开心啊！——亲爱的，”她向她丈夫求助，“难道你不盼望两位达什伍德小姐到咱们克利夫兰来吗？”

“那是当然，”——他讥笑地回答道——“我这次到德文郡来就再没别的目的啦。”

“我说什么来着，”——他夫人道，“你瞧帕尔默先生都盼着你们去呢；所以你们就再也不能推托了啊。”

姐妹俩赶紧坚辞谢绝了她的邀请。

“可你们无论如何一定得来啊。那儿的一切你们肯定都会非常喜欢的。韦斯顿夫妇要来做客，那该多让人开心啊。你们想象不到克利夫兰是个多么可爱的地方；而且我们现在高兴得不得了，因为帕尔默先生总是四处奔走，为竞选拉票；有那么多我从没见过的人都来和我们一起吃饭，那多迷人啊！可是，可怜的伙计！他可真是要累趴下了！因为他必须讨好每一个人。”

埃莉诺在对这项义务的艰巨性表示赞同时，简直很难绷住不笑出来。

“他要是进了议会，”夏洛特道，“那该多迷人啊！——是不是？我该笑成什么样子！看到所有寄给他的信上全都盖有‘下院议员’这个邮戳该多滑稽啊——不过你知道，他说，他是决不会为我签发免费邮件[①]的吗？他宣布他决不。是不是，帕尔默先生？”

帕尔默先生没有理睬她。

“他受不了写字的，你知道，”她继续道，“他说这太让人讨厌啦。”

“没有；”他说，“我从没说过这么毫无道理的话。别把所有那些侮辱性的话全都强加在我头上。”

“瞧瞧；你看他有多滑稽。他一直都是这个德性！有时候他好半天都不跟我说一句话，然后就冒出几句这么滑稽的话来——莫名其妙的什么话都有可能说出来。”

吃完饭回到客厅的时候，她问埃莉诺是不是特别喜欢帕尔默先生，这可真让她大吃了一惊。

---

①一八四〇年前，下院议员可以通过在信封上签名的方式免费邮寄信件。

“当然了，”埃莉诺道，“他看起来非常和蔼可亲。”

“喔——你喜欢他我很高兴。我也早料到了，他是那么和蔼可亲；而且我可以告诉你，帕尔默先生也特别喜欢你们姐妹，要是你们不肯来克利夫兰的话，你都想象不到他会多失望。——我想不出你们为什么就是不肯来。”

埃莉诺不得不再次谢绝她的邀请；并且为了不再纠缠于此，她趁机换了个话题。她想帕尔默太太既然和威洛比住在同一个郡里，或许能从她那儿打听到有关他的人品的具体情况，不像是米德尔顿夫妇和他只是点头之交，毕竟所知有限；她巴不得能从任何人那里得到对他人品的保证，也好消除她对玛丽安有可能所托非人的担心。她开始向她打听他们在克利夫兰是不是能经常见到威洛比先生，他们跟他是不是很熟。

“哦！亲爱的，可不是嘛；我对他了如指掌，”帕尔默太太回答道，“我倒的确是从来没跟他说过话；可我在伦敦的时候总能见到他。不过不知怎么回事，他在艾伦厄姆小住的时候我不巧倒是一次都没来巴顿庄园。妈妈以前在这儿见过他一次，——不过我当时在韦茅斯的舅舅家里。不过，我敢说，要不是阴差阳错从来都没有同时在乡下的庄园里居住的话，我在萨默塞特郡一定见过他好多次啦。他极少在库姆住，我相信；不过就算他在那儿常住的话，我想帕尔默先生也不大会去拜访他的，因为他是属于反对党[①]的，你知道，而且又离得那么远。我知道你为什么要打听他的情况，我一清二楚；令妹就要嫁给他了。我真高兴死了，因为到那时她就要做我的邻居啦，你知道。”

“说实在的，”埃莉诺回答道，“您要是有任何理由认定会有这门亲事的话，那您一定是比我知道更多的内情。”

---

① 即当时没有执政的在野党。假设当时的对话发生在一八〇五年后不久，威洛比可能是福克斯派（忠于十八世纪辉格党党魁 Charles James Fox 政治纲领的一派）的辉格党，而帕尔默先生则肯定是托利党，地方的政治斗争经常猛烈到使敌对党派的成员不相往来的程度。

“不要假作不知啦，因为你知道大家可都在谈论这件事呢。告诉你吧，这还是我路过伦敦的时候听说的呢。”

“我亲爱的帕尔默太太！”

“我以自己的名誉担保。——我礼拜一上午在邦德街上遇见了布兰登上校，就在我们离开伦敦以前，他直截了当就告诉了我。”

“您这么说可太让我感到惊讶了。布兰登上校会告诉您这种事！您肯定是弄错了。把这么一件事说给一个全不相干的人听，即便真有其事，我可不相信布兰登上校会做出这等事来。”

“尽管如此，我可以向你保证确有其事，我来告诉你前后的经过吧。我们碰到他以后，他就转身和我们走了一段；于是我们就开始谈起我姐姐和姐夫来了，谈着谈着，我就跟他说：‘对了，上校，我听说巴顿别墅来了一家新住户，妈妈写信跟我说她们家的小姐都很漂亮，其中有一位就要嫁给库姆大厦的威洛比先生了。请问这是真的吗？你当然是肯定应该知道的，因为你不久前还在德文郡来着。’”

“那上校是怎么说的？”

“哦！——他没怎么说话；不过看起来他像是知道确有其事，所以从那一刻起我就认定这是事实啦。这该多让人开心啊，依我说！那什么时候办喜事呢？”

“我希望布兰登上校身体很好吧。”

“哦，是的，挺好的；而且对你是赞不绝口，他一开口就尽是说你的各种好处。”

“得到他的褒奖我荣幸之至。他似乎是个极为优秀的人；我也觉得他非常讨人喜欢。”

“我也这么想。——他真是个很有魅力的人，只可惜他过于严肃、刻板了。妈妈说他也爱上了令妹。——如果当真的话，那可实属难能可贵，因为他几乎还从没爱上过什么人呢。”

“在萨默塞特郡您居住的那个地区，威洛比先生算是很受大家注意吗？”埃莉诺道。

“哦！是的，他可有名啦；换句话说，我并不相信有很多人认识他，因为库姆大厦离得太远了；不过说真的，大家都认为他极其可爱。威洛比先生无论到哪儿，都是最受欢迎的那个人，你可以就这么告诉令妹。我以名誉担保，她能得到他，可真是太幸运啦；不过话又说回来了，他能得到她就更是幸运之极啦，因为她是那么漂亮又是那么可爱，谁都不能真正配得上她。不过，说真的，我倒丝毫不觉得她就比你更漂亮；因为我觉得你们姐妹俩都很漂亮，我敢保证帕尔默先生肯定也是这么认为的，虽然昨儿晚上我们没办法让他承认这一点。”

帕尔默太太提供的有关威洛比的情况算不上有什么实质性的内容；不过任何对他有利的证词，不论多么微不足道，她也总是很高兴听到。

“我真高兴我们终于认识啦，”夏洛特继续道，“现在我希望我们永远都是好朋友。你想象不到我是多么渴望见到你们！你们能住在那个小别墅里是多么让人高兴！再没有比这个更让人高兴的啦！而且我真高兴令妹就要缔结美满姻缘了！我希望你也能常去库姆大厦做客。大家都说那是个非常可爱的地方。”

“您跟布兰登上校早就认识了，是不是？”

“是呀，老早啦；从我姐姐出嫁那时候就认识了。——他是约翰爵士顶要好的朋友。我相信，”她压低嗓音补充道，“他原本是很想娶我当太太的，要是有这个可能的话。约翰爵士和米德尔顿夫人都很希望玉成此事。可是妈妈认为这桩婚事对我来说不够理想，要不然的话，约翰爵士就会向上校正式提亲，而我们马上就会结婚的。”

“难道在约翰爵士向令堂提起这桩婚事前，布兰登上校并不知情吗？他有没有向您本人表达过爱慕之情？”

“哦！没有；不过如果妈妈不反对的话，我敢说他是非常乐意的。当初他最多就见过我两次，因为那时候我还在学校里念书呢。不过还是我现在这样子要幸福得多。帕尔默先生正是我喜欢的那种人。”

第二十一章

帕尔默夫妇第二天就返回了克利夫兰，又只剩下巴顿的这两户人家之间相互往来了。不过这并没有持续很久；在最近的这两位来客还在埃莉诺脑际徘徊，她还忍不住在纳闷夏洛特无缘无故怎么就会这么快活，帕尔默先生怎么那么善于理直气壮地装腔作势，以及夫妻之间怎么会经常显得这么奇怪地不相般配的时候，约翰爵士和詹宁斯太太由于极为热心交际的缘故，已经又为她找来了几位新相识跟她见面，供她观察了。

在有天上午去埃克塞特短途旅行时，他们碰到了两位年轻的小姐，詹宁斯太太非常满意地发现她们姐儿俩还是她的亲戚，这个理由就足以使约翰爵士邀请她们一俟她们目前在埃克塞特的交际约会结束就直接前往巴顿庄园做客了。在这样的邀请面前，她们在埃克塞特的约会马上就主动让路了；约翰爵士回家后，米德尔顿夫人闻知她很快就得接待两位她这辈子素昧平生的姑娘来访，不禁大为惊惶不安，对于这两位姑娘的举止是否文雅，甚至是否具有起码的教养，她心里一点数都没有；因为她丈夫和母亲在这方面的保证根本就作不得数。她们还是她的亲戚这一事实，只有让情况变得更糟糕；而詹宁斯太太试图对她的安慰不幸就正是建立在这一事实之上，她劝女儿不必在意她们有多么时髦，因为她们都是表姐妹，必须相互容忍担待。既然现在已经无论如何都无法阻止她们前来了，米德尔顿夫人只好采取一个教养良好的女人乐天知命的达观态度，满足于每天仅仅就此温和地申斥丈夫五到六次，也就罢了。

两位年轻的小姐到了，她们的外表绝对说不上不文雅或者不时髦。她们的衣着非常漂亮，她们的举止非常有礼，她们非常喜欢这幢府第，对家具陈设赞不绝口，而且又碰巧特别喜欢孩子，所以她们来到巴顿庄园还不到一个钟头，就已然赢得了米德尔顿夫人的好感。她公然宣布她们姐儿俩的确都是非常讨人喜欢的姑娘，对于爵士夫人来说，这已经是非常热情的赞美了。由于这一热烈称赞，约翰爵士对自己判断力的信心大为高涨，他马上动身前往小别墅去告诉达什伍德姐妹两位斯蒂尔小姐的到来，并向她们保证这两位小姐是世上最可爱的姑娘。不过从这样的称许当中是得不到多少东西的；埃莉诺知道得很清楚，世上最可爱的姑娘在英国处处都能碰得到，而且无论是长相、脾气还是智力都可谓千差万别、莫衷一是。约翰爵士想要她们全家这就动身前往庄园去会一会他的客人。一个多么仁慈善良的好人哪！就连一个远房表亲他都不忍心只留给自己独享。

“这就来吧，”他道，“请过来吧——你们可一定要来——依我说你们非来不可。——你们想不到你们会多喜欢她们。露西漂亮极了，而且那么好性儿，真讨人喜欢！孩子们已经全都缠住她不放，就像是个老相识一样。她们姐儿俩都特别渴望见到你们，因为她们在埃克塞特就已经听说你们是这世上最漂亮的姑娘啦；我也已经告诉她们这话一点都不假，而且还远不止于此呢。我担保你们会喜欢她们的。她们给孩子们带了一马车的玩具来。你们能这么别扭，连这个脸都不赏吗？说起来她们还是你们的表亲，多多少少算是吧。你们是我的表亲，她们又是我妻子的表亲，所以你们也就算是亲戚啦。”

可是约翰爵士却没办法说服她们。他只能让她们答应一两天内前往庄园拜访，离开她们的时候对她们居然如此无动于衷惊异不已，走回家里以后又把她们的种种魅力向两位斯蒂尔小姐吹嘘了一番，就像他之前向她们吹嘘两位斯蒂尔小姐一样。

当她们践约来到巴顿庄园并随即被介绍给那两位年轻的小姐以后，她们发现大小姐已经年近三十，不但相貌平平而且看上去也不聪明，没有任何惊人之处；不过另一位至多二十二三岁，她们承认的确很美；她五官俊俏，目光敏锐机灵，一副聪明相，虽说并不给人真正高雅脱俗的感觉，却也够得上卓尔不凡。——姐妹俩的举止尤其谦恭有礼，而埃莉诺不久就认定她们是有些见识的，因为她眼见着她们审慎明智地不断大献殷勤，一心要讨米德尔顿夫人的好。跟她的孩子们在一起她们一直都兴高采烈的，夸他们漂亮，逗他们开心，迁就他们所有的心血来潮；在应付这种纵容引来的无休止的纠缠和需求之余，她们还不忘对爵士夫人正在做着的无论什么活计——如果她碰巧在做什么的话——全都赞不绝口，要不然就把她头天晚上穿的、引得她们赞不绝口的那件优雅的漂亮新装的花样给描下来。通过投合人性的弱点大献殷勤的人总是走运的，一个最爱听人家夸奖孩子的溺爱的母亲，虽然称得上最贪心的人类，不过同时又是最容易轻信的；她索求无度，但同时又照单全收；所以两位斯蒂尔小姐对孩子们无论怎么溺爱和纵容，在米德尔顿夫人看来却毫无意外、毫不怀疑。不论看到那两位表妹受到如何无礼的冒犯和恶作剧的捉弄，她反倒满怀母性的洋洋自得。她看着她们的腰带被解开，耳朵边的头发被扯散，针线袋被兜底儿乱翻，刀剪都被偷走，居然毫不怀疑施受的双方全都乐在其中。而最令人惊讶的却无过于埃莉诺和玛丽安居然能安之若素地端坐在一旁，丝毫不为眼前的一切所动。

“约翰今儿兴致可真高！”她在儿子一把夺过斯蒂尔小姐的手帕，把它扔到窗外去的时候说道——“他鬼把戏可真多。”

没过多久，在老二又去猛掐这同一位的手指头时，她只是宠爱地说道：“威廉可真是调皮！”

“瞧瞧我的乖宝宝小安娜玛丽亚，”她又道，温柔地爱抚着一个三岁大的小姑娘，她的哭叫吵闹刚停了有两分钟，“她总是这么温柔安静——到哪儿去找这么文静的小家伙去！”

可不幸的是，正当爵士夫人这么搂抱亲热的时候，她固定发式的一根别针轻轻地刮到了孩子的脖子，于是这位温柔宝宝的范型立刻发出惊天动地的尖叫，任何公认为最吵闹的孩子都会相形见绌。做母亲的顿时张皇失措；可是还比不上两位斯蒂尔小姐的惊恐万状，在如此紧要的关头，这三位立刻想尽一切疼爱的办法，但求能纾解这位小受难者遭受的苦痛。小姑娘被妈妈抱在膝头，身上盖满了无数亲吻，两位斯蒂尔小姐

恶作剧

中的一位忙不迭地跪在一旁往伤口上喷洒薰衣草水，另一位则往她嘴里塞满了糖果。看到自己的泪水得到了这样的回报，这孩子就机灵地哭个不停了。她仍旧声若洪钟地喊叫、哭泣个没完，对两个主动想来摸摸她的哥哥连踢带踹，眼看着大家所有的安抚全都没用，幸亏米德尔顿夫人灵光一闪，想起上星期类似的一桩不幸的意外，是用杏子果酱涂抹擦伤的太阳穴而成功见效的，于是马上就提出用同样的办法来治疗这次不幸的划伤，小姑娘一听之下，哭叫声果然稍做停顿，大家这才长出一口气，觉得这法子大概真能管用。——于是妈妈就抱着她出去找这一味灵丹妙药，两个男孩子不顾母亲要他们留在原地的严令，也紧跟着而去，房间里只剩下了四位小姐，经过多少个钟头的喧闹以后总算是安静了下来。

“可怜的小东西！”他们娘儿仨刚走斯蒂尔小姐就道，“闹不好这还真能酿成一场惨祸呢。”

“我还真看不出有这种可能性，”玛丽安叫道，“除非是实际的情况完全不一样。不过这也是大惊小怪的惯常做法，其实根本就没什么大不了的。”

“米德尔顿夫人是多么甜美可爱！”露西·斯蒂尔说。

玛丽安没有作声；无论多么微不足道的小事，要让她言不由衷也是万万不可能的；于是但凡是出于礼貌的需要撒个谎的任务就总是落到埃莉诺头上。现在既然有此需要，她也就尽其所能，以比她实际的感受更为热情的语气把米德尔顿夫人恭维了一番，尽管其热情的程度还远逊于露西小姐。

“约翰爵士也是一样，”大小姐叫道，“真是魅力十足！”

对此，达什伍德小姐的赞赏也同样只是简单而中肯，并无任何夸大炫示。她只是说他性情极好，待人非常友善。

“而且他们有个多么迷人的小家庭啊！我这辈子还从没见过这么可爱的小孩子呢。——我宣布我真是已经爱上他们了，说实在的，我也一直都发疯似的喜欢孩子。”

“我猜也是，”埃莉诺微笑道，“从今天上午我的亲眼所见就不难推知了。”

“我觉得吧，”露西道，“你会认为米德尔顿家的少爷小姐们有些过于娇惯了；他们也许的确有些闹得过了头；不过这在米德尔顿夫人却是非常自然的；而至于我，我也喜欢看到孩子们充满了精神活力；要是他们全都温顺而又文静的话，我反倒受不了。”

“我承认，”埃莉诺回答道，“我来到巴顿庄园的时候，倒是从没觉得温顺和文静有任何让人讨厌的地方。”

这句话说完，接着一段短短的沉默，然后还是斯蒂尔小姐率先开了口，她貌似非常想把谈话继续下去，她的问话显得真有点冒失，“你喜欢德文郡吗，达什伍德小姐？我猜想你离开萨塞克斯应该很难过吧？”

埃莉诺对这个问题的熟不拘礼，或者至少是这个问题的询问方式感到有些惊讶，不过她还是回答说是有些难过。

“诺兰是个美得惊人的地方吧，对不对？”斯蒂尔小姐又道。

“我们曾听约翰爵士对那个地方赞不绝口，”露西像是觉得有必要对她姐姐的口无遮拦表示一下歉意，于是补充道。

“我想，只要是见过那个地方的，一定都会对它赞不绝口的，”埃莉诺回答道，“虽然我不认为有任何人能像我们那样深知它的各种优美之处。”

“你们那儿有很多时髦的小伙子吗？我看在这一带倒是并没有那么多；在我看来，有了他们总是会大为增光添彩的。”

“可是你为什么会认为德文郡上流社会的小伙子就不及萨塞克斯的多呢？”露西道，像是挺为她姐姐感到害臊。

“不，亲爱的，我这肯定不是在乱说。我敢肯定在埃克塞特有很多时髦的小伙子；可是你知道，我又怎么弄得清在诺兰到底有多少时髦小伙子呢？我只是生怕两位达什伍德小姐如果发现这儿没那么多小伙子，会感觉巴顿的生活沉闷无聊罢了。不过你们这些年轻姑娘也许并不在乎什么时髦的小伙子，有跟没有都没什么要紧。可对我来说，我可觉得他们实在是讨人喜欢，前提是他们要穿着时髦、举止有礼。我可受不了他们邋遢无礼。眼下在埃克塞特就有位罗斯先生，一位非常聪明的年轻人，真算得上是位时髦的小伙子，在辛普森先生手底下做教区执事，你知道，可是你如果是在哪天早上见到他，你还真是会看不入眼的。——我猜想令兄在结婚前就是个时髦小伙子吧，达什伍德小姐？既然他这么有钱。”

“说起来了，”埃莉诺回答道，“我还真无可奉告，因为我不大懂这个词的确切意思。不过有一点我倒是可以保证，假如他结婚前确曾是个时髦小伙子的话，那他现在就依然还是，因为他一丝一毫都没有变过。”

“哦，哎呀！没有人把已婚的男人还当作时髦小伙子的——结了婚他们就有别的事要做啦。”

“老天！安妮，”她妹妹叫道，“你口口声声全都是时髦小伙子——你会让达什伍德小姐以为你满脑子就不想别的事了。”于是她话锋一转，开始赞美起房子和家具来了。

像两位斯蒂尔小姐这样的人已经够瞧的了。大小姐的粗俗无礼和颟顸愚蠢使得她毫无可取之处，而埃莉诺也并没有被妹妹的美貌或是精明的表象蒙蔽了双眼，以至于看不出她缺乏真正的文雅和朴质，她离开的时候已经下定决心，再也不想跟她们有任何往来了。

两位斯蒂尔小姐却并不这么想。她们但凡特特地从埃克塞特过来，就是为了好好地奉承约翰·米德尔顿爵士、他的全家以及他所有的亲戚，以便为我所用的，对他这两位漂亮的表亲自然也是不惜赞美之至，宣称她们是自己平生仅见的最漂亮、最文雅、最多才多艺而且最蔼然可亲的姑娘，急不可耐地特别想跟她们进一步深交。于是埃莉诺很快就发现，跟这两位小姐进一步深交的命运是在所难免了，因为由于约翰爵士就完全站在两位斯蒂尔小姐这一边，他们这一方已经强大得不容反抗了，而必须得服从于这种亲密的交往，其内容就包括几乎每天都得在同一个房间里一起坐上一两个钟头。约翰爵士也就仅能做到这一点，不过除此以外他也并不知道还需要做些什么；因为在他看来，待在一起也就等于关系亲密，既然他能切实有效地不断安排她们相互见面，他也就毫不怀疑她们已经成为好朋友了。

得为他说句公道话，为了促成她们之间毫无保留的亲密关系他也真可谓不遗余力了，他把自己所知道的以及想当然耳的所有有关他这两位表亲的情况，都事无巨细倾囊相授给了两位斯蒂尔小姐——于是在埃莉诺只跟她们见过两次以后，斯蒂尔家的大小姐便向她道喜，说她妹妹真是好运，刚来到巴顿就已然征服了一位非常时髦的小伙子。

“她这么年轻就能嫁出去真是一件大好事，”她道，“我还听说他真是个时髦的小伙子，漂亮得无以复加。我希望你不久也有同样的好运气——不过也许你也已经心有所属了吧。”

据埃莉诺的猜想，约翰爵士既已对玛丽安的情况大肆宣扬，对自己也绝不会就手下留情，不把他对自己属意爱德华的怀疑公布出来的；而且两相比较起来，这反倒是他更喜欢开的一个玩笑，因为这比前者更加新鲜，也更费猜量；自打爱德华前来做客以后，每逢他们一起用餐，他总要煞有介事地举杯祝福她有情人终成眷属，而且配上那么多的点头示意、挤眉弄眼，无非是要引起大家普遍的注意。那个“费”字也总是被无可避免地一再提及，由此生发出不计其数的玩笑调侃，这个字作为天底下头一号富有趣味的字眼，也早就跟埃莉诺牢牢地捆在一起了。

不出她之所料，所有的这些玩笑话如今已经尽数灌进了两位斯蒂尔小姐的耳朵里，而且勾起了大小姐的好奇，一心想知道转弯抹角提到的这位绅士的尊姓大名，这种想要确知个中端倪的好奇虽然表现得鲁莽无礼，却也正和她一心要刨根问底地探听她们家大事小情的态度若合符契。约翰爵士当然喜欢逗引别人的好奇，却也并不想总是引而不发，因

煞有介事地举杯祝福她有情人终成眷属

为斯蒂尔小姐听到那个名字固然高兴不已，他自己在讲出来的时候又何尝不乐在其中呢。

“他姓费拉尔斯，”他悄声说道，大家却都听得很清楚，“不过请千万不要泄露出去，这可是个天大的秘密。”

“费拉尔斯！”斯蒂尔小姐重复道，“那个幸运儿就是费拉尔斯先生吗？什么！是令嫂的兄弟吗，达什伍德小姐？他当然是个非常讨人喜欢的年轻人；我跟他可是熟得很。”

“安妮，你怎么能这么说？”露西叫道，她对姐姐所有那些脱口而出的断语通常总是要找补一下的。“虽说咱们在舅舅家的确见到过他一两次，可要是说跟人家很熟那可就有些言过其实啦。”

埃莉诺一听之下不禁大为关切和惊讶。“这个舅舅到底是谁？他住在哪儿？他们又是怎么认识的？”她真希望她们能继续说下去，尽管她并不想介入这个话题；可是话头却就此打住了，有生以来她头一回感到詹宁斯太太对这么一点琐碎的信息居然缺乏应有的好奇，或者竟没有进一步加以传播的心情。斯蒂尔小姐说起爱德华的那种态度增加了她的好奇；因为她感觉那是相当不怀好意的，而且会让人怀疑那位小姐知道，或自以为知道爱德华有什么不可告人的秘密。可是她的好奇并没有得到满足，因为无论约翰爵士如何转弯抹角地予以暗示，甚至不惜公开提起费拉尔斯的名字，斯蒂尔小姐都再也没有接过这个茬儿。

第二十二章

玛丽安向来无法忍受任何类似的无礼、粗鄙、低能甚至趣味上的不相投，再加上她当时的精神状态本就不佳，对于两位斯蒂尔小姐也就尤其心绪恶劣，丝毫不肯假以辞色了；埃莉诺认为主要由于她待她们姐妹始终非常冷淡，使她们每一次意图接近的努力都以失败告终，她们姐妹俩才更加喜欢跟自己交往的，这不久就从她们的态度上明显地表现出来，尤其是露西，从不放过任何跟她倾谈的机会，为了增进两人之间的关系不惜谬托知己，坦诚地向埃莉诺倾吐衷肠。

露西天性机灵，吐属常常中肯而风趣；埃莉诺往往发现，跟她做半个钟头的伴儿还是挺愉快的；可是她的能力并没有受益于教育的帮助，她无知无识，文理不通，她的智力没有得到丝毫提升，她缺乏最普通的常识，尽管她不断地努力想卖弄一下，这些最根本的缺陷却丝毫逃不过达什伍德小姐的眼睛。埃莉诺不但看到了，还为她感到惋惜，因为她才能的缺乏原本可以通过教育显著地加以改善的；可她同时也看出她这个人丝毫都谈不上高贵文雅和诚实正派，她在巴顿庄园里那种陪尽小心、大献殷勤和巴结逢迎的做派已经显露无遗，对她的态度也就不再那么同情了；而对这么一个既伪善又无知的人，她是不可能乐于长久地跟她交往下去的；她的孤陋寡闻更使得话都没办法跟她说到一起，而且从她对待别人的态度中不难看出，她对自己表现出来的所有殷勤和尊重其实是分文不值的。

“你会觉得我的问题很是奇怪，我敢说，”有一天她们俩一起从庄园往小别墅走去的时候，露西道，“可是我还是要请问，你认识令嫂的母亲费拉尔斯太太吗？”

埃莉诺的确觉得这个问题很奇怪，而且她在回答说她从没见过费拉尔斯太太的时候，表情上也显露了出来。

“真的吗！”露西回答道，“真没想到，因为我原本还以为你在诺兰的时候一定见过她几次呢。这么说来，你大概也没办法告诉我她到底是个什么样的人了。”

“是这么回事，”埃莉诺道，她回答得很谨慎，不愿把她对爱德华母亲的真实想法透露出来，再者，也不想去满足露西这很不礼貌的好奇心——“我对她可说是一无所知。”

“我这么唐突地打听她的情况，一定让你感到非常奇怪，”露西道，说话间聚精会神地注视着埃莉诺。“不过也许我自有道理呢——但愿我能鼓起勇气说出来；不过我希望你能理解我的苦衷，相信我绝非有意冒犯你。”

埃莉诺客气地回复了一句，她们默不作声地又往前走了有几分钟。露西终于打破了沉默，颇有几分犹豫地重拾这个话头。

“要是让你觉得我唐突无礼地专爱打听人家的私事，我可绝对受不了。我肯定是无论如何都不愿意让你对我有这种看法的，因为能博得像你这样的人的好评是无比珍贵的。而且我确信可以完全没有一丝顾虑地信任你；处在像我这样进退维谷的窘境当中，我真是非常想得到你的指导和建议，告诉我究竟该如何是好；可是我就算是有心要麻烦你也没有机会了。你竟然并不认识费拉尔斯太太，这真是太遗憾啦。”

“真抱歉我不认识她，”埃莉诺道，大感意外，“既然你认为我对她的看法竟然会对你有那么一点用处。可是说实话，我是真不知道你跟他们家还有任何的交情，所以我坦白承认，你那么郑重其事地打听她的性情为人，我是有那么一点奇怪的。”

“我猜你是会有些奇怪的，这在我是一点都不感到意外的。可是如果我斗胆把实情全都告诉你，你就不会觉得这么奇怪了。费拉尔斯太太现在的确是跟我毫无关系——可是假以时日，会有那么一天——要多久才会到来完全取决于她本人——我们是会有非常亲密的关系的。”

她说这番话时低下了头，满面娇羞，只用眼角的余光瞥了她的同伴

她低下了头，满面娇羞

一眼，看她有什么反应。

“老天爷！”埃莉诺叫道，“你这话什么意思？难道你认识罗伯特·费拉尔斯？这是真的吗？”她可不想将来跟这么个人做妯娌。

“不，”露西回答道，“我说的不是罗伯特·费拉尔斯——我这辈子还没见过他；而是，”她眼睛紧盯着埃莉诺，“他哥哥。”

埃莉诺那一刻是什么样的感受？要不是出于直觉就不相信她这番表白的话，那肯定是会既惊讶同时又痛苦万分的。她没有作声，满怀诧异地转向露西，猜不透她是为了什么、出于什么目的跟自己说这番话的，她尽管脸色大变，却认定了这件事绝不可信，而且自觉绝没有歇斯底里大发作或是晕倒的危险。

“你是该感到意外，”露西继续道，“因为之前你肯定是不会想到这一点的；我敢说他是绝不会向你或是你的家人透一点口风的；因为这件事我们是打算绝对保密的，而且到目前为止我也一直都是非常忠实地守口如瓶的。除了安妮以外，我的亲属中都没有一个人知道这件事，如果不是因为绝对信赖你会保守秘密的话，我也是决不会跟你提一个字的；再者说，我这么冒昧地问了这么多关于费拉尔斯太太的问题，肯定显得非常奇怪，也是应该解释一下才说得过去。而且费拉尔斯先生在知道了我这么信赖你以后，肯定也是不会见怪的，因为我知道他最为重视的就是你们一家人，而且把你以及另外两位达什伍德小姐都当作自己的亲妹妹看待。”——说到这里她突然住了口。

埃莉诺一时间一直都没有开口。她听到的这些话一开始实在太出乎意料，惊讶得她说不出话来；不过她还是强迫自己开了口，并且把话说得异常小心谨慎，态度非常镇定，把她的惊讶和牵挂全都隐藏得不露痕迹——“我可否问一句，你们订婚是不是已经很久了？”

“我们订婚已经有四年了。”

“四年！”

“没错。”

埃莉诺尽管无比震惊，仍旧觉得难以置信。

“在那一天以前，”她说，“我甚至都不知道你们俩认识。”

“可我们已经是多少年的老相识了。他曾住在我舅舅家，由他照顾了挺长的一段时间，你知道。”

“你舅舅！”

“是呀，普拉特先生。你从来没听他说起普拉特先生？”

“好像听说过，”埃莉诺回答道，她情绪越是激动，就越发强打起精神镇定应对。

“我舅舅住在普利茅斯的朗斯坦普尔，他在我舅舅那儿待了有四年。我们就是在那儿认识的，因为我姐姐和我经常去我舅舅家，我们也就是在那儿订的婚，当然正式订婚是在他离开学校一年以后的事儿；不过打那以后他几乎一直都跟我们在一起。你也可以想象，在他母亲既不知情又没首肯的情况下我是非常不愿意就这么私定终身的；可我那时还太年轻，又太爱他了，也就顾不上审慎行事了。——虽说你不像我那样了解他，达什伍德小姐，你想必也已经很清楚，他的确是那种能让女人倾心相许的好男人。”

“那是当然，”埃莉诺答道，根本不知道自己在说什么；不过在经过片刻的沉思以后，她对爱德华的道义和爱情重又恢复了信心，觉得一定是她这位同伴在撒谎——“和爱德华·费拉尔斯订了婚！——我得承认你的话完全让我摸不着头脑，那实在是——我请你原谅；但你肯定是弄错了人或是弄错了名字。我们说的不可能是同一位费拉尔斯先生。”

“我们说的不可能是另外的什么人，”露西面带微笑大声道，“爱德华·费拉尔斯先生，帕克街费拉尔斯太太的长子，令嫂约翰·达什伍德太太的弟弟，我说的就是这个人；你总得承认，我总不至于把我终身幸福所靠的那个男人的名字都搞错了吧。”

“可是真奇怪，”埃莉诺极端痛苦和困惑地回答道，“就连你的名字我都从没听他提起过。”

“不奇怪；以我们的处境而言，这一点都不奇怪。我们的首要关切就是要把订婚的这件事保守秘密。——你原本不论是对我还是我的家庭都一无所知，所以他根本就没有任何机会向你提起我的名字，而且因为他一直都特别怕他姐姐会有任何的疑心，单这一个理由就足以让他不敢提到我的名字了。”

她沉默下来。——埃莉诺的自信一落千丈；但她并没有因此而失去自制力。

“你们订婚都已经有四年了，”她语气沉稳地道。

“是呀；而且天晓得我们还得等上多久。可怜的爱德华！这让他一直都垂头丧气的。”她从口袋里取出一张很小的微型画像来，然后接着道，“为了避免出错的可能，就请你仔细看看这张像吧。尽管画得不怎么好，不过我想你是不会认不出画的是谁的。——这张肖像我已经保存了有三年多了。”

她说着把那张画像塞到埃莉诺手里，而当埃莉诺看到这张画像的时候，尽管还疑窦重重，不敢仓促间就做出结论，尽管心头还暗自希望能够发现这其中有什么破绽，却无法否认那千真万确就是爱德华的脸。她几乎马上就把画像还了回去，承认画得很像。

“我一直都没有能够，”露西继续道，“把我的画像回赠给他，这使我感到非常苦恼，因为他一直都急切地想拥有一幅！不过我已经决定一有机会就请人给我画一幅了。”

“你做得很对，”埃莉诺平静地回答道。然后她们俩默不作声地又往前走了几步。还是露西先开了口。

“我确信，”她道，“我丝毫不怀疑你会严守秘密的，因为你肯定明白，不让这件事传到他母亲的耳朵里对我们是多么重要；因为我敢说，她是决不会同意这桩婚事的。我将来是不会有任何财产的，而且我猜想她肯定是个无比傲慢的女人。”

“我可是并没有要跟你谬托知己呀，”埃莉诺道，“不过你觉得我是信得过的，对我来说倒是天公地道的。我是一定会为你保守秘密的；不过恕我直言，我只是有些奇怪你又何必把这么秘密的事情讲给我听呢？你肯定至少会觉得，多了一个我知道了这件事以后是绝对不会反倒有利于增加它的保险性的吧。”

她说这番话时，目不转睛地望着露西，希望从她的表情当中看出点什么端倪；也许她说的绝大部分都是假话呢；可是露西神色如常，并没有任何变化。

“我把这一切内情都告诉了你，”她说，“你恐怕会觉得我未免有些过于冒昧了。不错，我跟你认识的时间并不长，至少是直接跟你交往的时间还很短，但我听过别人的描述，早就已经对你和你的全家都有所了解了；而我一见到你，那感觉简直就像是旧友重逢一样。再者说，在目前的情况下，我既然一再地向你询问有关爱德华母亲的情况，我也觉得的确是应该跟你解释一下这其中的缘由；而且我又是这么不幸，我身边连个可以征求一下意见的人都没有。安妮是唯一知道内情的人，可是她这个人一点头脑都没有；她实在是成事不足败事有余，因为我一直都怕她会把我的事给泄露出去。她可管不住自己的舌头，你肯定也看出来了，那天约翰爵士在提到爱德华名字的时候，我真是吓得心都快要从嗓子眼里蹦出来啦，生怕她会一股脑儿全都抖搂出来。你肯定想不到我当时是多么提心吊胆、担惊受怕。在过去的这四年里我为爱德华的缘故吃了多少苦受了多少罪，真想不到我居然还能活着熬过来。一切就都这么悬在这儿、无法确定；而且跟他见面的次数又这么少——我们一年几乎都见不上两次面。我的心居然到现在还没有被揉碎，我真是感到意外呢。”

说到这里，她把手帕掏了出来；可是埃莉诺却并不怎么同情她。

“有时候，”露西擦了一下眼睛，继续道，“我不禁会想，说不定我们还是干脆解除婚约、彻底分手的好。”她说这话时，眼睛直盯着她的同伴。“可大部分时间里，我又实在下不了这个决心。——一想到这会让他多么难过我就受不了，因为我知道，只要一提分手这两个字，他肯定就会难过得要死的。而且我自己这方面又何尝不是如此——他对我来说就像生命一样重要——我想我是绝对做不到的。在这种情况下，达什伍德小姐，你能告诉我该怎么办才好吗？要是换了你，你会怎么做？”

“请原谅，”埃莉诺被这个问题吓了一跳，只能回答道，“我可没办法建议你在这样的情况下该怎么做。这只能靠你自己来拿主意。”

“当然啦，”两人都沉默了几分钟以后，露西继续道，“他母亲迟早是得供养他的；可是可怜的爱德华为此而感到无比地沮丧！上次他来巴顿的时候你没觉得他情绪非常低落吗？他离开朗斯坦普尔的我们前来看望你们的时候，心情是那么糟糕，我都怕你们会以为他生了重病呢。”

“上次他来看我们，是直接从你舅舅那儿过来的？”

“哦！是呀；他和我们一起待了两个星期。你们还以为他是直接从伦敦来的吗？”

“没有，”埃莉诺回答道，刻骨铭心地感觉到每一桩新情况的出现处处都证实了露西说的都是实情；“我记得他告诉我们，他是跟几个朋友在普利茅斯附近待了两周。”她同时也记起了她自己当时感觉还挺吃惊的，因为他再也没有一个字提到这几位朋友，就连他们的名字都讳莫如深。

“你们没觉得他没精打采、意志消沉吗？”露西再次问道。

“的确有这种感觉，尤其是在他刚到的时候。”

“我恳求他尽量打起精神来，唯恐你们会以为出了什么事呢；可是他因为不能再跟我们多待上些日子，又看到我为此而那么难过，这让他真是非常地伤感。——可怜的人儿！——我怕他现在还是那个样子；因为他的信写得仍旧意气消沉。我离开埃克塞特前刚收到他的信；”她从口袋里掏出一封信，貌似不经意地让埃莉诺去看信上的地址[①]。“我敢说你是认得他的笔迹的，字写得多漂亮；可这还没有往常写得那么好呢。——他是累了，我敢说，因为他只是勉强写满了一张纸。”

埃莉诺看出那确是他的笔迹，她再也不能有任何怀疑了。那幅小像，她还能允许自己相信有可能是偶然得到的，可能并非爱德华有意赠送的礼物；可他们之间的鱼雁往返，就只有在确实订了婚的情况下才有可能的，除此以外的任何关系都是不能这么做的；一时间，她几乎支撑不住了——她的心沉入了谷底，两条腿都快站不住了。可是一定要咬紧牙关坚持住，她拼尽全力对抗情感的压力，结果很快就见了成效，而且一时间完全控制住了自己的情绪。

“鱼雁往还，”露西说着把信放回到口袋里，“是我们之间长期阻隔的唯一慰藉。是呀，我还有另一样慰藉，那就是他的小像；可是可怜的爱德华却连这个都没有。只要能有一幅我的画像，他说他的日子就不会那么难熬了。他在朗斯坦普尔的时候，我把自己的一绺头发缠在一枚戒指上送给了他，那对他也是种慰藉，他说，不过还是抵不上一幅画像。你上次见到他的时候，大概也注意到那枚戒指了吧？”

“的确，”埃莉诺道，语气虽说相当平静，背后却隐藏着她从未感到过的激情和苦痛。她备感屈辱、无比震惊、惶恐失措。

幸好她们总算是来到了小别墅门前，再也无须把谈话继续下去了。跟她们坐了几分钟以后，两位斯蒂尔小姐就返回庄园去了，埃莉诺这才得以一个人静下来去思前想后，去悲伤难过。

---

①露西把爱德华的信拿给埃莉诺看，实际上就是向她展示他们俩已经订婚的实证。

第二卷

第一章

尽管一般来说埃莉诺[①]对于露西的诚实并无多大信任，她在认真思索以后却不可能怀疑她在当前这件事情上说了谎，因为实在没有任何诱因会让她干出平白捏造这么一大篇谎话这种蠢事来。因此，凡是露西断言真正发生的事，埃莉诺也就不能，也不敢再有所怀疑了；她的话在各方面都有这么多可能性和实际的证据加以支持，除了她自己内心的愿望以外，再没有任何凭据可以加以反驳了。他们在普拉特先生家相识的这个机缘，是此后一切发展的根源，既无可置疑又令人心惊；而且爱德华对于普利茅斯附近的探访、他抑郁的精神状态、他对自己前途的极度不满、他对她本人的态度的摇摆不定、斯蒂尔姐妹对诺兰以及她家庭关系的了如指掌，所有这些也的确都曾经常让她感到奇怪的；那幅画像、那封信、那枚戒指一起所构成的真凭实据，已经使所有唯恐会冤枉了他的顾虑都不存在了，而且构成了这样一个事实：他的确是做了对不起自己的事，这是无论怎样的偏袒都无法为他开脱的了。——她对这种行为的怨恨、她因为受到这种行为的欺骗而生的愤慨，一时间使她沉溺于顾影自怜的情绪中无法自拔；不过其他的想法、其他的考虑很快又浮上了心头。爱德华真是诚心欺骗她的吗？他对自己的关心难道是虚情假意、逢场作戏？他和露西的订婚，当真是出自真心吗？不；无论过去的情形如何，她决不相信现在还是这样。他对自己的爱慕是全心全意的。在这上面她绝对不会上当受骗。在诺兰的时候，她母亲、两个妹妹、范妮就全都觉察到了他对她的关切；那可不是她个人的虚荣心所引起的幻觉。他肯定是爱她的。这个信念是多么抚慰人心！她又有什么不可以原谅他的！当初他在第一次觉察到她对他的影响超出了应该的限度以后，却仍旧继续留在诺兰，这是他的不是，他大大的不是。在这方面他是难辞其咎的；可是如果说是他伤害了她，那他对自己的伤害岂非更是变本加厉；如果说她的遭遇是令人怜悯的，那他的情形就是毫无指望了。他的轻率之举给她带来了一时的心碎肠断；而他自己却陷入了万劫不复之地，永无摆脱痛苦的机会了。假以时日，她或许还能重获内心的平静；可他呢，他还有什么指望？和露西·斯蒂尔一起生活，他难道有获得起码的幸福的可能吗？如果说他对自己的感情终究已是不可能，那像他这样一个正直、温雅而又博学多识的绅士，又怎能对一个像她这样无知、狡诈而又自私自利的妻子感到满意呢？

十九岁上，年轻人一时的痴心迷醉自然会蒙蔽了他的双眼，除了她的美貌和温顺以外对一切都视而不见；可是在以后的四年间——如果这四年的时间没有虚度的话，足可以使他的见识大长、眼界大开，一定能让他清楚地看出她在教养方面的种种欠缺；而同样的这段时间，她却只能混迹于低下的阶层，忙碌于无聊的琐事，那曾一度为她的美貌增添了一份迷人特质的天真淳朴，想必也已经荡然无存了。

如果说他想娶自己为妻，来自他母亲方面的阻力都似乎很大的话，那么他们现在的阻力又会大上几倍呢？因为他现在的订婚对象在门第方面无疑要比她低下，而且在财产方面可能还不如她。这些阻力也许并不会对他的耐心造成太大的压迫，因为他的确在心灵方面跟露西非常疏远；可是一个人竟会到了把来自家庭的反对和苛待当成一种宽慰的地步，那他的景况该是何等令人哀伤难过！

当这种种的思绪令人痛苦地依次涌上心头的时候，她与其说是为自己，不如说是为了他而黯然流泪了。她因为深信她眼前的不幸，责任完完全全不在她自己，而且她也相信爱德华并没有做出任何丧失了她对他的尊敬的事情，她感觉即便是在现在，在刚刚遭到如此剧烈如此沉重的打击之际，她仍然能够强打起精神，将真相完全瞒过母亲和妹妹，不让她们产生任何的疑心。而她果然没有辜负她对自己的期许，在她为所有

---

① “埃莉诺”（Elinor's）初版作“她”（her）。奥斯丁的修订是为了更加明确，因为“她”在上一卷中的指代肯定是各不相同的。

最为珍视的希望悉数破灭而伤痛不已仅仅两个钟头以后，当她下楼来和母亲妹妹一起吃饭的时候，已经没有人能从姐妹俩的神情上看出，埃莉诺正暗暗地在心里面因为重重的阻碍将她与所爱的人永远分开而哀恸不已，而玛丽安则正一心想着那个完美无瑕的男人——她自以为已经完全俘获了他的真心，每当有一辆马车驶近她们家的时候，她都期盼是他终于到来了。

因为答应了露西要保守秘密，埃莉诺在设法瞒过母亲和玛丽安的时候虽然不得不竭尽全力，却也并非使她的苦痛雪上加霜。相反，这对她来说反倒是种宽慰，因为这样就免得把注定会给她们带来莫大痛苦的真相告诉她们，也免得听到她们由于过分偏爱她而脱口而出的谴责爱德华的那些话，而这是她感觉自己无力再去承受的。

她知道，她们的忠告或者倾谈都不会对她有任何帮助，她们的柔情和悲伤只会增加她的痛苦，对于她的克己自制，她们既不会通过克制自己也不会通过由衷的赞美来加以鼓励。她还是孤军作战更加坚强些，她良好的判断力对她是极大的支持，尽管她的遗恨是如此沉痛、如此切近，她仍旧能尽可能地做到内心坚定不移，外表兴致如常。

她跟露西的头一次长谈尽管让她非常痛苦，可她不久又很希望能够旧话重提；这其中的缘由非止一端。她想听她再讲讲他们订婚的种种详细情况，她想更清楚地了解一下露西对爱德华的真实感情，在她口口声声对他的一腔柔情当中是否有那么一点点真情，她尤其想通过表示她愿意再跟她谈起这个问题，而且能够跟她谈得心平气和，使露西相信她真的只是以朋友的身份来关心这件事的，因为她很担心在她们上午谈话的时候她不由自主表现出来的激动不安，会至少引起对方的疑心。露西看样子很有可能会对她心怀妒意；爱德华很明显对她一直都是大为赞赏的，这一点露西不但是已经毫不讳言，而且她跟自己才认识这么短时间就把明显是如此重大的秘密明白无误地向她和盘托出，从她的这招险棋当中也不难看出这一点。甚至约翰爵士以开玩笑的态度透露的“情报”

也肯定起到了不小的作用。不过，既然埃莉诺内心已经完全确定爱德华真心爱的其实是她，她也就不需要再考虑其他的可能性，自然就认定露西肯定是嫉妒她的；事实也的确如此，她这次的谬托知己就是个明证。露西特意向她透露这件事，除了向埃莉诺公开宣称她对爱德华拥有优先权、明确告知她以后不许再去招惹他以外，还能有什么别的原因呢？埃莉诺轻而易举就洞悉了她这位情敌的心思，尽管她已经打定主意秉持每一条荣誉和诚实的原则规行矩步，尽可能地克制自己对爱德华的感情，尽量对他避而不见；除此以外，她仍旧难免想聊以自慰地尽量让露西相信，她的心并没有因此而受伤。既然她已经听到了最坏的消息，已经不可能比已知的情况更让她伤心了，她也就确信自己有这个能力，能够镇定自若地听她再把个中详情讲述一番。

不过要想马上找到这样的一个机会却也并不容易，尽管露西也跟她一样，一有机会就想继续跟她谈论这个话题；因为这几天天气都不怎么好，没办法外出散步，本来散步的时候她们是最容易躲开别人说几句悄悄话的；虽说她们至少每隔一天晚上就能在庄园或是小别墅里碰面，主要是在庄园里，但这样的场合可不是为了让她们聚在一起说体己话的。这样的想法从来就没有进入过约翰爵士或者米德尔顿夫人的脑子，因此，就连大家一起说说闲话的时间都很少，就更别提私下里谈心了。她们聚在一起的目的是为了吃喝玩笑，为了打牌，为了玩故事接龙①或者其他闹闹哄哄的游戏。

已经举办过一两次这样的聚会了，却并没有为埃莉诺提供任何跟露西私下里谈谈的机会。有天上午约翰爵士又跑到小别墅来，恳请她们一定要帮个忙，当天晚上都去和米德尔顿夫人一起吃晚饭，因为他不得不前往埃克塞特去参加俱乐部的活动，如果她们不肯赏光的话，她就只有

---

①故事接龙(consequence)，一种连环问答式编故事游戏，由每个参与者提供的一个人或者一件事拼凑成为有关一男一女相识、交谈以及由此产生的“结果”(consequence)的趣味游戏。

她母亲和两位斯蒂尔小姐做伴，感觉会很冷清的。埃莉诺预见到这样一次宴会对于她期待的事情可能是个更好的机会。因为在米德尔顿夫人安静端庄的主持下面自由空间要比她丈夫组织的那些闹闹哄哄的娱乐项目大得多，于是就马上接受了邀请；玛格丽特得到母亲的许可，也满口答应了，玛丽安虽说一向都不愿意参加他们搞的任何聚会，她母亲却不忍心见她摈弃所有的娱乐，也同样力劝她接受了邀请。

三位年轻的小姐前来赴约，米德尔顿夫人得以幸运地避免了这场威胁着她的可怕的寂寞冷清。聚会的索然无味果然不出埃莉诺之所料；整个晚上没有听到一个新鲜的想法、一句新鲜的表达，从餐厅到客厅，所有的谈话无不无聊到了顶点；孩子们跟着她们进了客厅，有他们在场，她当然知道要想跟露西单独谈谈是绝无可能的。一直到喝完茶，茶具撤下以后，他们才离开。接着就摆好了牌桌，埃莉诺开始觉得自己未免太一厢情愿了，居然痴心妄想能在庄园里找到单独谈心的机会。大家纷纷站起来准备开始玩轮回牌戏[①]了。

“我很高兴，”米德尔顿夫人对露西道，“今晚你不打算给可怜的小安娜玛丽亚编完她的小篮子了；因为在烛光底下做这样的金银细丝工艺活儿肯定是很伤眼睛的。明天咱们再为这可爱的小宝贝儿做些补偿吧，希望她不至于过于失望。”

这个暗示已经足够了，露西马上就回过味儿来，回答道：“您可真是大错特错了，米德尔顿夫人；我只是想等着看看你们没有我是不是能凑起牌局来，要不然我都已经动手编我的小篮子啦。再怎么着我也不能让那个小天使失望啊，您要是打牌需要我凑把手的话，晚饭以后我肯定也能把小篮子给编好。”

“你心肠真好，希望可别伤了你的眼睛——你打一下铃，让他们再送几支干活儿用的蜡烛过来好吗？我知道，要是明天这篮子完不成的

---

① 轮回牌戏(round game)，由四人或四人以上参加但互不结为同伴的纸牌游戏，所以埃莉诺可以随时退出而不影响他人。

话，我可怜的小姑娘肯定会失望透顶的，因为虽然我跟她说过明天肯定还编不好，可我知道她一定指望着明天就能拿到手呢。”

露西立刻把女红台往身边一拉，欣欣然重新坐好，那个高兴劲儿仿佛在表示，再没有比为一个惯坏了的孩子制作金银细工更让她感到开心的事了。

米德尔顿夫人提议大家玩一局卡西诺牌戏[①]。除了玛丽安谁都没有反对，她以通常那种不拘礼数的态度叫道：“请爵士夫人行行好，千万别算上我——你知道我讨厌打牌。我还是去弹弹钢琴吧；自从调好音以后我还没有碰过它呢。”说完，再没有半句话的客套，她就转身朝钢琴走去。

米德尔顿夫人的那副神情仿佛是在表示：谢天谢地，她讲话可从来没有这么粗鲁过。

“玛丽安对那架钢琴实在是爱不释手，你知道的，夫人，”埃莉诺道，想尽量为妹妹的失礼弥缝一下，“这也难怪；因为我还从来没有听到过音质这么好听的钢琴呢。”

剩下的五个人就开始抽牌。

“也许，”埃莉诺继续道，“要是碰巧不需要我来凑数的话，我或许能帮帮露西·斯蒂尔小姐的忙，替她卷卷纸什么的；那篮子要编好还有好多工作要做呢，要是只靠她一个人恐怕今儿晚上肯定是做不完了。她要是肯让我帮她一把的话，我倒是顶喜欢干这个活儿呢。”

“你要是肯帮忙的话，我可是求之不得呢，”露西叫道，“因为我发现剩下来的活儿比我原本想的要多呢；而要是真让亲爱的安娜玛丽亚失望了的话，那可是不能饶恕的罪过啦。”

“哦！那可就太糟糕啦，”斯蒂尔小姐道——“亲爱的小宝贝儿，我真爱死她啦！”

---

① 卡西诺牌戏（Casino），一种二至四人玩的将手中的牌与桌上的牌配对的纸牌戏。

“你可真是太好了，”米德尔顿夫人对埃莉诺道，“你要是真喜欢干这活儿的话，要不然你就等下一局再加入，要么你先来一局试试运气？”

埃莉诺欣然接受了于自己有利的第一种建议，就这样，凭着几句玛丽安从来都不屑于屈尊采用的巧妙话语，她既达到了自己的目的，同时又讨得了米德尔顿夫人的欢心。露西马上就为她腾好了位置，于是这两位漂亮的情敌就肩并肩坐在了同一张女红台前，极为和谐融洽地干起了同一样工作。而坐在钢琴前的玛丽安则完全沉浸于她自己的音乐和思绪当中，已经浑然忘却这屋子里除了她还有别人，幸好她们跟钢琴距离很近，达什伍德小姐估摸着在琴声的掩护下，她尽可以安全无虞地谈起那个有趣的话题，丝毫不必担心牌桌上的人能听到一字一句。

第二章

埃莉诺就以一种坚定而又审慎的态度开了口。

“我既然有幸被你认作知己，如果我无意请你继续深谈下去，或者不想再问个究竟，那可就是辜负了你对我的信任了。所以我不揣冒昧，想再跟你聊聊这个话题。”

“谢谢你打破了坚冰，”露西热情地叫道，“你这么一说我终于把心放到肚子里了；因为不知怎的，我还生怕礼拜一那天跟你说的那番话把你给得罪了呢。”

“把我给得罪了！你怎么会这么想呢？相信我，”埃莉诺万分真诚地说道，“再也没有比让你产生这样的想法更加背离我的本意的了。你对我的信任，除了给我面子、高看我一眼以外，难不成还有别的动机？”

“可是在我看来，”露西回答道，她那双目光犀利的小眼睛里满含着深意，“你当时的态度的确有些冰冷和不高兴的样子，那让我心里大为不安。我当时确信你是生我的气了，打那以后我就一直在埋怨自己，怪自己不该这么唐突冒昧，拿我的私事来惹你心烦。现在才知道那只是我的胡思乱想，你并没有怪我的意思，我真是别提多高兴了。你要是知道我终于把这辈子无时无刻不在思虑的心事跟你说了以后，对我是个多大的解脱的话，你肯定会对我满怀同情，不会再去计较其他的一切了。”

“我完全相信你能向我坦承自己的处境对你肯定是一种莫大的解脱，请你尽管放心，你是绝不会为此而感到懊悔的。你们的情况非常不幸；在我看来你们面前真是困难重重，在这种情况下，你们必须依靠彼此的真爱才能坚持下去。费拉尔斯先生的生计，我相信，是完全要仰赖他的母亲的。”

“他自己只有两千镑；指望这点钱跟他结婚简直等于是发疯，尽管就我个人而言，我愿意放弃一切更加富裕的期望，不会有一句怨言。我一向就习惯了微薄的收入，为了他我什么样的穷日子都熬得过；可我太爱他了，怎么能只为了自己而让他跟我一起受穷呢——因为如果他娶的是他母亲中意的人的话，他是会获得大笔财产的。我们必须得等，可能要等上好多年。这对几乎任何别的男人来讲，都是个令人恐慌的前景；可我知道，爱德华对我的感情是忠贞不渝的，任何情况都不会让他有丝毫改变。”

“你只要有这个信心，那就什么都不用怕了；他肯定对你也是同样地坚信不疑，这也是他的精神支柱。万一你们之间彼此的感情经受不住考验的话——四年的订婚时间，对于很多人、在很多情况下，这都是很容易发生的——那你们的处境可就着实非常可怜了。”

这时露西抬头看了她一眼；不过埃莉诺非常小心地控制住自己的表情，不让她的话显得有任何值得怀疑的地方。

“爱德华对我的爱，”露西道，“已经经受了不少的考验，因为自打我们订婚以来我们就聚少离多，可以说大部分的时间都是彼此分离的，结果他对我的爱很好地经受住了考验，我要是现在还对此抱有半点怀疑的话，那就真是罪不可赦了。我可以很有把握地说，从一开始他就从没有一时一刻在这方面让我担惊受怕过。”

面对她这样的言之凿凿，埃莉诺真不知道是该微笑还是叹息了。

露西继续往下说。“而且我这人生性就好妒，再加上我们的生活处境如此不同，他见过的世面又比我多了那么多，而且我们还聚少离多；如果我们见面时在他对待我的态度上有一丝一毫的不同，或者无缘无故地情绪低落，或者说起某一位小姐来话多了那么几句，再或者待在朗斯坦普尔的时候在任何一个方面显得不像往常那么高兴，这就足够能引起我的怀疑，而且马上要弄清到底是怎么回事。这倒并不是说我这个人总体来说观察力就特别强或者眼睛特别尖，可是在这种事情上我眼睛里是揉不得沙子的，我是绝对不会上当受骗的。”

“说的比唱的还好听，”埃莉诺心想，“不过在这上面我们倒是彼此彼此，谁也别想骗了谁。”

“可是，”她稍作沉吟后道，“你们今后有什么打算呢？还是只剩下干等着费拉尔斯太太撒手人寰这可悲又可怕的最后一招了？——难道她儿子已经打定主意宁肯这么逆来顺受，长年累月悬而未决地就这么苦熬，把你也连累在内，就是不肯冒着惹她一时不痛快的风险，把实话都告诉她吗？”

“要是我们有把握她就只有一时的不痛快倒好了！费拉尔斯太太可是个极端刚愎自用、妄自尊大的女人，一听到这个消息，她在气头上就极有可能把所有的家产全都传给罗伯特，一想到这里，考虑到爱德华的利益，我实在是怕得只能打消一切贸然行事的念头了。”

“也是为了你自己的利益，要不然的话你表面上的忘我无私也就毫无道理了。”

露西又看了埃莉诺一眼，没有吭声。

“你认识罗伯特·费拉尔斯先生吗？”埃莉诺问。

“完全不认识——我从没见过他；不过我猜想他跟他哥哥应该大不一样——愚蠢，而且是个十足的花花公子。”

“一个十足的花花公子！”玛丽安的琴声这时突然停了一下，斯蒂尔小姐刚好听到这句话，马上重复了一句。——“哦！她们是在谈她们的意中人呢，我敢说。”

“才不是呢，姐姐，”露西叫道，“你弄错了，我们的意中人可不是什么花花公子。”

“我可以担保达什伍德小姐的意中人不是什么花花公子，”詹宁斯太太开怀大笑道，“因为他可是我平生所见的一位最谦和、最规矩的年轻人；至于说到露西，她这个狡猾透顶的小东西，我可说不准她喜欢什么样的人。”

“我可以担保不是什么花花公子”

“哦！”斯蒂尔小姐叫道，意味深长地环顾了一下打牌的这几个人，“我敢说，露西的意中人就跟达什伍德小姐的一样谦和、规矩。”

埃莉诺不由得满面绯红。露西紧咬嘴唇，气恼地看着她姐姐。一时间两人都不言语了。露西首先打破了沉默，虽说玛丽安这时候正在弹的一首气势恢宏的协奏曲给了她们有力的掩护，她仍旧压低了嗓门——

“不瞒你说，最近我倒是想到了一个法子，可能会让这件事有所转机；不管怎么说我肯定是要把这个秘密告诉你的，因为我得借助你的帮助。你跟爱德华这么熟，我猜想你应该知道相比于其他的职业，他是宁肯从事圣职的；我想到的计划就是他应该尽快成为牧师，然后能通过你的影响——我相信出于对他的友谊，而且我希望也出于几分对我的关心，你肯定是愿意帮这个忙的——劝你哥哥把诺兰教区牧师的职位授予他[1]；我相信那是一个非常好的教区，而且在任的牧师应该也活不了多久了。有了这么个职位，也就足够维持我们的婚姻生活了，至于其他的事情我们就只能听天由命了。”

“在任何情况下，”埃莉诺回答道，“我对费拉尔斯先生总是乐于表示我的敬意和友谊的；不过你不认为我的影响在这件事上纯属多余吗？他本人就是约翰·达什伍德太太的令弟——单凭这一点，就足以让她尊夫乐于帮忙了。”

“可是约翰·达什伍德太太是不大会赞成爱德华接受圣职的。”

“那么，我很怀疑我的那点影响就更是无济于事了。”

两人再次沉默了好几分钟。最后露西长叹一声，叫道：

“我想最明智的办法就是马上解除婚约，一了百了。看起来我们是四面受敌、困难重重，虽然这会让我们痛苦一阵子，但长痛不如短痛，到头来可能都会更好过些。可是你就不能给我们出出主意吗，达什伍德

① 富有的乡绅地主经常是有权利也有责任为这样的一个或者几个教区指定牧师或副牧师的，经常是把这份营生赠送给不能继承财产的幼子或是自己的亲戚。

小姐？”

“不，”埃莉诺道，用一个微笑来掩饰异常激动的感情，“在这样的问题上我当然不便于说三道四。你也很清楚，除非我的意见正中你下怀，否则对你也不会有任何意义的。”

“你可真是冤枉我了，”露西一本正经地回答道，“在所有人当中，我可是最看重你的意见；我的确相信，如果你对我说，‘无论如何我还是建议你取消跟爱德华·费拉尔斯的婚约吧，这对你们双方来说都会更好’，那我就下定决心马上照办。”

这虚情假意的表白，令埃莉诺不禁为爱德华这位未来的妻子感到脸红，于是答道：“就算我当真对这件事有什么看法的话，你这番恭维也把我吓得不敢置喙了。你真是太抬举我了；一个置身事外的人哪有权利把一对真心相爱的人生生拆散呢。”

“正因为你置身事外，”露西道，有几分怄气地故意强调了这几个字，“你的判断才更应该对我大有意义。我要是觉得你的感情在哪方面会有所偏袒的话，你的意见也就没什么价值了。”

埃莉诺觉得对此还是不予理会的好，以免使得彼此之间更加熟不拘礼、毫无保留，那就大大地不该了；她甚至在一定程度上决定以后再也不主动提起这个话题了。所以露西那句话说完以后，两个人又沉默了良久，最后还是露西先开了口。

“你今年冬天会在伦敦度过吗，达什伍德小姐？”她问，又回复到平日里自鸣得意的架势。

“当然不会。”

“真令人遗憾，”对方嘴上这么说，听到这话时眼睛却不由得一亮，“要是能在那儿见到你该多好！不过我敢说，你终归还是会去的。不管怎么说，你哥哥嫂子肯定也会请你前去做客的。”

“就算是他们邀请我，我也不能自作主张就接受下来。”

“太倒霉了！我原本还一心指望在那儿见到你呢。安妮和我一月底的时候要去探访几家亲戚，有好几年了他们一直都盼着我们去呢！不过我只是为了能够见到爱德华才去的。他二月份去那儿，要不然伦敦对我是一点吸引力都没有的；我才提不起精神进城去呢。”

第一局牌打完以后，埃莉诺当即被叫回到牌桌那儿接着打，两位小姐之间的体己话就此告一段落，对此她们谁都不觉得有任何可惜的，因为双方无论再说什么，也不可能减轻一点相互间的嫌恶了；埃莉诺在牌桌前落座的时候禁不住满心忧郁，因为她确信爱德华非但对这个即将成为他妻子的人没有任何爱情可言，甚至在结婚以后就连最起码的一点点幸福都绝不可能享受得到——只有她对他的真情才能给他幸福；因为一个女人在已经完全意识到男方的厌倦以后仍旧决不肯解除婚约，那只有出于纯粹的自私自利才会这么做的。

从这时候起，埃莉诺对这个话题就绝口不提了，而露西却几乎不放过任何旧话重提的机会，尤其在接到一封爱德华来信的时候，绝对不会忘记告诉她的知心女友她有多幸福。埃莉诺每次都既平静又小心地应对，在礼貌允许的范围内尽快截断这个话题；因为她觉得这样的谈话对露西来说是她根本不配享受的一种纵容，而对她自己而言又是非常危险的。

斯蒂尔姐妹在巴顿庄园做客的时间已经远远超出了一开始请她们前来时所约定的期限。她们越来越受欢迎，庄园里简直离不了她们了；她们每次提出要走的时候，约翰爵士听都不要听，尽管她们在埃克塞特有很多早就定好的日程，尽管有很多亟须她们马上回去处理的事务，而且每逢周末就更是十万火急、不容推托，姐妹俩还是走不了。她们在庄园里前后待了将近有两个月，并且协助主人家为迎接圣诞节的来临做好准备，那可是个无比盛大的节日，巴顿庄园可得举行远比平常多得多的家庭舞会和盛大宴会来庆祝方可。

第三章

虽然詹宁斯太太习惯了大半年的时间都在她的孩子和朋友们家里度过，她倒并非没有自己的固定住所。自打她丈夫去世以后——她丈夫生前在伦敦不怎么高尚的地段经商，生意做得相当成功——她每年都在波特曼广场[①]附近一条大街上的房子里过冬。随着一月份即将到来，她也开始动了回家过冬的念想，有一天她非常突然地邀请达什伍德家的大小姐和二小姐跟她一起去那儿住一段时间，这个邀请大出姐妹俩的意料。埃莉诺没有注意到她妹妹脸色的变化和兴奋的目光正说明她对这个计划并非毫不动心，马上就客气而又断然地谢绝了詹宁斯太太对她们姐儿俩的邀请，她还以为她代表的是她们共同的意见呢。她提出的理由是在一年的这个时候，她们是绝不能把母亲一个人丢下的。詹宁斯太太没想到她们居然会拒绝，颇有些意外[②]，马上又重申了自己的邀请。

"哦！老天，我确信令堂肯定会很乐意让你们去的，而且我是诚心实意请你们姐儿俩能赏个脸，给我这个老太婆做个伴儿，对此我可是满心期待呢。别以为你们会给我带来任何不便，我可是决不会为了你们委屈了自己的。只须让贝蒂[③]去乘驿站马车[④]就是了，这点钱我想我应该还是出得起的。咱们仨坐我的轻便马车还是很舒服的；等咱们进了城，如果我去的地方你们不乐意去，那也没什么，我总归有一个女儿可以陪着你们的[⑤]。我敢保令堂是不会表示反对的；因为我运气好，把几个女儿全都顺顺当当嫁了出去，她肯定会觉得由我来照顾你们是再合适不过的了；若是到了最后我还没能为你们姐儿俩中的至少一位找到个好婆家的话，那也不是我的错。我会对所有的年轻人都大讲你们的好话的，你们就瞧好吧。"

"依我看，"约翰爵士道，"玛丽安小姐是不会反对这样的安排的，只要做姐姐的肯答应。她若是因为达什伍德小姐不愿意去就享受不到一点消遣娱乐的话，那对她而言就未免有点太苛刻了。所以我建议你们二位若是在巴顿已经有些待腻了，那就马上动身到城里去，跟达什伍德小姐干脆一个字都别提。”

“那可不行，”詹宁斯太太叫道，“当然啦，只要有玛丽安小姐做伴，不管达什伍德小姐去还是不去，我都已经非常开心了，不过依我说，人越多越热闹，再者说，要是姐儿俩都去的话，她们待在一起也会更舒服方便；因为如果她们烦了我，她们相互间就可以说说话，在背地后里笑话我那些畸行怪事。不过要是姐妹俩不能兼得的话，那我无论如何也得带走一位。上帝保佑！往年冬天可都是有夏洛特陪着我的，我已经习惯了有人陪我了，今年我怎么受得了一个人闷在家里呢。好啦，玛丽安小姐，咱们这就击掌成交吧，要是达什伍德小姐很快也能回心转意，那就是锦上添花，再好也没有啦。”

“谢谢您，夫人，衷心地感谢您，”玛丽安热情地道，“我对您的邀请感激不尽，如果我能接受的话，这将给我带来莫大的快乐，是的，几乎就是我最大的快乐。可是家母，我最亲爱、最仁慈的母亲，——我觉得埃莉诺说得一点没错，如果她因为我们没能陪在她身边而让她感到一点点不快乐、一点点不舒服——哦！不，世上没有任何东西能诱使我离开她。这应该没有，也肯定没有一点点的勉强。”

詹宁斯太太再次担保说达什伍德太太肯定会高高兴兴地放她们走的；埃莉诺这时也明白了妹妹的意图，看到她几乎是不顾一切，一心只

---

①波特曼广场(Portman Square)，建于十七和十八世纪，是伦敦的时髦地段、高尚住宅区。

②詹宁斯太太应该是以为这两位未婚淑女不愿意在正值社交旺季的伦敦过冬，唯一的原因就是缺钱。

③贝蒂(Betty)几乎就是淑女贵妇的贴身女仆的通用名，所以詹宁斯太太的女仆都不必真叫贝蒂。

④驿站马车(stagecoach)这种公共交通工具是淑女们一般避免乘坐的，因为下文提到的詹宁斯太太的双轮轻便马车(chaise)只能供三个人乘坐，所以她打发自己的女仆去乘驿站马车。

⑤未出嫁的淑女在社交场合一定要有已出嫁的太太夫人们监护陪同。

想着早日跟威洛比重逢，也就不再直接反对这个计划，只是说就交由母亲来决定好了。尽管她本不赞成玛丽安这时候去伦敦，她自己也有特别的理由应该避免前往，但她也知道她想阻拦这次行程的努力是不太可能从她母亲那里得到任何支持的。玛丽安不论是想要干什么，她母亲都会热情地鼓励成全的——她不能指望母亲会在玛丽安和威洛比的婚事上谨慎行事，因为她从来都没能成功地唤起母亲的疑虑；而她也不敢说明她自己不愿意前往伦敦的真实原因。而玛丽安的为人尽管一直都很挑剔，而且她完全了解詹宁斯太太的言行举止，对此一贯都满怀厌恶，现在居然为了追求内心的一个目标就全然不顾每一种如此严重的不便，全然不顾她敏感的情感必然会承受的无论怎样的痛苦，这就充分而又有力地证明了那个目标对她来说是何等重要。埃莉诺尽管对过去发生的一切都了如指掌，对于眼前的这种情况仍旧大感意外。

在听说了这次邀请以后，达什伍德太太深信这样外出旅行一次会给两个女儿都带来不少乐趣，并且从玛丽安对自己如此亲热体贴的态度中看出她心里是多么想去，于是坚决不答应她们为了她的缘故而拒绝这次邀请；坚持让她们姐儿俩都马上接受下来，然后就开始以其一贯乐观的态度预期这次离别都能给大家分别带来何种各不相同的好处。

“我很高兴这样的安排，”她叫道，“可以说是正合我意。不只是你们姐儿俩，这对玛格丽特和我也同样大有益处。你们和米德尔顿一家走了以后，我们娘儿俩就可以继续尽情地读读书、弹弹琴了，多安静，又多快活！你们回来以后会发现玛格丽特的进步有多大了！而且我还有个小小的计划，想把你们俩的卧室改建一下，这么一来就可以不给任何人带来妨碍地动工了。你们的确应该去城里走动走动；像你们这种年龄的姑娘是应该熟悉一下伦敦城里的各种习俗做派和娱乐活动。詹宁斯太太是位称职的母亲，有她照顾你们我是没有任何不放心的。而且你们十有八九能见到你们的哥哥，不管他有多少或者说他妻子有多少错处，一想到他是谁的儿子，我也就不忍心眼看着你们兄妹之间这么疏远生分了。”

“您总是一心为我们的幸福操心，”埃莉诺道，“对于目前这个计划的阻碍，凡是您能想到的也都一一排除了，可在我看来，还有一项反对的理由却不是那么容易克服的。”

玛丽安的面色沉了下来。

“那么，”达什伍德太太道，“我明智谨慎的亲爱的埃莉诺还有什么要提醒的呢？她会提出怎样可怕的障碍呢？可别告诉我是因为花销方面的顾虑①。”

“我反对的理由是：虽然我认为詹宁斯太太心地非常善良，可是她日常交际的圈子却不会给我们带来多少乐趣，她对我们的保护也不会有什么良好的后果。”

“这话说得极是，”她母亲回答道，“如果只在她的小圈子里打转，不跟别的人交往的话，你们基本上的确是会一无所获的，不过你们总可以和米德尔顿夫人一起进入伦敦的社交界的。”

“埃莉诺要是因为讨厌詹宁斯太太而被吓得裹足不前，”玛丽安说道，“那至少没必要也连累我接受她的邀请吧。我没有这些顾虑，而且我肯定能轻而易举地容忍这类种种的不愉快。”

眼见着玛丽安居然表示对詹宁斯太太的举止做派毫不介意，埃莉诺忍不住微笑莞尔，因为放在平常，她就连劝说玛丽安对这位太太起码要以礼相待都有困难；她心下暗自决定，如果她妹妹执意要去，她也就只能奉陪了，因为她觉得不论是让玛丽安在伦敦凡事都要自己拿主意，还是任由詹宁斯太太日常起居的舒适与否全凭玛丽安摆布，都不合适。又想起露西说过爱德华·费拉尔斯在二月前是不会出现在伦敦的，而她们在伦敦的居留，无须提早结束，也不会延续到二月份，她这个决定也就不会太让自己为难了。

①达什伍德太太和玛丽安一样，显然认为钱财的问题是不值得操心的。

“我要你们俩都去，”达什伍德太太道，“这些反对意见都是无稽之谈。你们在伦敦会得到很多乐趣的，尤其是姐妹俩一起；如果埃莉诺也肯屈尊俯就地参与一下，她在那儿肯定也会享受到多种多样的赏心乐事；她也许可以和嫂子家里的那些人培养培养感情呢。”

埃莉诺一直就想找个机会，让她母亲别再对爱德华和她的关系看得那么十拿九稳，这样的话等将来真相大白的时候也免得对她冲击太大，见母亲话说得这么直露，虽说几乎没什么成功的希望，她还是迫使自己这就开始进入实施阶段，她于是尽可能以平静的口吻说：“我是很喜欢爱德华·费拉尔斯，而且总是很高兴能见到他；至于说他家里其余的那些人，他们是不是认识我，我是一点都不在乎的。”

达什伍德太太微微一笑，什么话也没说。玛丽安惊讶地抬起眼睛，埃莉诺心想，刚才还不如什么话都不说呢。

母女三人没再多说什么，最终就决定完全接受邀请。詹宁斯太太听说后万分高兴，一再保证会好好地照顾她们；感到高兴的还不只是她一个人，约翰爵士也非常高兴；因为对于一个一天到晚最担心落了单的人来说，伦敦的居民当中一下子多出了两个人，对他来说可不是件小事。就连米德尔顿夫人都不辞劳苦地高兴了一下，这在她可是极不寻常的创举；而至于两位斯蒂尔小姐，尤其是露西，一听到这个消息，表现出来的高兴劲儿，这一辈子还从来没有过。

埃莉诺接受这项安排虽属违心之举，结果却也不像原本预期的那么不情愿。对她自己来说，到底去还是不去这趟伦敦已经显得无关紧要了，因为她看到母亲对这个计划是那么诚心诚意地万分高兴，她妹妹更是无论神情、声音还是仪态都表现得兴高采烈，完全恢复了平常的快活劲儿，甚至比平常都更加兴致勃勃，她对这桩事情的根由也就无法再有任何不满，而且对于事情的结果也就不忍心再有所疑虑了。

玛丽安简直是欣喜若狂，她激动得坐立不安，巴不得马上就能动身。唯有和母亲分离的万般不舍才让她暂时安静了下来；在离别的那一刻，她几乎是悲痛欲绝。她母亲内心的痛苦也跟她不相上下，埃莉诺应该是母女三人当中唯一没有把这次分离当作永诀的。

她们是在一月份的第一周里正式动身的。米德尔顿一家在一周以后起程。两位斯蒂尔小姐仍旧留在巴顿庄园，跟家里剩余的成员断后。

第四章

埃莉诺简直不敢相信她现在居然和詹宁斯太太一起坐在她的马车里，作为她的客人、在她的保护之下开始了一次前往伦敦的旅程，而她跟这位太太结识才只有这么短的时间，彼此的年龄和性情又天差地别，况且就在几天前她还对这样的安排有过那么多的反对意见！不过她的那些反对意见全都因为玛丽安和她母亲共同流露出的那种快乐的青春热情而被压倒或者忽略了；而埃莉诺尽管对于威洛比的忠实不时还有所怀疑，眼见着充满了玛丽安全副心灵、闪耀在她眼角眉梢的那兴高采烈的对于幸福的期望，相形之下不由得感到自己的前途是多么空虚，自己的心情是多么抑郁，她又是多么希望自己能跟玛丽安有同样的处境和牵挂，有同样令人无比兴奋的前景，有同样可能实现的希望啊。不过，只需要不长的、很短的时间就一准儿能够判断出威洛比的真实意图了；他极有可能已经在伦敦城里了。玛丽安这么急切地想进城去，就说明她一心指望能在那儿找到他；埃莉诺于是决心一定要通过自己的观察、借助别人可能提供的情况，对威洛比的性情为人获得一种全新全面的了解，同时还要全神贯注地密切关注他对妹妹的态度，以便利用很少的几次见面机会就能确定他到底是个什么样的人以及他到底意欲何为。万一她通过观察得出对他不利的结论，她决定不管代价如何都要擦亮妹妹的眼睛；如果情况正好相反，她也就相应地要做出不同性质的努力了——到时候她一定要避免进行一切出于私心的比照，摈除一切遗憾和悲叹，以免影响她对玛丽安终身有靠的衷心祝愿。

她们在路上走了三天，玛丽安在旅途中的表现是个完美的样本，正可以拿来印证将来到了伦敦以后詹宁斯太太原本期望于她的殷勤柔顺和曲意奉承到底可能会是副什么模样。她几乎全程都坐在车里沉默不语，沉浸在自己的思绪当中，极少主动开口，除非是看到了车窗外什么具有诗情画意之美的景物，才会引她发出一声惊喜的赞叹，而且这赞叹也是只冲着姐姐而发的。于是为了尽量进行弥缝，埃莉诺马上就得开始履行她为自己规定的尽到礼数的职责：对詹宁斯太太极尽殷勤，陪她一起说笑，并尽可能地听她唠叨；而詹宁斯太太这方面待她们姐儿俩也是极尽温存体贴，时刻关切她们的舒适和享受，只是有一点让她有些于心不安：在客栈里她们总是不肯自行选择自己的菜色，而且怎么也问不出她们到底是喜欢鲑鱼还是鳕鱼，是想吃炖鸡还是小牛排[①]。她们在第三天的下午三点钟抵达了伦敦，在这样的旅行之后，大家都很高兴终于从马车车厢的桎梏中解放出来，准备好好地享受一番在熊熊的炉边向火的奢侈。

詹宁斯太太的宅子很漂亮，陈设布置也很漂亮，两位年轻小姐马上就被安置在了一套非常舒适的房间里。房间原本是夏洛特的，壁炉架上方仍旧悬挂着一幅彩色丝绣的风景画，证明她在伦敦一所名牌学校里度过的七年还是有些成效的[②]。

她们到达后，晚餐至少还需要两个钟头才能备妥，埃莉诺决定利用这段时间给母亲写封信，就坐下写了起来。不一会儿，玛丽安也开始写了。“我正给家里写信呢，玛丽安，”埃莉诺道，“你是不是晚个一两天再写更好？”

“我不是给母亲写，”玛丽安慌忙道，像是要回避进一步的询问。埃莉诺没再说什么，她马上就想到她肯定是在给威洛比写信，而随之得出的结论就是，不管他们如何对这件事故作神秘，他们肯定还是订了婚的[③]。这个推论虽然还不能完全令人满意，却也让她满心欢喜，她写家信的笔触也就变得更为轻快了。玛丽安的信没几分钟就写完了；论长

---

①鲑鱼和炖鸡比后两种菜式都更贵一些，詹宁斯太太是想尽量表现一下保护者的慷慨，而姐妹俩死活不肯有明确的表示则是出于淑女的矜持。

②女子学校，尤其是面向中上层人家的时髦女校并不重视学业成绩，而主要培养学生的社交才能，如绘画、跳舞、刺绣、家政管理、待客礼仪等技能。

③参见第一卷第十五章注。

度，也不过就是个便笺。她热切而又匆忙地把信纸折好，封起来，写上收信人的姓名和地址。埃莉诺感觉辨认出了一个大大的“威”字，刚一写完，玛丽安就马上打铃叫人，吩咐应声而来的男仆把信送到两便士的邮筒。这一下事情马上就确定无疑了①。

她的情绪仍旧很高涨，可是有点心绪不宁的样子，这让她姐姐有点不太放心，而且随着夜幕降临，她显得越发焦躁不安起来。晚餐时她几乎什么都吃不下，餐后回到客厅里，她像是焦急地倾听着窗外每辆马车的声响。

使埃莉诺大感庆幸的是，詹宁斯太太因为在自己的房间里忙这忙那，没怎么注意眼前的这些状况。茶具被端了进来，而玛丽安已经不止一次因为隔壁人家的敲门声而感到失望了，这时突然听到一记很响的敲门声，这次敲的可绝不可能是别人家的大门了。埃莉诺认为一定是威洛比来了，而玛丽安突然站起身来，朝门口走去。屋子里悄无声息，这可实在是让人按捺不住了，玛丽安把门打开，朝楼梯口走了几步，细心倾听了一会儿以后，激动万分地走回屋里，自然是确信听到了他的声音才会有这样的反应；她一时间欣喜若狂，忍不住脱口叫道：“哦！埃莉诺，是威洛比，真的是他！”正当她几乎准备要投向他的怀抱的时候，出现在她们面前的却是布兰登上校。

这打击太大，她的态度已经不可能保持镇静，于是就马上离开了客厅。埃莉诺也很失望；不过由于她对布兰登上校一向尊敬有加，她马上对他表示了欢迎，而且一个对她妹妹如此倾心的人却发现她在见到自己时流露出来的唯有悲伤和失望，这实在是让她感觉有些伤人。她马上就看出，他对此并非没有觉察，在玛丽安离开房间的时候他面露惊讶和关

---

① 确定威洛比就在伦敦，而玛丽安之所以这么起劲地想来伦敦就是为了跟他见面。伦敦本地的邮费于一八〇一年从一便士提高到两便士，借此也可以确定小说情节发生的时间段。顺带一提，当时伦敦的邮政系统是每天四到八次收集、递送信件。

切之色，甚至连对埃莉诺起码的客套都顾不上了。

“令妹是病了吗？”他道。

埃莉诺有些不安地回答说她是不太舒服，然后就扯起了头疼脑热、精神不佳、劳累过度之类的；把所有稍微能够合理地解释她那番举动的借口几乎都说了个遍。

他万分关切地听她解释，不过同时也像是恢复了镇定，再也没有继续纠缠这个话题，而是马上表示能在伦敦见到她们是多么高兴，照例问起了她们旅途上的情形，以及现在还在乡下的朋友们的状况。

他们就这么不咸不淡地继续闲谈，双方都兴味索然，都没精打采，而且心思都已经不在这上头了。埃莉诺很想问问他威洛比眼下是不是也在伦敦，可是又怕向他打听情敌的情况会让他伤心；最后，为了找点话说，她就问他自从上次离开巴顿以后是否就一直待在伦敦。“是的，”他略显尴尬地回答说，“几乎是这样；有一两回在德拉福庄园待了几天，可是一直没机会回到巴顿去。”

这番话，以及他说话时的态度，立刻使她想起了当初他突然离开巴顿时的所有情形，还有由此而引起的詹宁斯太太的忐忑不安和满腹狐疑，她都怕她这个问题会让布兰登上校误以为她在这上面有多么好奇呢。

詹宁斯太太不久就进了屋。“哦！上校，”她说，仍旧是平常那股子闹闹哄哄的高兴劲儿，“见到你可太高兴啦——很抱歉我没能早点过来——请你原谅，我不得不四下里稍微看看，把一些事情料理一下；因为我已经好长时间都不在家了，你也知道，人一旦离开家一阵子，就总有一大堆鸡毛蒜皮的事情得安排处理；而且还得跟卡特赖特[1]清清账目——老天啊，吃过饭以后我就忙得像一只蜜蜂一样！可是我要请问了，上校，你又是怎么猜到我今天回城的呢？”

---

①应该是詹宁斯太太的管家。

“我是有幸在帕尔默先生家听说的，我在他们家吃的晚饭。”

“哦！是吗；呃，他们家里都还好吗？夏洛特情况怎么样？我敢说她现在的肚子一定不小了。”

“帕尔默太太看上去非常健康，而且我还要奉命告诉您，您明天肯定能见到她。”

“是啊，那是肯定的，我也是这么想的。哦，上校，我把两位年轻的小姐给带来了，你瞧——你看到的只是其中的一位，还有一位不知道到哪儿去了。还有一位就是你的朋友玛丽安小姐——听到这个你不会不高兴的。我不知道你和威洛比先生打算拿她怎么办。是啊，年轻又漂亮可真是件好事啊。哦！我也曾经年轻过，可我从来就没怎么漂亮过——真是不幸啊。不过我倒是嫁了个非常好的丈夫，就算是最漂亮的大美人也不可能有更好的运气啦。啊！可怜的人儿！他去世已经有八年多了。可是上校，我们分手以后你都到哪儿去啦？你的事情办得怎么样啦？得啦，得啦，咱们朋友之间就不要再保什么密了吧。”

对她所有的询问他一如既往温雅客气地予以回答，但并没有满足她的任何好奇心。埃莉诺开始动手准备茶点，玛丽安也不得不重新露了面。

在她进来以后，布兰登上校就变得比刚才更加思虑重重、沉默寡言了，詹宁斯太太也没办法强留他久坐。那天晚上没有别的客人来，詹宁斯太太和两位达什伍德小姐一致同意还是早点上床休息为上。

玛丽安第二天早上起床的时候，精神明显得到了恢复，又是一副兴兴头头的样子了。昨晚的失望似乎已经在对当天的期望中被抛到了脑后。她们刚吃完早饭不久，帕尔默太太的四轮四座大马车就停在了大门前，几分钟后，她就欢声笑语地进了屋；见到她们甭提有多高兴了，都很难说得清到底是见到母亲还是跟两位达什伍德小姐重逢更让她感到开心。尽管她早就盼着她们能来，可见到她们果然来到了伦敦还是让她大为惊讶；尽管她对于姐儿俩居然接受了她母亲的邀请却不领她的情而大为生气，可要是她们真的不来伦敦的话她是绝对不会原谅她们的！

“帕尔默先生见到你们不定多高兴呢，”她说，“你们知道听说你们要跟妈妈一起进城的时候，他是怎么说的吗？我一时也想不起来了，反正说得可好笑啦！”

随后的一两个钟头都花在她母亲称之为轻松的闲聊上，这一方面是詹宁斯太太一一询问了她们所有熟人的情况，另一方面就是帕尔默太太无缘无故地咯咯笑个不停。谈笑过后，帕尔默太太就提议那天上午大家全都陪她去几家商店采买些东西，对此詹宁斯太太和埃莉诺都很乐意答应，因为她们自己也要买点东西；玛丽安一开始不肯去，后来也被拉着去了。

她们无论到哪儿，她明显地一直都在留神观瞧。尤其在邦德街，她们大部分的采买工作都是在那儿进行的，她的眼睛更是不断地东张西望；无论来到哪家商店，她对眼前的无论什么东西，对大家感兴趣、在挑选的所有货品全都视若无睹、心不在焉。无论来到哪里她都焦躁不安、心怀不满，她姐姐无论是想买什么东西，哪怕是两人都需要的，也问不出她一个字的意见来；什么东西都引不起她的兴致，一心只想着快点回家，而且几乎无法克制她对帕尔默太太的不耐烦；因为这位太太无论看到什么漂亮、昂贵或者新鲜的玩意儿，眼睛都会放光，她什么都想买，又什么都决定不了，把时间都浪费在欣喜若狂和犹豫不决上了。

她们回到家里的时候已经将近中午了；一进门，玛丽安便迫不及待地飞奔上楼，等埃莉诺也跟着上去的时候，发现她已经满面愁容地从放信件的桌子前转过身来，就明白并没有威洛比的回信。

“我们出门以后，没有人给我送信过来吗？”男仆拿着一包包东西进来的时候她问道。她得到的是否定的答复。“你确定吗？”她又追问道，“你确定没有用人，没有门房给我送过任何信件或是便笺吗？”

男仆回答说没有任何人送信过来。

“这可就怪了！”她失望地低声道，转身走向窗前。

“这真是太奇怪了！”埃莉诺心下暗道，忧心忡忡地望着自己的妹妹。“如果她不知道他也在城里的话就不会像现在这样写信给他，而是会写信到库姆大厦了；而如果他就在城里，那么他既不登门拜访又不写信过来，岂非咄咄怪事！哦，亲爱的母亲，您居然允许一个这么年轻的女儿和一个这么不知根知底的男人订了婚，而且是以这么一种不着边际、神神秘秘的方式，真是大错特错了！我真想问个清楚，可这又怎么轮得到我来多管闲事呢！”

她经过考虑以后下定决心，要是眼前这种令人不快的情况还会持续很多天的话，她就写信给母亲，以最坚决的态度向她说明必须把这件事情问个清楚的必要性。

帕尔默太太和另外两位上了年纪的太太——那是上午詹宁斯太太购物时遇到，顺便邀请来的两位密友——一起吃了饭。帕尔默太太喝过茶后不久就告辞去赴晚间的约会了；埃莉诺只得跟另外三位太太凑了一桌惠斯特①。玛丽安在这种场合是毫无用处的，因为她从来就不肯学着打牌，不过她的时间尽管可以由她自由支配，她那天晚上过得却丝毫都不比埃莉诺快活，因为她所有的时间都是在焦急的期盼和痛苦的失望中度过的。她有时候勉强自己读一会儿书，但要不了几分钟就把书丢在一旁了；还是在屋里来回踱步更加好过一些，每次走到窗边的时候她总要稍停片刻，希望能听到传来期待已久的敲门声。

① 惠斯特（whist），一种牌戏，为桥牌的前身，成型于十七世纪。

第五章

“天气要是再这么暖和下去，”第二天早上她们来到餐厅吃早饭的时候，詹宁斯太太道，“约翰爵士下周很可能就不会离开巴顿了；这些猎人哪怕少掉一天游猎的乐趣，他们也会很难过的。可怜的人儿！他们要是一不开心我也总是会同情他们的；他们似乎也太拿打猎当回事啦。”

“这话不假，”玛丽安开心地叫道，一边说着一边走到窗前去查看天气。“这个我倒是没想到。这种天气会让好多猎人都留在乡下不肯进城呢。”

幸亏想到了这一点，她所有的好心情马上全都失而复得。“对他们来说，这种天气的确是不可多得，”她满面春风地在早餐桌前坐下的时候，继续道，“这对他们该是多大的享受！不过，”她的担心又有点回潮，“这种天气也不可能持久的。在一年当中的这个时候，而且又一连下了这么多场雨，肯定暖和不了几天了。霜冻马上就要开始了，而且十有八九还会很厉害。也许就在这一两天之内；这么暖和的天气肯定是难以持久的——闹不好今天夜里就会上冻的！”

“再怎么说，”埃莉诺马上道，不想让詹宁斯太太像她自己那样清楚地看出她妹妹的心思，“最迟下个周末，我们总归可以看到约翰爵士和米德尔顿夫人来到伦敦了。”

“没错，我亲爱的，我敢保证一定会的。玛丽总归能够按照自己的意思行事的[①]。”

“那么现在，”埃莉诺心下暗道，“她要赶在今天的邮政班次之前往库姆写信了。”

不过，即便玛丽安果真写了信，那也是偷偷写好又悄悄送出去的，因为尽管埃莉诺一直都暗自留心，仍然被瞒过了耳目，闹不清究竟。可是不管事实的真相到底如何，虽说这远非埃莉诺满意的结果，见到玛丽安的情绪又好了起来，她自己也就不会感觉太不舒服了。玛丽安的确是心情大好；她为天气温暖宜人感到高兴，眼看着马上就要霜冻了她更是开心。

上午的时间主要都花在往詹宁斯太太的熟人府上分送名片，告知大家她已经回到伦敦；而玛丽安则无时无刻不在忙着观察风向，注意着天空的变化，想象着马上就要变天了。

“你没发现现在比上午要冷了吗，埃莉诺？我觉得有了明显的不同。即使戴上了暖手筒，我的手都暖和不过来。昨天还不是这样的呢，我感觉。云像是正在散开，太阳马上就要出来了；下午天就会放晴了。”

埃莉诺是喜一阵愁一阵；玛丽安的态度却是始终如一，每天夜里从明亮的炉火中，每天早上从大气层的外观中，她都能看出霜冻即将来临的征兆。

詹宁斯太太对待两位达什伍德小姐的亲切态度和悉心照顾，让她们感到心满意足，而对于老太太的生活方式和交往的圈子也同样没什么可抱怨的。在家里大事小情的安排上詹宁斯太太是极尽慷慨之能事，而且除了跟金融城里少数的几位老朋友一直都未断绝往来以外——这是米德尔顿夫人备感遗憾的——只要有可能会引得她那两位年轻的伴当感觉不自在的人家，她统统不去登门拜访。[2]埃莉诺很高兴地发现，在詹宁斯太太家做客哪怕在这一点上也远比自己预料的要更为舒心惬意，她也就乐得迁就她们那些实在没什么意思的晚间娱乐了——因为不论是

---

① 尽管我们从米德尔顿夫人与众不同的个性中早就有所觉察，但这还是小说当中第一次明白无误地说出在约翰爵士家里，当家作主的是米德尔顿夫人。

② 伦敦金融城(the City 或 City of London)是伦敦的市中心，全国的经济和金融中心，也正是詹宁斯太太的丈夫发家致富的地方，在中上阶层的眼中并非时髦区域，所以老太太不忘旧情，和城里的老朋友一直保持往来就很让社会阶层正步步高升的女儿米德尔顿夫人备感尴尬，在自矜自贵的埃莉诺看来，这样的圈子至少也是不值得往来的。

在家还是外出做客，她们的娱乐无非就是聚在一起打打牌，对此她是真没什么兴致。

布兰登上校是詹宁斯太太府上的常客，几乎每天都跟她们做伴；他来是为了看望玛丽安，也是为了跟埃莉诺聊聊天，埃莉诺跟他相谈甚欢，跟他谈天比日常的任何事务都让她心满意足，可她同时也看得出来他对她妹妹的关切是一如既往。她担心这种感情会与日俱增。看到他注视着玛丽安时那情真意切的目光，埃莉诺不觉黯然神伤，而且他的精神状态也显然要比在巴顿时消沉了不少。

她们来到伦敦大约一个礼拜以后，终于可以肯定威洛比已经进了城。她们有天上午外出兜风回来以后，发现他的名片出现在了桌子上。

“老天！”玛丽安叫道，“我们出去的时候他来过一趟。”埃莉诺因为已经确知他来到了伦敦，也感到很高兴，便放心大胆地贸然道：“放心好了，他明天肯定还会再来的。”可是玛丽安却像是没有听见似的，詹宁斯太太一进来，她就拿起那张宝贵的名片跑开了。

这件事让埃莉诺的精神为之一振，却也让她妹妹变得就跟以前——是比以前更加激动难安了。从这一刻起，她的心情就再没有平静过；无时无刻不在期待着跟他见面，这让她根本就无心再去做任何事了。第二天上午，在大家外出的时候，她执意要留在家里。

埃莉诺外出以后，一门心思总惦记着她们不在的时候伯克利街詹宁斯太太的家里可能正发生的事情；可等她们回来以后，只消瞥了妹妹一眼，她就知道威洛比并没有再来。这时用人正好送进来一张便笺，放在了桌上。

“是给我的！[①]”玛丽安叫道，快步走上前去。

“不，小姐，是给太太的。”

可玛丽安还是不相信，马上拿起来看。

---

①“是给我的！”（For me！）初版作“是给我的吗？”（For me？）。

“的确是给詹宁斯太太的；真气人！”

“这么说来你是在等一封信啰？”埃莉诺道，再也无法保持沉默了。

“是呀，有点儿——也不尽然。”

略为沉吟后，埃莉诺说：“你不信任我，玛丽安。”

“不，埃莉诺，你居然还责备我——你对谁都不信任！”

“我！”埃莉诺有些困惑地回道，“玛丽安，我是的确没什么好说的。”

“我也是，”玛丽安理直气壮地回答，“那么，我们的情况也是差不多了。我们俩谁都没什么好说的；你呢，是因为什么都不肯说，而我是因为没什么好隐瞒的。”

埃莉诺因为被妹妹指责自己不够坦率，并且又无从辩驳而深感苦恼，在这种情况下，她真不知道该怎么才能迫使玛丽安对自己更加坦诚一些了。

詹宁斯太太很快就出现了，拿到便笺以后就大声念了出来。那是米德尔顿夫人写来的，宣布他们已于昨晚抵达康迪特街[①]，请求她母亲和两位表妹明晚去她那儿做客。约翰爵士因为有事在身，她自己则是因为得了重感冒，没办法到伯克利街来拜访。她们接受了邀请：可是临到快要动身赴约的时候，虽然依照通常的礼数，姐妹俩须得一起陪同詹宁斯太太前往的，可埃莉诺仍旧费了不少口舌才终于算是说服了妹妹；因为她直到现在连威洛比的影子都没见着，所以宁肯放弃外面的娱乐活动，也不愿意再冒让他扑个空的危险了。

当晚的晚会结束的时候埃莉诺发现，人的性情是不会因为住所的改变而有什么本质的变化的，因为约翰爵士几乎还没等在城里完全安顿好，就已经呼朋引伴召集起了将近二十个年轻人，举行了一场盛大的舞

① 康迪特街(Conduit-street)属于伦敦的时髦街区，离著名的邦德街很近。

会。米德尔顿夫人对他这么莽撞行事却是并不赞成的。在乡下，临时把人凑起来搞个舞会什么的完全无伤大雅；但在伦敦，高雅的名声可是更为重要，也是不那么容易得到[1]的，就为了讨几位姑娘的欢心，结果给人家知道米德尔顿夫人搞了个只有八九对舞伴的小舞会，只提供一点便餐小食，这实在是过于冒险，得不偿失了。

帕尔默先生和太太也参加了晚会；她们进城以后还没见过帕尔默先生，由于他总是小心翼翼地避免显出任何注意到他岳母的神情，所以根本就不往她跟前凑，她们进屋的时候他根本就没有任何认出她们来的表示。他只瞥了她们一眼，好像不知道她们是谁似的，仅仅从房间的另一头冲詹宁斯太太点了一下头。玛丽安进门后马上朝整个房间扫了一眼；这就足够了，他不在那儿——于是她就坐下来，意兴阑珊，既不想听人说话，更不想跟人攀谈。晚会已经进行了大约一个钟头以后，帕尔默先生这才闲步朝两位达什伍德小姐走来，表示在城里见到她们很是意外，尽管布兰登上校最早正是在他们家里听说她们到城里来的，而且据说他本尊在听说她们要来时还说过什么特别好笑的话。

“我还以为你们都在德文郡呢，”他道。

“是吗？”埃莉诺回道。

“你们什么时候回去？”

“我不知道。”他们的交谈也就此结束。

玛丽安这辈子还从没像那天晚上那样那么不愿意跳舞，而且也从没有因为跳跳舞就感觉这么累过。她们一回到伯克利街，她就抱怨了起来。

“是呀，是呀，”詹宁斯太太道，“我们全都很清楚那是因为什么；如果某个我们不该提名道姓的人也在那儿，你就一点都不会觉得累啦；而且说真的，都请了他了他还不肯来见你，也真太不够意思了。”

---

①“得到”（obtained），初版作“attained”。

“请了他！”玛丽安叫道。

“我女儿米德尔顿夫人是这么告诉我的，因为看来今儿上午约翰爵士在某一条街上碰到过他。”玛丽安没再说什么，可是看起来伤透了心。此情此景使埃莉诺迫切地想做点什么以纾解妹妹的痛苦，于是决定第二天上午就给母亲写信，希望能唤起她对玛丽安健康的担心，赶紧问问清楚那些早就该盘问的问题；第二天早晨吃过早饭以后，看到玛丽安又在给威洛比写信——除了他，不可能写给别人——她就更加迫不及待地想马上采取这个措施了。

大约中午的时候，詹宁斯太太独自一人出门办事去了，埃莉诺就马上动手写起信来，与此同时玛丽安则是坐立难安、焦急万分，既什么事都没心思去做，又什么话都懒得去说，从一个窗口踱到另一个窗口，要么就坐在炉火前陷入忧郁的沉思。埃莉诺在信中万分恳切地向母亲求助，将已经发生的事情一一禀告母亲，说明她对威洛比的用情专一抱有怀疑，敦请母亲无论是出于责任之心还是母爱之情，都一定要求玛丽安讲清楚她和威洛比之间到底是种什么关系。

她的信刚写完就传来了敲门声，说明有客人来访，仆人通报布兰登上校到。玛丽安在窗口已经看到是他，这时候她什么人都不想见，赶在他进门之前就离开了房间。上校的神色比平常更为凝重，见只有达什伍德小姐一个人在，嘴上虽说很高兴，好像有什么特别的事情要跟她说，但坐了好一阵子又一直都没开口。埃莉诺确信他想跟她说和玛丽安有关的什么事情，就着急地等着他开口。她有这样的确信已经不是头一回了；因为之前他不止一次地先说上一句“令妹今天气色不是很好”或者“令妹像是没什么精神”，然后就会或是透露或是打听某一样具体的情况。他沉吟了好几分钟以后，终于打破了沉默，声音有点激动地问她，他该什么时候恭喜埃莉诺有了个妹夫？埃莉诺没有料到会是这样一个问题，一时间不知道该怎么回答才好，只得采用最简单而又常用的权宜之计，问他这话是什么意思。他强作笑颜地回道：“令妹与威洛比先生订婚的消息已经是人尽皆知了。”

“不可能人尽皆知啊，”埃莉诺回道，“因为她自己的家人都还不知道呢。”

他显得很惊讶，说：“请原谅，恐怕我的询问有些失礼了；可我原以为已经没什么需要保密的了，既然他们大大方方地公开通信，而且所有的人都在谈论他们的婚事。”

“这怎么可能？你是听谁说起的？”

“很多人——有的你根本不认识，有的你则最熟悉不过了：詹宁斯太太、帕尔默太太，还有米德尔顿夫妇。不过我原本还是不会信以为真的，因为你内心不愿意相信的事，总能找到一些支持你怀疑的证据的，可是我再也无法自欺欺人了，因为仆人引我进来的时候，我无意中看到他手里拿着一封写给威洛比先生的信，而上面正是令妹的笔迹。我这次就是想问个明白的，不过在我开口询问之前，心里已经有了答案了。一切都已经完全确定了吗？有没有可能——？可是我没有权利，也没有成功的可能。原谅我，达什伍德小姐。我想我根本就不该说这么多，可我不知道怎么办才好，你的审慎是我最为倚重的。就请跟我直说了吧：婚事已经完全确定下来，只不过如果可能的话，现在暂时还想隐瞒一段时间而已。”

这些话在埃莉诺听来，简直就是对她妹妹直截了当的爱情告白，她为之而深受感动。她一时间什么话都说不出来，即使在她回过神来以后，她反复斟酌了一会儿，到底该如何回答才最为妥当。威洛比和她妹妹之间的真实关系她自己实在是所知甚少，想勉强加以解释的话，恐怕不是说得太多，就是根本说不到点子上。不过她因为确信玛丽安对威洛比一往情深，不论两人的关系到底是什么性质，布兰登上校恐怕也是绝无成功的希望；与此同时，她也希望能对妹妹的行为稍加掩饰，使她免遭物议，在经过一番考虑之后，她感觉还是说得比她真正了解或是相信的程度更深一些，方是最为审慎和宽厚之举。所以她最后承认，虽然他们俩从未亲口向她说明他们之间的真正关系，但她对他们的互相爱慕是确信无疑的，所以听到他们之间相互通信也就并不让她感到意外了。

他一声不响、非常专注地听她把话说完，等她话音一落马上站起身来，声音激动地说："对于令妹，我祝愿她得到一切的幸福；对于威洛比，希望他力争能配得上她。"说完就告辞而去。

这次谈话并没有给埃莉诺带来任何安慰，她原本就心烦意乱，现在这种不安更是不减反增；而且布兰登上校的不幸给她留下了极为忧伤的印象，而由于她一心希望玛丽安和威洛比的婚事得到确认，所以她都没办法希望这种印象能得以消除了。

第六章

接下来的三四天当中没有发生什么事，使埃莉诺后悔不该向母亲求助；因为威洛比既没有上门，也没有信来。这时候詹宁斯太太因为小女儿身体欠安①，不能和米德尔顿夫人前去参加一个晚会，于是姐妹俩就被邀请陪同前往；玛丽安对此全然没有兴致，对自己的仪容全不在意，去与不去都像是根本无所谓似的，在为赴约做准备的时候既没有一丝期待，也不见任何喜色。喝过茶以后她就坐在客厅的炉火旁，在米德尔顿夫人到来前就没挪过窝，连姿势都没有任何改变，完全迷失在自己的思绪当中，连姐姐也在屋里都浑然不觉；最后，等到仆人通报说米德尔顿夫人已在门口等候的时候她才如梦方醒，就像已经忘了她还在等人似的。

她们准时来到了目的地，等前方的一排马车一让开路，她们就从车上下来，登上楼梯，听着她们的名字一层平台接一层平台地向上呈报，最后进入一个灯火辉煌的房间，里面宾客满堂，热不可耐。在向女主人屈膝行礼致敬以后，就被引入人群当中，她们一行这一来想必使得屋里的拥挤和闷热更增加了一筹，她们也只能默默忍受。她们没什么话好说，更没什么事好做，这样闲待了一会儿以后，米德尔顿夫人就围桌坐下，打起了卡西诺牌；由于玛丽安根本没心思四处走动，幸好还有空椅子可坐，她就跟埃莉诺在距离牌桌不远的地方坐了下来。

姐儿俩坐下来没过多久，埃莉诺就看到了威洛比，他正站在距她们只有几码远的地方热切地跟一位看起来非常时髦的年轻小姐交谈。她很快也引起了他的注意，他马上朝她鞠了一躬，但并没有要跟她说话的意思，也无意朝玛丽安这里走过来，虽然他不可能没有看到她；接着就继续和那同一位小姐说起话来。埃莉诺不由得转向玛丽安，看她有没有注意到这一切。恰好就在这时，她也一眼看到了威洛比，她一下子就喜

恰好就在这时，她也一眼看到了威洛比

形于色，变得容光焕发了，要不是姐姐拉住了她，她马上就会朝他奔过去了。

“天哪！”她喊道，“他在那儿——他在那儿——哦！他为什么不看我一眼？我为什么不能跟他说话？”

“求你，求你镇定一下，”埃莉诺叫道，“不要让在场的每个人都觉察到你的情感。他也许还没有看到你。”

可是这句话连她自己都无法相信；此时此刻要想让玛丽安镇定下来非但完全做不到，她也根本就不想这么做。她焦灼不安地坐在那里，内心的感受全都写在了脸上。

最后，他终于再次转过身来，望着她们姐妹俩；玛丽安倏地站起身来，满怀深情地喊了一声他的名字，朝他伸出手来。他走上前来，与其说是向玛丽安，还不如说是专向埃莉诺致意寒暄，似乎是希望能避开玛丽安的目光，决意对她的神情姿态都视而不见一样，匆匆问候了一下达什伍德太太的近况，问她们在伦敦待了多久了。埃莉诺一时间被他的这种态度搞得不知所措，张口结舌地一句话都说不出来。可是她妹妹的情感却马上就表露无遗了。她脸涨得通红，带着万分激动的语气嚷道，“上帝啊！威洛比，你这是什么意思？你难道没有收到我的信吗？你难道不想跟我握握手吗？”

这么一来他就躲不过去了，可是碰到她的手似乎让他痛苦万分，他只握了一小会儿就马上松开了。他自始至终显然都在竭力使自己镇定下来。埃莉诺冷眼旁观他的表情，但见他的面色果然平静了不少。沉吟片刻以后，他再度开口的时候语气已经相当镇定了。

“上个礼拜二，我曾有幸前往伯克利街登门拜访，不过非常遗憾的是你们和詹宁斯太太都不在家，我真是不走运。希望我留下的名片并没有遗失。”

---

① 帕尔默太太即将生产。

“可是你难道没有收到我的几封短信吗？”玛丽安万分焦急地叫道，“这里面肯定是出了差错——出了可怕的差错。你这究竟是什么意思？告诉我，威洛比；看在上帝的分上，告诉我，这到底是怎么回事？”

他没有回答；他面色大变，重又窘态毕现；可他觉察到了他方才一直与之相谈甚欢的那位姑娘的目光，像是感到了必须马上克制自己情绪的必要，他重新镇定下来，说了一句“收到了，承蒙你好意写信相告，我才有幸得知了你们抵达伦敦的消息”，之后微微一躬，就匆忙离开她们，回到了他那位朋友身边。

玛丽安脸色煞白，再也站立不住，跌坐在椅子上，埃莉诺担心她随时都可能会晕倒，一面尽量遮挡住她不让别人看到，一面为她喷洒薰衣草水帮她恢复神志。

“去找他，埃莉诺，”她刚能开口讲话就叫道，“把他硬拖过来见我，跟他说我必须再见他一面——必须马上就要跟他谈谈。——我寝食难安——他不解释清楚我一刻都不得安宁——一定是出现了可怕的误会或者其他什么问题。——哦，你这就去把他拉过来。”

“那怎么可能？不，我最亲爱的玛丽安，你必须耐心等待。这不是适合解释的地方。至少等到明天再说吧。”

可是她好不容易才拦住她，没让她亲自去找威洛比；她苦口婆心地劝她不要太激动，劝她至少等她态度平静下来，等到找个更为私密更能谈出个所以然的场合再跟他详谈，可她根本就听不进去；因为玛丽安依旧不断地长吁短叹、痛苦不堪、哀哀欲绝。没多过久，埃莉诺看到威洛比离开了房间朝楼梯口走去，就告诉玛丽安他已经走了，当晚无论如何也不可能再跟他说什么了，以此作为劝她平静下来的一个新的理由。玛丽安立刻哀求她姐姐去恳求米德尔顿夫人这就带她们回家，因为她实在太痛苦了，一分钟都待不下去了。

米德尔顿夫人虽然一局牌正打到一半，在听说玛丽安身体不适的时候倒是表现得很客气，丝毫没有不高兴的样子，把牌转给了一位朋友，一找到她们的马车就马上走了。回伯克利街的路上三个人都几乎一言不发。玛丽安默不作声地沉浸在痛苦当中，心情压抑得都哭不出来了；不过幸好詹宁斯太太还没有回家，她们得以径自回到自己的房间，给玛丽安嗅了一点鹿角精[①]，这才算是稍稍恢复了过来。她很快就脱衣上床，见她像是很想一个人待着的样子，她姐姐便离开了房间。埃莉诺在等詹宁斯太太回来的时候，尽有工夫把过去发生的这些事情仔细考虑了一番。

她并不怀疑威洛比和玛丽安之间确曾存在过某种方式的婚约；而同样清楚明了的是威洛比对这个婚约已经感到厌烦了；因为不管玛丽安仍旧多么愿意自欺欺人，她却无论如何不能把这种行为归咎于任何方式的差错或是误会。唯一的解释只可能是他完全变了心。要不是她亲眼目睹了他的那副窘态，说明他是意识到自己的行为不端的，使她还不至于相信从一开始他就是有意玩弄她妹妹的感情，全无一点诚实认真的打算，否则她对威洛比的愤怒是会更加强烈的。也许是分离动摇了他的感情，也许是实利使他做出了负心的决定，不过之前确曾有过这样一段真情实感，这是她不能视而不见的。

至于玛丽安这方面，一想到这次不幸的会面已经使她如此痛苦，想到随之而来的可能的结果还会给她带来的更大的痛苦，她就不能不为她感到最深切的担忧。相形之下，她自己的处境还算是差强人意；尽管他们将来可能终将分开，她却还能一如既往地敬重他，她心里面总还能有个精神依托。可是所有能够使这样一桩不幸变本加厉的因素似乎都在联合起来，加重玛丽安在与威洛比最终分手时——在马上就要到来的无可挽回的决裂中的痛苦和不幸。

---

① 鹿角精(hartshorn)，一种用作嗅盐的阿摩尼亚化合物，有时从鹿角中提取，故名。

第七章

第二天，还没等女仆把炉火生好，太阳也还没来得及在那个寒冷、阴郁的一月份的早晨发挥任何威力，玛丽安衣服都还没有穿好，便跪伏在一个凸窗前的座位上，就着外面透进来的那点微光一边泪流满面一边奋笔疾书。埃莉诺被她激动剧烈的啜泣声给吵醒，第一眼看到的就是这样一番场景；在默默无言而又焦急不安地观察了她好一会儿以后，她才以一种最为体贴温柔的语气说：

“玛丽安，我能问一句吗？”

“不，埃莉诺，”她回道，“什么都别问；你很快就全都知道了。”

她说话时拼命保持的那种镇定，话一说完就再也忍不住了，重又陷入痛苦的深渊。过了好几分钟以后，她才能够继续把信写下去，可是一阵阵悲伤的发作仍旧使她不得不经常停下笔来，这也就充分证明了，她这是最后一次给威洛比写信。

埃莉诺尽量悄没声地、不显山露水地关注着她；如若不是玛丽安极度紧张焦虑、激动难安地恳求她千万不要跟她讲话，她本想尽力安慰她，让她镇定下来的。在这种情况下，两个人还是不要老待在一起的好；玛丽安焦躁不安的心情，不仅使她穿好衣服以后在屋子里一刻也待不下去，而且她只想一个人清静一下，在哪儿都待不住，于是在早饭时间[①]以前一直在屋子里四处转悠，避开所有人的目光。

早餐的时候她食不下咽，也根本什么都不想吃；而埃莉诺只顾忙着把詹宁斯太太的注意力全都吸引到自己身上，所以既不硬劝她吃东西，也不对她表示怜悯，甚至好像根本就没有关注她似的。

早餐是詹宁斯太太很看重的一餐，所以持续的时间着实不短；终于用罢了早餐，她们才围着平常做活的女红桌坐定，外面就送进来一封写给玛丽安的信，她迫不及待地从仆人手里接过去一看，脸色变得死一样苍白，立刻就从屋里跑了出去。埃莉诺一见之下，便明白那肯定是威洛比写来的，就跟她亲眼看到信封上的落款一样确定无疑，马上感觉胸口里就像压了块石头一样沉重，头几乎都抬不起来了，坐在那儿身上忍不住直打哆嗦，怕是肯定不可能逃得过詹宁斯太太的注意了。不过那位好太太只看出玛丽安一定是收到了威洛比的信，这在她又是可以拿来大开玩笑的好材料，也就当即打趣起来，呵呵笑着说希望那封信能让玛丽安称心如意。而对于埃莉诺的怔忪不安，她因为正忙于估量用于编制羊毛毯的毛线长度，压根儿就没注意到；等玛丽安一走，她便心平气和地继续闲话家常：

“说实在的，我这辈子还从没见过爱得这么痴狂的姑娘呢！相比之下，我那几个姑娘可真算不得什么，而她们当初也还算是痴傻得够瞧的；可是玛丽安小姐，简直完全都变成另外一个人了。我希望，我打心眼儿里希望他别再让她等得太久啦，因为眼看着她这么魂不守舍、孤凄难过的样子也实在太可怜见儿的了。请你跟我说句准话，他们到底什么时候结婚哪？”

埃莉诺虽然从没有像现在那么不想说话，可面对这么开门见山的盘问却又不能置之不理，于是强打起精神，硬挤出一丝笑容道，“夫人，难道您当真相信舍妹和威洛比先生订了婚吗？我原以为那不过是您的玩笑话，可是您既然问得这么郑重其事，看来问题就不那么简单了；所以我也就必须恳求您不要再继续误解下去了。我这么跟您说吧，我可以向您保证，再也没有比听到他们就要结婚更让我感到意外的事儿了。”

“难为情啊，难为情，达什伍德小姐！真亏你说得出口！难道我们大家伙不都知道他们俩是天生的一对儿，难道他们俩不是一见倾心，从见面的那一刻起相互间就爱得死去活来吗？难道我没有亲眼看到他们

---

① 尽管当时人们普遍起得较早（玛丽安在小说的后半部决定早上六点就起床），早餐时间却通常都较晚，部分是因为仆人要花不少时间生火做饭，上午十点是通常的早餐时间。

俩在德文郡的时候每天而且从早到晚都摽在一起吗？难道我不知道令妹之所以愿意跟我到城里来，就是为了采购结婚的礼服吗？得啦，得啦，这一套跟我可行不通。就因为你自己对这桩婚事神神秘秘的，便以为能糊弄得了所有人；可不是这么回事，我跟你说了吧，因为全伦敦城早就无人不知无人不晓了。这桩婚事我可是逢人必说，夏洛特也是一样。”

“夫人，”埃莉诺非常严肃地道，“您的的确确是搞错了。到处散布这种不实之词的的确确是很不厚道的轻率之举，虽然您现在不相信我的话，可您迟早会发现您的确是搞错了。”

詹宁斯太太再次哈哈一笑，可埃莉诺已经无心再多费口舌了，她一心想知道威洛比的信上到底写了些什么，便匆忙回到她们的房间，一打开门，就看到玛丽安平躺在床上，哭得几乎透不过气来，手里攥着一封信，还有两三封信散落在身边。埃莉诺走上前去，但一句话都没讲；她在床上坐下，握住妹妹的一只手，满怀深情地亲吻了好几次，然后就忍不住痛哭失声，一开始那个伤心劲儿简直不亚于玛丽安。玛丽安虽然说不出话来，却像是已经感受到了这一举动的全副温柔体贴，姐妹俩就这么一起悲戚了一阵以后，她把所有的信件全都塞到埃莉诺手里；然后用手帕把脸一蒙，几乎是痛苦地喊叫了起来。埃莉诺亲眼所见之下虽大为震惊，却深知这样的伤心欲绝必须要顺其自然地发泄出来，所以只在一旁照看，等到这一阵极度的痛苦略为平复以后，这才急切地转向威洛比的来信，信是这么写的：

邦德街，一月

亲爱的小姐：

适才有幸奉读来书，在此致以由衷的谢意。得知在下昨晚的举动恐难谐尊意，深自悚惕难安；虽不能确知到底因何事冒犯尊颜，然皆是在下无心之过，尚乞宽谅则个。昔在德文郡有幸与君家结识交往，每一念及，无不深自感激欢悦不已，因不免一厢情愿，唯愿不论在下行为举止有何不妥，招致何种误解，均不致损及此等友好情谊为盼。在下对于尊府上下无不充满敬意，一片诚心，日月可鉴；然倘使由于在下表达此种情义之时有失审慎，因而不幸招致非我本意之误解或曲解，则罪责在我。尊驾如知悉在下早已心有所属，且数周之内即将正式完婚，则必能体谅在下对于尊驾绝无任何非分之想。现谨遵台命，将在下有幸收悉之信件以及尊驾热情惠赐之秀发一绺完璧奉还，此诚为憾事一桩，临笔不胜叹惋之意。

尊驾最为忠实谦卑之仆佣

约翰·威洛比 敬上

可以想见，达什伍德小姐在读完这样一封信后该是多么愤慨。尽管她读信之前就已料到那肯定会是他始乱终弃的自白，也断定他们不免会就此一刀两断，可她没料到他居然用这样的语言来宣布！[①]她也没有想到威洛比竟能完全不顾及任何高尚文雅的情感——完全背离一位绅士起码的礼仪轨范，寄来这么一封如此无耻而又残酷的信件：信里非但丝毫没有愧悔的表示，而且根本不承认自己是背信弃义，完全否认他和玛丽安之间有过任何特殊的情感——这封信的每一行每一句都是一种侮辱，处处说明写信的这个人是个老练的惯犯、十足的恶棍。

埃莉诺又惊又怒，沉默了良久；然后又把信反复读了几遍；但每读一遍都只能使她对这个人越发憎恶不已，她对他简直恨之入骨，一时间都不敢开口说话，唯恐一不小心会让玛丽安愈发伤心，因为在她看来他们解除婚约对玛丽安而言非但没有任何坏处，反而使她幸免了所有祸事当中[②]最不幸、最无可挽回的一桩：一辈子都跟一个毫无原则信义的男

① “来宣布！”（to announce it！）初版叹号作句号。

② “所有祸事当中”（of all evils）初版作“祸事当中”（of evils）。

人绑在一起——这是一次真正的死里逃生，一桩天大的鸿福幸事。

埃莉诺一门心思都在细想那封信的内容，想到写信之人的心地居然会如此堕落邪恶，或许也想到了另一个大不相同之人那大不相同的心地，这个人原本跟这件事毫不相干，只不过眼前发生的所有这些事情使她不由自主地想起了他。思前想后之际，埃莉诺不禁忘记了妹妹目前的痛苦，忘记了膝上还放着好几封信没有看，而且完全忘记了她在房间里已经待了多长时间，当听到有辆马车驶到门前的时候她还纳闷，特意走到窗前去看是谁这么早就登门拜访，等她看到原来是詹宁斯太太的马车时不禁大吃一惊，因为她知道一点钟之前詹宁斯太太是不会吩咐备车外出的。她决定眼下绝不能抛下玛丽安一个人不管，尽管她也不指望能给她多少安慰，她于是急忙赶去向詹宁斯太太道歉，说由于她妹妹身体不适，她恐怕不能陪她外出了。詹宁斯太太十分关切体谅，二话没说就欣然应允了，埃莉诺在把她送走以后，马上回到玛丽安身边，发现她正要从床上爬起来，幸好她及时赶到扶了她一把，她才没一头扎到地板上去；因为她已经有好多天食不甘味，好多晚难以入眠了；现在，她的精神一下子失去了焦灼不安的悬念，就再也支持不住了，所有的后果全都显现出来：头痛欲裂、肠胃空虚以及整个神经系统的衰弱。埃莉诺马上给她端来一杯葡萄酒，这才让她感觉好受了些，她终于算是对姐姐的悉心关怀领了点情，对她说：

“可怜的埃莉诺！我连累你受了多少罪！”

“我只希望，”她姐姐回答道，“我能为你做点什么，可以让你好受一点。”

这句话——其实无论说什么都一样——让玛丽安情难自已，她全身心的痛苦只迸发为一声喊叫：“哦！埃莉诺，我真是太悲惨啦！”然后就泣不成声。

埃莉诺眼看着这种毫无节制的悲痛如此奔流泛滥，再也沉默不下去了。

“振作一下，亲爱的玛丽安，”她叫道，“如果你不想毁了你自己和所有爱你的人。想想你的母亲吧，想想看到你的不幸时她的痛苦吧；为了她的缘故你也一定得振作起来。”

“我做不到，我做不到，”玛丽安叫道，“离开我，离开我，如果我让你感到难过；离开我，记恨我，忘掉我！①可是别这么折磨我。哦！自己没有伤心事的人说起振作来是多么轻巧！幸福、幸福的埃莉诺啊，你根本想象不到我受的是什么样的苦。”

“你说我是幸福的，玛丽安？啊！你要是知道就好啦！——眼看着你是这么伤心难过，你能相信我是幸福的吗！”

“原谅我，原谅我，”她双臂搂住姐姐的脖子。“我知道你同情我，我知道你心地善良；可你还是——你一定是幸福的；爱德华爱你——哦！还有什么能破坏这样的幸福呢？”

“很多，很多变数，”埃莉诺面色沉重地道。

“不，不，不，”玛丽安激动地大叫，“他爱你，而且只爱你一个。你是不可能有什么伤心事的。”

“看到你这副样子，我是不可能高兴得起来的。”

“而你再也不可能看到我别的样子了。我是注定要悲惨一生，没有任何幸福的可能了。”

“你千万不要这么说，玛丽安。难道你没有安逸的生活？没有真心的朋友？你的损失就那么大，竟然没有得到宽解的可能吗？你现在的痛苦固然强烈，可是你想想，假如你一直到很晚才发现他真正的为人——假如你们的婚约成年累月地拖下去——这是很有可能的——直到最后他才提出退婚的话，你又该承受多大的痛苦？你不幸而蒙在鼓里的时间多上一天，你所承受的打击那可怕的程度就会加增一分。”

“婚约！”玛丽安叫道，“我们之间根本就没有什么婚约。”

---

①此处的感叹号初版作分号。

“没有婚约！”

“没有。他并不像你想的那么不堪。他并没有对我背信毁约。”

“可是他跟你表白过他爱你吧？”

“是的——不——从没有真真切切地说过。每一天都像是尽在不言中，可是从来没有正式表白过。有时候我都感觉他已经说过了——可其实从来都没有过。”

“可你却给他写过信呀！”

“是的——在已经发生过那么多事情以后写封信难道还算错吗？——不过我也是没话可说了。”

埃莉诺没再说什么，这才回过头去看玛丽安写给威洛比的那三封信，现在她可是比刚才更想知道她到底写了些什么，于是很快就把它们全都浏览了一遍。第一封是她们来到伦敦的当天写给他的，内容如下：

伯克利街，一月

你收到这封信该会多么惊讶啊，威洛比；而当你得知我已经来到伦敦的时候，想必会不只感到惊讶了吧。能有机会到这儿来，虽然是跟詹宁斯太太一道，也是我们难以抗拒的诱惑。希望你能尽快收到这封信，赶得及今晚就到这儿来，不过我不敢抱太大的期望。不管怎么说，我明天等你过来。就先写到这里，再会。

玛·达

第二封短信是参加米德尔顿家举行的舞会后第二天上午写的，具体如下：

前天居然错过了你登门拜访的机会，而且一周前写给你的信一直都没有任何回音，我的失望和惊疑简直无法言表。我每时每刻都期盼着能收到你的信，更期盼能见到你。请尽快再来一趟吧，并且解释一下我的期盼为什么一再落空。下一次你最好早点过来，因为我们一般都是一点钟前外出。我们昨晚去了米德尔顿夫人府上，那里举行了一个舞会。我听说你也收到邀请的。但这可能吗？如果当真邀请了你，而你居然不肯前来的话，那证明自我们分手以后，你肯定已经跟从前大不一样了。可我不相信会有这种可能，我希望能早日得到你的亲口保证：真实情况绝非如此。

玛·达

写给他的最后一封短简，其内容如下：

我该如何想象你昨晚的举动，威洛比？我再次要求你做出解释。我原本打算万分高兴地跟你见面，因为我们已经分开了这么久没见；我原本打算无比亲热地跟你见面，毕竟我们在巴顿的时候曾是那么亲密无间。结果我却受到了不折不扣的冷遇！整个苦痛难熬的夜晚我都竭尽全力想为你的行径找寻个说得过去的借口，因为那对我来说简直就是侮辱；可是虽然我实在没有办法为你的举动找到任何说得过去的回护之词，我仍旧非常愿意倾听一下你自己的解释。或许是在有关我的什么事情上误听了人言，或者被人故意中伤欺骗了，以至于我在你心目中的形象一落千丈。告诉我到底是怎么回事，解释清楚你为什么要那么做，我相信我是能给你一个满意的答复的，我也会因此而大为满足。如果我不得不把你往坏里想的话，我是会非常难过的；可是如果我迫于无奈，不得不那样做的话，如果我最终不得不认识到你并非像我们迄今为止想象的那样，你对我们全家的感情全都是虚情假意，你对我的行径只不过是蓄意欺骗，那就请你趁早直说了吧！我目前实在是进退失据、心乱如麻；我真希望能为你洗脱罪责，可无论是以上的哪一种情况，只要能确知究竟，对我目前的痛苦来说都是一种解脱。如果你的感情确已不复当初，那就请你退还我的几封短简以及你所拥有的我那一绺头发。

玛·达

这几封写得如此情深意切、推心置腹的信，埃莉诺为威洛比着想，真不愿意相信居然会收到这样的回复。不过，她对威洛比的谴责并没有让她无视玛丽安根本就不该写这些信的事实；她正在心里默默地悲叹玛丽安怎么能如此轻率，在事先没有得到任何承诺的情况下就如此冒失地吐露真情，结果果真受到残酷的恶报；而玛丽安见她已经看完了信，竟对她说这些信没什么大不了的，任何人处在相同的情况下都会像她这样做的。

“我自己感觉，”她补充道，“已经和他缔结了神圣的婚约，就好像最严格的法律契约已经将我们结合在了一起一样。”

“这我相信，”埃莉诺道，“可不幸的是，他并不这么想。”

“他确曾这么想过，埃莉诺——他有好多好多个礼拜都曾这么想过。这一点我很清楚。不管他现在是因为什么而变了心（只有针对我的最厉害的魔法巫术才能做到这一点），我确曾一度就像我自己灵魂能够期盼的那样是他的宝贝心肝。这一绺头发，现在他弃之唯恐不及，想当初可是以最诚挚的恳求才终于讨了去的。你要是能亲眼见到他当时的神情态度，亲耳听到他当时的语气声音就好了！难道你忘了我们聚在巴顿小别墅的那最后一晚？还有我们离别分手的那个上午！他在跟我说也许要好多个礼拜以后我们才能再见时的——他的悲痛——我怎么能忘得了他的悲痛欲绝！”

她一时间无语凝噎；可在这一阵激动平复以后，她的语气转为坚定，继续说：

“埃莉诺，我被人残忍地利用了；可不是被威洛比。”

“最亲爱的玛丽安，除了他还能有谁？他能受到谁的教唆呢？”

“受这整个世界的教唆，而绝非发自他的内心。我宁肯相信我认识的每一个人全都串通起来诋毁我在他心目中的形象，也不愿意相信他的禀性竟会如此残忍。他信上写到的那个女人——不管她是谁——简言之，除了亲爱的你本人、妈妈和爱德华以外，谁都有可能这么残酷地诋毁我。除了你们三个以外，难道我不该怀疑这世上的每一个人有心作恶，反而要怀疑我对他的内心如此了解的威洛比吗？”

埃莉诺不愿跟她争论，只是回答道：“不管是什么人如此可恶地要与你为敌，就让他们幸灾乐祸的狠毒心肠全都落空吧，我亲爱的妹妹，让他们看看你因为坚信自己的清白无辜和为人良善是多么精神昂扬、仪态高雅。这才是用来抵抗恶毒攻击的合情合理而又值得赞许的自尊自贵。”

“不，不，”玛丽安叫道，“像我这样的悲惨是没什么自尊自贵的。我不在乎有谁知道我惨遭了不幸。天底下无论是谁看到我这样，只要他愿意，尽管幸灾乐祸去吧。埃莉诺，埃莉诺，那些没有遭受苦难的人也许尽可以去自高自傲，去独立不羁——也许可以抗拒侮辱甚至以牙还牙——可我做不到。我是肯定会感到——感到悲惨不幸的——谁愿意因此而幸灾乐祸，他们就尽管幸灾乐祸去吧。”

“可是为了母亲和我——”

“我会比为了自己更加尽心尽力。可是我在这么悲惨的时候却还得强颜欢笑——哦！谁能有这样的要求呢？”

两人再度陷入沉默。埃莉诺心事重重地从壁炉前踱到窗口，又从窗口踱回壁炉前，既感觉不到炉火的温暖，对窗外的一切也是视而不见；而玛丽安则坐在床脚位置，头倚着一根床柱，又拿起威洛比的信，每看一句，身子就忍不住颤抖一下，惊叫道：

“这太过分了！哦！威洛比，威洛比，这真是你亲笔所写吗！残忍，真残忍哪——你真是罪不可赦。埃莉诺，他真是罪不可赦啊。不管他听到了什么诋毁我的传言——难道他不该用心想一下再信以为真吗？他不该全部告诉我，让我有权为自己洗刷干净吗？‘尊驾热情惠赐之秀发一绺’（她重读他信里的措辞）——这话实在不可饶恕。威洛比，你在写这些字句的时候，你的良心何在啊！哦！真是粗暴无礼啊！——埃莉诺，我还能怎么为他辩解呢？”

“不，玛丽安，绝无可能了。”

“还有这个女人——天知道她使了什么诡计——她到底已经预谋了多久，她又谋划到了什么程度！——她到底是谁？——她可能是谁？——在他认识的女人当中，我曾听他说起过有谁会这么年轻而又迷人的？——哦！没有啊，一个都没有——他跟我说的就只有我自己。”

又是一阵沉默；玛丽安激动万分，还是她率先打破了沉默。

“埃莉诺，我得回家去。我一定得走，得去安慰妈妈。我们不能明天就走吗？”

“明天，玛丽安！”

“是呀，我还待在这里干什么呢？我是为了威洛比才来这儿的——可是现在，有谁还在乎我？有谁还关心我？”

“明天就走是不可能的。我们承詹宁斯太太热情邀请和悉心照顾，还不光是礼节的问题；就算是出于起码的礼节考虑，也不能这么说走就走啊。”

“那好，那我们就再待上个一两天；可我不能再在这儿久留了，我不能待在这里忍受所有那些人的无礼盘问和说长道短了。米德尔顿一家和帕尔默一家——我怎么能忍受他们的怜悯？米德尔顿夫人那种女人的怜悯！哦！对此他又会怎么说呀！”

埃莉诺劝她再躺下休息一会儿，她也果真躺了一会儿；可无论什么姿势都让她感到不舒服；在精神和肉体双重的痛苦煎熬下，她不断地改换姿势、辗转反侧，结果变得越来越歇斯底里，她姐姐简直没办法继续让她在床上躺下去，一时间都担心非得找人帮忙不可了。不过，在终于劝她服了几滴薰衣草水以后，终于还是见了效；从那时一直到詹宁斯太太回来，她一直安安静静、一动不动地在床上躺着。

第八章

詹宁斯太太一回到家就马上来到姐妹俩的房间，还没等她们请她入内就打开门闯了进去，脸上满是真心关切的神情。

“你还好吗，我亲爱的？”她满怀同情地对玛丽安道，玛丽安却背过脸去，不想答话。

“她怎么样，达什伍德小姐？——可怜的人儿！她情况看起来真是糟糕。——也难怪啊。是呀，千真万确呀。他很快就要结婚了——真是个一无是处的东西！是可忍孰不可忍！泰勒太太半小时前告诉我的，而她又是听格雷小姐本人的一个好朋友说的，要不然我是决不会相信的；我一听之下差一点都快气昏了。唉，我说，我只能说，假如此事当真的话，那他就是卑鄙地欺侮了我认识的一位年轻姑娘，那么我打从心眼里希望他被他那个老婆折磨个死去活来。而且我会把这句话一直都挂在嘴上，我亲爱的，你就等着瞧吧。我真想不到男人竟还有这么胡作非为的：我要是再见到他，我一定把他骂个狗血喷头。不过你也大可不必伤心难过，我亲爱的玛丽安小姐；世上值得爱的年轻人可非只他一个；你这么一张漂亮脸蛋儿，是绝不会缺少爱慕者的。唉，可怜的人儿！我不再惹她心烦了，她最好是痛痛快快地大哭上一场，从此把这件事彻底撂开。幸好，帕里夫妇和桑德森夫妇今儿晚上都要来做客，你知道，这会让她高兴一下子的。”

然后她就离开了，踮着脚走出房间，好像她认为她那位年轻朋友的痛苦会因为一点点声音就变本加厉似的。

玛丽安出乎姐姐的意料，决定跟她们一起吃饭。埃莉诺甚至都劝她不要这么做。可是她说不，她愿意下楼去，她完全承受得住，这么一来针对她的大惊小怪还能减少一些。埃莉诺虽然不大相信她能坚持到把饭吃完，不过还是很高兴此时此刻她能有这样的考虑，也就没再说什么；在玛丽安仍旧躺在床上的情况下，尽可能地帮她把衣服整理好，准备用餐的铃声一响，就把妹妹搀进餐厅。

来到餐厅以后，虽然看起来万分可怜，她却比姐姐预料的吃得多，也镇定得多。如果她努力想说点什么，或是意识到了一半詹宁斯太太那出于好心却不合时宜的殷切关怀的话，这份镇定也就不可能保持下去了；不过好在她自始至终一个字都没说，而且由于始终沉浸在自己的思绪中，对眼前的一切全都视而不见。

詹宁斯太太的一片好心虽然给人带来的经常不是安慰而是困扰，有时甚至令人哭笑不得，埃莉诺却总能公正对待，心存感激，并向她表示感谢，礼数周全，这些都是她妹妹做不到也不肯去做的。她们的好朋友看到玛丽安不开心，就觉得自己责无旁贷，一定要尽量使她稍微开心一点。因此待她的态度就像是做母亲的对最后一天在家度假的那个最钟爱的孩子一样，极尽纵容宠溺之能事。炉火边最好的位置让她坐，家里所有的美味都哄着她吃，当天所有的新闻都讲给她听逗她开心。埃莉诺若不是碍着妹妹愁容满面不敢妄自取笑的话，眼见着詹宁斯太太居然想靠各种蜜饯糖果、橄榄和一炉好火就治愈爱情的创伤，她真会忍俊不禁的。可是，这样接连不断地对玛丽安大献殷勤，心不在焉的玛丽安也终于觉察到了是怎么回事，于是也就再也待不下去了。她不由得满怀苦痛地喊叫了一声，而且示意她姐姐不要跟着她，就马上站起身来，忙不迭地从屋里跑了出去。

“可怜的人儿！”她一离开，詹宁斯太太就嚷道，“看到她这个样子真让人难受！她居然酒没喝完就跑掉了！还有那樱桃干！老天！看来什么东西对她都没有用了。我要是知道她喜欢什么东西，就是派人跑遍全城给她买了来也在所不惜。唉，我真是想不通了，一个男人居然能对这么漂亮的一个姑娘做出这种伤天害理的事儿来！可是如果那一方有的是钱，而这一方几乎什么都没有，上帝保佑你！他们也就再也顾不上这一些啦！——”

“这么说那位小姐——我想您是叫她格雷小姐的吧——很有钱啰？”

“五万镑呢，我亲爱的。你见过她吗？他们说是位聪明时髦的姑娘，不过并不漂亮。她姑妈我记得很清楚，比蒂·亨肖；她嫁了个很有钱的男人。不过这家人全都很有钱。五万镑呢！大家都说，他可算是想什么来什么，缺什么有什么了；因为据说他是千疮百孔了。也难怪！成天价赶着马车骑着猎马到处乱窜！当然，这也没什么好说的，可是一个年轻人，不管他是谁，既然跑了来向一位漂亮姑娘求爱，并且已经谈婚论嫁了，他可不能因为自己穷了，又有一位阔小姐看上了他，就说话不算话了吧。就算真是穷了，他为什么不把马卖掉，把房子出租，把用人遣散，彻底地来他个洗心革面呢？我敢保证，玛丽安小姐肯定会愿意等到他时来运转的。可现如今已经不时兴这一套了；现在的这些年轻人是决不肯放弃吃喝玩乐的。”

“您知道格雷小姐是个什么样的姑娘吗？有人说她可爱友善吗？”

“我倒是从没听有人说她不好；不过也真是极少听人说起她；只是今天上午听泰勒太太说起，有一天沃克小姐向她暗示说，她相信埃利森夫妇是不会不高兴看到格雷小姐嫁人的，因为她跟埃利森太太一直都处不来。”

“埃利森夫妇又是什么人？”

“她的监护人，我亲爱的。不过现在她已经成年，可以为自己择婿了；她的选择够多漂亮啊！——怎么说，”稍停了片刻后她道，“我猜想你可怜的妹妹一定是回自己屋里一个人伤心去了。就没有办法能够安慰安慰她吗？可怜的孩子，就让她孤单单这么一个人待着真是够狠心的。喔，等一会儿我们有几位朋友要来的，这会稍稍让她散散心吧。咱们玩点儿什么好呢？她讨厌惠斯特，我知道；可是就没有她喜欢的牌戏吗？”

“亲爱的夫人，您大可不必费这个心。玛丽安我敢说今天晚上是再也不肯离开她的房间了。我倒要劝她早点上床睡觉呢，因为我知道她最需要的就是好好休息。”

“是呀，我相信那对她再好也不过了。晚餐她想吃什么就让她自己点，吃好了就上床。老天！难怪她这一两个礼拜以来气色看起来都那么差，情绪一直都那么低落呢，我猜想这些日子里她肯定是在为这桩事情牵肠挂肚呢。而就是今天收到的那封信，才算是有了最后的了断！可怜的人儿！我要是知道是这么一回事，说什么我也不会拿那封信跟她开玩笑了。可是话说回来了，我又怎么能猜到竟会有这样的事情呢？我还一心以为那不过是封普通的情书呢，而且你知道，年轻人也总喜欢人家拿这种事跟他们打趣的。老天！约翰爵士和我女儿要是听说了这件事，该有多担心啊！我脑子要是够使的话，刚才在回家的路上就该顺道去一趟康迪特街跟他们说一声啦。不过反正我明天也会见着他们的。”

“我想您肯定没必要特意去提醒帕尔默太太和约翰爵士，当着我妹妹的面千万不要再提威洛比的名字，或者哪怕是对这件已经过去的事情暗示一个字。他们禀性仁厚，不用提醒也一定会明白，当着她的面哪怕显出知道一点内情的样子，对她而言都是何等残忍；而且哪怕是对我而言，越少提及这个主题，我自己都会越发好过一些，我想这一点，亲爱的夫人您肯定是完全能够理解的。”

“哦！老天！没错，我当然能够理解。听到人家提到这件事，你肯定会很难受的；而至于说到令妹，我敢保证我是无论如何都不会在她面前露出一个字的。你也看到了，刚才吃饭的时候我就只字未提吧。约翰爵士也好，我那两个女儿也罢，都不会再多说一个字啦，因为他们全都是很细心周到、很能体贴人家的人；尤其是如果我再暗示他们一句，那就更是板上钉钉的事儿啦，而我肯定会提醒他们的。在我看来，这种事情大家越少谈论就越好，也就越能尽快地平息事端、让大家尽快淡忘。你倒是说说看，老是挂在嘴上又有什么好处呢？”

“就这件事而言，多说只会造成伤害；跟很多同类的事件相比，也许造成的伤害更大，因为这件事牵涉到很多的方面和情况，为每个相关的人着想，都不宜于把它变成一个公众话题。在这方面我也必须为威洛比先生说句公道话——他跟我妹妹之间并无正式的婚约，也就谈不上背信弃义。”

“啊呀，我亲爱的！你就别再假装替他辩护了。并无正式的婚约，真是的！他都带她把艾伦厄姆府看了个遍，连以后住在哪些个房间里都定下来了！”

埃莉诺为了妹妹的缘故不便再深究下去，她希望不是因为威洛比的缘故才要求她这么做；因为一定要把事实真相穷追到底的话，玛丽安固然是要大丢脸面，对他也是不会有什么好处的。两个人短暂地沉默片时以后，天性喜兴的詹宁斯太太又嚷嚷了起来。

“说起来了，我亲爱的，还是老话说得好：塞翁失马，焉知非福[①]？这么一来倒是对布兰登上校大有好处。他终究是会赢得玛丽安的芳心的；没错，一定会的。你就等着瞧吧，到了仲夏节[②]，他们不结婚才怪呢。老天！他要听到这个消息还不笑歪了嘴！我希望他今儿晚上就来。这门婚事对你妹妹只有更好。一年两千镑，既没有债务，又没有拖累——只是有那么一个小私生女，倒也是；是呀，我已经把她给忘了；不过可以把她送出去当学徒嘛，只要很少的一点花费，这么一来又有什么好在意的呢？德拉福庄园是个好地方，我可以告诉你；绝对是个我所说的那种古色古香的好地方，生活舒适，各种便利的条件应有尽有；四周园林环绕，高墙围了个严实，园子里种满了当地最好的果树；有个角落里还有那么高大的一棵桑树！老天！我和夏洛特就去过一次，可把肚子都给撑坏了！还有哪，还有座鸽棚、几片上好的鱼塘和一条漂

① 原文用的是“恶风”（ill wind）的典故：It’s an ill wind that blows nobody good（没有任何人得到好处的风才真叫恶风，意思是凡事有弊也必有利）。

② 仲夏节（Midsummer Day），又称施洗约翰节，每年的六月二十四日，是英国传统的四个结账日之一。

亮极了的水渠；总之一句话，你想要的一切那里应有尽有！更重要的是，庄园离教堂很近，距离大路也只有四分之一英里，所以生活一点都不沉闷，因为只要往宅子后面的一座老杉木凉亭里一坐，大路上来来往往的车辆你都能瞧得见。哦！那可真是个好地方！村子里就有一家肉铺，距离牧师的公馆也不过一箭之地。依我看，比巴顿庄园可是要好上一千倍，巴顿那里要买点肉得跑上三英里路，最近的邻居也就是令堂住的小别墅。嗯，我可得尽快给上校打打气了。所谓旧的不去新的不来嘛。只要咱们能让她把威洛比忘了就成了！”

“是呀，但愿咱们能做到这一点，夫人，”埃莉诺道，“不管有没有布兰登上校，事情就都好办了。”然后她便起身去找玛丽安了，不出她所料，她发现玛丽安在她自己的房间里，守着炉火的余烬在那儿默默地伤心，直到埃莉诺进来，那就是室内唯一的亮光。

“你最好还是让我一个人待着，”做姐姐的就只从她那儿得到这么一句话。

“你要是能上床躺下，”埃莉诺道，“我就让你一个人待着。”可是由于心情难过，她一时间忍不住不耐烦地耍起了性子，就是不肯上床休息。不过姐姐真诚而又温柔的良言相劝仍旧很快使她软下心来，乖乖听从了。埃莉诺眼看着她把发痛的脑袋靠在了枕头上，眼看着她的确如她所愿想安静地休息一下了，这才离开了房间。

她重新回到客厅，不一会儿詹宁斯太太也进来了，手里端着一只斟得满满的酒杯。

“我亲爱的，”她一进门就道，“我刚想起来家里还有些你能品尝到的最上等的陈年康斯坦提亚葡萄酒[①]，我就给你妹妹倒了一杯。我那可怜的老头子！当初他可喜欢这种酒了！他那痛风的老毛病只要有一点发作的苗头，他就总说这是世上最能治他这毛病的对症良药。快给你

① 康斯坦提亚葡萄酒（Constantia wine），产于南非开普敦附近康斯坦提亚酒庄的一种高档葡萄甜酒。

“当初他可喜欢这种酒了”

妹妹端了去吧！”

“亲爱的夫人，”埃莉诺道，耳听得她郑重推荐疗效如此不同的良药，不禁莞尔一笑，“您真是太好了！不过我刚刚已经把玛丽安安顿在床上休息了，我希望她这会子差不多已经睡熟了；我想此刻对她最有益的就莫过于好好休息了，如果您允许的话，这杯酒我就代她喝了吧。”

詹宁斯太太虽深悔没有早来那么五分钟，对这种折中的办法倒也满意；埃莉诺在大口吞下大半杯以后，心下暗想，虽然这酒对痛风的良好疗效目前对她而言是无关紧要的，而假如它对失意的心灵果真具有疗治作用的话，那她自己岂不跟妹妹一样，正该好好试用一下吗?

大家正在喝茶的时候，布兰登上校走了进来，从他四顾张望寻找玛丽安的神态上，埃莉诺马上就断定，他既不指望也不希望能在这儿见到她；简言之，他已经知道玛丽安不在场的原因了。詹宁斯太太却不是这么想的；因为在他刚刚进来以后，她就横穿整个房间来到埃莉诺主持的茶点桌前，悄声跟她低语道：“上校的样子一如既往地严肃。他还一点儿都不知道呢；快告诉他吧，我亲爱的。”

没过多久，上校就拉了把椅子坐到她身旁，带着她确信他完全已经知晓的神气问起她妹妹的情况。

“玛丽安身体欠安，”她说，“她这一整天都不舒服，我们已经劝她上床休息了。”

“那么也许，”他犹犹豫豫地回答道，“今天上午我听到的传闻有可能——有可能比我一开始以为的有更多的真实成分了。”

“您听到了什么传闻?”

“我听说有位绅士，此人我有理由相信——长话短说吧，有个男人①，我本以为他已经订婚了——可我该怎么跟你说呢?你要是已经知道了的话，我也就不用再多费唇舌了。”

---

①布兰登上校对威洛比的称呼从一位“绅士”(gentleman)改口为一个“男人”(man)，说明他认为威洛比的作为有违绅士风范，不配再被称为绅士。

“你是说，”埃莉诺强作镇定地回答道，“威洛比先生和格雷小姐的婚事吧？是的，我们确实已经全都知道了。今天似乎是个真相大白的日子，因为我们也是今天上午才刚刚听说的。威洛比先生真是让人莫测高深啊！你是在哪儿听说的？”

“我是去蓓尔美尔街[1]办事，在一家文具店里意外听到的。有两位女士正在等马车，其中一位正在对另一位讲述这桩计划中的婚事，听声音一点都不打算背人的，我也就从头到尾听了个明白。最先引起我注意的是威洛比的尊姓大名，约翰·威洛比被反复提到；接下来她就明白无误地宣称，他跟格雷小姐的婚事方方面面都已确定下来——已经不需要再保密——而且在几个星期之内就要举行婚礼了，还说到了许多准备情况的详情以及其他事宜。有一件事我记得尤为清楚，因为它有助于进一步确定了那个人就是我所认识的威洛比先生：婚礼结束后新婚夫妇马上就要前往库姆大厦——萨默塞特郡他的乡村宅第去居住。我真是大吃一惊！我简直没法形容自己的心情。我在那家文具店一直等到她们离开，然后一打听才知道，那位非常健谈的女士是一位姓埃利森的太太，后来我才又听人说，她就是格雷小姐的监护人。”

“正是。不过，你有没有听说这位格雷小姐还有五万镑的财产呢？这应该就是这门婚事的根源所在了。”

“很有可能；可是威洛比应该不至于——至少我觉得，”他停顿了片刻，然后以一种显得不太自信的语气继续道，“再说令妹——她听说以后——”

“她非常痛苦。我只能希望这痛苦的时间相对短暂一点。这种痛苦一直都是，眼下正是一种最为残酷的折磨。一直到昨天为止，我相信，她都从未怀疑过他对她的情意；就连现在，也许都还——不过我是几乎已经确定，他对她从来就没有付出过真情。他一直就是个伪君子！而

① 蓓尔美尔街（Pall Mall），伦敦西区一条时髦的大街，以俱乐部云集著称。

且，从某些方面看来，他看来真是铁石心肠。”

“啊！”布兰登上校道，“的确，你所言极是！可是令妹并不这样——我想你是这么说过——她并不像你这样认为吧？”

“你是知道她的脾性的，你应该能够相信，直到现在，只要有可能，她还在一心一意地为他辩解呢。”

他没有再说什么；过不多久，茶具都撤下去了，开始摆放牌桌，这个话题也就只能暂时搁下。他们说话期间，詹宁斯太太一直都饶有兴味地看着他们，等着看达什伍德小姐的一番话会对上校产生什么样的效果，巴望着看到他马上会喜形于色，一下子年轻二十岁，变成个充满希望和幸福的年轻人；不料却看到他整个晚上竟然显得比平常更为严肃和心事重重，不禁大为惊讶。

第九章

玛丽安夜里睡的时间比预料的要长，可是第二天早上醒来的时候就跟昨晚合眼的时候感觉一样伤心难过。

埃莉诺极力鼓励她把自己的感受说出来；在早餐准备好前，姐儿俩已经把这个话题讨论了一遍又一遍；埃莉诺这方面还是同样坚定地相信错在威洛比，充满关切地对妹妹良言相劝，而玛丽安这方面也仍旧像之前一样情绪容易冲动、看法摇摆不定。有时候她会相信威洛比就和她自己一样不幸而又无辜，有时候又丧失了任何指望，认为他罪不容恕。她一时间可以完全不顾世人的评说，一时间但愿能够与世隔绝，一时间又想坚决抗争到底。不过在一件事上她却始终如一： 一谈到这个话题，只要有可能她就一定会躲开詹宁斯太太，如果实在躲不开，她就坚决一言不发。她认定了詹宁斯太太绝不会对她痛苦的遭遇有任何真正的同情。

“不，不，不，那绝不可能，”她叫道，“她感受不到的。她的仁慈不是同情，她的好意也不是体贴。她想要的无非是飞短流长，而她现在喜欢我也无非因为我为她提供了飞短流长的材料。”

埃莉诺不需要这些，也早就知道她妹妹由于心思敏感细腻，由于过于看重强烈情感的精妙之处以及仪态的优美高雅，对别人的看法往往有失公允。如果说世上有超过一半的人是既聪明又善良的，那么玛丽安就像其余的一小半人一样，虽然才貌出众而且禀性优异，却既不通情达理又有失坦诚公正。她期望别人都跟她有同样的情感和主张，而且她只凭借人家的行为对她的直接影响来判断他们的动机。于是，用过早饭后姐妹俩正待在自己房间里时发生的一件事，更是使得詹宁斯太太在她心目中的评价降到了谷底；因为詹宁斯太太的举动尽管完全是出于一片好心的一时冲动，可由于玛丽安自身的缺陷，却碰巧给她带来了全新的痛苦。

她走进房间，伸得老远的手里拿着一封信，满面笑容，满以为会给玛丽安带来宽慰，一进门就说：

“瞧，我亲爱的，我给你带来了什么，管保叫你大为高兴。”

这么一句话就够了。霎时间，玛丽安在想象里看到了威洛比的一封信，满纸柔情和悔悟，把过去发生的一切都解释得既令人满意又让人信服；而且威洛比随后就会急切地冲进房内，跪倒在她脚下，用他那双会说话的眼睛向她保证信里的每句话都是实情。这一瞬间的美梦在下一瞬就化为了泡影。她母亲的笔迹出现在面前，在此之前还从来不曾不受欢迎过；而且这极度的失望就紧接在那希望的狂喜之后，所以感觉起来简直从没有过的锥心刺骨。

詹宁斯太太的残忍无情，即便在她最能言善辩的时候也没办法加以形容；如今的她只能以泪如泉涌作为对她的谴责了——可是这种谴责却完全不为对方所觉察，在反复表达了对她的深切同情以后，她终于退出了房间，仍旧指望她能从那封信里寻得安慰。可是等她终于能够平静下来看信的时候，却并未从中得到什么安慰。每页信纸上都满是威洛比的名字。她母亲依旧认定他们订过婚约，仍旧一如既往地信赖他的忠实不欺，只是出于埃莉诺的请求，才恳求玛丽安要对她们俩更加开诚布公；这一点，再加上字里行间流露出来的对她的万分疼爱、对威洛比的无比钟爱，以及对他们未来幸福美满的坚信不疑，使她在看信的过程中从头到尾都痛苦得哭个不停。

她重又迫不及待地一心只想回家了；她母亲也比以往感觉更亲了——正是由于她过于误信威洛比才让她感觉更亲的，她真是归心似箭了。埃莉诺自己决定不了玛丽安到底是留在伦敦还是返回巴顿更好，并没有提出任何建议，只提出应该耐心等着听听她们母亲的意愿再说；最后她终于获得妹妹的首肯，静候母亲的决定。

詹宁斯太太比往常更早就离开她们出门去了；因为她如果不让米德

尔顿夫妇和帕尔默夫妇跟她一样大为感伤一番，是决不会安心的；她断然拒绝了埃莉诺要陪她前往的意愿，独自出门，在外面待了一个上午。埃莉诺心情沉重地意识到她将给母亲带来多大的痛苦，因为从玛丽安收到的信中她发现自己并没有让母亲做好接受现实的丝毫准备，可是她别无他法，也只能硬着头皮坐下来写信向母亲汇报事情的经过，请她指示下一步该怎么做；玛丽安在詹宁斯太太走了以后，也来到客厅，呆呆地坐在埃莉诺写信的桌前，凝视着她笔尖的移动，为姐姐这一任务的艰巨，更为母亲可能受到的打击而悲伤难过。

这光景持续了大约有一刻钟左右，然后玛丽安因为神经脆弱到再也无法忍受任何突发的声响，因为一记敲门声而几乎惊跳起来。

“这能是谁呢?”埃莉诺叫道，“而且还这么早！我还以为不会有人再打搅我们了呢。”

玛丽安走到窗前。

“是布兰登上校！”她说，大为恼火，“咱们就永远都别想能摆脱他。”

“他不会进来的，詹宁斯太太又不在家。”

“我才不信呢，”她赶紧往自己房间里躲，“一个不知道该怎么消磨自己时间的人，是根本就不在乎侵占了人家的时间的。”

尽管她的猜测是以不公和错误为基础的，但事实却证明其结果并没有错；因为布兰登上校果然进来了。埃莉诺相信他是因为牵挂着玛丽安才来的，而且从他那烦恼而又忧郁的神色当中，从他对玛丽安的情况那急切而又简单的问询当中都看到了那种牵挂，她真是没法原谅妹妹居然对他如此轻视。

“我在邦德街遇到了詹宁斯太太，”寒暄过后他道，“她鼓动我还是来一趟；而我也很乐于接受这种鼓动，因为我想你很可能是一个人在家，而这正是我求之不得的。我的目的——我的愿望——我唯一的愿望——我希望，我相信是——能带来一些安慰；——不，我不应该说安慰——至少对眼下来说是算不上安慰的——而是信念，是对令妹心灵的持久信念——我对她，对你本人，对令堂的关切之情——请允许我通过说明一些情况来证明这是一种非常真诚的关切之情——只是一种希望能有所帮助的真诚愿望——我想我是有理由这么做的——虽然我花费了好长时间才说服自己这么做是对的，我还是有理由担心也许我不该这么做。”他停住了话头。

“我明白您的意思，”埃莉诺道，“您是有关于威洛比先生的事情想告诉我，这将进一步彰显他的品格。您肯说出来就是对玛丽安最重要的友谊的明证。只要是有助于达到这一目的的任何信息，都会使我马上感激不尽，假以时日她也必将感念在心的。请吧，就请您快点讲给我听吧。”

“那好；长话短说，去年十月份我离开巴顿的时候——可是这么说会让你摸不着头脑的——我得从更早的时候说起。你会发现我笨嘴拙舌的，达什伍德小姐；我简直不知道该从哪里说起为好。我想简单说说我自己的情况将是有必要的，几句话肯定就能说完。在这方面，”他长叹一声，“我是丝毫无意于长篇大论的。”

他沉吟片刻，整理一下思绪，然后又叹了一口气，接着往下说。

“你大概已经完全忘了那次谈话了吧——（我也不可能期望你还会留下任何印象）——有天晚上我们在巴顿庄园的一次谈话——当晚有场舞会——谈话间我提到我以前认识的一位小姐，在某些方面和令妹玛丽安有几分相像。”

“不错，”埃莉诺回答道，“我并没忘记。”发现她还记得他显得很高兴，继续说道：

“除非是我温情的记忆靠不住了，有所偏颇，她们俩的确是非常相像，不管是心灵还是长相。一样的热情奔放，一样的充满想象、充满活力。这位小姐是我的至亲，襁褓之中就父母双亡，家父是她的监护人。我们俩几乎同年，打记事起就是亲密的玩伴和朋友。我不记得我还有过不爱伊莱扎的时候；等我们长大以后，我对她真是一往情深，从我目前这副孤苦伶仃、抑郁寡欢的样子，你可能会觉得我是不可能有过那样的情感的。而她对我的感情，我相信，也跟令妹对威洛比先生的爱慕同样热烈。十七岁上，我就永远失去了她。她结婚了——违背她自己的意愿嫁给了家兄。她有一大笔财产，而我们家族的产业却负债累累。身兼她舅父和监护人于一身的家父为什么一定要这样做，恐怕就只能是这个原因。家兄配不上她，甚至并不爱她。我本希望她对我的感情能支撑她挨过任何困难，她也的确挨过了开始的一段时间；可是悲惨的处境到底还是压倒了她所有的决心，因为她遭受了无情的虐待，虽然她曾答应我任何事情都无法——我讲得可真是毫无头绪！我还没有告诉你这到底是怎么一回事。当时只差几个钟头的时间我们就可以私奔到苏格兰去了[①]。我表妹的女仆或是有意背叛，或者只是愚蠢，把我们给出卖了。我被放逐到远方的一个亲戚家里，她则被剥夺了自由，没有交际，没有娱乐，家父是不达目的决不罢休的。我是过于仰仗她坚忍的勇气了，而打击又实在过于沉重——不过假如她的婚姻是幸福的话，我那时又那么年轻，几个月以后肯定也就认命了，至少也不会直到今天仍悔恨不已了。可情况却并非如此。家兄对她是毫无感情，一心追求不正当的享乐，而且从一开始就对她无情无义。这对像布兰登太太这样一个如此年轻、如此活跃而又如此没有经验的人来说，由此而造成的结果也就是顺理成章的了。一开始她还对她境遇中的一切苦难听天由命；她若是英年早逝，没有熬过那因为怀念我而产生的苦痛遗恨，倒也是不幸中的万幸了。可是，有这么一个丈夫在时刻刺激她，身边又没有一个朋友规劝和约束她（家父在他们结婚几个月后就去世了，我又随团被派驻东印度群岛），她会选择出轨和堕落又有什么奇怪的呢？当初我要是留在英国的话，情况或许——可我原是想促成他们两人的幸福，这才特意和别人

---

① 因为苏格兰的基督教长老会允许男女成婚而不必发布结婚预告，没有获得结婚许可或父母同意的恋人经常越境到苏格兰举行婚礼。

换了防，一走就是好几年的。她的结婚给我带来的打击，”他异常激动、声音颤抖地继续道，“若是跟大约两年后我惊悉她离婚时所受到的打击相比，那就真是不值一提了[①]。我的满腹愁绪正是由此而来的——直到现在，一想起我当初所经受的苦痛——”

他说不下去了，忙起身在屋里来回走动了几分钟。埃莉诺为他的讲述，更为他的不幸而大为感动，一时也说不出话来。他看出了她的关切之情，走到她身边，紧紧地握住她的手，满怀感激而又恭恭敬敬地吻了一下。又经过几分钟的沉默，努力平复一下心境以后，他才终于能继续讲下去了。

“这段不幸的时间过去了将近三年以后，我才重新回到英国。我一回来，第一件事自然就是找寻她的下落；可是找寻的过程既令人伤心又毫无结果。我只追查到第一个勾引她的情夫，这以后就没有任何线索了，我有一切理由担心，在离开他以后，她只会在罪恶的生活中越陷越深。她依法可以领取的津贴跟她的财产完全不相称，根本不足以维持一种舒适的生活，而且我还从家兄那里得知，就连这么一点津贴的领取权在几个月前也已经转让给另外一个人了。据他推测，他居然能够心平气和地推测，一定是由于她挥霍无度而导致的经济拮据，迫使她不得不因为某项急用而把这项津贴给卖掉了。尽管如此，我还是在回到英国的半年以后，终于找到了她。我以前的一个仆人不幸因负债而被拘留，我出于对他的关心前往债务拘留所去看他，结果发现我那不幸的表妹也以同样的原因被拘押在同一幢房子里。形象大变——无比委顿——因为历尽苦难而憔悴不堪！我几乎无法相信眼前这个忧愁病弱的人儿，就是那个我曾深爱过的可爱健康、如鲜花绽放的姑娘。眼看着她这副模样，我真是心如刀割——不过我没有权利再详加描述，伤你的心了——我已经带给你太多伤痛了。看样子，她显然已经是肺痨晚期了，已经——

① 当时的离婚属于公共事件，要由议会的法令予以批准，不仅费用极为高昂，也唯有在认定通奸的前提下方能成立。

没错，她的这种状况对我来说倒是最大的安慰了。生命对于她已经没有任何意义，唯一能做的也就是让她为死亡做好充分的准备，这一点终于算是做到了。我把她安置在舒适的住处，安排人好好地加以护理；在她那短促生命的最后一段时间里，我每天都去看她；一直陪她走完生命的最后一刻。”

他再次停下来平复一下心情；埃莉诺由于对他那不幸朋友的悲惨命运无比怜惜关切，忍不住惊呼哀叹不已。

“我感觉令妹和我那位被人唾弃的可怜亲戚非常相像，”他说，“我希望她不至于因此而生气。她们的运道和命数是不可能一样的；如果那位天性美好纯良的姑娘心性意志更为坚强一些，或者拥有一个更为幸福的婚姻的话，她也许就会跟令妹的未来不相上下了。可是说这些又有什么用呢？我像是一直都在无谓地惹得你难过。啊！达什伍德小姐——一个这样的话题——已经尘封了十四年之久——一旦触及，实在是非常危险的！我得镇定一下心神——长话短说才是。她把唯一的孩子托付给我，一个小姑娘，是她和第一位情夫的私生女，当时只有三岁左右。她很爱这孩子，一直都跟她形影不离。这对我是弥足珍贵的莫大信任，如果我的处境允许的话，我会尽我所能但求不负重托，我会亲自督导她的教育的；可我还没有妻室，居无定所，所以也只得把我的小伊莱扎安置在了学校里。我一有空就会去看她，家兄过世以后（那大约是五年前的事情，我也因此而承继了家产），她也就经常来德拉福庄园看我了。我跟别人说她是我的一个远亲；不过我很清楚，大家都怀疑她是我的至亲骨肉。三年前（她刚满十四岁）我把她从学校里接出来，交托给多塞特郡[1]一位正派体面的妇人照管，她还负责照管另外四五个年龄相仿的女孩子；在头两年里，我完全有理由对她的情况心满意足。可是去年二月份，也就是大约一年前，她竟突然失踪了。当时是她有一位

① 多塞特郡（Dorsetshire），英格兰西南部的行政、地理和历史郡，濒英吉利海峡，西面和东面分别为德文郡和汉普郡，北面为萨默塞特郡和威尔特郡。

年轻的朋友要去巴思[1]照看身体欠佳的父亲，我拗不过她的热切请求，答应她和那位朋友一起去了那里(结果铸成了大错)。我知道那个做父亲的是个大好人，我对他女儿的印象原本也不错——而实际上她却没我想得那么好，因为尽管她肯定是知道一切内情的，却既固执又轻率地保守秘密，一个字都不肯说，一点线索都不肯透露。她父亲虽说是个好心人，却不是个慧眼识人之辈，我相信他是真的什么都不知道；因为他基本上是足不出户，由着那两个姑娘在巴思城里东游西逛，随心所欲地交结朋友；他竭力劝说我相信他女儿跟这件事毫无瓜葛，他自己也的确是这么认为的。简而言之，除了她踪迹全无以外，我是什么都没打听出来；有整整八个月的时间，其他所有的内情我只能凭空去猜测。我当时的胡思乱想、我的担惊受怕应该是不难想象的；还有我都经受过怎样的煎熬。”

“老天！”埃莉诺叫道，“难道是——难道竟是威洛比！”

“我所得到的她的第一个消息，”他继续道，“是去年十月她本人写给我的一封信。信是从德拉福转给我的，我收到的时候也就是我们打算前往惠特韦尔游玩的那天早上；这正是我突然离开巴顿庄园的原因，我知道大家当时肯定都觉得很奇怪，而且我相信还惹得某些人大为不悦。我想，威洛比因为我无礼地扫了大家的游兴而向我翻白眼的时候，是绝不会想到，我被叫走正是为了去解救那个被他害得可怜而又悲惨的姑娘的；不过就算他知道，又能怎么样呢？在令妹的如花笑靥面前，他会有一丝一毫的不开心、不快活吗？绝不会，他已经干下了但凡对别人还有一点心肝的人都不会干的事情！他不但勾引了一个纯洁无辜的少女，而且还把她遗弃在万分悲惨的境地：无家可归、孤立无援、举目无亲，连他住在哪里都不知道！他离开她的时候口口声声说还会回去

---

① 巴思(Bath)，英格兰西南部萨默塞特郡城市，自罗马时代即以地热温泉著称，在十八和十九世纪是伦敦以外上流社会活动的主要中心。

的；可他既没有回去，也没写过只字片语，更没有给过她一分一厘的救济。”

“这简直令人发指！”埃莉诺惊叫。

“他的品性已经在你面前展露无遗：挥霍、放荡，而且还远甚于此。知道了他的为人以后(我是早就已经心知肚明了)，你也就可想而知，我眼睁睁地看着令妹还一如既往地深爱着他，还一门心思地认定非他莫嫁，我的心里是个什么滋味；可以想象，我是多么为你们全家感到担心。上星期我过来，发现就你一个人在的时候，就决心要问清楚事情的真相；尽管在知道真相以后该怎么办我还没拿定主意。当时在你眼里，我的举动一定是显得够奇怪的；不过现在你终于能够理解到底是怎么一回事了。眼看着你们全都被蒙在鼓里，眼看着令妹——可我又有什么办法呢？横加干涉是没有任何成功的希望的；有时候我也想，令妹的影响说不定能够改造他呢。可是现在，在他居然这么可耻地利用了她以后，谁又能知道他当初对令妹到底安的什么心呢？可是不管他到底有什么恶毒的图谋，令妹只要拿自己的情况和我那可怜的伊莱扎比较一下，想象一下这可怜的姑娘悲惨而又绝望的处境，将心比心，那姑娘可是跟她一样，而且现在仍旧跟她一样对他一往情深的，结果却落得个终身饱受自责折磨的痛苦下场；只要这么一想，那么无论是现在还是将来，她都一定会对自己的遭遇无比庆幸了。这种比较一定会对她大有用处。她就会觉得自己的痛苦实在是算不得什么了。她的痛苦既不是源自行为失检，也就不会给她带来任何耻辱。恰恰相反，每个朋友肯定都会因此而对她格外友善。对她不幸遭遇的关切，再加上对她在不幸中表现出来的勇气的尊敬，一定会使以前的友谊更加亲密无间。不过，把我告诉你的这一切怎么转告给她，还是由你来斟酌决定吧。你一定最清楚怎么做对她的效果才是最好的；不过，若非由衷地相信能有所帮助，能减轻她的悔恨的话，我也决不会自曝家丑，冒渎尊听的，而且说起来仿佛存心要抬高自己、贬低别人似的。”

埃莉诺感激不尽而又无比真诚地对他道了谢，并表示她相信把前后的经过告诉玛丽安以后，一定会对她大有裨益。

“相较于其他的种种，最让我感到痛心的，”她道，“就是她千方百计地为他开脱罪责；因为比起彻底相信他的卑鄙无耻来，这更让她备感煎熬。虽然一开始她想必会很痛苦，不过我相信长痛不如短痛，她很快就能感觉轻松一些了。”稍稍停顿了片刻之后，她又问道：“自从离开巴顿以后，您有没有再见过威洛比先生？”

“见过，”他神色严峻地回答，“见过一次。见一次是不可避免的。”

埃莉诺被他讲话的语气给吓了一跳，焦灼地望着他说：

“什么？你跟他见面是为了——”

“我只能以这样的方式跟他见面。伊莱扎尽管万般不情愿，还是向我坦白了她的情人到底是谁；他在我回到伦敦的两周以内也进了城，我们约好了见面①，他是为了自卫，我是惩罚他的所作所为。结果我们谁都没有受伤，这次决斗也就因此并没有公之于众。”

埃莉诺长叹一声，心下觉得实在没这个必要；可是面对这么一个男子汉和军人，她想还是不要妄加责备的好。

“母女俩的不幸命运何其相似乃尔！”布兰登上校沉吟片刻以后道，“对于母亲的信托我又履行得多么失职！”

“伊莱扎还在城里吗？”

“不在；她生完孩子刚刚恢复过来——因为我找到她的时候她就要分娩了——我就把她和孩子送到了乡下，之后她就一直待在那里。”

因为想到他可能把埃莉诺和她妹妹分开得太久了，布兰登上校很快也就终止了这次访问，起身告辞，埃莉诺再次感激地向他道谢，同时又对他满怀同情和敬意。

---

①约好见面决斗。决斗尽管在整个十八世纪一直都是非法并广受批评的，但仍旧是绅士们解决荣誉问题的习惯方式。

第十章

达什伍德小姐很快就将这次谈话的内容详详细细讲给妹妹听了，但其效果却并不完全符合她原本的预期。倒并不是说玛丽安对其真实性有任何怀疑，因为她自始至终都非常镇定而又顺从地专注聆听，既没有任何反驳，又没发表任何意见，没有任何为威洛比洗脱罪名的表示，只是静静地流着泪，说明她也觉得再也无从为他申辩了。可是尽管她的这一举动使埃莉诺相信她已经认定了他的罪行；尽管她已经满意地看到了实际的效果：布兰登上校再来拜访时，她已经不再有意回避，在她跟他说话，甚至是主动跟他攀谈的时候，明显对他怀有一种满怀同情的尊重；尽管她看到她已经不像从前那么烦躁激动，可是她的悲愁却并不见有所减轻。她的心境的确平静了下来，却平静为一种阴郁的沮丧。她感觉威洛比的丧德比他的负心更让她心情沉重；他对威廉斯小姐的诱骗和遗弃，那位可怜的姑娘的悲惨遭遇，以及对于他曾对自己有何不良用心的怀疑，这一切的一切都在折磨着她，压得她喘不过气来，使得她甚至都不能向埃莉诺倾诉内心的感受；她这么默默地把种种悲伤闷在心底，比尽情而又频繁地倾吐出来，更让她姐姐感到痛苦难过。

要想知道达什伍德太太在接到埃莉诺来信时的感受或是她回信里的话语，只需再重述一遍她两个女儿之前的感受和话语也就够了；她因失望而感受的痛苦并不亚于玛丽安，由此而生的愤怒甚至还要甚于埃莉诺。她写来的长信，一封紧接着一封，洋洋洒洒地挥写着她的苦痛心情和所思所想；表达了她对玛丽安的担心和牵挂，恳求她以坚忍和毅力去面对不幸。连做母亲的都谈到了坚忍和毅力，可见玛丽安的苦难是多么的深重！就连她都希望女儿不要沉溺于痛苦中无法自拔，可见这些恨事的起因是多么令人羞惭和丢脸！

达什伍德太太置个人的安逸于不顾，认定玛丽安目下待在哪儿都比回到巴顿要好，回到巴顿难免就要锥心刺骨地触景生情，威洛比的影子就会时时出现在眼前，毕竟当初两个人就是在那里出双入对、形影不离的。因此她建议两个女儿千万不要缩短在詹宁斯太太府上做客的时间；这次做客的时间虽然事先从未讲定，不过大家都感觉至少总要待够五六个礼拜。城里总少不了各种的消遣、各色的物事和人等，而这都是巴顿付之阙如的，她希望这些东西间或能够哄得玛丽安产生一点兴趣，甚至得到一点乐趣，尽管现在她对这些想法都只会嗤之以鼻。

就算是为了避免再次见到威洛比的危险，她母亲也认为待在城里至少和在乡下一样保险，因为凡是自称是她朋友的那些人，现在肯定都已经跟他断绝了来往。不会有人故意安排他们两人相见，也绝对不会因为一时的疏忽，让他们俩意外碰上；而且由于伦敦人口稠密，意外碰上的可能性反而比人烟稀少的巴顿更小，因为威洛比结婚后如果前往艾伦厄姆府访亲的话，倒是很有可能跟她撞上呢——达什伍德太太一开始只是未雨绸缪，预见到存在这种可能性，再后来干脆就认为这是笃定会发生的了。

她希望两个女儿待在城里，还有另外一个原因：她的继子来信跟她说，他和妻子打算二月中旬前往伦敦，她感觉两个女儿还是应该时不时地见见她们这个哥哥。

玛丽安原是答应过遵从母亲的意愿行事的，因此也就没有任何异议地接受了这种安排，尽管这跟她的期待和愿望完全相反，尽管她觉得这种建议完全错误，是建立在错误的基础上的，而且要求她继续在伦敦待下去也就等于剥夺了她缓解她不幸的唯一可能性——也就是母亲对她的关切和同情，而把她置于这样的环境和处境当中，她是注定无法得到片刻的安宁的。

不过，让她感到大可慰藉的是，这对自己虽说是桩坏事，却能给她姐姐带来好处；而在埃莉诺这方面，由于感觉要想完全避开爱德华也并非她能力所及的事，也就自我安慰地想，虽然她们继续在伦敦待下去会对自己大为不利，对玛丽安来说总是比马上就返回德文郡要好一些。

她仍旧一如既往地小心呵护着妹妹，不让她听到别人提起威洛比的名字。玛丽安对此虽并不知情，却因此而受益匪浅；因为不论是詹宁斯太太还是约翰爵士，就连帕尔默太太本尊都在她面前绝口不提他的名字。埃莉诺真希望自己也能享受同等的待遇，但那是不可能的，她只得被迫日复一日地听着所有的人对威洛比义愤填膺的声讨。

约翰爵士认为这简直不可能：一个他一向都那么有理由倍加器重的人！一个性情那么好的伙计！一个他认为全英格兰最勇敢的骑手！这简直是无法解释的。他真巴不得他滚得越远越好。他决不会再跟他说一句话了，无论如何，不管在哪儿！决不，就算一起埋伏在巴顿树林边打猎，一等就是两个钟头，也不跟他说一句话。居然是这么个恶棍！这么一条诡诈的恶狗！就在上次见面的时候，他还主动提出要送他一只福丽生的小狗呢！他们的交情到此为止！

帕尔默太太也以她的方式，表示了同样的气愤：她决定马上就跟他断交，谢天谢地，她其实根本就不曾跟他有过什么真正的交往。她真心希望库姆大厦要是别跟她的克利夫兰离得那么近就好了；不过这也没什么关系，反正要去登门拜访的话还是嫌太远；她对他恨之入骨，决心永不再提他的名字，而且她还要告诉她见到的所有的人，他是个多么一无是处的东西。

帕尔默太太剩余的同情，就表现在尽力去打听那即将举行的婚礼的一切详情，并把它们一一转告给埃莉诺。她很快就知道了新婚夫妇的新马车是在哪家车厂定制的，威洛比先生的肖像是由哪位画家绘制的，格雷小姐的礼服又在哪家大商店里可以见到。

埃莉诺因为经常被别人热心过头的好意搅得烦不胜烦，这种时候，米德尔顿夫人那平静而有礼貌的漠不关心对她来说倒是难得的精神解脱了。在她的朋友圈子里，她能肯定至少有一个人对这件事毫无兴趣，至少有一个人在见到她时既不会好奇地打听这桩负心情事的详细情况，

他还主动提出要送他一只福丽生的小狗呢

也不会操心她妹妹的身体健康，这真是一桩莫大的安慰。

任何一种品质都有可能在当时的具体情况下被夸张到名不副实的程度；她有时候实在是受够了那些过分殷勤的慰问，忍不住感觉在安慰人家的时候，好教养比好心肠更加必不可少。

如果老有人提起这个话题，米德尔顿夫人一天之内只会说上一两次“这真叫人震惊”，以表示她对此事的观感，而且通过这种虽持续不断却又温和文雅的发泄方式，她不但从一开始就能在见到达什伍德姐妹时不动丝毫的感情，而且很快就在见到她们时连发生过这么一件事都想不起来了；她在以这种方式维护了她们女性的尊严并坚决地谴责了男性的过失以后，就自觉可以心安理得地顾及自己的交际利益了，于是便决定(虽然颇为违背了约翰爵士的意愿)，既然威洛比太太马上就会成为一位优雅而又阔绰的女人，一等她结婚以后就马上把自己的名片给她送过去。

布兰登上校谦逊体贴的关切问候在达什伍德小姐那儿是从来不会不受欢迎的。他是那么满腔热忱地力图减轻她妹妹失意的痛苦，因此完全赢得了可以跟她亲密地讨论她妹妹的伤心事的特权，而且谈起来总是那么推心置腹。他强忍伤痛坦诚地披露自己的悲伤往事和现今的耻辱，得到的主要回报就是玛丽安时不时地会以怜悯的目光来观察他，而且虽然跟他说话的机会并不多，不过每当不得不或者竟然主动跟他搭话时，声音总是温和友善的。这些迹象都让他相信，他的努力已经增加了她对他的好感，这些迹象也使埃莉诺不禁开始希望这种好感今后还会进一步得以加深。不过詹宁斯太太由于对这些变化一无所知，而且只看到上校还是一如既往地郁郁寡欢，只知道既无法说服他亲自求婚，又不能劝他委托自己去为他代为说合，所以两天以后就开始觉得仲夏节是指望不上了，他们得等到米迦勒节[①]才能结婚，而一个星期以后，她又觉得他们

① 米迦勒节(Michaelmas)，纪念天使长圣米迦勒的节日，九月二十九日，是英国的四大结账日之一。

是根本不会结婚了。而上校和达什伍德小姐之间处得倒是颇为情投意合，看起来接受上校庄园里那桑树、沟渠以及柏木凉亭的光荣恐怕是要转让给她了；而詹宁斯太太已经颇有一段时间根本就不再去想费拉尔斯先生了。

二月初，距离接到威洛比的信还不到两周的时间，埃莉诺就又有了棘手的工作：得把他结婚的消息告诉妹妹。她事先就关照大家，一旦知道已经举办了婚礼就赶紧告诉她，因为她看到玛丽安每天早上都在焦急地查阅报纸，很不愿意她首先从报纸上看到这个消息。

玛丽安听到这个消息的时候非常镇定，没说一句话，起先也没有掉泪；可是没过多久就泪如泉涌了，在接下来的一整天里，那难过的状态简直就跟刚知道他背信弃义时一样地可怜见儿。

威洛比夫妇结婚后马上就离开了伦敦，由于再也没有见到他们夫妇俩的危险了，埃莉诺就希望能劝说妹妹还像从前那些渐渐开始外出走动走动，因为自打大受打击以来她就一直足不出户。

大约就在这个时候，不久前刚到霍尔本区[1]巴特利特大楼她们的表亲家里做客的两位斯蒂尔小姐，也再次出现在了康迪特和伯克利街她们这些更为堂皇的亲戚们面前，受到这两处主人非常热情的欢迎。

唯独埃莉诺一点都不高兴见到她们。每次见到她们总会给她带来痛苦，对于露西发现她还在城里所表现出来的那股子高兴劲儿，她简直不知道该怎样礼貌周全地应付才好。

“要不是发现你还在这儿，我真是会失望透顶的，”她一再地这么说，特别强调那个“还”字。“不过我总觉得我会见到你的。我几乎可以肯定你一时间是不会离开伦敦的；虽然你知道，你在巴顿的时候告诉过我，你在城里待的时间不会超过一个月。不过我当时就想，到了时候你肯定会改变主意的。不等见到你的哥哥嫂子就走，那可就太遗憾了。

---

① 霍尔本区（Holborn），伦敦中心区域靠近金融中心伦敦城的一个区域，从传统上讲是平民和商人的聚居区。

现在你肯定是不会急着走了。你并没有信守诺言，我可真是高兴死了。”

埃莉诺完全明白她的言下之意，所以逼着自己打点起全部的自制力，显出一副并不明白的样子。

“我说，亲爱的，”詹宁斯太太道，“你们是坐什么车子来的？”

“我们坐的可绝不是驿站马车[①]，我向你保证，”斯蒂尔小姐马上洋洋得意地道，“我们一路都是坐驿递马车[②]来的，还有位非常时髦的小伙子跟我们一路呢。戴维斯大夫正要到城里来，所以我们就想，不如跟他一起乘坐驿递马车；他表现得非常绅士风度，比我们多付了十个，也许是十二个先令呢。”

“哦，哦！”詹宁斯太太叫道，“做得真漂亮，没的说！而且这位大夫还是位单身汉呢，我敢保证。”

“你瞧，又来了，”斯蒂尔小姐装模作样地吃吃傻笑道，“每个人都拿这位大夫来取笑我，我真不知道是怎么回事。我的表亲们都说，我一准儿把他给征服了；可我呢，我宣布，我可是从来都没有一时不落地老想着他。那天我表妹看到他穿过大街朝她们家走来，就说：‘老天！你的情郎来了，南希。’我说：‘我的情郎，瞧你说的！我可想不出你说的是谁。大夫可不是我的什么情郎。’”

“啊呀，啊呀，你说得倒好听——可是没有用的——我看那位大夫就是你的意中人。”

“不是，的确不是，”她这位表亲装出一副诚恳认真的样子回答道，“以后您要是听到有什么人这么说的话，可得请您帮我辟辟谣。”

詹宁斯太太立马就给出了令她满意的保证，说她才不会去辟这种谣，逗得斯蒂尔小姐简直乐开了花。

---

① 参见第二卷第三章注。
② 参见第一卷第十三章注。

还有位非常时髦的小伙子

“达什伍德小姐，等你们的哥哥嫂子进城以后，我想你们肯定是会去跟他们住在一起了吧？”露西道。在经过适才一连串恶意的含沙射影以后，再次发动了进攻。

“不，我想不会的。”

“哦，会的，我敢说你们肯定会的。”

埃莉诺不想再反驳下去，平白给她凑趣儿了。

“达什伍德太太居然肯放你们姐儿俩离开这么长时间，可实在是太让人高兴了！”

“时间哪里就长了，真是的！”詹宁斯太太插嘴道，“这么说吧，她们来我这儿做客，还只是刚开了个头呢！”

露西哑口无言了。

“很遗憾见不到令妹，达什伍德小姐，”斯蒂尔小姐道，“很遗憾她身体欠佳。”因为她们一到，玛丽安就离开了房间。

“你太客气了。舍妹错过了见到你们的荣幸也会同样感到遗憾的；可是她近来饱受神经性头痛之苦，这让她不宜于见客和交谈。”

“哦，天哪，那真太可惜了！不过露西和我都是老朋友啦！——我想她见见我们应该无妨；我们一定不说一句话。”

埃莉诺非常客气地谢绝了这个建议。说她妹妹也许已经在床上躺下了，或者只穿着晨衣，所以不能下来见她们了。

“哦，如果只是这样的话，”斯蒂尔小姐叫道，“我们上去看她也是一样的。”

这么唐突无礼，埃莉诺都觉得有些忍耐不住了；不过亏得露西的厉声申斥，这才省得她亲自出马挡驾。露西这次申斥就跟在其他很多场合一样，虽然并不能为做妹妹的举止增添多少亲切友善，却颇为有效地让做姐姐的无礼举动大为收敛。

第十一章

在经过一番抗拒以后，玛丽安还是拗不过姐姐一再的好言相劝，就同意某天上午跟她和詹宁斯太太一起出去半个钟头消散消散。不过她也明白地提出了条件，不去访客，只陪她们去一趟萨克维尔街的格雷珠宝店，埃莉诺拿了母亲的几件旧式珠宝要跟店家协商一下以旧换新的事宜。

她们来到店门前的时候，詹宁斯太太想起就在这条街的另一头有位太太她应该去拜访一下；她到格雷珠宝店来原本也没什么事要办，于是就决定趁她两位年轻的朋友办事的当口，她就抓紧时间去串个门再回来找她们。

走上台阶以后，达什伍德姐妹发现店里已经挤满了顾客，一时间没有一位店员顾得上招呼她们，她们只好先等着。看来最好的办法就是在柜台的另一端坐下来，那里像是能够最快轮到她们，因为只有一位男士站在那里，埃莉诺感觉不是没有可能引起他的注意，出于礼貌而尽快把自己的事情办完。谁知此人眼光太准、品位太刁，根本顾不得什么礼貌不礼貌。他是要为自己定制一个牙签匣，在花了足足一刻钟把店里每一个牙签匣全都一一考校、斟酌了一遍以后，这才依据自己独出心裁的奇情异想，终于把尺寸、样式和装饰全都敲定了下来。在此期间，他根本无暇多去注意身后的这两位小姐，只不过粗略地瞟了她们姐妹三四次，这一番举动倒是将他的为人和嘴脸深深印在了埃莉诺的脑海里：虽然衣着打扮头等地时髦，却十足是个天生、纯正的猥琐小人。

玛丽安倒是并没有生出任何鄙夷和怨愤的厌烦情绪，那人唐突无礼地打量她们的相貌也好，对每一个拿给他检视的牙签匣傲慢自负地挑三拣四也罢，她其实全都浑然不觉；因为她在格雷先生的珠宝店里就跟在自己的卧室里一样，一味地沉浸在自己的思绪当中，对周遭的一切完全视而不见。

这桩买卖终于算是决定了下来。象牙、黄金和珍珠全都一一敲定了，而且那位绅士又郑重指定了交货的最后期限，就仿佛他要是到了那一天还拿不到牙签匣就活不下去了似的。他慢慢悠悠地把手套戴上，然后又瞥了达什伍德姐妹一眼，可是那神气像是并非表达倾慕之意，反倒是要引来小姐们的倾慕似的，这才摆出一副眼高于顶、满不在乎的神气，洋洋自得地走出了珠宝店。

埃莉诺赶紧开始办自己的事，在就要办妥的时候，又有一位绅士出现在了她身旁。她扭头一看，有些意外地发现那人竟是她的兄长。

他们在格雷先生的店里意外相逢所表现出来的热络和欢喜劲儿，倒是足以显示出确是兄妹喜相逢。约翰·达什伍德再次见到两位妹妹倒真心并没有丝毫不情愿，这让她们姐儿俩相当满意；他对她们母亲的问候也是非常地恭敬和关切。

埃莉诺发现他和范妮进城来已经有两天时间了。

“昨天我原本很想去拜访你们的，”他说，“可是实在抽不出空来，因为我们得带小哈里到埃克塞特交易所[①]去看野兽，剩余的时间又是陪费拉尔斯太太度过的。把哈里给高兴坏了。今天上午我已经打定主意，只要能抽出半个钟头的空来，一定要去看望你们的，可是刚进城的这几天总是有忙不完的事。我来这儿是为范妮定制一枚图章[②]的。不过明天，我想肯定是能到伯克利街登门拜访的，认识一下你们的朋友詹宁斯太太。我听说她是个非常富有的女人。还有米德尔顿夫妇，你们可一定要把我介绍给他们。他们既然都是我继母的亲戚，我是非常乐意向他们表示我衷心的敬意的。我听说，他们都是你们在乡下再好不过的邻

---

① 埃克塞特交易所（Exeter Exchange），位于伦敦河岸街北侧的一幢建筑，自一七七三年起即以在上面几层用笼子展示珍禽异兽而著称，直到一八二七年此建筑被拆除为止。

② 定制一枚图章戒指或其他盖章工具，在封缄书信的热火漆上加盖此图章。

居了。”

“确实很好。他们对我们关怀备至，时时处处友好相待，种种好处真让我难以言表。”

“听你这么说我真是高兴极了，说老实话；真是太高兴了。不过呢，这也是理所应当的；他们都是大富之家，跟你们又是亲戚，有理由期望他们尽到一切礼数，提供种种方便，让你们的景况尽可能安适舒服。这么说来，你们在那幢小别墅里是过得非常舒适，什么都不缺啦！爱德华对你们那幢房子真是赞不绝口；在小型别墅里真算是完美无缺了，而且看来你们都对那地方无比满意。我们听他这么说也真是非常高兴，我向你保证。”

埃莉诺真有点为她哥哥感到害臊；幸好詹宁斯太太的仆人跑来报告说太太已经在门口等她们了，也就省得她再跟他多费口舌了。

达什伍德先生跟他们一起走下台阶，来到詹宁斯太太的马车门前，由埃莉诺做了介绍，他又重申了明天要去拜会她们的愿望，这才告辞而去。

他如约来访。他还为她们的嫂子没有一同前来托词表示歉意：“她要全心全意地陪侍母亲，实在没有余暇到任何地方去。”詹宁斯太太则直截了当地向他表示，不必拘泥俗礼，因为她们也都算是沾亲带故的，她不日就将前往拜会约翰·达什伍德太太，并带她的两位小姑子一起去看她。他待她们的态度虽说平淡，也算非常和气；而对待詹宁斯太太则异常殷勤恭敬；布兰登上校在他之后不久也登门拜访，他非常好奇地打量着他，仿佛是在说，他但愿对方也是个有钱人，他好同样殷勤恭敬地对待他。

和他们一起待了半个钟头以后，约翰请埃莉诺陪她一起步行前往康迪特街，把他介绍给约翰爵士和米德尔顿夫人。那天的天气非常之好，她也就欣然同意了。他们一走出房门，他马上就盘问起来。

“布兰登上校是什么人？他有钱吗？”

来到詹宁斯太太的马车门前，由埃莉诺做了介绍

詹宁斯太太则直截了当地向他表示，不必拘泥俗礼

“是的；他在多塞特郡有份很大的产业。”

“我很高兴。他看起来是个极有绅士风度的人；我想，埃莉诺，我应该可以恭喜你了，你这辈子可以指望有个非常体面的归宿了。”

“我，哥哥！你这话什么意思？”

“他喜欢你。我留心地观察过他，相信错不了。他到底有多少财产？”

“我相信大约两千镑一年吧。”

“两千镑一年，”然后他鼓起一股激昂慷慨的劲头，又补充道，“埃莉诺，为了你的缘故，我希望，衷心希望他有两倍这么多才好呢。”

“我绝对相信你的好意，”埃莉诺回答道，“可我非常清楚布兰登上校丝毫都没有要娶我的意思。”

“你错了，埃莉诺；你大错特错了。你这一边只要略施小计就能把他给抓到手。也许眼下他还有些摇摆不定；你微薄的财产可能让他有点裹足不前。他的朋友可能也都会加以劝阻。可是只要稍稍献献殷勤、鼓励鼓励——这对女士们而言是很容易做到的——就能让他身不由己地缴械投降。你没有理由不好好地去把握他。这可不是你以前的那种恋情——简单一句话，你也知道那种恋情是不可能开花结果的，阻力太大，万难逾越——你是个明白人，不会看不透这其中的关节。布兰登上校是再合适不过啦；我这方面自然会对他殷勤有加，让他对你和你的家人大为满意的。总之一句话，”——他压低嗓音煞有介事地悄声道——“这门婚事一定会受到各个方面的热情欢迎的。”他又突然想起了什么来，赶忙补充道，“也就是说，我的意思是说——你的朋友们全都真心期望看到你能尽快觅得一个好归宿呢；尤其是范妮，因为她可是一直都把你的利益放在心上的，这一点我可以向你保证。还有她母亲，费拉尔斯太太，也是一样，她是个心地非常善良的女人，我敢肯定这桩婚事一定会让她非常高兴的；前几天她还念叨这件事来着呢。”

埃莉诺简直懒得理他。

“要是范妮有个弟弟，我有个妹妹同时都能够成就终身大事，”他继续道，“那该有多了不起啊，也真是够好玩儿的啦。而这也并非什么绝不可能的事呢。”

“爱德华·费拉尔斯是要结婚了吗？”埃莉诺孤注一掷地直接问道。

“还没有真正确定下来，不过确是正在筹划当中。他有个无比出色的母亲。费拉尔斯太太慷慨已极，主动提出，如果婚事成功的话，每年都会给他一千镑。女方是尊贵的莫顿小姐，已故莫顿勋爵的独生女，有三万镑财产。这桩婚事双方都非常满意，我相信绝无不成的道理。一年一千镑，这对做母亲的来说可是一大笔钱啊，而且是终身的年金；不过费拉尔斯太太的心地就是这么高尚。再给你说个她慷慨大度的例子听：也就前几天，我们刚到城里来，她想到一时间我们手头可能不大宽裕，就往范妮的手里塞了足足两百镑的钞票。那可真是雪中送炭哪，因为我们在城里居住的开销肯定是非常之大的。”

他停下话头，等着她表示同意和同情；她也只得勉强说道：

“你们在城里和乡下的花销想必都很可观，不过你们的收入也高呀。”

“我敢说，并没有很多人想象的那么高。不过，我倒不是存心要抱怨什么；收入无疑是很不错的，而且将来有望还会更好。诺兰公地的圈地计划正在进行当中，这简直是个无底洞①。另外，这半年里我还购入了一小块地产；东金厄姆农场，你肯定还记得这个地方，就是原来老吉布森的住处。那块地从各方面来说都再理想不过了，又紧挨着我的地

① 在十八世纪，尤其是拿破仑战争后期，公地——原本农民可用以放牧、砍伐树木用作燃料——逐渐被圈为私有，划归富有的地主所有，用以开垦为大片农田。这是个“损不足以奉有余”的过程：通过剥夺小农场主和农民的土地使原来的大地主变得更为富有，具有讽刺意味的是，身为大地主的约翰·达什伍德却在得了便宜卖乖。

产，我觉得买下来是我义不容辞的责任。要是落到别人手里的话，我的良心是无论如何也过不去的。一个人想得到方便就得付出代价；这块地可是花了我一大笔钱哪。”

“你是觉得它其实并不值那么多吗？”

“嗄，我希望不至于如此。我买到的第二天就能再把它卖出去，还能有赚头：不过说起我这次付的钱，真差一点就吃了大亏呢；因为当时的股价跌得厉害，我要不是碰巧银行里还有够用的存款的话，我就得把股票都卖了，那损失可就大啦。”

埃莉诺只能付之一笑。

“当初我们搬到诺兰庄园的时候，还有不少其他的大额花销。你也知道，我们敬爱的父亲把斯坦希尔老家留在诺兰的动产（那可是非常值钱的）全都遗赠给了你们的母亲。我决不是埋怨他不该这么做；毋庸置疑，他完全有权随意处置自己的财产。可结果就是我们不得不大量购置床单桌布和瓷器之类的用品，好填补你们搬走的那些家当留下的空缺。你可想而知，在经过所有这些花销以后，我们距离富有该有多么遥远了吧？而费拉尔斯太太的慷慨馈赠又是多么雪中送炭啊！”

“的确如此，”埃莉诺道，“有了她的慷慨资助，希望你们就能过得比较舒适了。”

“再过一两年可能还差不多，”他一本正经地回答道，“不过，现在可还是差了一大截子呢。范妮的温室连块石头都还没有砌，花园也只不过刚有了个规划。”

“温室要盖在哪儿？”

“就在屋后的小土丘上。那些老胡桃树都得砍掉，好腾出地方来。建成以后，从庭院的各个角度看去，都将会非常漂亮的，而那花园就在温室前面顺坡而下，会美不胜收的。我们已经把长在山坡上的所有那些老山楂树全都清理干净了。”

埃莉诺把关切之情和责怪之意全都藏在心底；而且很庆幸玛丽安并

不在场，要不然她肯定要气死了。

他这番诉苦叹穷也差不多了，下次再去格雷珠宝店也就无须为两位妹妹各买一副耳环相送了，心下不禁宽松了许多，话头一转，开始恭喜起了埃莉诺居然交到了像詹宁斯太太这样的阔朋友。

“她看起来的确是个非常不同凡响的女人。——她的住宅、她的生活方式，处处说明她的收入极其可观；她这种朋友不但眼下对你是大有用处，而且到头来可能还会给你带来极大的物质利益。——她邀请你们到城里来做客肯定是对你们大为有利的好事；的确，这全都说明她是非常喜欢你们的，总之一句话吧，她去世的时候十有八九是不会忘记你们的。——到时候她肯定会留下一大笔财产。”

“在我看来什么都不会有；因为她只有她的寡妇授予产[1]，到时候是要由她的孩子们继承的。”

“可她也不可能把收益全都花光的呀。但凡生活审慎的人都极少会有那么干的；她攒下来的钱，她总归能够自由支配吧？”

“难道你不觉得她更有可能留给她的女儿，而不是给我们吗？”

“她的两个女儿嫁得都非常好，所以依我看她并不需要再记挂她们了。我倒是觉得，她既然这么关注你们，待你们这么好，她也就等于让你们有理由指望她将来考虑到你们，这一点，任何一个认真尽责的女人都是不会不管不顾的。她待你们的态度再亲切不过了；她是不大可能在这么做的同时意识不到这会在你们的心中引起什么样的期望的。”

“可是受到她如此照顾的我们却并没有生出什么样的期望啊。说实在的，哥哥，你对我们的福祉和富足的操心未免使你走得太远了些吧。”

---

① 寡妇授予产（jointure），结婚时丈夫指定于其死后给予妻子的财产。初版作“家具”（furniture）。小说前文曾说及詹宁斯太太拥有充裕的寡妇授予产，不过由于在她死后这笔财产将归她的孩子继承，所以正如埃莉诺正确地认识到的，她并无按照自己的意愿自由支配其财产的权利。

“唉，说得也是，”他说，像是要定一定神，“人的能力是非常有限的，的确是非常有限的。可是，我亲爱的埃莉诺，玛丽安到底是怎么回事啊？——她看起来状态可真不好，脸上一点神采都没有，而且瘦了好多。她是病了吗？”

“她身体是不好，这几个礼拜以来，她总是精神紧张，焦虑不安。”

“这可真让人难过。在她这个年龄，任何病病灾灾都会让她青春的娇美毁于一旦！她的青春可真是昙花一现！去年九月份她还是个我生平仅见的漂亮姑娘，很能招男人的喜欢。她的美貌当中有种特别吸引他们的东西。我记得范妮曾经说过，她出嫁会比你早，而且嫁得会比你好；尽管她是特别偏爱你的，她只不过一时间想到了这么个念头。不过看来她这个想法就要落空了。我真怀疑现在的玛丽安还能不能嫁给一个年收入超过五六百镑的男人了，而你要是嫁得不比她强，那才怪了呢。多塞特郡！我对多塞特郡知之甚少；不过，我亲爱的埃莉诺，我会非常乐于多了解了解那地方的；我想我可以向你保证，最早而且最乐意到你家里去做客的人当中一定有范妮和我本人。”

埃莉诺很认真地想让他相信，她是绝不可能嫁给布兰登上校的；可他是这么钟爱他的这种一厢情愿，决不肯轻易放手，而且他已经打定了主意要跟那位绅士多加亲近，一心一意想促成这门婚事。他因为自己从来未曾为两位妹妹做过任何事情而深感内疚，所以特别盼望别的人能多多地尽力；而布兰登上校的求婚或是詹宁斯太太的遗赠，就是弥补自己的亏欠的最便当的方式。

他们还算幸运，发现米德尔顿夫人正巧在家，而且他们临走的时候约翰爵士也回到了家。双方真是好一阵殷勤客套。约翰爵士是什么人都喜欢结交的，虽然达什伍德先生看来对马匹知道得并不多，但很快他就认定对方是个非常温厚的大好人；米德尔顿夫人见他的装束颇为入时，就认定他是值得交往的。达什伍德先生告辞的时候，对他们夫妻俩的印象都非常之好。

“我真有大好的消息可以跟范妮汇报了，”他跟妹妹走出大门的时候道，“米德尔顿夫人真是堪称优雅端庄的典范！这样的女人范妮一定很高兴认识的，我肯定。詹宁斯太太的举止也非常得体，虽然不像她女儿那么优雅。你嫂子就算是去拜会她也不用有任何顾虑了，说实话，她原本是有点顾虑的，这也是很自然的；因为我们只知道詹宁斯太太是个寡妇，她先夫的钱财挣得可都有些不太体面；因此范妮和费拉尔斯太太原本都抱有很强的偏见，认为无论是她还是她女儿都绝非范妮喜欢结交的那种女人。可是我现在就可以告诉范妮，她们母女俩都别提多么高贵体面了。”

第十二章

约翰·达什伍德太太对丈夫的判断无比信任，第二天就去拜会了詹宁斯太太和她女儿；她对丈夫的信任得到了回报，她发现就连前者，就连她两位小姑子正在她府上做客的詹宁斯太太，都是绝非不值得交往的；而至于米德尔顿夫人，那简直是这个世界上最有魅力的女人！

米德尔顿夫人也同样喜欢达什伍德太太。两人身上都有一种冷漠的自私，使得彼此相互吸引；两人都举止得体而又乏味无趣，而且理解能力贫乏，自然也就意气相投。

不过，约翰·达什伍德太太的态度虽然赢得了米德尔顿夫人的欢心，詹宁斯太太却看不顺眼，在她看来，她不过是个举止傲慢、言谈冷漠的小女人，见到自己的小姑子没有一点亲热的表示，几乎连句话都不跟她们说；因为她在伯克利街待的那一刻钟里面，至少有七分半钟是干坐在那儿一声不吭的。

埃莉诺虽然没有问出口，却很想知道爱德华是不是也在城里；但范妮又是无论如何都不肯在她面前主动提起他的名字的，除非是他和莫顿小姐的婚事已经尘埃落定，或者布兰登上校已经如她丈夫所愿地开口提亲；因为她相信他们之间仍是旧情难断，在任何场合都要尽心竭力地在言行两方面把他们给隔断，再小心都不为过。不过她决不肯透露的这个情报，却很快就从其他方面泄露了出来。没过多久，露西就跑了来寻求埃莉诺的同情，说是爱德华虽然已经跟达什伍德先生和太太一起来到了伦敦，她却没法跟他相见。他不敢前往巴特利特大楼，因为怕被人发现，所以两人虽然都迫不及待地想见到对方，目前却无法得偿所愿，只能通过写信一诉相思之苦。

在很短的时间内，爱德华本人又两次造访伯克利街，亲自证实了他确实已到城里了。她们两次上午有事外出回来后，都发现桌上有他留下的名片。埃莉诺很高兴他已经来过；更高兴她没有见到他。

达什伍德夫妇是如此喜欢米德尔顿夫妇，虽然他们素来就没有请客送礼的习惯，这次居然决定要为他们举行一次——晚宴；于是在刚刚认识他们以后，就请他们到哈利街[1]吃饭，他们在那里租了一幢相当不错的房子，租期三个月。他们也请了两个妹妹和詹宁斯太太，而且约翰·达什伍德特意又拉上了布兰登上校，上校是一直都很乐于和达什伍德姐妹待在一起的，见他如此殷勤热情虽说有些意外，却也非常高兴地接受了邀请。费拉尔斯太太是会出席此次宴会的，可埃莉诺却无法确知届时她的两个儿子是否也会在场。不过，能够见到她，已经足以让她对这次宴会大感兴趣了；虽然时移世易，现在跟爱德华的母亲见面已经不会像过去那样令她无比紧张和焦灼，虽然现在无论是对于跟她见面还是她会如何看待自己都已经完全无所谓了，她仍旧很想见见这位费拉尔斯太太，想看看她到底是个何等样人的好奇心依旧和以往一样强烈。

她期待参加这次宴会的兴致不久以后又大为增加，虽说不上有多么高兴，却的确更为强烈了，因为她听说两位斯蒂尔小姐也会参加。

露西虽然肯定是谈不上[2]优雅的，而且她姐姐就连文雅都不够格，不过这姐妹俩对米德尔顿夫人的小意奉承和大献殷勤已经完全赢得了这位夫人的欢心，所以约翰爵士一提出请她们来康迪特街住一两个礼拜，她马上就欣然同意了；而且碰巧对两位斯蒂尔小姐特别方便的是，达什伍德夫妇的请柬送到的时候，她们已经说好要在宴会举办前几天来到米德尔顿夫妇府上做客了。

她们能够引起约翰·达什伍德太太的注意，为她们在她的宴会上赢得两个席位，绝非因为她们是那位曾照顾她兄弟多年的绅士的外甥女；而是身为米德尔顿夫人的客人，就已经肯定会受到欢迎了；而露西早就

---

① 哈利街（Harley-street），位于伦敦市中心，十八世纪晚期有许多巨宅林立于此。十九世纪晚期成为医疗诊所的聚集地，直到现在这里仍有很多私人诊所。

② “肯定是谈不上”（certainly not），初版作“几乎是算不上”（scarcely）。

想能有机会认识一下这个家庭的成员，好有机会近距离地观察一下他们的脾气秉性，估量一下自己到底面临多大的困难，并且有机会努力去讨他们的欢心，所以在接到约翰·达什伍德太太的请柬时，她的高兴劲儿真是这辈子都少有的。

请柬对埃莉诺产生的效果就大为不同了。她马上就断定，爱德华既然和他母亲住在一起，又是姐姐请客，肯定会请他和母亲一起赴宴的；在发生了所有那一切以后，居然要当着露西的面第一次和他见面！——她简直不知道自己怎么能承受得了！

这些忧惧也许并不是完全建立在理智的基础上的，当然更是全无事实依据。可是这些忧惧之所以能得以解脱，却并非因为她自己冷静了下来，而是多亏了露西的一片“好意”。她特特地跑来告诉埃莉诺，爱德华周二是肯定不会前往哈利街做客的，以为这一定会让埃莉诺大失所望；而且为了让埃莉诺更为痛苦，甚至想让她相信，爱德华之所以避而不见正是因为对她爱得太深，唯恐一见了面就再难遮掩了。

那个无比重大的礼拜二终于来到了，这两位年轻的小姐就要见到那位令人生畏的婆母了。

“可怜可怜我吧，亲爱的达什伍德小姐！”她们一起走上楼梯的时候，露西道——原来米德尔顿夫妇是紧跟在詹宁斯太太后面到的，这两拨客人就在仆人的引导下一起朝楼上走去——“这里就只有你能同情我了。——我感觉简直都要站不住了。老天爷！——不一会儿我就要见到一手握着我全部幸福的那个人啦——那就是我未来的婆母！”

埃莉诺原本可以马上就让她放下心来的，只需告诉她，她们即将见到的更可能是莫顿小姐的婆母就行了；不过她并没有这么做，反而无比诚恳地向她保证，她的确很同情她——这可让露西大感意外，她自己心下虽说是无比忐忑，原本至少是希望能成为埃莉诺无比嫉妒的对象的。

费拉尔斯太太是个瘦小枯干的女人，身板挺直，甚至到了僵化拘谨的程度，神情严肃，几乎到了性情乖僻的地步。她肤色蜡黄，小鼻子小眼儿，一点儿都不美，自然也就面无表情；幸好她那紧蹙的眉头彰显出了她那傲慢而又乖戾的强烈性情，这才使她的面容免于陷入单调乏味的境地。她不是个多话的女人：因为她不像一般的女人，她是心里有多少想头嘴里就说多少话的；在从她嘴里漏出来的少数那几个音节当中，没有一个落到达什伍德小姐头上，她只是瞟了她一眼，打定主意无论如何都决不喜欢她。

埃莉诺现在已经不会被这样的态度搅得心生不快了。——放在几个月前，这原是会让她特别难过的；不过现在的费拉尔斯太太已经没有能力再让她伤心了；——而且她对待两位斯蒂尔小姐的不同态度，像是故意要用这种不同的待遇进一步来折辱她的，只会让她觉得好笑。看到母女俩在所有人当中都对那同一个人——因为露西真是特别受到了关注——尤其和颜悦色，她忍不住微笑莞尔，要是她们像她一样了解底细的话，对方恰恰才是她们最急于要加以羞辱的人；相比而言，她自己其实是最不会给她们造成任何伤害的人，结果却受到她们母女俩毫不掩饰的怠慢。不过她在嘲笑她们认敌作友的同时，又忍不住想到这种心胸狭隘的蠢行的背后动机，而且看到斯蒂尔姐妹大献殷勤、百般讨好的丑态，不由得对这四个人全都鄙夷之至了。

露西居然受到如此荣耀的青睐，禁不住欣喜若狂；而斯蒂尔小姐只要有人拿她和戴维斯大夫开开玩笑，就已经是乐不可支了。

宴会办得非常隆重，仆役多得不可胜数，桩桩件件都摆明了是女主人一心想要炫耀，而男主人绝对有炫耀的本钱。尽管诺兰庄园正在大肆整修和扩建，尽管庄园的主人曾一度为了几千英镑的支出差一点就被迫亏本抛售股票，却看不出任何他曾试图让他妹妹相信的他手头拮据的迹象；——没有任何贫乏的迹象，那里唯一显得贫乏的就是宾主间愉快的闲谈——而且贫乏的程度非常可观。约翰·达什伍德本人就没有多少值得一听的话可说，他妻子就更等而下之。不过这倒也并没有什么特

费拉尔斯太太

别丢脸的，因为他们的客人大半也是如此，几乎每个言语乏味的人全都煞费苦心地想说出几句中听的话来，却终究徒劳无功，其根本的原因要么是缺乏见识——或是天生鲁钝，或是不学无术，要么是缺乏雅趣、缺乏兴致，要么是就连性情都模糊不清。

用毕晚饭，女士们回到客厅以后[①]，这种贫乏就更其明显了，因为此前在餐桌上男士们还提供了些谈话的资料——时政啦，圈地啦，驯马之类的——到了这时候都已经统统谈完了；在咖啡端上来以前，女士们就只剩下一个话题好谈，那就是比较哈里·达什伍德和米德尔顿夫人的次子威廉到底谁高谁矮了，这两个男孩儿差不多同岁。

要是两个孩子都在的话，问题也就再容易解决不过了，马上量一下也就是了；可是由于只有哈里在场，双方都只能全凭猜测来判断，每个人都有权同样坚定地各执一词，而且可以凭着自己的意愿，高兴重复多少遍就重复多少遍。

每个人的观点大致如下：

两位做母亲的尽管都坚信自己的儿子是最高的，却出于礼貌断言对方更高一些。

两位做外祖母的跟两位做母亲的一样偏心，却更顶真，都坚称自己的外孙更高，毫不相让。

露西对两位做母亲的同样都想讨好，说两个孩子在他们那个年龄都长得特别高，简直分不出谁比谁更高那么一点儿；而斯蒂尔小姐本事更大，一口咬定两个孩子都是最高的。

埃莉诺已经表示过意见，认为还是威廉更高一些，结果开罪了费拉尔斯太太，范妮更是生气，她实在是觉得没必要坚持自己的意见，再表一次态了；玛丽安在被问到她的意见时，更是把所有人都给得罪了：

① 在正式的宴会中，女士们通常在上过甜点以后先行退席，留下男士们继续饮酒聊天。女士们在客厅闲谈大约一个钟头以后，就到了提供茶点和咖啡的时间，此时男士们会重新加入进来一起喝茶和咖啡。

她说她也说不出个所以然来，因为她根本就没想过这个问题。

埃莉诺在搬离诺兰庄园前，曾给她嫂子画过一对非常漂亮的画屏[①]，现在刚刚裱褙妥帖取回家来，用以装饰她现在的客厅；约翰·达什伍德在同其他男士回到客厅里来的时候看到了这两扇画屏，就殷勤备至地特意拿给布兰登上校让他欣赏。

“这是舍妹埃莉诺的画作，”他说，“像您这样有鉴赏力的人，我敢说，一定会赞赏有加的。我不知道您以前有没有见过她的任何一幅作品，不过大家都公认她画得好极了。”

上校虽然矢口否认自己有什么鉴赏力，却对这两扇画屏热情地称赏不已，凡是达什伍德小姐的作品，他一向是无不赞赏有加的；这自然也就引起了其他人的好奇，于是纷纷传观这两扇画屏。费拉尔斯太太没意识到这是埃莉诺画的，特意要求拿给她看看；在它们受到米德尔顿夫人表示满意的赞许以后，范妮就把画屏拿给母亲观看，并同时有意地告诉她，这是达什伍德小姐的作品。

“唔，”费拉尔斯太太哼了一声，“很漂亮。”然后看都没看一眼，就递还给了她女儿。

大概就连范妮一时间也觉得她母亲的举动未免有些太无礼了，因为她脸上微微一红，马上就找补道：

“真是很漂亮，妈妈——是不是？”然后她又怕自己表现得过于客气，对小姑子未免过于宽纵了，因为她马上又补了一句：

“您觉得这是不是跟莫顿小姐的画风有点相像呢，妈妈？——她画得那才叫好极了呢！——她最近的那幅风景，画得多漂亮啊！”

“的确是漂亮！不过她无论干什么都漂亮。”

玛丽安可实在受不了了。——她早就对费拉尔斯太太大为不满了；现在又这么不合时宜地故意夸奖别人，贬低埃莉诺，尽管她并不知

---

① 即防火屏，摆在壁炉前面用以遮挡火星和热气。

道她们背地后打的是什么主意，惹得她马上激动不已地反驳道：

“这种毫无道理的夸奖也未免太奇怪了吧！——莫顿小姐跟我们有什么相干？——谁认识她，谁又在乎她？——我们现在想的和说的是埃莉诺。”

说着，她把画屏从嫂子手里夺过去，给了它们恰如其分的褒扬和赞赏。

费拉尔斯太太显得怒不可遏，把身子挺得比平常更为僵直，无比尖刻地予以痛斥道：“莫顿小姐是莫顿勋爵的女儿。”

范妮看起来也很生气，而她丈夫却被妹妹的胆大妄为给吓坏了。比起自己受到的怠慢，玛丽安的怒火更让埃莉诺感到难过；不过布兰登上校因为不会错过玛丽安的一举一动，他的目光则表明，他只看到了这中间值得赞赏的一面，即她那颗热情的心灵容不得姐姐受到丝毫的错待和侮慢。

玛丽安的感情流露并没有到此为止。在她看来，费拉尔斯太太对她姐姐总体态度的冰冷傲慢，预示了埃莉诺的未来将遭遇多少困难和险阻，她自己备受伤害的心灵使她一想起来就不免毛骨悚然；在一阵深厚情感的强烈冲动之下，她马上又来到姐姐的座椅旁，用一只手臂搂住她的颈项，自己的脸紧贴着姐姐的脸，低声而又热切地对她说道：

“最最亲爱的埃莉诺，不要把她们放在心上。不要让她们惹得你不快活。”

她再也说不下去了；她按捺不住内心的激动，把脸埋在埃莉诺的肩膀上，痛哭失声。——这引起了每个人的注意，也几乎引起了每个人的关切。——布兰登上校不由自主地站起身来，走到她们身边。——詹宁斯太太非常理解地叫了一声“啊！可怜的宝贝儿”，马上把自己的嗅盐递给了她；约翰爵士对这场精神磨难的始作俑者愤恨已极，马上就改换座位，坐到了露西·斯蒂尔身旁，并且悄声把这整桩骇人事件的原委简要地向她讲述了一遍。

不一会儿，玛丽安的情绪也就平复了下来，重新坐回到众人当中，这场小小的骚动算是到此为止；不过整个晚上，她的情绪仍难免受到这件事的影响。

“可怜的玛丽安！”她哥哥刚回过神来，马上就对布兰登上校低声道，——“她的健康状况可没她姐姐那么好，——她非常神经质，——她没有埃莉诺那样的体质；——不过你也得承认，一个原本是个美人坯子的年轻女人，现在魅力尽失，也实在是件令人难受的事。你可能都不会相信，就在几个月前玛丽安还曾经是非常漂亮的；就跟埃莉诺差不多一样漂亮。——可是现在你瞧，一切都不存在了。”

第十三章

埃莉诺想见见费拉尔斯太太的好奇心得到了满足。——她发现，有了这么个人，这两个家庭之间的关系要想更进一步的任何打算，都只能是望而却步。——她已经把她的傲慢、她的刻薄以及对她本人那根深蒂固的偏见看得足够清楚，也就完全可以理解，即使爱德华是自由之身，他们两人之间的关系也将是困难重重的：订婚尚且要备受刁难，结婚更是会百般受阻；——她看得真真切切，在她和爱德华之间倒是幸亏有一个更大的障碍，使她可以免于遭受费拉尔斯太太发明创造的其他障碍的折磨，使她不必仰其鼻息，忍受她的反复无常，使她可以不必想方设法去讨她的欢心，她简直要为自己感到庆幸了。或者，对于爱德华被露西缠住不放，她即使还不可能感到非常高兴的话，她至少可以肯定，如果露西能够更讨人喜欢一点的话，她是应该感到高兴的。

她很奇怪，露西居然会因为费拉尔斯太太对她还算客气就开心成那样；——她的势利和虚荣真是让她瞎了眼，居然看不出费拉尔斯太太对她的特别关照虽然貌似是对她本人的赏识，实则只是因为她不是埃莉诺——她怎么会只是因为费拉尔斯太太不知道她的真实身份才对她表示的那点好感，便如此欢欣鼓舞呢？不过事实确是如此，她的兴奋之情不但当时已经在眼神中展露无遗，第二天上午的表现就更是露骨了：她特意要求米德尔顿夫人让她在伯克利街先行下车，好找个机会单独见见埃莉诺，明确告诉她自己有多么快活。

时机也真是凑巧，因为她刚到不久，帕尔默太太就派人送信来，把詹宁斯太太给叫走了。

"我亲爱的朋友，"一剩下她们两个人，露西就迫不及待地叫道，"我是来跟你分享我的欢喜之情的。费拉尔斯太太昨天居然待我这么好，还有什么比这个更让人高兴的呢？她是多么蔼然可亲！——你也知道我原本是多么害怕见到她；——可就在我被介绍给她的那一刻，她对我的态度是那么和蔼亲切，真的就像是在说，她已经非常喜欢我了。难道不是这样吗？——你全都看到了；你难道不觉得很受感动吗？”

“她对你确实是很客气。”

“客气！——你难道只觉得她很客气？我看可是远远不止于此。她只对我才这么亲切友善，别人可都没有份儿！——既不傲慢，又没架子，你嫂子也是一样——多么亲切，多么和蔼！”

埃莉诺想把话题岔开说点别的，可露西硬逼着她要她承认，她绝对有理由感到幸福；埃莉诺也只得继续讨论这个话题。——

“毫无疑问，如果她们已经知道你们订了婚，”她说，“那么她们这么待你自然是再好也没有的了；——可既然情况并非如此——”

“我就猜到你会这么说，”露西忙不迭地回道，“可要是费拉尔斯太太并不喜欢我的话，她是绝没有理由装出喜欢我的样子的；而她喜欢我，这比任何事情都要重要。无论你怎么说，都休想让我变得不开心。我敢肯定结果一定会功德圆满，我原本还忧心忡忡，其实根本就不会有任何困难。费拉尔斯太太是个极有魅力的女人，你嫂子也是一样。她们母女俩全都无比可爱！——我真奇怪，居然从没有听你说过一句达什伍德太太是多么讨人喜欢！”

对此，埃莉诺实在是无话可说，也不想说什么。

“你病了吗，达什伍德小姐？——你看起来意气消沉——你话也不想说——你肯定是身体不舒服。”

“我身体还从没这么好过。”

“听你这么说，我打心眼里感到高兴，不过你的脸色看着确实不怎么好。你要是病了，我可要难过死了；你可一直都是我在这个世界上最大的安慰啊！——要是没有了你的友谊，天晓得我该怎么办。”

埃莉诺努力想回一句客气话，尽管她很怀疑自己是否能够做得到。不过露西好像已经感到满意了，因为她马上又继续开始往下说：

“真的，我完全相信你对我的深情厚谊，除了爱德华的爱情，这就是我最大的安慰了。——可怜的爱德华！——不过现在好了，我们就要能够见面，而且能经常见面了，因为米德尔顿夫人很喜欢达什伍德太太，所以我们就会经常前往哈利街了，我敢说，而爱德华又有一半的时间跟他姐姐在一起——再者说了，米德尔顿夫人和费拉尔斯太太之间也会经常走动；——而且费拉尔斯太太和你嫂子又都那么好心，不止一次地说过她们无论什么时候，都总是很高兴见到我。——她们简直都太有魅力了！——你要是向你嫂子转达我对她的看法的话，我担保你再怎么赞美都不为过。”

不过埃莉诺丝毫不想给她任何鼓励，让她以为她真会向她嫂子转达什么。露西继续往下说。

“要是费拉尔斯太太对我有一丝一毫的不喜欢，我确信我马上就能看得出来。如果说，她只是客气地对我还个礼，一句话都不跟我说，礼毕以后就再也不搭理我，从不和颜悦色地看我一眼——你明白我的意思，——要是她用那么令人生畏的态度对待我，我也就绝望地完全撂开手了。我可是绝对受不了的。因为我知道她要是真不喜欢谁，那可就根本没办法挽回了。”

还没等埃莉诺对她这番洋洋自得的客气话做出任何回答，房门就被推开了，用人通报费拉尔斯先生到，而爱德华随后就走了进来。

那一刻可真是非常尴尬；这一点从每个人的脸上都看得出来。三个人都显得无比窘迫；爱德华看上去简直就想原路退回去，而不是继续往里走。这种异常难堪的局面本来是他们三个人全都极力加以避免的，如今却当真落到了他们头上——他们三个人不但是碰到了一起，而且旁边没有任何人可以稍稍帮他们解解围。还是两位小姐最先稳住了阵脚。身为客人的露西本也不该上前迎候，而且表面上也还必须得保守他们订婚的秘密。因此，她也就只限于眉目传情，跟他打了个招呼就不再作声了。

埃莉诺该做的可就不止这一些了；而且为了他和她自己，她都急切地想做得滴水不漏，所以她在稍稍定了定神以后，就强颜欢笑对他的到来表示欢迎，无论是神态和举止几乎都称得上轻松自若和坦率大方了；再经过一番扎挣和一番努力以后，那表现就更上层楼了。她决不允许仅仅是因为露西在场，因为意识到自己受到了委屈，就能阻止她说她很高兴见到他，说她很遗憾他之前来伯克利街拜访的时候她们不巧都不在家。她决不会因为露西在场，就吓得不敢向他致以他作为朋友而且是半个亲戚理应受到的热情款待，尽管她马上就觉察到露西不光是在冷眼旁观，简直就是不错眼地在密切地观察着她的一举一动。

她的态度使爱德华安心了不少，有了足够的勇气可以坐下来了；不过相较于两位小姐而言，他仍旧更为局促不安，这对于男性来说虽属罕见，不过就当时的情况而言倒也合情合理；因为他的心情既无法像露西那样满不在乎，他的良心也无法像埃莉诺那般轻松自若。

露西摆出一副端庄娴静、心安理得的神气，像是拿定了主意罔顾别人的舒适与否，始终不赞一词；所以几乎所有的话都是埃莉诺主动在说，她不得不主动聊起她母亲的健康状况，他们来到城里的详情经过等等话题，而所有这些原本是应该由爱德华主动问起的，可他却只字未提。

她的煞费苦心并没有到此为止；因为她随即又非常英勇地决定要借口去把玛丽安叫来，让他们俩单独待一会儿：她果真做到了，而且做得极其慷慨大方，因为她满怀无比高尚的勇气，先在楼梯平台上盘桓了好几分钟以后，这才真去了妹妹的房间。可是这么一来，爱德华可就再也高兴不起来了；因为玛丽安在高兴之下马上就冲进了客厅。她见到他的那副高兴劲儿就像她的其他任何一种情感一样，无比充沛而且溢于言表。她伸出手来让他握住表示对他的欢迎，话语中流露出兄妹般的深情厚谊。

“亲爱的爱德华！”她叫道，“真是太让人高兴啦！——这简直可以为一切都作出补偿了！”

爱德华也想恰如其分地回报她的热情，可是在众目睽睽之下，他连一半的真情实感都不敢表示。他们再次全部落座，一时间谁都没有说话；与此同时，玛丽安满怀深情，一会儿看看爱德华，一会儿看看埃莉诺，唯一的遗憾是露西的在场着实讨厌，把他们俩久别重逢的快乐都给破坏了。爱德华先开了口，那是他注意到玛丽安的形象大变，担心她是不是在伦敦过得很不适应。

“哦，别为我操心！”她精神饱满而又无比真诚地回答道，虽然说话的时候眼里盈满了泪水，“别为我的健康操心。你瞧，埃莉诺不是好好的嘛。这对我们俩来说就已经足够了。”

她这番话并没有让爱德华或是埃莉诺轻松下来，当然更是无法赢得露西的欢心，她抬头看了看玛丽安，脸上的表情可绝对说不上亲切和善。

“你喜欢伦敦吗？”爱德华问道，只要能换个话题，他是什么都愿意说的。

“一点都不喜欢。我原本期待着这里有很多赏心乐事，可却什么都没有找到。看到你，爱德华，就是我在伦敦得到的唯一的安慰了；而且感谢上帝！你还是风采依旧，一点都没有变！”

她停顿了一下——谁都没说话。

“我想，埃莉诺，”她接着又说道，“我们回巴顿的时候可一定要让爱德华护送我们。也就一两个礼拜吧，我想，我们就要动身了；而且我确信，爱德华是不会不乐意接受这个差使的。”

可怜的爱德华嘴里咕哝了一声，可到底说了什么，谁都不知道，就连他自己也不见得清楚。可是玛丽安看到他那激动难安的样子，马上就按照最让她高兴的想法去解释了，她感到非常满意，很快就谈起了别的话题。

“爱德华，我们昨天在哈利街待的那一天可真是受罪！真无聊，真是无聊透顶！——不过在这上头我还有很多话要跟你说，只是现在还不能说。”

她之所以这么审慎地欲言又止，其言下之意就在于她发现他们那些共同的亲属比以往更加惹人讨厌，其中又尤以他母亲最让人受不了，这些话只能留待他们独处的时候私下里说说。

“可你为什么不在那儿呢，爱德华？——你为什么没来？”

“我在别处有约会。”

“约会！什么样的约会这么重要，连跟这样的朋友相聚都要错过？”

“也许，玛丽安小姐，”露西叫道，迫不及待地想报复她一下，“你认为对于约会，不管它重要不重要，年轻人只要不想去就可以随便爽约的吧。”

听到这话埃莉诺非常生气，可玛丽安却像是完全没觉得她话中有刺的样子；因为她心平气和地回答道：

“当然不是啦；因为认真说起来，我敢肯定爱德华只是因为凭着良心办事才没去哈利街赴宴的。我真是觉得他是这个世界上最有良心、最能体贴人的了；任何约会，不管它是多么渺不足道，就算是跟他自己的利益或是兴趣背道而驰，他都是会一丝不苟地遵守承诺，准时践约。在我认识的人当中，他是最怕给人带来痛苦、最怕辜负了人家的期望，最不会自私自利的人了。爱德华，事实如此，我就是要这么说。什么！你最不想听人家夸奖你！——那你肯定就当不成我的朋友了；因为凡是受到我的热爱和尊敬的人，就都得接受我的公开赞扬。”

可是她这番赞扬的性质，不巧在目前的情况下却特别不对三分之二听众的胃口，爱德华心里就更不是滋味了，如坐针毡的他很快就站起身来预备告辞了。

“这么快就走！”玛丽安道，“我亲爱的爱德华，这可绝对不行。”

她把他往旁边一拉，悄声劝他说露西不会再待多久的。可即使这样

她把他往旁边一拉

的鼓励都没有用，因为他执意要走；而露西是即使他待上两个钟头，也会奉陪到底的，在他走之后很快也就走了。

“她干吗老往这儿跑！”玛丽安在她离开以后说道，“她难道看不出来我们希望她赶快走吗！——爱德华该有多心烦！”

“怎么会！——我们都是他的朋友，论起来，跟他认识的时间就数露西最长了。他见到她应该跟见到咱们一样喜欢才是。”

玛丽安定定地看着她说：“你知道，埃莉诺，我最受不了的就是你跟我说这种话。如果你这么说只不过是想让人家来反驳你——我想一定是这么回事——你应该知道我是这个世界上最不可能做这种事的人。我才不会自贬身价，言不由衷地做出那些并不需要的保证呢。”

说完这番话她就离开了房间；埃莉诺不敢追出去再多作解释，因为她既然已经答应要替露西保守秘密，就不能对玛丽安据实以告；尽管继续将错就错的结果可能会痛苦不堪，她也只能是逆来顺受。她能希望的也就只有爱德华不要再经常过来，以免她或者他自己不得不因为听到玛丽安那出于误会的热情言辞而备受煎熬，也不要再度承受他们最近这次聚首所带来的任何其他的种种痛苦——而这却是她完全有理由预期会出现的情况。

第十四章

这次会面以后没过几天，报上就登出消息，宣布托马斯·帕尔默先生的夫人平安诞下一子兼继承人；这是一条非常引人关注而且令人满意的消息，至少对所有那些事先已经知情的至亲好友来说是如此。

这对詹宁斯太太来说是一桩大喜事，使她对日常的作息安排都暂时做出了调整，也由此儿相应地对她那两位年轻朋友的活动安排造成了影响；因为她希望尽可能地陪在夏洛特身边，所以每天上午穿戴齐整以后就马上跑到女儿家里去，晚上一直到很晚才回来；于是达什伍德姐妹在米德尔顿夫妇的热情邀请之下，整个白天就都在康迪特街度过了。如果揆诸她们的本意，其实姐妹俩是宁肯继续留在詹宁斯太太家的，至少是每个上午，因为那感觉更自在；不过又不便过于坚持，违拗了众人的好意。于是她们的时光就大半都不得不跟米德尔顿夫人和两位斯蒂尔小姐一起度过了，而其实她们虽然嘴上说很希望她们姐儿俩来做客，心里面实际上是并不真正欢迎的。

因为她们姐妹对米德尔顿夫人来说太有头脑，无法成为让她满意的伴当；而斯蒂尔姐妹则以嫉妒的眼光看待她们，认为她们闯入了她们的领地，抢夺了她们一心只想独占的盛情款待。虽说再也没有比米德尔顿夫人对待埃莉诺和玛丽安更彬彬有礼的了，但她其实一点都不真心喜欢她们。因为她们既不曲意奉承她本人，也不会违心地夸赞她的孩子，所以她认为她们性情并不和善；而且因为她们姐妹喜欢读书，她便想当然地认为她们爱挖苦人；不过那也并没什么大不了的。因为这通常都是用来指责别人的缘由，她也就随手拿来安在了她们姐妹头上。

她们姐妹的在场对她和露西都是一种约束。既妨碍了前者的无所事事，又限制了后者的汲汲营营。米德尔顿夫人当着她们的面什么都不做会感觉有些惭愧，而露西原本不论是思想上还是行动上都引以为豪的阿谀逢迎，当着她们的面还真有些怕被她们瞧不起。当着她们的面，三个人当中相对而言最无所谓的倒是斯蒂尔小姐；她们原是有办法跟她和平相处的。只要她们姐妹当中有一位，愿意把玛丽安和威洛比先生间的恋爱史原原本本、详详细细地跟她讲述一遍的话，她虽然因为她们一来就不得不把壁炉前最好的位置给让了出来，这个牺牲在她看来也就得到充分回报了。可对此她们居然丝毫不肯假以辞色；因为她虽然经常对埃莉诺表露出对她妹妹的同情，而且不止一次在玛丽安面前流露过对情郎始乱终弃的责难，可种种的努力却没有丝毫结果，只引来埃莉诺漠不关心的眼神或是玛丽安满脸的嫌恶。其实只要她们愿意，还有更加不费力气的方法可以让她成为她们的朋友。她们只须拿那位大夫跟她开开玩笑就行了！可她们就跟别人一样，一点都不肯迁就于她，要是约翰爵士不在家吃饭的话，除了她本人拿那位大夫自寻开心以外，一整天都不会听到有任何人拿这件事来取笑她。

不过，所有的这些妒忌和不满，詹宁斯太太却全都浑然不觉，她还觉得姑娘们待在一起会是乐事一桩呢；而且每天晚上总还要向她这两位年轻朋友表示祝贺，说她们终于可以不必老跟她这个蠢老太婆相依为伴了。她有时候也会到约翰爵士家或是在自己家里加入她们的行列；不管是在哪儿，她一进屋的时候总是兴致极高、满心欢喜并且自以为是，把夏洛特的健康状态全都归功于自己的悉心照料，随时都准备把女儿的状况巨细靡遗地跟大家一一分享，可惜只有斯蒂尔小姐有愿闻其详的好奇。只有一件事让她大为烦心，她每天也都要为此抱怨几句。那就是帕尔默先生总是抱着他们男人的那种普遍的观点，认为所有的婴儿全都一个样，实在不像个做父亲的；而且虽然她分明看得出这孩子跟父母双方的每一位至亲都出奇地相像，有时像这一位，有时又像那一位，可他父亲竟然全然不肯相信；怎么都没法让他相信这孩子跟同年龄段的所有其他的孩子长得并不完全一样；他甚至连这样一个简单的观点都不肯承认，即他是这个世界上最漂亮的孩子。

我现在就来说说大约就在这个时候落在约翰·达什伍德太太头上的一桩不幸。事情是这样的，她的两位小姑子和詹宁斯太太一起前来哈利街拜访的时候，她的一位相识碰巧也顺道前来看望她——这件事本身显然是不会给她带来什么不幸的。可是当别人对我们的行为会因为想入非非而形成错误的判断，而且仅凭一鳞半爪的表面现象就做出决定的时候，人们的幸福在某种程度上就只能听天由命了。就以这件事为例吧，这位后来到访的太太便因为异想天开而犯了偏离事实与可能性的错误：她仅仅因为听到两位达什伍德小姐的名字，知道她们是达什伍德太太的小姑子，就马上认定她们也是住在哈利街的；由于这样的一个误会，一两天后她们就收到了这位太太的请柬，邀请她们姐妹连同她们的兄嫂前往她府上参加一个小型音乐会。其结果就是，不仅给约翰·达什伍德太太带来了极大的不便，因为她不得不派自己的马车去接两位达什伍德小姐，而且更糟糕的是，她还必须装出一副对她们姐妹关怀备至的样子，这尤其让她感到不快：而且谁知道她们还会不会再一次期望乘坐她的马车跟她一道出门呢？的确，她自然是有权力随时拒绝她们的无理要求的，可这还是不顶事；因为人们一旦认定了一种行为模式，哪怕明知道不对，你要是期望他们改弦更张，他们还是会感到大受委屈的。

玛丽安由于每天都要外出，已经渐渐习以为常，以至于对她来说，要不要出去她都觉得无所谓了：她平静而又机械地为每晚的社交聚会做着准备，虽然根本就不指望从任何一次活动中得到一丝一毫的乐趣，而且经常是不到最后一刻，她都不知道他们要带她到哪儿去。

玛丽安对自己的衣着和容貌变得越来越漫不经心，在整个梳妆打扮上花的心思，还不及完了之后和斯蒂尔小姐见着面的头五分钟里考虑的一半那么多。什么都别想逃过她的细心观察和无比好奇；她样样都看在眼里，什么都要问一句；玛丽安衣饰穿着的每样东西值多少钱，她不弄清楚都誓不罢休；她能猜得出玛丽安共有多少件礼服，比她自己知道得都清楚，玛丽安每个礼拜洗衣费有多少，一年的治装费有多少，在她们分手前她大致也能打听个八九不离十。除了这种粗鲁无礼的详细盘查以外，她通常还是以一句恭维话作结，尽管她本意是为了示好，玛丽安却认为无礼之至；因为在对她礼服的价钱和式样、她鞋子的颜色和发型经过一番盘问审查以后，她几乎肯定会听到斯蒂尔小姐向她保证，说她看起来漂亮极了，一定能征服很多追求者。

在听完这样的鼓励以后，她才获准离开斯蒂尔小姐，前去乘坐她哥哥派来接她们的马车；那马车才在门口停了有五分钟她们就坐了进去，这样的守时却并不太称她们嫂子的意，因为她已经先期来到了那位朋友的家里，满心希望她们磨磨蹭蹭、迟迟不到，不是给车夫就是给她自己带来大大的不便呢。

那天晚上的节目也算不上多么出彩。就像其他的音乐晚会一样，那晚出席的客人里面自然有很多对音乐确有鉴赏力的，更多的则是一窍不通；而演奏者也跟平常一样，依照他们自己以及至亲好友们的评价，是被认为英国第一流的民间演奏家的。

埃莉诺由于既不喜欢音乐，也不附庸风雅，就毫不顾忌地把目光从那架大钢琴上转移开来，就连那架竖琴和大提琴也丝毫限制不了她，随心所欲地四处打量，爱看什么就看什么。在某一次东张西望的时候，她在一帮年轻人当中认出了一个人，正是曾在格雷珠宝店里就牙签匣这个主题给她们上过一堂公开课的那一位。不久她又发现那人也正在看着她，同时跟她哥哥熟不拘礼地说着话；她正决定要问问她哥哥这是何许人也的时候，他们俩居然一起朝她走了过来，而达什伍德先生向她引见说，那位就是罗伯特·费拉尔斯先生。

他以轻松随意的态度跟她打了声招呼，把脑袋歪了歪就当是鞠了一躬，不消说这就是露西曾向她描述过的那位花花公子了。如果她对爱德华的情义更多的是基于他那几位至亲的德行而非他自己的品性的话，那她该多么幸运啊！如果说他性情乖戾的亲妈和亲姐姐打响了头炮的话，那么他这位胞弟的一躬就一定能毕其功于一役了。不过，尽管她对这亲

达什伍德先生向她引见说，那位就是罗伯特·费拉尔斯先生

兄弟俩之间判若云泥的差别惊讶不已，却也发现这其中一位的无知和狂妄丝毫都不会使她对另一位的谦逊和价值丧失任何好感。关于他们俩为什么会如此不同，在一刻钟的交谈过程中罗伯特已经亲自做出了解释；一谈起自己的兄长，他就对他那极端的不善交际大感惋惜，他认为正是这一点妨碍他融入上流社会，而他兄长之所以有此缺陷，他直率大方地将其更多地归咎于不幸的私塾教育而非任何天生的缺陷；而他自己呢，尽管在天赋方面可能并不比哥哥有任何特别优胜之处，只是因为占了就读公学的便宜①，就使他在社会上如鱼得水，混得不比任何人差了。

“说真的，”他又道，“我相信就是这么回事；所以在家母为此而苦恼的时候，我经常就是这么跟她说的。‘亲爱的母亲大人，’我总是这么说，‘您就别再自寻烦恼了。错已铸成，无可挽回了，而这可都是您一手造就的。当初您为什么听从舅舅罗伯特爵士的话，违背自己的初衷，在爱德华一生当中最关键的时候送他进了私塾呢？您只要把他送去上威斯敏斯特公学②，就像我一样，而不是把他送到普拉特先生家，所有这一切就都可以避免了。’对这个问题我一直就是这么看的，家母也心悦诚服，完全承认了自己的错误。”

埃莉诺不想反驳他的观点，因为不管她对于公学教育的优点有什么样的总体估价，一想到爱德华曾住在普拉特先生的家里，她也就终究不可能感到满意了。

“你们是住在德文郡吧，我想，”他第二桩讲到的就是这个，“在

---

① 作者在此处揭示出长期存在的有关公学（即类似伊顿和威斯敏斯特等享有盛名的私立寄宿学校）与在家庭中由导师指导的私塾到底孰优孰劣的争论。像罗伯特·费拉尔斯这样的人物自然是支持在公学中受到的社会化训练，而埃莉诺（像奥斯丁一样）则默不作声地偏爱由私塾教育所培养的节制和真诚等素质。

② 威斯敏斯特公学（Westminster），由伊丽莎白一世创立于一五六〇年的私立寄宿学校，其著名的毕业生包括洛克、德莱顿和科珀等人。

道利什[1]附近的一幢乡间别墅里。”

埃莉诺纠正了一下她们所住的位置，他似乎感觉颇有些意外，居然有人住在德文郡却又并不靠近道利什。不过，他仍旧对她们所住的那种房子的类型大加赞赏了一番。

“就我本人而言，”他说，“我就特别喜欢这种乡间别墅[2]；这种房子总是那么舒适，那么雅致。我敢说，我要是手头有点余钱，我就在距离伦敦不远的地方买块地皮，自己造一幢别墅，那样我就能随时驾车前往，还可以邀上几位朋友一起过去开心快活。我要劝那些打算盖房子的人全都盖成乡间别墅。我的朋友考特兰勋爵那天特意前来征求我的意见，把博诺米[3]的三份不同的设计图纸拿给我看。他让我帮他选出最好的一种。‘我亲爱的考特兰，’我说，随手就把三份设计图全都扔进了壁炉里，‘你哪一种都别采用，可是无论如何你得造一幢乡间别墅。’依我看，事情就这么定下来了。

“有人会觉得这种别墅空间不够大，住着不会舒服；可这全都是误解。上个月我住在达特福德[4]附近我的朋友艾略特家里。艾略特夫人希望举行一场舞会。‘可这怎么办得到呢？’她说，‘我亲爱的费拉尔斯，你一定要告诉我该怎么办。这幢别墅里没有一个房间能装得下十对舞伴，而且晚餐又在哪儿吃呢？’我一眼就看出这其中根本就没有任何难

---

① 道利什（Dawlish），英格兰德文郡特格恩布里奇区的一个堂区（镇），濒英吉利海峡，是英国风景最优美的地区之一，十九世纪开始兴旺起来，奥斯丁和狄更斯的小说中均描写过此镇。

② 在十九世纪初叶，乡间别墅（cottage ornés）——特为绅士阶层设计的舒适而且有时非常精美的小型别墅——在急于显示其富裕程度以及对自然的热爱的时髦的上层社会风靡一时。罗伯特·费拉尔斯所喜欢的那种别墅自然距离达什伍德母女居住的那种整洁但却非常朴素的乡间住宅相去甚远。

③ 博诺米（Joseph Bonomi，1739—1808），当时非常时髦的建筑师，他在肯特郡哥德摩沙姆附近的伊斯特维尔庄园和汉普郡史蒂文顿附近的拉沃斯托克庄园的作品，奥斯丁肯定是知道的。

④ 达特福德（Dartford），肯特郡的一个城镇和自治市，位于泰晤士河南岸，与大伦敦毗连。

处，于是我就说：‘我亲爱的艾略特夫人，完全不必犯难。餐厅就能轻轻松松地容纳十八对舞伴；牌桌可以摆在起居室里；书房可以开放用于摆放茶点；至于晚餐，就摆在大客厅里吧。’艾略特夫人对这个主意赞赏不已。我们丈量了一下餐厅，发现刚好能容纳十八对舞伴，舞会就全照我的主意安排操办了。所以，你瞧，只要你知道怎么巧作安排，你在乡间别墅里就能跟在最宽绰的大宅子里一样，享受到生活中所有的舒适便利。”

埃莉诺全都表示赞同，因为她不认为他值得自己据理予以反驳。

由于约翰·达什伍德对音乐的兴趣并不比他大妹妹更强，他的思绪也同样信马由缰地琢磨开了其他的事情；在那次晚会上他闪过一个念头，等他们回到家里他就把他的想法讲给妻子听，以征求她的同意。由于丹尼森太太误以为他两个妹妹是在他们家做客的，于是他想到，如果在詹宁斯太太忙于照顾坐月子的女儿而无暇他顾的时候当真邀请她们过来住几天，倒也不失为一项得体之举。花费微乎其微，也不会带来多大的不便；而且这一考虑完全是出自他那敏感的良心的需要，因为借此即可使他彻底摆脱当初因向亡父郑重承诺照顾他的孀母弱妹而带来的心理负担。范妮听到他的这个建议不禁大惊失色。

“我不知道这怎么能做得到，”她说，“因为这肯定会冒犯米德尔顿夫人的，毕竟她们每天都是跟她一起度过的；否则的话我是会非常高兴能这么做的。你知道我一向都准备在我的能力范围内尽力关照她们的，就像今天晚上我带她们出来交际一样。可她们是米德尔顿夫人的客人呀，我怎么能把她们从她身边给抢走呢？”

她丈夫虽然态度十分谦恭，却不认为她的反对有什么说服力。“她们已经如此这般在康迪特街待了有一个礼拜了，如果她们在我们这样的至亲家里也待上差不多的时间，米德尔顿夫人想必是不会为此而见怪的。”

范妮沉吟了片刻，然后又重整旗鼓，说道：

“我亲爱的，我要是能做得到，肯定会全心全意请她们前来小住的。可是我刚刚打定主意想请两位斯蒂尔小姐来我们家住几天。她们都是非常规矩的好姑娘；我认为我们是理应款待款待她们的，毕竟她们的舅舅过去对爱德华一直都非常照顾。我们可以改年再请你两个妹妹前来做客的，你知道；可是两位斯蒂尔小姐可就有可能再也不会到伦敦来了。我敢肯定你会喜欢她们的；事实上，你已经非常喜欢她们了，我母亲也很喜欢她们；就连哈里都跟她们要好得不得了！”

达什伍德先生就这么被说服了。他看出了马上就邀请两位斯蒂尔小姐的必要性，而改年再邀请两位妹妹的决定也使他的良心得到了安抚；与此同时，他还暗自打着小算盘，说不定根本就无须再邀请她们姐妹了，因为如果埃莉诺成为布兰登上校夫人，那她们姐妹再到伦敦，玛丽安就会成为他们的座上客了。

范妮很为自己逃过一劫而高兴，而且很为自己赖以脱险的急智而自豪，第二天上午就给露西写信，邀请她和姐姐一俟米德尔顿夫人肯于割爱，就马上到哈利街来盘桓几日。这可真够露西欣喜若狂的，而且她高兴得也真是大有道理：达什伍德太太看来是当真在亲力亲为地为她着想了——重视她所有的希望，力促她所有的幻想！这样一个能跟爱德华和他的家人共处一室的大好机会，是比什么都更为重要的，对她的利益是再实际不过的帮助，总之，这样的一个邀请对她来说真是再称心如意不过了！这样的天赐良机她怎么感激都不为过，越快加以利用就越好；在米德尔顿夫人家里做客原本就并没有确切的时限，她于是马上就发现，她们姐儿俩本来就是只打算住上两天就走的。

这封短简到她手里还不到十分钟，她马上就迫不及待地拿给埃莉诺炫耀去了，而这让埃莉诺第一次感到露西的期盼还真是有那么几分成真的希望；因为她嫂子在跟露西认识这么短的情况下，居然肯恩赐给她这么非比寻常的善意，似乎表明对她的好感并非只是源自对自己心怀恶意的故作姿态；再假以时日和露西的随机应变、八面玲珑，说不定她还真能心想事成呢。她的阿谀逢迎已然将米德尔顿夫人的傲慢消弭于无形，而且在约翰·达什伍德太太那密闭深锁的内心打开了一条通道；这些已然取得的成效处处都显示出了取得更大成功的可能性。

两位斯蒂尔小姐搬到了哈利街，传到埃莉诺耳朵里的她们在那儿影响日增的消息，更使她觉得露西的成算已经又加增了几成。约翰爵士不止一次去拜访过她们，带回来的有关她们姐儿俩如何大为得宠的报告，谁听了都不禁会大为吃惊。约翰·达什伍德太太这辈子还从来没有这么喜欢过任何一位年轻的姑娘；她送给她们每人一个书形的针线盒，是由某位侨民制作的[①]；她直接用露西的教名来称呼她；而且简直觉得再也离不开她们姐儿俩了。

① 这里的“侨民”显然是指因法国大革命而流亡英国的法国贵族妇女，她们被迫从事针黹手工之类的工作自食其力。当时有很多为法国流亡者募捐筹款的慈善活动，像购买这样的针线盒就是一种小小不言的慈善之举。

第三卷

第一章

帕尔默太太在诞下麟儿两周以后，身体状况已经恢复得很好，她母亲觉得没有必要再把所有的时间都花在她身上，一天去看她个一两趟也就够了；于是这段特殊时期也就宣告结束，她回到自己家里，重新恢复了往日的生活习惯，她发现达什伍德姐妹也很乐意重拾她们过去的生活模式。

她们重新在伯克利街安顿下来，大约三四天以后的一个上午，詹宁斯太太照例去探望帕尔默太太，回来后走进客厅的时候只有埃莉诺一个人坐在里面，但见詹宁斯太太满脸上挂着迫不及待而又郑重其事的表情，就像要告诉她什么妙不可言的重大新闻似的；果不其然，她才刚转出这样一个念头的当口，詹宁斯太太已经径自开口说了起来，完全证实了她的想法：

“天哪！我亲爱的达什伍德小姐！你听说那个新闻了吗？”

“没有啊，夫人。什么新闻？”

“真是匪夷所思！让我一五一十地告诉你吧。——我来到帕尔默太太家里的时候，发现夏洛特正为了孩子心慌意乱。她认为孩子一定是生了重病，因为他又哭又闹，而且生了一身的疙瘩。我马上看了一眼，‘老天！我亲爱的，’我说，‘没什么大不了的，不过荨麻疹罢了。’奶妈也是这么说，可夏洛特还是不放心，就派人去请多纳万先生；幸好他碰巧刚从哈利街回来，就直接赶了过来，他一看到孩子就说没什么，只不过是生了荨麻疹，就跟我说的一模一样，夏洛特这才放下心来。就在他要告辞的时候，我一时心血来潮，也不知怎么的突然间福至心灵，就问了他一句可有什么新闻。经我这么一问，他幸灾乐祸而又假惺惺地一笑，一脸的假正经，像是知道什么绝密内幕似的，扭捏了一会子，最后终于还是压低嗓音说了出来：‘我是怕在您庇护之下的那两位年轻的小

终于还是压低嗓音说了出来

姐听说她们嫂子身体欠安的消息会感到担心，不过我想还是说出来的好，因为我相信没什么需要大惊小怪的理由；我希望达什伍德太太很快就能完全好起来。’”

“什么！范妮病了吗？”

“我也正是这么说的，我亲爱的。‘老天！’我说，‘达什伍德太太病了吗？’他于是就一五一十全都告诉了我；长话短说吧，就我的了解，事情大体上是这么回事：爱德华·费拉尔斯先生，就是我经常拿来跟你开玩笑的那位年轻人（不过我非常高兴，事实证明这都是我的捕风捉影），貌似这位爱德华·费拉尔斯先生跟我的表侄女露西正式订婚已经有一年多时间了！——你听听，我亲爱的，竟有这等事！——而且除了南希知道以外，竟然瞒得铁桶一般！——你能相信会有这样的事吗？——他们俩情投意合倒没什么让人特别感到奇怪的；奇怪的是两个人的关系都到了这一步了，竟丝毫没有引起任何人的疑心！这太奇怪了！——我是从来就没碰到过他们在一起，要不然我肯定是一眼就能识破的。咳，他们这么严守秘密，怕的就是费拉尔斯太太知道以后会不同意，结果呢，不论是她还是你们的哥嫂真就一点都没起过疑；——直到今天上午，可怜的南希，你也知道她是一片好心，可就是脑子不大好使，是她一股脑儿全都捅了出来。‘老天！’她心里琢磨着，‘她们全都那么喜欢露西，肯定不会阻挠这门婚事的。’就这么着，她特意找到你嫂子那儿，你嫂子正一个人在那儿织地毯，一点都猜不到她所为何来——因为就在五分钟前，她才刚跟你哥哥说起，她一心只想促成爱德华跟某位爵爷的千金攀亲呢，我忘了具体是哪位爵爷了。所以你可想而知，这对她那满脑子的虚荣和傲慢是多大的打击。她当时就大撒起了癔症，那尖叫声连坐在楼底下的你哥哥都听见了，他正在自己的更衣室里打算给乡下的管家写封信呢。他即刻飞奔上楼，一幕可怕的场景就在他眼前上演了，因为露西那时候刚巧也走了过来，做梦都没想到发生了什么事。可怜的人儿！我真是同情她。我必须得说，我认为她受到了极为无情的对待；因为你嫂子发了疯一般对她破口大骂，很快就把她给骂晕了过去。而南希则跪在地上哭得死去活来；你哥哥像热锅上的蚂蚁一样在屋里走来走去，说他实在不知道该怎么办才好。达什伍德太太宣称不允许她们姐儿俩再在她家里多待一分钟，你哥哥都不得不也下了跪，劝她至少让她们打点好衣服以后再走。于是她又一次撒起了癔症，把他给吓得要死，只得派人去请多纳万先生，而多纳万先生发现他们家里简直是闹翻了天。他到的时候马车正等在门口准备把我那两位可怜的表侄女给送走，他下车的时候她们正在上车；可怜的露西魂飞魄散，他说，几乎都迈不动步子了；而南希的情况也差不多一样糟。我宣布，我实在受不了你这位嫂子了；我希望，我衷心希望他们能不顾她的反对，结成良缘。老天！可怜的爱德华先生听到以后该有多么苦恼难过！自己的心上人居然受到这样的侮辱和虐待！因为据说他爱她爱得不得了，这倒是很有可能的。他要是因此而大发雷霆，我是一点都不会觉得意外的！——而且多纳万先生也是这么想的。我们俩说道了好一阵子；最好玩的是，他们还要他再回哈利街一趟，因为我那两个表侄女一走他们马上就派人去请费拉尔斯太太了，他们希望在她听到这个消息的时候他能守在身边，因为你嫂子认定她听了以后也会撒癔症的；让她撒去，我才不在乎呢。我对她们母女俩丝毫都不同情。我真想不到有人竟会为了金钱和门第这么大惊小怪的。到底为什么爱德华先生就不该娶露西呢？毫无道理。因为我相信费拉尔斯太太是有能力让她的儿子过得相当富裕的，而露西虽说差不多等于身无分文，她可是比任何人都懂得勤俭持家的；我敢说，就算费拉尔斯太太每年只给他五百镑，她也会操持得就跟那些有八百镑的人家一样体体面面的。老天！他们如果也住在一幢像你们那样的小别墅里，该有多舒服安适呀！或者再稍许大一点，雇上两个女仆和两个男仆；我相信我就能替他们找到个称职的女仆，因为我的贝蒂还有个妹妹正在找事干，对他们是再合适不过了。”

詹宁斯太太说到这里总算是住了嘴，埃莉诺有足够时间可以集中思想镇定心神，也就能够对这样的事件做出还算正常的回应，而且还能发表几句感想了。她很庆幸自己没被怀疑对这件事有超乎寻常的兴趣；很庆幸如她近来之所愿，詹宁斯太太已经不再认为她对爱德华有任何爱慕之情；尤其庆幸的是玛丽安不在身边，她可以比较自然地谈论这件事，不会感觉有什么别扭，而且自认为对于每个当事人都能不抱偏见地给出自己的评判。

她几乎都没法决定究竟该对这件事的结果抱有什么样的期待；尽管她满怀真诚地竭力丢开这样的想法，即爱德华和露西这样一来就结不成婚，事情有可能出现别的结局了。费拉尔斯太太会怎么说、怎么做，尽管其性质已经是无可怀疑的，她仍旧很想知道个究竟；而她更想知道的是爱德华将如何自处。对他，她是满怀同情的；——对露西则极少同情——是费了她不少的劲儿才硬挤出来的一点同情；——对其他的相关人等，她没有丝毫同情。

由于詹宁斯太太一开口就总会提到这件事，埃莉诺很快就看出了一定要让玛丽安对这个话题有所准备的必要性。刻不容缓，绝不能再欺瞒于她，必须马上告诉她事实的真相，而且还得竭尽所能让她在听到别人谈起这个话题时，丝毫不露出为姐姐鸣不平或是对爱德华心怀怨愤的样子。

这对埃莉诺来说真是份苦差事。——她这等于是要把她深信是妹妹心头最大的慰藉给连根拔除，——将爱德华的这些底细和盘托出以后，她担心会永远毁掉她对他抱有的好感，——而且担心玛丽安会因姐妹俩境遇的相似而重新勾起她的伤心事，因为在她看来，她们姐妹俩肯定都是痴心女碰到了负心汉，同是天涯沦落人。不过尽管这个任务无比艰巨，该做的还是一定得去做，埃莉诺于是一咬牙，说做就做。

她雅不欲细述自己的感情，或是表明自己受了多少苦，只强调她从最初刚一知道爱德华已经订婚就一直能很好地控制自己，借以暗示玛丽安也该这么做。她的讲述清楚简明；虽然做不到丝毫不带感情，却既没有怒不可遏，也没有悲不自胜。——这在很大程度上倒成了听者的反应，因为玛丽安听得惊心动魄，哭得泣不成声。在别人痛苦的时候，埃莉诺总是扮演安慰者的角色，没想到就算是自己的伤心事，仍旧得由她来安慰别人；她所能给予的宽慰无非是一再向妹妹保证她的内心非常平静，而且非常真诚地为爱德华洗脱一切罪名，只肯承认他做事未免失之轻率。

可是玛丽安一开始对这两方面全都不肯相信。爱德华简直就是威洛比第二；而如果埃莉诺真像她承认的那样，确曾真心实意地爱过爱德华，她的感受怎么可能还不如自己深？至于说到露西·斯蒂尔，她认为她一点都不讨人喜欢，一个聪明人根本就不可能爱上她，所以她起先根本就不相信爱德华真会倾心于她，后来又认为他这份感情不可原谅。她甚至不肯承认这是一种自然的感情；埃莉诺也只能表示，她如果对人性有了更深的了解，自会相信种种感情的产生都是情有可原的。

埃莉诺一开始只来得及说了爱德华订婚的事实，以及他和露西订婚已经有多长时间了。——玛丽安就情难自抑，打断了她的话头，埃莉诺也就无法再细说周详；一时间她能做的就只能是安抚她的悲伤，减轻她的惊惶，平息她的愤怒了。她提出的第一个引出更多详细情况的问题是：

“这件事你知道有多久了，埃莉诺？他给你写过信没有？”

“我知道已经有四个月了。露西去年十一月初次来到巴顿庄园的时候，私底下把她订婚的事情告诉了我。”

听到这话，玛丽安的眼睛中充满了诧异的表情，一时间都说不出话来了。震惊之余，她停顿了好一会儿，这才惊叫道：

“四个月！——你真的已经知道了有四个月了？”

埃莉诺点头称是。

“什么！——你陪伴我度过所有不幸的时候，这件事就已经压在你的心头了？——而我还怪罪你独享你的幸福！”

“那时候不宜于让你知道其实我的情况恰恰相反。”

“四个月！”——玛丽安再一次叫道——“表面上却这么镇定！——这么高兴！——你是怎么硬撑下来的？”

“因为我感觉我是在尽我的本分。——我答应过露西，就得替她保密。所以，出于为她负责的缘故，我就不能透露一点风声；而同时我也要为我的家庭和朋友们负起责任，不能让他们平白地为我牵挂和担心，而我又不能告诉他们实情。”

玛丽安显然大受震动。

“我一直都不想让你和母亲再继续蒙在鼓里，”埃莉诺继续道，“我也真正尝试过一两次；——可是我没办法在不背弃诺言的情况下，又能让你们信以为真。”

“四个月！——而你还爱着他！”

“是的。不过我爱的不仅仅是他；——而我只要还关切这些人的安适，我就不能让他们知道我有多么痛苦。现在，我终于能在想起和说到这件事的时候做到心平气和了。我不能让你们为了我的缘故而遭受痛苦；而我可以向你保证，我自己已经不再感到痛苦了。我有很多事情可以做我的精神支持。我深知，这令人失望的结果绝不是由于我的任何轻率之举而导致的，而且我还竭尽所能地独自忍受由此带来的痛苦，不波及任何无辜。爱德华犯下的所有主要过错我统统予以宽宥。我希望他美满幸福；我相信他这一直以来都是在克尽厥职，虽然他现在可能感到有些懊悔，到头来他一定会获得幸福。露西并不缺乏头脑，而这就是一切美满幸福得以实现的基础。——而且毕竟，玛丽安，那种认为爱情就该无比专一而且忠贞不渝的想法尽管令人着迷，尽管大家都喜欢奢谈一个人的幸福就该完全系于某个理想的爱人身上，那却并不意味着事实就果真如此——那并不确当——那也并不可能。——爱德华会娶露西；他会娶一个品貌和见识都在一半女性之上的女人；随着时间的推移，他终将习以为常，忘掉另外那个他曾认为远胜于她的人。”

“如果你真是这么想的，”玛丽安道，“如果哪怕失去最珍贵的东西都能这么轻易地用别的东西加以弥补，那么你的当机立断，你的自控能力，或许也就不那么令人惊叹了。——我也就比较能够理解了。”

“我明白你的意思。——你以为我从来就没觉得怎么痛苦过。——整整这四个月里，玛丽安，这件事就一直这么压在我的心头，不能向任何一个人倾诉；我知道不论何时，一旦向你和母亲解释这件事，非但不会让你们做好半点思想准备，还会使你们陷入最为难过的深渊。——把这件事告诉我的，——而且是强迫我不得不听的，正是因为订婚在前而毁了我所有希望的那个人；而且，我觉得，她还是带着胜利者的姿态得意洋洋地告诉我的。——因此，对于我最为关切的事情我不得不竭尽全力装出一副漠不关心的样子，以此来应对她对于我的种种猜疑；——而且是不止一次；——我不得一而再、再而三地被迫听她讲述她怀着怎样的希望，她又是如何得意非凡。——我已经明白自己永远都没办法跟爱德华在一起了，可又没有听到哪怕有一种情况能浇熄我与他永结同心的渴望。——没有一件事证明他不值得我付出真心；也没有一件事说明他对我已经漠不关心。——我一直都得与他姐姐的尖酸刻薄和他母亲的傲慢无礼相抗争；我还没享受到一点这段感情带给我的快乐，就已经吃尽了它的苦头。——而且想必你也非常清楚，在这一切发生的那段时间里，这还绝非是我遭逢的唯一不幸。——如果你认为我还不至于没有任何感情的话——现在，你总该会觉得我是一直都在遭受痛苦的折磨了吧！如今我之所以能够心平气和地考虑这个问题，眼下我之所以愿意接受你的安慰，这也都是长期以来无比痛苦的内心斗争的结果；——它们可绝不是自发的结果；——一开始它们可绝不是为了纾解我的情绪而产生的——不是的，玛丽安。——想当初，如果我不是不得不保持沉默，也许就没有任何东西——哪怕是对我最亲密的朋友不得不承担的义务——能够完全阻止我无所保留地表现出我有多么痛苦难过了。”

玛丽安完全被折服了。

“哦！埃莉诺，”她叫道，“你已经要让我恨自己一辈子了。——一直以来我对你的态度是多么残忍！——你一直都是我唯一的安慰，一直陪着我忍受所有的悲惨苦痛，一直都像是只在为了我而难过！——而这就是我对你的感激！——这就是我唯一能对你做出的回报吗？——就因为你的优点强出我那么多倍，我就总想着要把它一笔抹杀。”

忏悔过后就是最为亲热的抚爱拥抱。在这样的心境之下，埃莉诺是无论让她答应什么都不会有任何困难的；在她的要求下，玛丽安保证无论跟谁谈起这件事都绝不流露出半点怨恨的神色；——在见到露西时绝不表现得更加讨厌她，——就算是见到爱德华本人，如果还有机会跟他见面的话，对他惯常的那种亲热态度也不能有任何改变。——这些让步对玛丽安来说都非同小可；——不过因为她觉得自己伤了姐姐的心，只要能稍作弥补，让她做什么她都愿意。

她谨守承诺，表现可嘉。——詹宁斯太太在这个问题上不管怎么唠叨，她一概面不改色地听着，一概不加反驳，而且还三次说道：“是的，夫人。”——她在听她夸奖露西的时候，只不过从一把椅子挪到了另外一把椅子上，詹宁斯太太在说起爱德华的一片深情的时候，她也不过是抽动了一下咽喉。——看到妹妹居然表现得如此坚强勇敢，埃莉诺大受鼓舞，觉得自己无论什么事都能扛得住了。

第二天上午她们又临到了更为重大的考验：她们的哥哥登门造访，面带最为严峻的神情谈起那桩可怕的事件，并带来了他太太的消息。

“你们已经听说了吧，我想，”他一坐下来就无比严肃地道，“昨天在我的屋檐底下揭出来的那个惊人的发现。”

大家的神情都表示已经知情；一时间情势显得无比尴尬，谁都不方

“你们已经听说了吧，我想”

便开口说话。

“你们的嫂子，”他继续道，“遭受了巨大的痛苦。费拉尔斯太太也是一样——总之，场面一度极为复杂和不幸——不过我希望这场风暴很快就能过去，而我们每个人都能安然无恙。可怜的范妮！昨天一整天她都在撒癔症。不过我不想过于惊吓你们。多纳万说无须有任何实质性的担心；她体质很好，她意志又无比坚强。凭借天使般的毅力，她已经完全挺了过来！她说，她再也不会把任何人当好人看待了；这也难怪，她受了这么大的骗！——付出了那么多盛情，寄托了那么大的信任，却遭到这么忘恩负义的对待。她邀请这两个年轻女人到家里来做客，完全是出于一片好心；只因为她觉得她们值得多加关照，是两个举止规矩、没有坏心的姑娘，将会是令人愉快的伴当；要不然的话，我们夫妇原本是非常希望能请你和玛丽安前来做客的，当然是在你们这位仁慈的朋友忙于照顾她女儿期间。可现在居然得到这样的报答！‘我全心全意地希望，’可怜的范妮情真意切地说，‘我们当初邀请的是你那两位妹妹，而不是这俩白眼儿狼。’”

说到这里他停了一下，等着她们道谢；她们谢过以后，他才继续往下说。

“范妮把这个消息告诉可怜的费拉尔斯太太的时候，她甭提有多难过了。正当她满怀最为深厚的慈爱之情为儿子安排了一门再理想不过的大好姻缘的当口，何曾想到他居然早就偷偷摸摸跟另一个人订了婚！——她从来都不曾起过半点疑心！就算是她曾怀疑过他确实另有所爱的话，她也绝不会想到竟会是那个女人。‘在那方面，哎呀，’她说，‘我还本以为完全可以放心的呢。’她真是痛心疾首。尽管如此，我们还是一起商量到底该怎么办，最后她决定还是派人去把爱德华给叫来。他来是来了，可是说起后来发生的事情，真是太令人遗憾了。费拉尔斯太太无非是要说服他终止这个婚约，而且可想而知，我和范妮自然也在一旁帮腔，我晓之以理，范妮动之以情，可是一点用都没有。责任，亲情，他什么都置之不顾。我以前真是从没想到爱德华竟会这么冥顽固执，这么冷酷无情。他母亲把如果他娶莫顿小姐她都有哪些慷慨的打算全都告诉了他；说她决定把诺福克[1]的那份产业传给他，那份产业无须再交土地税，每年足有一千镑的收入；后来，眼看着事有不谐，她甚至提出可以加到一千两百镑；而反之，如果他执迷不悟，仍旧坚持这桩有辱门楣的婚事的话，那就意味着他们结婚以后必定会相当贫困。她明告他，他自己的那两千镑就将是他的全部财产；她决不会再见他一面；而且她非但不会给他一丝一毫的帮助，就算是他能够找到一份能使他的境遇有所改善的职业，她也要竭尽其所能，阻止他得到那份工作。”

听到这里，玛丽安不由得气愤难当，啪地把手一拍，叫道：“仁慈的上帝！怎么可能有这等事！”

“就是呀，也难怪你要感到奇怪了，玛丽安，”她哥哥回答道，“居然冥顽固执到这种程度，对这样的道理都拒不接受。你的惊叹是再自然也不过了。”

玛丽安正要出言反驳，但想起自己的承诺，就忍住了。

“可是，所有这些良言相劝，”他继续道，“全都徒劳无功。爱德华统共就没说几句话；可他说的那几句话却全都斩钉截铁，毫无转圜的余地。什么都无法诱使他放弃这个婚约。他会坚持履行婚约，不计任何代价。”

“这么说来，”詹宁斯太太再也忍不住了，满怀坦率的真诚叫道，“他的行为真不愧是个诚实的伟丈夫了！我要请你原谅，达什伍德先生，可如果他不这么做的话，我倒要觉得他是个流氓无赖了。我就跟你一样，跟这桩事情多少有那么一点关系，因为露西是我的表侄女，我认为这世上再没有比她更好的姑娘了，也没人比她更称嫁个好丈夫了。”

---

①诺福克(Norfolk)，英格兰东部一行政、历史郡，南接萨福克郡，西邻剑桥和林肯两郡，东和北濒北海。

约翰·达什伍德大吃了一惊；不过他生性冷静，从不着急上火，更是从不希望冒犯任何人，尤其是任何有钱的人。因此他一点都不气恼地回答道：

“我绝对无意失礼地谈论您的任何亲戚，夫人。露西·斯蒂尔小姐，我敢说，是位非常值得敬重的年轻女性，可是在目前的情形之下，您知道，这门亲事是绝无可能的。而且跟她舅舅照管之下的一位年轻人私定终身，尤其对方还是像费拉尔斯太太这样拥有巨大财富的女人的儿子，这总归是有些不同寻常吧。总之，我并非是想对您所器重的任何人的行为妄加评论，詹宁斯太太。我们都希望她过得无比幸福，而费拉尔斯太太的做法，自始至终都是任何一位尽职尽责的好母亲在相同的情况下会采取的行动。一直都是既高贵又开明的。爱德华已经对自己的命运做出了抉择，我担心这是个很不明智的抉择。”

玛丽安叹了口气，表达了同样的担心；而埃莉诺则为爱德华心疼不已，他如此勇敢地面对母亲的威胁，为的却是个根本配不上他的女人。

“那么，先生，”詹宁斯太太道，“最后到底是个什么样的结果呢？”

“说来非常遗憾，夫人，结果是最为不幸的彻底决裂：爱德华被永远地逐出了家门，他母亲与他断绝了一切关系。他于昨天离开了他母亲家，不过他到底去了哪里，是否还待在城里，我就不得而知了；因为我们自然是不便去多嘴打听的。”

“可怜的年轻人！——他这可该如何是好啊？”

“是呀，的确，夫人！想起来可真是让人伤心。生来原本是个巨富的命！我真想不出更为可叹的处境了。两千英镑的利息——一个男人怎么能靠这点钱过活！——而且考虑到若不是他自己犯傻，再过不到三个月，他就会有两千五百镑的年收入了（因为莫顿小姐有三万镑的财产）[1]，我真想象不出还有比这更为悲惨的境况了。我们肯定都非常同

① 爱德华的母亲赠与他的产业每年有一千镑的收益，莫顿小姐的三万镑按照百分之五的投资收益计算，每年即有一千五百镑。

情他；而且由于我们完全没有能力来帮助他，也就更加同情他了。”

“可怜的年轻人！”詹宁斯太太叫道，“我真想请他住到我的家里来；我要是能见到他，就这么告诉他。现在他真不合适再自己花钱在外头住了，不管是住寄宿舍还是小旅店。”

埃莉诺是衷心感谢她对爱德华的这番好意，虽说这种表现方式让她有点忍俊不禁。

“他要是能多为自己着想一点，”约翰·达什伍德道，“就像他的朋友们都在为他着想一样，现在他早就衣食无忧，什么都不缺了。可事已至此，看来谁都帮不上他的忙了。而且还有一件倒霉事在等着他，那可比什么都更糟——他母亲已经决定，她气急之下这也是很自然的，把那份产业马上授予了罗伯特，在正常的情况下这本来应该是爱德华的。我今天上午离开她的时候，她正在和她的律师商量这件事呢。”

“好吧！”詹宁斯太太道，“她这是在报复呢。每个人都有他们自己的一套办法。不过我想我可不会这么做：只因为一个儿子惹恼了我，就让另一个儿子坐收渔利。”

玛丽安站起身来，在屋里走来走去。

“眼看着原本应该属于自己的产业却被自己的弟弟给捞了去，”约翰继续道，“还有什么比这更让人气恼的吗？可怜的爱德华！我是真心为他感到难过。”

又继续抒发了一阵同样的情绪之后，约翰·达什伍德就准备告辞了；行前他又再三向两位妹妹担保，范妮的身体并没有任何大碍，因此她们完全不必太过担心，这才告辞而去；剩下的三位女士对目前的这个问题倒是取得了一致的看法，至少对费拉尔斯太太，对达什伍德夫妇和爱德华的行为，看法是完全一致的。

他一走出房间，玛丽安的激愤之情就一发而不可收；她的发作使得埃莉诺也情难自已，而詹宁斯太太本来就无须有所保留，于是三个人联合一气，对那帮势利小人狠狠地抨击起来。

她正在和她的律师商量这件事呢

第二章

詹宁斯太太虽然对于爱德华的行为大加赞赏，可只有埃莉诺和玛丽安才懂得这种行为的真正价值。只有她们才知道，他不惜违抗母命，其实几乎什么都得不到；而且他因此而朋友和财产尽失，除了自觉做了该做的事以外，也没什么可以聊以自慰的。埃莉诺为他的光明磊落备感自豪；玛丽安因为同情他的负屈含冤而宽恕了他所有的过错。不过，尽管姐妹俩之间的相互信任因为这件事情的公之于众而重新得以恢复正常，对此她们独处时却都不愿意再详加讨论。埃莉诺是出于自己的原则而不愿提起，因为一旦说起来，玛丽安总会过于热情过于肯定地相信爱德华仍旧钟情于她，她实在不想再让这种她宁肯就此打消的想法在自己的思想上反而更加牢固；而玛丽安很快也就失去了谈论这个话题的勇气，因为每次谈起来总不免要拿埃莉诺的行为和自己的两相比较，比较的结果总是让她对自己越发感到不满。

她完全感受到了这种两相比较所产生的压力；可结果并不像她姐姐希望的那样，能促使她从此努力振作起来；她反而陷入不断自责的痛苦当中，痛心疾首地悔恨自己当初为什么就管不住自己；其结果只能带来悔不当初的苦痛折磨，却并无任何洗心革面重新做人的希望。她的内心已经变得脆弱不堪，认定了自己现在根本就没有振作起来的可能，因此而只能变得更加意气消沉。

接下来的一两天内，哈利街或是巴特利特大楼再没有任何新的消息传来。虽然她们已经知道了不少内情，不用再用心打听就尽够詹宁斯太太到处传播一阵子了，可她还是从一开始就决定要尽快去探望她那两位表侄女；只是因为这几天不巧家里的客人比平常要多，这才使她分身乏术。

她们得知内情以后的第三天是个风和日丽的礼拜天，虽然时令还只是三月份的第二个星期，肯辛顿花园[1]仍旧招徕了众多的游客。詹宁斯太太和埃莉诺也躬逢其盛；可是玛丽安因为知道威洛比夫妇已经重新回到了城里，一直都怕会碰上他们，所以宁肯选择待在家里，不愿贸然前往这样的公共场所。

她们刚进花园不久，詹宁斯太太的一位老相识就加入了她们行列，对此，埃莉诺倒也并不感到遗憾，因为有她和詹宁斯太太聊个没完，自己倒正可以安安静静地想想心事。她既没有看到威洛比夫妇，也没有看到爱德华的影子，有一阵子连一个多少能引起她兴趣的人都没碰见，不管是让她感到愉快还是给她添堵的，一概没有。可是最后让她多少有些意外的是，斯蒂尔小姐居然前来跟她搭讪；斯蒂尔小姐虽然颇有些难为情，见到她们却表现得极为开心，又由于詹宁斯太太待她格外和气，备受鼓励之下她干脆暂时离开了原来的游伴，加入到她们这边来。詹宁斯太太马上小声叮嘱了埃莉诺一番。

"让她通通都说出来，我亲爱的。只要你问，她什么都会告诉你的。你看，我暂时还撇不下克拉克太太。"

幸好，詹宁斯太太和埃莉诺的好奇心碰上了好运气：根本无须发问她就把一切都说了出来，否则的话她们是什么消息都听不到的[2]。

"见到你我真是太高兴了；"斯蒂尔小姐说，亲热地拉住了她的手臂——"我原本最希望的就是能见你一面。"然后她压低嗓音，"我猜想詹宁斯太太已经全都听说了吧。她生气了吗？"

"我想她一点都不生你们的气。"

"那就好。还有米德尔顿夫人，她生气了吗？"

"我想不出她为什么要生你们的气。"

"那我可太高兴啦。老天爷！这几天我过的是什么样的日子！我这

---

① 肯辛顿花园（Kensington Gardens），肯辛顿宫的皇家花园，紧邻海德公园西头，于十八世纪面向公众开放，遂成为时髦人士喜欢游赏的胜地。

② 意谓埃莉诺尽管也很想知道内情，但以她的性格是绝不肯主动发问的。

辈子还没见过露西发这么大的脾气。她先是赌咒发誓再也不会帮我修饰任何一顶新帽子了，而且她这辈子再也不会为我做任何事情了；不过现在她基本上已经消了气了，我们又照旧是好朋友了。你瞧，昨儿晚上她还为我这顶帽子做了个蝴蝶结，并且还插上了根羽毛。好啦，我看你也要笑话我了。可我为什么就不能佩戴粉色的缎带呢？我才不管这是不是医生喜欢的颜色呢。我呀，说真格的，要不是他无意间说起，我才不知道他最喜欢的颜色就是这个呢。我那些表亲真是要烦死个人！——说真的，在他们面前我有时候简直都不知道眼睛该往哪儿看才好呢。”

她已经扯到了一个埃莉诺根本无话可说的话题上，因此不久就觉出还是重新回到原来的话题为妙。

“好了，达什伍德小姐，”她得意洋洋地道，“尽管人们可能会说费拉尔斯先生已经宣布要跟露西一刀两断了，他们爱怎么说就怎么说去吧，因为我可以告诉你，根本就没有这样的事；到处散布这样恶意的谣言，真是丢人现眼。不管露西本人对这件事是怎么想的，反正轮不到别的任何人去说三道四。”

“我可是从没听到有任何类似的暗示，我向你保证，”埃莉诺道。

“哦！真的吗？可是是有人说过，我知道很清楚，而且还不止一个人呢；因为戈德比小姐就跟斯帕克斯小姐说过，但凡有点脑子的人都不会认为费拉尔斯先生会为了一文不名的露西·斯蒂尔而放弃有三万镑财产的莫顿小姐；这是斯帕克斯小姐亲口告诉我的。除此以外，我的表哥理查德也亲口对我说过，等真到了节骨眼上，他恐怕费拉尔斯先生就会打退堂鼓了；等到爱德华一连有三天时间没来找过我们，我自己都不知道到底该怎么想才好了；而且我心里明白，露西也觉得完全没有指望了；因为我们是礼拜三从你哥哥家出来的，而礼拜四、礼拜五和礼拜六，整整有三天我们都没见着他的面，也不知道他的情况究竟是怎么样了。露西本来还想写封信给他，可是一气之下就没写。不过，今天上午我们刚从教堂回到家，他就来了；一切这才真相大白：他礼拜三如何

“并且还插上了根羽毛”

被叫到哈利街，他母亲和全家人是如何跟他谈的，他是如何当着他们所有人的面郑重宣布，他只爱露西一个，他非露西不娶。他如何因为这些事而心烦意乱，一离开他母亲家就跨上马，跑到了乡下的某个地方；他礼拜四和礼拜五整整两天都是如何在一家小客栈里度过的，为的是镇定心神、理清思路。在经过反复思量以后，他说，在他看来，他已经没有了财产，一无所有了，再让露西信守婚约就未免太不厚道了，因为那就摆明了是要让她承受损失，因为他只剩下了两千镑，此外就没有任何其他收入的希望了；就算是他决心从事圣职，以前他就有过这样的想法，他也只能谋得个副牧师的职位，他们怎么可能维持生计呢[①]？——他无法忍受要她跟着他受穷的想法，所以他恳求她，只要她有一丝一毫这样的想法，那就当机立断，马上终止和他的婚约，就让他去自谋生路好了。这一切我都听得清清楚楚。他完全是为了她的缘故，是为了她打算才提出，才说了这么句分手的话，绝不是为了他自己。我敢发誓，他绝没有露出一字一句已经厌烦了她，或者希望娶莫顿小姐这类的话。不过当然啦，他就是说了，露西也是绝不肯去听的；所以她就直截了当地告诉他(还有一大堆柔情蜜意、情呀爱呀的那类话，你知道——啊呀！这种话可是没办法复述一遍的，你知道)——她就直截了当地告诉他，她是绝对没有丝毫想要跟他分手的意思的，因为她能够跟他一起过苦日子，不管他的收入少到怎样的程度，她都会很高兴地全盘接受的，你知道，就是这一类的话。所以爱德华听了以后高兴极了，谈了一会儿[②]他们往后该怎么办，两人都同意他应该马上就去接受圣职，而他们得等他有了一点收入以后才能结婚。正在这个节骨眼上，我却不能继续再听下去了，因为亲戚在楼下喊我，说理查森太太的马车已经到了，她要带我

---

①有不止一份营生的教区长或教区牧师经常会雇用一位或几位副牧师代其在他们并不居住于其间的教区内履行圣职，没有其他生活来源的副牧师如果只靠这点薪金，生活经常是极端贫困的。

②“谈了一会儿”（and talked ...）初版作“他们谈了一会儿”（and they talked ...）。

们姐妹中的一位上肯辛顿花园去；所以我不得不走进房间，打断了他们的谈话，问露西想不想去，但她不愿意就这么把爱德华给丢下；于是我就跑上楼去，穿上一双长筒丝袜，跟着理查森一家一起出了门。”

“我不太明白你所说的‘打断他们’是什么意思，”埃莉诺道，“你们不是本来就待在一个房间里的吗？”

“不，当然不是啦。哎呀！达什伍德小姐，你难道以为会有人当着别人的面谈情说爱吗？你说这话不害臊吗！——这个道理你难道还不懂吗。（装模作样地笑了起来。）——不，不；他们俩把门关起来在客厅里说话，我都是透过房门听到的。”

“什么！”埃莉诺叫道，“你告诉我的居然是你躲在门外偷听来的？很抱歉我事先并不知道；要不然的话，我是决不会烦劳你把连你自己都不该知道的谈话内容讲给我听的。你怎么能对你的亲妹妹做出这么不光明正大的事来？”

“哎呀！这有什么大不了的。我只不过站在门口，能听到多少就听了多少。而且我敢肯定换了是露西，她也准会这么做的；因为一两年前，玛莎·夏普和我有那么多体己悄悄话要说的时候，她可从来都是毫无顾忌地躲在衣橱里或是藏在壁炉挡板[①]后面，专为了偷听我们都在说什么。”

埃莉诺想把话题给岔开；可是还没过两三分钟，斯蒂尔小姐就忍不住又回到这桩她一直都念念不忘的事上来了。

“爱德华说他很快就要去一趟牛津，”她说，“不过他现在还暂时住在蓓尔美尔街某某号。他那位母亲大人的性情可真够乖戾的，不是吗？而且你哥哥嫂子也不大厚道！不过，我不该当着你的面说他们的不好；而且他们倒确实是派自己的马车把我们送回家的，这已经超出了我的预期。不仅如此，我还一直都唯恐你嫂子会把一两天前她刚送我们的那两个针线盒给要回去呢；结果她居然提都没提这个茬儿，我还特意把

① 壁炉挡板（chimney-board），夏天用于把壁炉封闭遮挡起来的壁板。

“我都是透过房门听到的”

我的那个给藏了起来呢。爱德华说他在牛津有点事情要办，所以他一定得去一趟；事情办完以后，他要是有幸能碰上一位主教，他就能被授予圣职了。我真想知道他能当上个什么样教区的副牧师！——老天爷！（她一边说一边咯咯地傻笑）我敢打赌，我那些亲戚要是听说了，我准知道他们会怎么说。他们会说，我应该给那位大夫写一封信，让他在他新近工作的教区里给他谋个副牧师的职位。我知道他们肯定会这么说的；不过呢，我是决计不会去做这样的事的。——‘哎哟！’我会直接这么说，‘我真不知道你们怎么会想出这样的事来。要我给医生写一封信，真是的！’”

“也好，”埃莉诺道，“未雨绸缪，有备无患嘛。你已经连答话都准备好了。”

斯蒂尔小姐正打算要把同一个话题继续下去，不过她刚才的几位同伴这时候过来了，她就换了个更为重要的话题。

“哎呀！理查森一家过来了。我还有好多好多话要跟你说来着，可我不能撇下他们时间太久。我向你保证，他们都是很有教养的上等人。理查森先生钱赚得多得吓死人，而且他们有自备的马车。我是来不及亲口跟詹宁斯太太说了，不过请告诉她，听说她并不生我们的气，而且米德尔顿夫人也是一样，我真是非常高兴；如果你和令妹有什么事情得离开她家，而詹宁斯太太又想有人给她做个伴儿的话，我保证我们姐儿俩会非常高兴前来补缺的，她想要我们待多久我们就能待多久。我想米德尔顿夫人这阵子是不会再请我们去她家了。再会；很遗憾玛丽安小姐今天没来。请代我向她问个好。呀！你真不该穿着这件最好的波点麦斯林纱的裙子[①]！——难

---

① “最好的波点麦斯林纱的裙子”（best spotted muslin）采用初版，第二版作“波点麦斯林纱的裙子”（spotted muslin）；初版显然更可取，因为只有这是埃莉诺“最好的”裙子时，斯蒂尔小姐担心它被勾破才讲得通。“Best”初版时恰是一行当中的最后一个单词，极有可能是第二版的排字工人无意中漏排了这个单词，而非奥斯丁的有意修改。

道你真不怕它被勾破了呀。”

这就是她临别时特别表示的关切；因为说完这话，她刚刚来得及向詹宁斯太太无比客气地道了个别，就被理查森太太叫了过去；埃莉诺从她嘴里得知的这些情况，虽说并不比她心里早就预料到并预先有所准备的结果多出多少，却也尽够她好好琢磨一阵子的了。爱德华要跟露西结婚的决心是确定无疑的了，只不过正式成婚的时间却遥遥无期，这跟她自己的推断完全吻合；——不出她之所料，一切都取决于他能否获得圣职，而就目前看来，这个希望的实现几乎是绝无可能的。

一回到马车上，詹宁斯太太就迫不及待地向埃莉诺打听她都获得些什么样的情报；不过埃莉诺由于这些消息首先就是通过不正当的手段获取的，只希望尽可能少地传播为上，所以只限于简单地复述了少数几条内情，她有把握认为，这些也都是露西为了自己的利益着想，愿意让大家知道的内容。他们仍继续维持着既有的婚约，以及为了能最终成婚必须采取什么样的办法，这就是她转述的全部内容；这自然引发了詹宁斯太太如下的感慨：

“等他有了一份足以谋生的营生！——啊呀，我们都知道那会是个什么样的了局；——他们将等上整整一年，到头来发现一无所获，然后就只能依靠副牧师一年五十镑的收入、他那两千镑财产的利息，还有斯蒂尔先生和普拉特先生能够给她的那一星半点，把家给安下来。——然后就是每年都生一个孩子！愿主垂怜！他们得穷到什么地步！——我一定得看看能给他们点什么，帮他们把家具给配备一下。还两个女仆两个男仆呢！——就像我那天说的。——不不，他们哪里雇得起，只能用一个身强力壮的粗使丫头，把所有家务全部包圆儿了。——这么一来，贝蒂的妹妹可是绝对干不了啦。”

第二天上午，埃莉诺收到露西本人寄给她的本埠信件。信中这样写道：

巴特利特大楼，三月

希望我亲爱的达什伍德小姐原谅我冒昧写来这封信；不过我知道你对我的友谊会使你愿意听我好好讲述一下在历经了近来所有的磨难以后，我本人以及我亲爱的爱德华的近况，因此我也就不再继续表示我的歉意了。在此我言归正传：感谢上帝！尽管我们辛苦备尝，我们现在却都非常不错，而且就像沐浴在彼此的爱情当中必然会感到的那样幸福美满。我们经受了巨大的考验和严重的迫害，不过与此同时，也将满怀感激地衷心感谢众多的朋友，尤其是你，你们的深情厚谊我将永志不忘，爱德华在听我说起以后，也将同样终身感念。我相信你会很高兴听到——亲爱的詹宁斯太太也会同样如此——昨天下午我和他一起度过了两个钟头的幸福时光，尽管我认为自己有义务提醒他慎重行事，很诚恳地敦促他还是跟我分手为上，只要他表示同意，我们就当场彻底断绝关系；可是他听不进这样的话，他说我们决不分离，只要我还爱他，他就不在乎他母亲的愤怒；我们的前景自然是不够光明，可我们必须等待，希望能有最好的结果；他很快就将接受圣职，如果你有门路，能把他推荐给任何能为他谋个牧师职位的人的话，我相信你是不会忘记我们的，还有亲爱的詹宁斯太太，我相信她是会向约翰爵士、帕尔默先生或者任何有可能帮助我们的朋友说句好话的。——可怜的安妮[①]的确该为她的鲁莽行事大受责备，不过她也是出于一片好心，所以我也就不再说什么了；希望詹宁斯太太哪天上午路过敝处的时候，能够不嫌麻烦，赏光来看看我们，那将是无比的高情厚意，我的几位表亲也将以能够认识她而备感荣宠。——这张信纸提醒我应该就此打住了[②]，请向詹宁

---

① 即南希。“南希”（Nancy）是“安妮”（Anne）的变体形式。

② 当时信封的使用尚不普遍，信纸背面有一部分要留出空白，供信纸折叠并封蜡以后书写收信人姓名、地址之用。

斯太太，向约翰爵士，向米德尔顿夫人以及她的孩子们(如果你有机会见到他们)致以我最为感激而又至为恭敬的问候，并向玛丽安小姐转达我的爱意。

谨此，某某敬上。

埃莉诺刚把信看完，就马上把它交到了詹宁斯太太手上，因为她断定这就是写信之人的真正意图；詹宁斯太太一面大声朗读，一面大为满意地赞赏不已。

“真是太好了！——她写得多漂亮啊！——就是呀，他要是想解除婚约的话，那就应该成全他。这才真像露西的作为呢。——可怜的人儿！我衷心希望能替他找到个职位。——她称呼我亲爱的詹宁斯太太呢，你瞧瞧。她可真是天底下心肠最好的姑娘。——真好，我这可是实话实说。她那句话写得可真够漂亮。是的，是的，我一定会去看她的。她多周到呀，把每个人都想到了！——亲爱的，谢谢你把这封信拿给我看。这真是我读到过的最为动人的一封信，充分证明了露西是个头脑聪明、心地善良的好姑娘。”

第三章

两位达什伍德小姐如今在城里已经住了有两个多月了，玛丽安迫切想要回家的心情与日俱增。她想念乡间的空气、自由和宁静；而且感觉如果有任何地方能给她轻松自在的话，那就非巴顿莫属。埃莉诺归心似箭的心情几乎不亚于她，只是不太愿意马上就动身，因为她考虑到了如此漫长的返家之旅可能遭遇的种种困难，而玛丽安对此却完全视而不见。不过，埃莉诺的确开始认真地考虑如何返家的实际问题了，而且已经向好客的女主人提出了她的愿望，詹宁斯太太则出于好意对她们极力挽留；正在这时，有一个方案被提上了议事日程，按照这个方案，她们虽说还要再多耽搁几个礼拜才能回家，却比其他的办法都要切实可行得多。帕尔默夫妇大约三月底要去克利夫兰庄园过复活节[①]假期；夏洛特非常热情地邀请詹宁斯太太和她的两位朋友跟他们一同前往。达什伍德小姐心思细密，这一邀请本身原是不足以说动她的；——不过这里面还有帕尔默先生本人的盛情邀约，再加上他在获悉她妹妹遭遇负心的不幸后对她们姐妹的态度有了非常大的转变，她也就高高兴兴地接受了他们夫妇的邀请。

可是，在她把这件事告诉玛丽安的时候，玛丽安的第一反应却并不怎么痛快。

“克利夫兰！”——她叫道，情绪大为激动，“不，我不能去克利夫兰。”

“你忘了，”埃莉诺温柔地说，“克利夫兰的位置并不……它并不靠近……”

“可它也在萨默塞特郡。——我不能到萨默塞特郡去。——我曾经期盼着要去那儿的……不，埃莉诺，你不能期望我现在还愿意去那儿。”

埃莉诺并不想跟她争辩，为今之计，克服这样的情感才是合宜之举；——她只是尽力想通过激发她其他的情感来抵消这种情绪；——所以她这样跟她说：她既然那么想早日见到亲爱的母亲，前往克利夫兰正好能够以一种更为合理、更为舒适的方式，将回家的日期确定下来，而且也许还不会耽误更多的时间。克利夫兰庄园距布里斯托尔[2]只有几英里远，从那儿再到巴顿就只有一天的旅程了，尽管需要整整一天；母亲的用人就不难到那儿去接她们回家了；而且她们在克利夫兰没理由要待到一个礼拜以上，算起来她们三个礼拜再多一点就可以到家了。由于玛丽安念母心切，这么一说，她臆想出来的那点障碍也就迎刃而解了。

詹宁斯太太对她这两位客人还远没有任何厌烦之意，她还非常诚恳地硬要她们到时候跟她从克利夫兰一起再回到伦敦。埃莉诺对她这番心意很是感激，但却无意再变更她的计划；她们的母亲也已经欣然同意这一计划，跟她们返家相关的一切事宜都已尽可能做好了安排；——玛丽安已经估算出还有多少时日即可回到巴顿，心里也就感觉踏实了不少。

“啊，上校，我真不知道两位达什伍德小姐走了以后，你和我该怎么办；”她们的行程确定以后，布兰登上校首次来访的时候詹宁斯太太就这么对他说，“因为她们决意要从帕尔默夫妇那儿直接回家去；——等我一个人回来以后，咱们的日子过得该多么冷清啊！——主啊！咱们会像是两只猫一样呆坐在那里面面相觑的。”

詹宁斯太太也许是希望借助这么夸张地描绘他们未来生活的无聊，以煽动他赶紧开口求婚，这样就可以使自己免受这种孤寂之苦

---

① 复活节(Easter)，基督教纪念“耶稣复活”的重要节日，罗马教会于三二五年规定从每年春分第一次月圆时算起，第一个星期日(三月二十一日至四月二十五日)为复活节。

② 布里斯托尔(Bristol)，英格兰西南城市、自治市。

了；——如果真是这样的话，她很快就有了充分的理由可以相信她的目的已经达到了；因为在埃莉诺走到窗前以便更清楚地确定她要为詹宁斯太太临摹的一张画片的尺寸时，他也面带一种别有意味的表情跟了过去，并且和她交谈了好几分钟。他这番话对那位小姐所产生的影响，也逃不过詹宁斯太太的眼睛，因为她虽然品德高尚，绝不肯去偷听，而且为了不至于听到还特意换了个座位，坐到了玛丽安正在弹奏的钢琴旁边，她忍不住注意到埃莉诺变了脸色，显得非常激动，而且由于听得过于专注，连手上正在做的工作都停了下来。——大为证实了詹宁斯太太的期望的是，在玛丽安改换曲目的空隙当中，上校有几句话不免传到了她的耳朵里，听着像是他正为自己住宅的简陋表示歉意。如此看来，这件事已经是板上钉钉了。她确实是有些奇怪，他为什么认为需要把这种话说到前面；——不过仍旧猜想这应该是他觉得有必要说的客套话。埃莉诺对此是怎么回答的，她没听清楚，不过从她说话的唇形判断，她应该是认为那根本就不成问题；——詹宁斯太太还打心眼里赞赏她这么实诚。然后他们又交谈了几分钟，她是一个字都没有听见，幸好玛丽安的弹奏又稍停了片刻，她得以听到上校以平静的语气说道：

“我恐怕此事不会很快就能办得到。”

听到这丝毫不像出自恋人之口的话，她不禁又惊又怪，差一点脱口嚷道：“老天爷！这有什么办不到的？”——不过她终于还是按捺住了性子，只在心里暗自嘀咕。

“这可真是太怪了！——他实在是不必等到再老上几岁吧！”

不过，上校这边的无端拖延却似乎并没有引起他的女伴的丝毫气恼和窘迫，因为他们很快就结束了会谈，各自走开，而这时詹宁斯太太清清楚楚地听到埃莉诺以非常诚挚的口气说：

“我将永远都对您感激不尽。”

听到她对他表示感激，詹宁斯太太固然感到高兴，只是奇怪，在听到这样的一句话后，上校居然能够马上就沉着冷静地告辞而去，而且临走前甚至没有一句答复！——她实在是没想到，她这位老朋友求起婚来竟会是如此不解风情！

两人的谈话实际上是这样子的。

“我已经听说了，”上校满怀同情地说，“您的朋友费拉尔斯先生在他家庭当中遭受的不公正对待；如果我没理解错的话，他因为坚持履行与一位无可指摘的年轻女性的婚约，竟完全被他们逐出了家门——我听说的是事实吧？——果真如此吗？”

埃莉诺告诉他是这么回事。

“真残酷，真是蛮横而又残酷，”他回答道，不禁大为动容，“把两个长期相爱的年轻人生生分开，或者一心想把他们拆散，太可怕了[①]——费拉尔斯太太可能不知道自己正在做什么——不知道她会把亲生儿子逼上什么样的绝路。我曾在哈利街见过费拉尔斯先生[②]两三回，非常喜欢他。他不是那种一见面就马上能跟你熟络起来的年轻人，不过有了这几面之雅，我自然很希望他能一切顺利，而且他又是您的朋友，我就更希望他心想事成了。我听说他有意接受圣职。我今天刚接到邮件，德拉福教区有个牧师的职位刚刚空缺出来，我想麻烦您转告于他，如果他认为还值得接受的话，这个职位就是他的了——不过既然他目前的处境如此不幸，再去怀疑他是否愿意接受，未免就显得有些惺惺作态了，我只是希望那条件能再好一些就好了。——那是个教区长的职位，不过因为是个小教区；我相信它已故的前任每年的薪俸不会超过两百镑，虽说肯定还会有所增益，恐怕也达不到足以让他生活非常舒适的程度。尽管如此，我能有这么一个职位奉献给他，还是感到万分高兴的。这一点请务必向他保证。”

埃莉诺对上校的这一请托所感到的惊讶之情简直无以言表，就算上

---

① 布兰登上校显然想起了自己不幸的恋情。

② 初版作“爱德华·费拉尔斯先生”（Mr. Edward Ferrars）。奥斯丁在这里显然是不想让读者意识到还有把费拉尔斯兄弟俩混淆的可能。

校真的向她求婚也不会让她更为惊讶了。仅仅在两天前她还认为爱德华绝无希望得到的晋升机会，居然已经从天而降，使他可以如愿结婚了；——而且世上这么多人，偏偏又指定让她去送这份人情！——詹宁斯太太正是把她此刻情绪的波动归结为了截然不同的起因；——而尽管她激动的情绪当中掺杂了少许不那么单纯、不那么情愿的次要感情，不过布兰登上校之所以会有如此慷慨之举，除了他普遍的乐善好施以外，自然也有对她的特殊友谊的关系，对此，她是非常尊重、无比感激，同时也是深深感动、热情表达了出来的。她发自内心地向他致谢，对上校做人的原则和为人的性情赞赏有加，这是他当之无愧的；向他保证，如果他真心希望要由别人来代行这么一个令人愉快的任务的话，她当然很乐于接受这样一份信托。不过与此同时，她仍旧不由得认为，最适合去担当此任的还是非上校本人莫属。简言之，她是不愿意爱德华由于是从她手上接受这一恩赐而感到痛苦，因此宁可推掉这一信托的；——可布兰登上校出于相同微妙的缘由同样不想亲自出马，似乎仍希望由她来代为转告，如此一来她也就不好再继续推托了。她相信爱德华现在仍在城里，而且幸好她从斯蒂尔小姐口中听说过他的住址。因此，她可以答应当天就赶去把这个好消息告诉他。在一切谈妥之后，布兰登上校开始说起能有这么一位值得敬重而又讨人喜欢的邻居，他自己也受益匪浅，也就是在这时，他不无遗憾地提到牧师的住宅比较狭小和简素；——对这样的一个缺点，正如詹宁斯太太所料想的一样，埃莉诺丝毫不以为意，至少对房子的大小并不介意。

“房子小一点，”她说，“我觉得对他们不会有任何不方便，因为那和他们家里的人口与收入正好相称。”

听她这么一说，上校才惊讶地发现，她是把费拉尔斯先生的婚姻[1]看成了他这次举荐的必然结果了；因为他认为德拉福教区的收入相

---

① “费拉尔斯先生的婚姻”（Mr. Ferrars's marriage）初版作“他们的婚姻”（their marriage）。

当有限，凡是习惯了他那种生活方式[①]的人都不会仅靠那点收入就贸然成家的——他也就照实这么说了。

“教区长的这点收入仅能够费拉尔斯先生过一种舒适的单身生活；靠它结婚成家可不成。很遗憾，我的能力就只有这么一点，我能提供的帮助也只能仅此而已。不过，如果将来我能有机会在我的能力范围内对他有更大帮助的话，除非我对他的看法已经截然不同，我肯定会像现在一样真心诚意地助他一臂之力的。我现在所做的这一切，看来的确是微不足道的，因为这对于他那最重要的、他那唯一的幸福目标并无任何帮助。他的婚姻注定了依然还是一个遥遥无期的美好前景；——至少，我恐怕此事不会很快就能办得到。”

正是这句话，因为被詹宁斯太太所误解，自然是极大地冒犯了她那细腻的情感；不过，在如实交代过布兰登上校和埃莉诺站在窗前的一番谈话之后，总的说来，埃莉诺在分手时如此激动而又得体地表达的感激之情，如果当作是对上校求婚的回应，也是完全说得过去的。

① “他那种生活方式”（his style of life）初版作“他们那种生活方式”（their style of life）。

第四章

“好啦，达什伍德小姐，”布兰登上校一走，詹宁斯太太就露出莫逆于心的微笑道，“我也不问你上校都跟你说了些什么；因为，虽然为了我的荣誉我是尽量不去听你们的知心话儿的，不过我不小心听到的那点内容还是足以使我明白他到底意欲何为。我向你保证，我这辈子还从没这么高兴过，而且我打从心底里祝你开心快乐。”

“谢谢您，夫人，”埃莉诺道，“这确是一桩让我大为高兴的好事；我深深地感受到上校的一片好心。能像他这样做的人是不多的。极少有人有像他这样的慈悲心肠！我这辈子还从没感到这么意外过。”

“老天爷！我亲爱的，你可真够谦虚的！我可是一点都不觉得意外，因为近来我经常都在想，再没有比这个更有可能发生的了。”

“您是因为知道上校一贯古道热肠，由此作出判断的；不过至少您也没有料到这机会这么快就会出现吧。”

“机会！”詹宁斯太太重复了一句——“哦！说到这一点，一个男人只要是下定了决心，他是总归很快就能找到机会的。好了，我亲爱的，我要一遍又一遍地祝福你开心快乐；如果说这世界上真有这么幸福美满的一对儿的话，我是知道到哪儿去找的。”

“我想您的意思是说要到德拉福去找，”埃莉诺道，黯然一笑。

“对啦，我亲爱的，我的确是这个意思。至于说到宅子不够好，我可真不懂上校是什么意思了，因为在我看来他那宅子可是再好不过了。”

“他是说那宅子年久失修了。”

“哎哟，可那又怪谁呢？他为什么不修理一下呢？——他自己不修，让谁修去？”

仆人这时进来通报说马车已经备好，在门口候着，打断了她们的谈话；詹宁斯太太马上就准备动身，于是对埃莉诺道：

“好了，我亲爱的，咱们的话还没说上一半我就得走了。不过不要紧，晚上咱们可以再从头细说周详，因为到时候就只有咱们俩了。我就不请你跟我一起出去啦，因为我敢说你一定满脑子都是这件事，是不想有人在身边的；更何况，你一定也迫不及待地要把这件事原原本本告诉你妹妹呢。”

玛丽安在她们这次谈话之前就离开了房间。

“当然了，夫人，我是要把这件事告诉玛丽安的；不过眼下我还不打算告诉任何人。”

“哦，那也好，”詹宁斯太太颇为失望地道，“那么你也就不会让我告诉露西了，因为我想今天还要到霍尔本区跑一趟呢。”

“是的，夫人，请您对露西也先不要提起。多耽搁一天不会有什么实质性的影响的；在我给费拉尔斯先生写信以前，我想是不应该向任何人提及的。这信我马上就写。要紧的是千万不能耽误他的时间，因为要想接受圣职，他还有很多事情需要忙活呢。”

这话一开始使詹宁斯太太丈二的和尚，完全摸不着头脑。为什么一定得这么着急写信给费拉尔斯先生呢？她一时间真闹不明白。不过，她在琢磨了几分钟以后，就得出了一个非常喜兴的结论，于是大声惊叫道：

“哦，哦！——我明白你的意思了。费拉尔斯先生要担当大任呢。好，这对他可算是锦上添花了。是呀，他当然得准备妥当先担任了圣职再说；我真高兴你们已经把事情就安排到这一步了。可是，我亲爱的，这信由你来写是不是有些不大合适呀？难道不该由上校亲自来写吗？——他肯定才是最合适的人选呀。”

埃莉诺没大听明白詹宁斯太太开头的那几句话；不过她又觉得犯不着再去追根究底；于是就只回应了一下她归结的那句话。

“布兰登上校是个心思无比细密的人，他希望由别人来转达对他于费拉尔斯先生的一片好心，而不想由他本人亲自去挑明。”

“所以就一定得由你去做这件事啰。好吧，这种心思细密倒还真是够奇怪的！不过，我就不打搅你了（见她就要准备写信了）。你们的事情只有你们自己最清楚。那就再会了，我亲爱的。自打夏洛特生孩子以来，这是我听到过的最让我高兴的大喜事啦。”

她转身离开；可一转眼又跑了回来。

“我刚刚又想起贝蒂的妹妹来了，我亲爱的。我真高兴能给她找到这么好的一位女主人。可她是不是真能当好一位夫人的贴身女仆，我还有点拿不准。她干干家务活是没得说，而且做得一手的好针黹。不过，还是等你闲下来再去考虑这些事吧。”

“当然啦，夫人，”埃莉诺回答道，詹宁斯太太的话根本没怎么听进多少去，她一心只想孤身独处，而不想去纠缠这样的话题。

她该怎么开头——这封给爱德华的短信到底该怎么写，这才是她现在全心考虑的问题。他们两人的特殊情况，使得对其他任何人而言都轻而易举的一件事变得无比难办；她是既怕说得太多，又怕说得太少，于是手里握着笔坐在那里对着信纸兀自出神，一抬头却见爱德华本人走了进来。

他本是前来递送告别卡片的，在门口正碰到就要上车的詹宁斯太太；她在抱歉说自己不能回屋待客以后，又一定要他进去一趟，说是达什伍德小姐在楼上，正有要紧事要跟他面谈。

埃莉诺在犯难的同时，刚刚还暗自庆幸：不管通过信件恰如其分地表达自己有多么困难，至少总比当面告诉他来得好办；而她的客人就在这个时候从天而降，逼得她非得硬着头皮去干这桩天大的难事不可了。他这乍一出现，使她真是有些惊惶失措了。自打他订婚的消息公之于众以后，她这还是第一次跟他见面，也就是说，自从他明白她已经知道这件事以后，他们俩还没有照过面；这一点，再加上念及她脑子里一直在翻腾的那些事，以及她不得不告诉他的最新消息，使得她一时间感觉特别不自在。爱德华也同样感到非常苦恼，两个人相对而坐，陷入了极度窘迫尴尬的境地。——就连刚进门时他有没有为自己的不期而至道过歉，他都不记得了；他于是决定为了保险起见，他坐定以后，一等到能够说出话来，就郑重其事地表示了歉意。

“詹宁斯太太告诉我，”他说道，“您有话要对我说，至少我是这样理解的——否则我决计不会就这样贸然闯进来；不过与此同时，要是不见您和令妹一面就离开伦敦，我是会感到万分遗憾的；尤其是我这一走很可能就要挺长的时间——一时半会儿可能就再没有跟你们见面的荣幸了。我明天就要到牛津去了。”

“不过，即使不能当面表示，你也绝对不能还没收到我们的良好祝愿就不告而别的，”已经恢复镇定的埃莉诺说道，她决定还是快刀斩乱麻，尽快完成那项让她无比发怵的任务为上。“詹宁斯太太说得没错。我是有关系重大的事情要告诉你，刚才正打算给你写信呢。我受人之托，要完成一项最让人高兴的任务(她的呼吸变得比平常急促了一些)：布兰登上校十分钟前才刚刚离开，他想让我告诉你，他因为知道你想要接受圣职，非常高兴能为你提供刚刚出缺的德拉福教区的牧师职位，只是觉得薪俸还不是特别令人满意。允许我祝贺你有这么一位如此值得尊敬而又通情达理的朋友吧，我也和他一样但愿这份营生——现在大约是一年两百镑——能比现在要高得多，以便能够更好地使你不光是解决临时性的个人生活所需，而且能够使你——总之一句话：实现你所有幸福的目标。”

爱德华的心里到底是一种什么样的感受，他自己都无以言表，别人就更没办法替他说出来了。面对这样一个如此出乎意料、完全意想不到的消息，他果然是显得无比意外和震惊；不过他只喃喃念出了这么几个字：

“布兰登上校！”

“是的，”埃莉诺因为已经撑过了最难熬的时刻，于是鼓足更大的勇气继续道；“布兰登上校之所以这么做，是想将其当作他对你最近的遭遇——对于由于你的家人那不公正的无理行径而使你陷入的残酷处境——的关切与同情的一种表示，这种关切与同情，我相信是玛丽安、我自己以及你所有的朋友肯定都感同身受的；同时这也是他对于你整个品格的高度尊敬，尤其是对于你在目前状况下的勇敢作为的特别赞赏的一种明证。”

“布兰登上校给了我一份营生！——这可能吗？”

“家人对你的苛待害得你都认为再也无处觅到友谊了。”

“不，”爱德华恍然大悟道，“你的友谊我是丝毫都不会怀疑的；因为我不可能不知道，这一切都是因为你的缘故，我欠的其实是你的情。——我感受得到——我但愿能够充分表达我的感激之情——不过，你也很清楚，我天生就笨嘴拙舌。”

“这你可就大错特错了。我向你保证，这完全，或者至少是差不多应该完全归功于你自己的高尚品行，以及上校对这种品行的赏识。跟我一点关系都没有。在他跟我说明他的用意前，我甚至都不知道有个牧师的职位空缺了出来；我也从没有想到他还有这么一份营生可以作为礼物馈赠于人。作为我本人以及我们全家的一位朋友，他也许可能——我知道他是肯定乐于馈赠给你的；可是，我可以保证，我根本没有向他提出任何请求，你丝毫都不用感激于我。”

事实摆在面前，使她不得不承认在这件事上她也是多少起过一点作用的，不过与此同时，她又雅不愿以爱德华的恩主自居，所以她承认得有些犹犹豫豫；这也许更使他将近来心生的怀疑认作了事实。埃莉诺把话说完以后，他一度深深陷入了思绪当中；——最后，他才像是颇费了一点力气似的开口道：

“布兰登上校看来真是一个极有价值、非常值得尊敬的人。我一直都听人这么说，而且我知道令兄就对他评价甚高。毫无疑问，他不仅通情达理，行为做派更完全具备绅士风范。”

“的确，”埃莉诺回答道，“我相信在有了更深的了解以后，你会发现他的为人名不虚传；而且由于你们以后就将成为近邻(因为据我理解，牧师公馆差不多就紧挨着他的祖宅)，他果真能名实相符就显得尤其重要了。”

爱德华没有作声。不过，当埃莉诺把头扭过去的时候，他趁机看了她一眼，眼神是那么严肃，那么认真，又是那么郁郁寡欢，就仿佛是在说，他往后倒是宁愿那牧师公馆和主人的大宅离得更远一些才好。

“布兰登上校，我想，是住在圣詹姆斯街[①]吧，”过不多久，他站起身来问道。

埃莉诺告诉了他门牌号。

“既然你不许我谢你，那我就必须赶紧登门向他道谢了；让他相信他的慷慨相助已经使我成为一个非常——一个无比幸福的人。”

埃莉诺并没有再主动留他；两人分手的时候，她这方面非常真诚地表示，不管他未来的遭际有什么样的变化，她都会始终如一地希望他永远幸福快乐；而他这方面，原本也想表达同样的祝福的，却实在是难以启齿。

“再见到他的时候，”门在他身后关上以后，埃莉诺喃喃自语道，“我见到的就是露西的丈夫了。”

怀着这一愉快的期待，她坐下来，又把刚才发生的一切重过了一遍，回想着两人之间说过的话，努力试着去理解爱德华的一切感受；自然，在回想自己的感受时，仍不免有些不满。

詹宁斯太太这次外出会客，虽然见到了一些从未见过的人，因此对他们势必有很多话要说，不过由于她的心思完全被那桩重大的秘密所占据，已经容不下任何别的东西，回到家里一见到埃莉诺，就马上重新回到先前的话题上。

---

① 圣詹姆斯街(St. James's-street)，伦敦中心圣詹姆斯区的主要大街，从皮卡迪利下坡一直通到圣詹姆斯宫和蓓尔美尔街。

“我说，亲爱的，”她叫道，“我打发那年轻人上来见你，没做错吧？——我想你该不会有太大的困难——你应该不会发现他很不乐意接受你的提议吧？”

“没有，夫人；那是不大可能的。”

“那么，他要多久能准备好呢？——因为看起来一切都取决于这个了。”

“说实话，”埃莉诺道，“我对办理这类事情的过程所知甚少，说到需要多长时间、必须进行什么样的准备，我是一无所知的；不过我猜想，他这圣职授任的程序两三个月时间总该可以全部完成了吧。”

“要两三个月！”詹宁斯太太叫道，“老天爷！我亲爱的，你说得倒是轻巧；上校难道能再等两三个月？上帝保佑我！——要是换了我，肯定会等得不耐烦的！——要我说，我们固然是很乐意帮可怜的费拉尔斯先生一把，可为了他的缘故要等上两三个月，那就有些不值当啦。肯定可以找到别的什么人，也能做得一样好的——别的什么已经得到圣职的人。”

“我亲爱的夫人，”埃莉诺道，“您这是想到哪里去了？——哎呀，布兰登上校唯一的目的就是要帮费拉尔斯先生的忙啊。”

“上帝保佑你，我亲爱的！——你总不至于想要我相信，上校要娶你只是为了想让费拉尔斯先生赚这十个几尼吧！”

这么一来，这个误会也就再也无法延续下去了；于是马上也就解释清楚了；一时间双方都备觉有趣，谁都没有任何的实际损失，因为对詹宁斯太太而言不过是一桩喜事换成了另外一桩，而且并没有因此就失去了对头一桩喜事的期待之情。

“是呀，是呀，那牧师公馆的确是小了一点，”开头一阵的惊讶和满意过去以后，她说，“而且很有可能有些年久失修了；我原以为他说的是自己的祖宅呢！听到一个男人为那么大的一幢宅子道歉，而且是对你这个一向住在巴顿小别墅的人道歉，那感觉实在有些荒唐可笑——

一时间双方都备觉有趣

因为据我所知，光那底层就有五大间起居室，而且我记得他们的女管家跟我说过，里面足足能铺上十五张床！不过，我亲爱的，咱们确实也得敦促上校赶在露西住过去以前把那牧师公馆拾掇拾掇，也好让这小两口能住得舒服一点。”

“可布兰登上校似乎是认为，做牧师的那点收入绝对不够他们结婚成家的。”

“上校是个傻瓜，我亲爱的；就因为自己一年有两千镑的收入，他就认为再少了的话谁都结不起婚了。你就相信我的话吧，只要是我还活着，我就要在米迦勒节前去拜访一次德拉福教区的牧师公馆；而如果露西不在那儿的话，我是绝对不会去的。”

埃莉诺非常认同她的观点，他们是不大会再等什么了。

第五章

爱德华在向布兰登上校道谢以后，又立刻将这一幸运的消息带给了露西；他在到达巴特利特大楼的时候真是喜不自胜，适逢第二天詹宁斯太太又特意去向她道贺，露西于是向她保证说，她生平还从没见爱德华这么高兴过。

她本人的幸福和快乐，至少也是毫无疑问的；她和詹宁斯太太一起由衷地期待着米迦勒节前就能在德拉福的牧师公馆欢聚一堂。与此同时，她对埃莉诺的感激之情丝毫都不落在爱德华之后，她满怀热忱的感激谈起埃莉诺对他们两人的友情，毫不犹豫地承认她对他们恩重如山，并且公开宣称，无论现在还是未来，不管达什伍德小姐对他们如何尽心尽力，她都不会感到惊讶，因为她相信达什伍德小姐对她真正珍重的人是无论什么忙都愿意帮的。至于布兰登上校，她不仅准备把他当作圣人来崇敬，而且更加真心盼望他在所有的俗务中也能表现得像个圣人；盼望他能将他缴纳的十一税提到最高限度[①]；而且暗下决心，将来到了德拉福，一定尽可能地充分利用他的仆佣、他的马车、他的奶牛和他的家禽。

自打上次约翰·达什伍德前来伯克利街拜访，已经过去一个多礼拜的时间了，从那以后，除了带口信问候过一次以外，她们都再也没有关心过他妻子的微恙，埃莉诺于是开始觉得有必要去探望她一下了。——不过履行这一义务不仅违背了她自己的意愿，而且也得不到同伴们任何的帮助和支持。玛丽安非但自己断然拒绝前往，还力劝姐姐也根本不必去受这个罪；詹宁斯太太呢，虽然她的马车随时听凭埃莉诺使用，但她实在是讨厌约翰·达什伍德太太的为人，就连一心想看看她在弟弟的婚约曝光后现在到底是个什么样子的好奇，或者极欲替爱德华当面折辱她一番的冲动，都无法抵消一想到要再次与她为伍就感到的厌恶。结果便是埃莉诺只得独自一人前去进行这次她最不情愿的拜访，而且还要冒着跟一个她比任何人都更有理由讨厌的女人单独相处的危险。

结果用人说达什伍德太太不在家[②]；不过还没等马车掉过头来，她丈夫碰巧走了出来。他表示见到埃莉诺非常高兴，跟她说他正打算前往伯克利街拜访，并向她保证范妮见到她肯定会很高兴的，邀请她快进屋去。

他们上楼来到客厅。——里面空无一人。

"范妮在她自己的房间里呢，我想，"他说，"我这就去叫她，因为我敢肯定她是绝不会不想见你的。——绝对不会的。尤其是现在，更是不可能——不过不管怎么说，她一向最喜欢的就是你和玛丽安了。——玛丽安为什么没来呢？"

埃莉诺尽量帮她找了个借口。

"能单独见见你也好，"他回答道，"因为我有好多话要跟你说。布兰登上校的那份营生——难道是真的吗？——他当真就这么把它给了爱德华？——我是昨天无意间听到的，正想特意去找你打听一下内情呢。"

"千真万确。——布兰登上校已经把德拉福教区牧师的营生给了爱德华。"

"真的呀！——哎哟，这可真是太让人奇怪了！——非亲非故的！——没有任何关系的两个人！——而且现在一份牧师的营生可值钱啦[③]！——之前这份营生有多少收入？"

---

① 教区的每位农民每年应向教区牧师缴纳最高比例达十分之一的农作物收益，这是牧师收益的主要来源。

② 男女主人在不想见客时，就会指示用人说自己不在家；这一通常采用的婉拒策略在十八世纪和十九世纪初曾是一个广受争议的话题。

③ 参见第二卷第二章注。乡绅地主有权为绝大部分的乡村教堂指定神职人员，最经常的就是将这份营生赠送给幼子或是亲戚，如果无人可赠，也可以把这样的营生折价卖掉。像约翰·达什伍德这种心胸狭隘的守财奴是绝不相信布兰登上校会毫不计较私利地把这份营生白白送人的。

“一年大约两百。”

“很好啦——将这样收入的一份营生举荐给下一任牧师——假设现任之人已经年老多病，这个职位很快就可能出缺——他应该可以得到，我敢说——一千四百镑呢。他怎么会不在这人去世前就把这桩买卖安排妥当呢？——现在再卖自然是有些太迟了，布兰登上校可是个聪明人啊！——我真奇怪，在一件这么寻常、这么自然的事务上，他怎么会这么没有算计呢！——唉，我相信几乎每个人的性格里都会有很多前后矛盾的地方。可是，我猜——细想之下——情况可能是这样的：上校实际上已经把举荐权卖了出去，要等那买下这一营生的人成年以后再正式授予他，爱德华只是暂时代理一下罢了。——是啦，是啦，就是这么回事，毫无疑问。”

可是，埃莉诺对此断然加以否认；说受布兰登上校之托去向爱德华转达这一馈赠的就是她本人，所以她对赠与这一职位的条件肯定是最清楚不过的，迫使他承认她在这方面的权威不容置疑。

“这可真是咄咄怪事！”他听她讲了这一番话后忍不住叫道，“那上校的动机到底何在呢？”

“非常简单——就是想帮助费拉尔斯先生。”

“好吧，好吧；不管布兰登上校用意何在，爱德华算是走了运啦！——不过，你对范妮可别提这件事，因为虽然我已经跟她透过底了，她也非常出色地接受了下来——可她是不会喜欢总听到人家挂在嘴边上的。”

埃莉诺费了点力气才强忍住没说，她认为范妮听说她亲弟弟平白获得了一笔财富，而同时她和她的孩子又都不会因此而遭受损失，她应该是能够平静地予以接受的。

“而费拉尔斯太太，”他接着又道，把声音压得极低，以适应这么重要的一个话题，“目前对此还一无所知，我相信最好能完全瞒着她，能瞒多久算多久——等到他们结婚的时候，恐怕也就瞒不住了。”

“可为什么要这么小心防备呢？——虽然谁都不会认为，在得知亲生儿子有了足以维持生计的收入以后，费拉尔斯太太会感到丝毫的满意，——因为那肯定是绝不可能的；可为什么，从她最近的所作所为看来，还会认为她仍旧拥有任何一点感情呢？——她已经和亲生儿子断绝了关系，她已经把他永远逐出了门庭，她已经逼着她能够左右的所有的人也同样将他弃之如同敝屣。在做出这样的事情以后，你肯定已经无法想象她还会为了他的缘故而生出任何或悲或喜的感情了吧——无论有什么事情降临到他头上，她都不会产生任何兴趣了。——她不可能那么软弱，既能把孩子的福祉弃之不顾，同时竟还操着做母亲的那份心！”

“啊！埃莉诺，”约翰道，“你这番话讲得非常在理，可却是建立在对人性缺乏了解的基础之上的。当爱德华这桩不幸的婚事正式成真的时候，他母亲毫无疑问还是会像从未把他逐出门庭一样感到万分难过的；所以，每一种有可能对那桩可怕的事件推波助澜的情况，都必须尽可能地瞒着她。费拉尔斯太太是绝不会忘记爱德华是她儿子的。”

“你真让我感到吃惊了；我倒是觉得，到了这个时候，她差不多已经把他忘得一干二净了呢。”

“你完完全全冤枉她了。费拉尔斯太太可是这个世界上最为慈爱的母亲之一。”

埃莉诺没再作声。

“我们正在考虑，”达什伍德先生稍作沉吟后道，“让罗伯特来迎娶莫顿小姐。”

埃莉诺听到她哥哥那一本正经而且煞有介事的口吻，不禁莞尔一笑，心平气和地回答道：

“那位小姐，我想，在这件事上是别无选择了。”

“选择！——你这话是什么意思？”

“我只是说，按照你的说法，不论是嫁给爱德华还是罗伯特，对莫顿小姐而言想必都是一样的。”

“那是当然，不可能有任何不同呀；因为罗伯特现在几乎在一切方面都可以被视作长子了；——而至于论到别的方面，兄弟俩都是非常讨人喜欢的年轻人，我就看不出谁比谁更强。”

埃莉诺没再说什么，约翰短时间内也没再开口。——他最后说出了这么一番深思熟虑的见解：

“有一件事，我亲爱的妹妹，”他亲热地握住她的手，郑重其事地悄声低语道，“我可以向你保证；——我也愿意这么做，因为我知道你听了一定会感到满意的。我有充分的理由认为——我的确是从最权威的渠道获得的，否则我也就不会向你转述了，因为要不然的话，再对此而说三道四就万万不该了——我是从非常权威的渠道获悉的——虽然并不是真正听费拉尔斯太太亲口所说——但她女儿却是亲耳听到的，我又是从她那儿听来的——简而言之，那就是不管当初针对你们曾经——曾有过的那段关系——你懂我的意思——有过多少反对的意见，若是跟这次比起来，她倒是更倾向于那一次的，给她带来的恼怒还不及这一次的一半那么多。听说费拉尔斯太太从这个角度看待这个问题，我真是太高兴了——这对我们大家来说可都是个非常令人满意的新情况。‘这本来也是没办法进行比较的，’她说，‘不过两害相权，她现在是宁取其轻了。’不过当然了，事已至此，这也都是没有办法的事了——不该去想也不该去提了——至于说到任何的恋慕之情，你知道——那已经是绝无可能——全都已经是覆水难收了。不过我想我还是应该告诉你的好，因为我知道这肯定是会让你非常高兴的。倒也不是说你有什么好感到遗憾的，埃莉诺。毫无疑问，你现在就做得非常之好——整个衡量下来，简直同样理想，说不定还更加理想呢。布兰登上校近来常跟你在一起吗？”

埃莉诺听他这么一说，非但没有满足她的虚荣心、抬高她的自负感，反倒是只感觉神经紧张、心烦意乱；——幸好这时候罗伯特·费

“有一件事，我可以向你保证”

拉尔斯先生走了进来，使她暗自庆幸自己既不需要对她哥哥这番话做出什么回应，也不再有继续听他说三道四的危险了。闲聊了几分钟以后，约翰·达什伍德因为想起还没有去通知太太他妹妹已经来了，就离开房间找她去了；而埃莉诺就被留了下来，以增进她对罗伯特的了解。此人生性快活、没心没肺，沾沾自喜、妄自尊大，反而由于他放荡不羁的生活方式如此不公地赢得了他母亲过分的宠爱和厚待，损害了他那被逐出家门的哥哥的利益；相较于正直诚实的爱德华，更是进一步坚定了埃莉诺对罗伯特的头脑和心肠的双重反感。

他们俩在一起待了还不到两分钟，他就开始谈起了爱德华；因为他也听说了那桩牧师营生的事情，很想详细打听打听。埃莉诺把刚才对约翰讲述的详情又重复了一遍；罗伯特对此的反应虽然和他大不相同，却也同样令人吃惊。他肆无忌惮地纵声大笑。一想到爱德华要成为一位牧师，住在一幢逼仄的牧师公馆里，他就乐不可支；——然后又开始想象爱德华身着白色法衣，嘴里念诵祈祷文，一本正经地发布约翰·史密斯和玛丽·布朗结婚公告的情形，他就越发觉得匪夷所思、滑稽透顶了。

埃莉诺在默不作声、一脸严肃地静候他这番蠢行结束的同时，一双眼睛忍不住紧紧地盯着他，由此而激起的蔑视之情表露无遗。不过她这样的眼神结果反而歪打正着，因为这既纾解了她内心的不忿，又并没有让他觉出有什么不妥。他终于从嬉笑谑闹中恢复了理智，倒并非是由于感受到了她的谴责，而是他自己都觉得有些过分了。

“我们或许可以把它当作一个天大的笑话，”他又呵呵地假笑了一番，大大延长了他真正感到好笑的时刻，这才止住笑说道，“不过平心而论，这件事情其实再严重不过了。可怜的爱德华！他这辈子就这么给毁了。我是真心为他感到难过——因为我知道他是个心肠顶好的家伙；也许称得起这世上心肠最好的伙计。达什伍德小姐，你可绝不能仅凭你对他的那点浮泛的认识就对他妄下断语。——可怜的爱德华！——他天生的性情举止当然算不上最讨人喜欢。——不过我们是不可能，你知道，全都生就同样的能力——同样的谈吐的。——可怜的家伙！——你要是看到他跟一群生人在一起——那情形别提有多可怜啦！——不过平心而论，我相信他心地善良，不亚于这个王国里的任何一个人；而且我可以向你断言，这件事情一下子爆发出来的时候，我这辈子还从没感到这么震惊过。我简直不敢相信。——第一个把这件事告诉我的是家母，我自己觉得她是吁请我果断采取行动，于是当即就对她说，‘我亲爱的夫人，我不知道您在这种情况下打算怎么做，至于我自己，我必须说，爱德华要是果真娶了这个年轻女人的话，我可是再也不要见到他了。’这就是我当即对她所说的话，——我可真是吃惊非小！——可怜的爱德华！——他可真是把自己彻底毁了——以后再也别想踏入上流社会半步了！——不过呢，就像我直截了当地对家母所说的那样，对此我可是一点都不感到惊讶的；从他所受的教育方式来看，他是迟早都会做出这等荒唐事来的。我可怜的母亲简直快要气疯了。”

“你见过那位小姐吗？”

“见过；就见过一次，还是她在这儿做客的时候，我碰巧顺道进来待了个十分钟；我已经把她看得够清楚的了。纯粹是个拙手笨脚的乡下丫头，既没风度，又不文雅，而且几乎都说不上漂亮——我对她是记得清清楚楚。正是我觉得很有可能会俘获可怜的爱德华的那种丫头。家母一把这件事情告诉我，我立刻就自告奋勇要亲自前去和他谈谈，劝他放弃这门婚事；可事已至此，我发现已经为时过晚，什么都来不及做了，只可惜一开始的时候我并不在场，在他们母子俩反目成仇以前对这件事我是一无所知，到了那时，我也已经是无计可施了。不过，哪怕我早知道几个钟头呢——我想也是大有可能——找出个什么办法来的。我肯定会清楚明白地向他申明利害的。‘我亲爱的伙计，’我会这么对他说，‘你看看你这干的都是些什么。你这门亲事实在是太有辱门楣了，而且会招致全家人一致反对的呀。’总之一句话，我是觉得当时还是有可能找到妥协的办法的。可现在一切都已经太晚了。他肯定会挨饿的，你知道；——那是毫无疑问的；绝对是会挨饿的。”

他刚刚泰然自若地得出了这个结论，约翰·达什伍德太太就走了进来，这个话题也就到此为止了。尽管她对外人绝口不提这件事，埃莉诺还是看得出此事对她的精神所带来的影响，因为她进门的时候神色显得有些不知所措，在对待自己的态度上又竭力装得非常热诚的样子。听说埃莉诺和她妹妹很快就要离开伦敦的时候，她甚至做出一副关切的神情，就仿佛她一直都希望能经常见到她们似的；——她这么惺惺作态，而陪她一起进来的她那位丈夫却无比倾心地细品着她每个字的发音，像是从中听出了最富有情感而且最优美动人的一切内容。

第六章

埃莉诺又前往哈利街做了一次简短的拜访[①]，她哥哥恭喜她们分文不花就能朝巴顿的方向走出这么远一段距离，真是上算；而且由于布兰登上校一两天后也会随之前往克利夫兰庄园，兄妹之间在城里的交往也就到此结束了；——范妮含糊其词地邀请她们如果哪天顺路就去诺兰庄园做客，这自然是最不可能发生的事情，而约翰则更为热情地，虽说没那么公开地向她保证说，他马上就会前往德拉福庄园去看望她，这也就是所有可以预见的他们在乡下的会面机会。

眼看着她所有的朋友都似乎决意要把她送到德拉福庄园去，她真觉得有些可笑；而这里现在恰恰变成了她最不愿意去造访，最不希望去居住的地方；因为不仅她哥哥和詹宁斯太太认为那就是她未来的家，就连露西在跟她分手的时候也迫切地邀请她到那儿去看望她。

刚进入四月的一个不算太早的早晨，汉诺威广场和伯克利街的两拨人马分别从各自的家中出发，约好在路上碰头。为了照顾夏洛特和孩子的舒适起见，他们计划在路上走两天多的时间，而帕尔默先生打算和布兰登上校一道上路，他们走得更快，预计在女眷们到达克利夫兰不久就能跟她们在那里会合。

虽说玛丽安在伦敦待的这段时间里几乎就没有过什么舒心的时刻，而且早就急着要早点离开了，但真到了要跟这幢宅子说再见的时候，又忍不住感到心痛不已，因为就是在这里，她还最后一次对威洛比怀着希望、抱有信心，而如今所有这些都已经永远地破灭了。威洛比却仍将留在这里，忙于参加全新的社交聚会、做出各种全新的筹划，而这一切都已经没有她的份儿了，离开这样的一个地方，她又怎能不潸然泪下呢。

对于离开伦敦，埃莉诺倒是更真心感到高兴。她没有这种让她百转千回、难以割舍的对象，也没有任何一个人，跟他永远分开后会给她留下哪怕一时一刻的遗恨和抱憾；相反，她很高兴终于摆脱了露西的友谊给她带来的迫害和烦扰，她很庆幸在威洛比婚后一直都避免跟他相见的情况下就能把妹妹从伦敦带走，她满怀希望地盼望着回到巴顿安安静静地住上几个月以后，就能抚平玛丽安心灵的伤痛，也能让自己的心情更加平静。

她们的旅程平安顺利。第二天便进入了萨默塞特郡，这里究竟是福地还是禁地，就看玛丽安到底是怎么想了；第三天的上午，她们就抵达了克利夫兰庄园。

克利夫兰的府第是幢宽敞的现代建筑，坐落在一片有些坡度的草坪上。庄园没有林苑[②]，却有相当开阔的游乐场地；与其他同等地位的庄园一样，拥有广阔的灌木林地和近便的林荫步道，一条平坦的砾石小路蜿蜒绕过一片林地通到前门，草坪上点缀着高大的乔木，宅第本身掩映在枞树、花楸和金合欢树的环抱中，这些树木构成一道厚厚的屏障，还有几棵钻天杨鹤立鸡群般挺立于其间，将正房与下房完全分割开来。

玛丽安走进宅第的时候，心里不禁百感交集，因为她意识到这里距离巴顿只有八十英里，而距离库姆大厦还不到三十英里；进门不到五分钟的时间，当其他人都忙着帮夏洛特把孩子托付给女管家照看时，她就又退了出来，悄悄地穿过刚刚开始展露新绿之美的蜿蜒伸展的灌木林地，来到远处的高地之上；从一座希腊式神庙[③]开始，她的目光越过一片广阔的乡野朝西南方望去，满怀柔情地停留在地平线尽头连绵起伏的山脊上，想象着从它们的峰巅，或许就能看到库姆大厦。

在这样一种无比珍贵的又无限伤痛的时刻，她悲欣交集，流着泪水

---

① “又前往哈利街做了一次简短的拜访”（One other short call in Harley-street），初版作“又去拜访了一次哈利街，一次简短的辞行拜访”（One other call in Harley-street, a short and take-leave call）。

② 林苑（park），乡间庄园周围封闭式的、经常是非常广阔的园林区域，有时候点缀有绵羊和麋鹿等牧放动物，主要是为了观赏而非畜牧。

③ 希腊建筑的复制品在这一时期正是景观设计中一个常见的特色。

其他人都忙着帮夏洛特把孩子托付给女管家照看

很高兴自己来到了克利夫兰；她取道另一条路绕回宅第的时候，感受到了全部乡间生活那自由自在的乐趣，尽可以独自一人随心所欲地各处漫游，她决定在帕尔默家逗留的这段时间里，尽可能每时每刻都尽情消磨在这种孤独的漫步之中。

她回来的时候正赶上和大家一起出门到周遭的各处去玩赏一番；上午剩余的时间很快就这么消磨过去了：她们在菜园里闲逛，细看墙上绽放的花朵，听园丁抱怨菜蔬的各种病害，——然后又在温室里逛了一圈，由于照顾不周再加上霜冻结束得晚，夏洛特钟爱的植物都被冻死了，引来她一阵哈哈大笑，——在参观她的养禽场的时候，挤奶女工灰心丧气地说，母鸡不是不肯进窝孵蛋，就是鸡蛋被狐狸给偷走，还有一窝原本挺壮健的小鸡也纷纷夭亡，这又给夏洛特提供了新的笑料。

上午的天气晴和干爽，玛丽安在筹划她的户外活动时，并没有把他们在克利夫兰逗留期间的天气变化计算在内。所以，当她发现晚饭以后一场持续的降雨使她不能外出的时候，不禁大吃了一惊。她原本指望在暮色中散步到那所希腊神庙的，也许还能在庭院当中四处走走，如果傍晚仅仅是寒冷或是潮湿一点的话，是不足以让她望而却步的；可是一场持续不断的豪雨使得即便是她，也不能自欺欺人地认为这是适合散步的干爽或是宜人的天气了。

她们人数很少，安安静静地消磨着时光。帕尔默太太照顾她的孩子①，詹宁斯太太在编织地毯；母女俩谈论着撇在城里的朋友们，为米德尔顿夫人安排各种约会，猜测着帕尔默先生和布兰登上校当天晚上会不会已经过了雷丁②。埃莉诺虽然没什么兴趣，仍旧加入了她们的闲谈，玛丽安呢，她不论在谁的家里都有本事找到他们自家人基本上都尽量避开的藏书室，很快就给自己找到了一本书看。

---

①“她的孩子”（her child）初版作“孩子”（the child）。

②雷丁（Reading），英格兰伯克郡的城镇和区（“自治市”），位于伦敦以西六十一公里处。

听园丁抱怨菜蔬的各种病害

帕尔默太太素性亲切友善而又脾气极好，让她们姐妹俩有一种宾至如归的感觉。她虽说既不够聪明也不够文雅，使她经常在待客之礼上显得有些不够周全，可是她那坦率而又热诚的举止态度却足以弥补了这些缺点且绰绰有余；她为人的蔼然可亲，再加上她那张那么漂亮的面孔的衬托，显得非常迷人；她的傻里傻气虽说相当明显，却并不讨厌，因为她丝毫都不傲慢自负；除了她那哈哈的笑声以外，埃莉诺对她的一切都能原谅。

那两位绅士是第二天到的，赶上了一顿迟开的晚餐，一下子多出了两个人，聊天的话题也多样了不少，大家都很高兴，因为雨又下了整整一个上午，女士们的情绪已经相当低落了。

埃莉诺这一向很少能见到帕尔默先生，极少的几次见面当中，他对她妹妹和她本人的态度也是忽冷忽热，无从猜测他在自己家里会是怎么个样子。结果她发现他对待所有的客人表现得都非常绅士，只是偶尔对他妻子和岳母有点粗暴；她发现他是很可以成为一位令人愉快的伙伴的，只是由于他自觉比詹宁斯太太和夏洛特都要高明，于是导致他有些妄自尊大，觉得自己比大部分人都要高明，所以无法始终如一地做到这一点。至于他性情和习惯的其他方面，就埃莉诺的观察，跟他这个岁数的男人相比也并无任何非同寻常的特异之处。他讲究饮食，起居没有定时；喜欢孩子却又装作满不在乎；上午的时间本来应该做点正经事的，却白白消磨在打弹子上。不过，总体说来，她比自己原本预料的要更加喜欢他，可也并不因为对他的喜欢无法更进一步而感到遗憾；——对于自己观察到的他的口腹之欲、他的自私自利和自以为是，她并不感到遗憾，只不过由此而联想到爱德华那慷慨的性情、单纯的趣味和谦逊的情感，不禁颇为自得。

关于爱德华，或至少是他的某些重要的情况，她从布兰登上校那儿听说了些消息，上校最近刚去过一趟多塞特郡；他是既把她视为费拉尔斯先生无私的朋友，又把她当作自己的知己，所以跟她讲了很多德拉福牧师公馆的情况，细说了那房子的种种缺点，并告诉她自己打算如何进行改进和修缮。——在这件事以及在其他许多具体的问题上，他对待她的态度，刚分开十天他在重新见到她时那毫不掩饰的高兴劲儿，以及他那么乐于跟她交谈，又是那么尊重她的意见，处处都大可证明詹宁斯太太认定他有情于她的想法是很有道理的，而如果埃莉诺不是像一开始那样相信玛丽安才真是他的心上人的话，恐怕就连她自己都忍不住会有所怀疑了。不过实际上，若非詹宁斯太太总是这么说，这样的一种念头其实是不大可能进入她的脑际的；而且她禁不住认为，两相比较，她的观察力还是胜过了詹宁斯太太；——她观察的是布兰登上校的眼睛，而詹宁斯太太考虑的则只是他的行为；——当玛丽安的重感冒一开始刚刚感到有些头疼和咽喉不适的时候，上校的目光中就流露出焦急关切的神情，但因为并未诉诸话语，便完全逃过了那位太太的观察；——而她却从中发现了一个情人那无比的敏感和不必要的惊慌。

在来到这里的第三和第四天傍晚，玛丽安两度愉快地在暮色中外出散步，不仅沿着灌木林地中的砾石小路漫步，而且走遍了庄园的整个庭院，尤其是最远处的边界位置，那里比其余的地方更加荒凉，树木最老，野草也最高、最湿——这还不算，玛丽安居然冒冒失失地穿着湿鞋湿袜子席地而坐——结果患上了重感冒，尽管头一两天里她还满不在乎，甚至拒不承认自己生了病，怎奈病状越来越重，不能不引起所有人的关切，连她自己也无法视而不见了。各种偏方验方从四面八方蜂拥而至，又一如既往地被她一一婉拒。尽管她昏昏沉沉、发着高烧、四肢酸痛、不断咳嗽、咽喉肿痛，她仍旧相信一夜好觉就能彻底复原；在她上床以后，埃莉诺好不容易才劝说她服了一两服最普通的药剂。

第七章

第二天早上，玛丽安照常按时起床；向每个询问她的人都回说她好些了，而且为了证明这一点，马上就投身于日常的事务中。可是一整天里，她不是手拿着一本书在壁炉旁边打哆嗦，一点都读不下去，就是虚弱倦怠地在沙发上躺着，丝毫都没有表现出确有好转的迹象；最后，实在是感觉越来越不舒服了，只好早早地就上了床。布兰登上校发现埃莉诺居然仍旧镇定自若，不禁感到大为惊讶，因为她虽说不顾玛丽安的反对，一整天都在陪伴照顾她，而且晚上的时候还硬逼她吃了些该吃的药，但她就跟玛丽安一样，也相信好好睡一觉肯定就能大为见效，所以并不真正感到惊慌。

可是那天夜里玛丽安高烧不退，辗转难眠，姐妹俩的期望全都落了空；玛丽安原本还想扎挣着起床的，但在她终于连自己都承认根本坐不住，只好重新躺回去的时候，埃莉诺已经很愿意接受詹宁斯太太的建议，派人去请帕尔默家的医生[①]了。

医生前来诊视了病人后，虽然很支持达什伍德小姐的看法，说要不了几天她妹妹即可康复，不过却也宣称她这番患病有发展为白喉的危险，嘴里还漏出了"传染"这个词儿，这一下，帕尔默太太由于考虑到宝宝的安危，马上就恐慌了起来。詹宁斯太太对于玛丽安的病从一开始就比埃莉诺看得更为严重，现在则非常重视哈里斯先生的诊断，考虑到夏洛特的恐惧和担心，于是就敦促她赶紧带着孩子离开这里；帕尔默先生虽则认为她们的忧惧是无事生非，却也实在招架不住妻子的焦虑和坚持。于是她暂时离家躲避的做法就这么定了下来；哈里斯先生赶来诊病还不到一个钟头的时间，她就带着小儿子和他的保姆起程前往帕尔默先生的一位近亲家里暂住去了，那位亲戚家位于巴思过去不过几英里的地方；她丈夫拗不过她热忱的恳求，答应一两天之内就去那儿跟她会合；

她也几乎同样热忱地恳求她母亲也去那儿陪伴她。可是詹宁斯太太却宣称，只要玛丽安还在病着，她就决不离开克利夫兰半步，既然是她把玛丽安从她母亲身边带走的，她就要尽心竭力代替她母亲好好地照顾她，老太太的古道热肠赢得了埃莉诺对她的真心喜爱；埃莉诺还发现她随时随地都是个最积极主动、乐于助人的好帮手，一心想要分担她所有的劳苦，而且她在看护病人方面确实更有经验，当真帮了她的大忙。

可怜的玛丽安被这场疾病折腾得虚弱无力、情绪低落，她自感病得不轻，再也不可能期待明天就霍然痊愈了；而且一想到明天原本可以做的事情全毁在这场倒霉的病上，每一种病况也就变得愈发严重了；因为原本明天就可以踏上回家的旅途；一路上都有詹宁斯太太特意指派的一位用人全程照护，后天午前就能回到家里，让她们的母亲大为惊喜了。她极少开口，一开口就全是悲叹她这场病延迟了她们回家的时间；尽管埃莉诺竭力为她鼓劲打气，让她相信就算是有所延迟也将是非常短暂的，而当时她自己也的确是这样认为的。

第二天，病人的状况几乎或者竟是没有任何变化；肯定是没有任何好转，虽没有任何改善，至少也并没有显得更糟糕。家里的人又少了一位；因为帕尔默先生本意虽然并不想走——一方面是他宅心仁厚，另一方面也不想显得是被他妻子给吓唬走的——最终还是被布兰登上校所说服，履行了要随后前去陪伴他妻子的承诺；就在他准备动身的时候，布兰登上校迫于礼节也说自己该走了，不过他的态度可比帕尔默先生更要勉强得多了。——不过，关键时刻，好心的詹宁斯太太又以最令人求之不得的方式提出了异议；因为她琢磨着，正当少校的心上人为她妹妹寝食难安之际，这时候把上校给打发走可是会让双方都大感不适的；于是她马上就对上校说，他继续留在克利夫兰对她来说是非常必要的，因为晚上达什伍德小姐在楼上陪着妹妹的时候，她需要他陪她一起

---

① 其实只是药剂师(apothecary)，不过在奥斯丁生活的时代，也充当全科医生的角色，虽专业性不及真正的医生(医学博士)，却可以随叫随到，方便得多。

打打皮克牌[1]之类的消磨时间，坚决不肯放他走，而他原本就巴不得能留下来，詹宁斯太太的挽留正中他的下怀，几乎都再没加以推托就满口答应了下来；尤其是詹宁斯太太的恳求还得到了帕尔默先生热情的支持，能留下像上校这样一位得力的人手，碰到紧急情况的时候帮达什伍德小姐出出主意、助她一臂之力，似乎也让他安心不少。

这一切安排自然都是瞒着玛丽安的。她不知道由于自己的缘故，在来到克利夫兰大约才七天的时候主人就不得不离开了。她一直见不到帕尔默太太的踪影倒是一点不感到惊奇；对此她同样也毫不关心，压根儿就没有提过她的名字。

帕尔默先生走了已经有两天了，玛丽安的病情仍在继续，没什么变化，还是一样。哈里斯先生每天都来诊视，仍旧大包大揽地说她很快就会好起来，达什伍德小姐也是同样信心满满；不过其他人的态度可绝没有这么乐观。詹宁斯太太在玛丽安刚刚病倒的时候就断定她是好不了的了，布兰登上校主要是因为每天都听着詹宁斯太太唠叨她的不祥预感，心情没法不受到它们的影响。他努力说服自己不要无谓地担心，因为医生的诊断完全不同，自己明显是在庸人自扰；可是每天他都有那么多时间是单人独处，各种忧郁的想法非常容易趁虚而入，总难以驱散心上再也见不到玛丽安的念头。

不过，到了第三天的上午，两个人的悲观预期几乎就要被一扫而光了；因为哈里斯先生来到以后就宣布病人的状况已经大有好转。脉搏跳动已经有力得多了，所有的症状都比他上一次来的时候有了明显的好转。埃莉诺所有乐观的希望都没有落空，高兴得眉开眼笑；庆幸自己在写给母亲的信上坚持了自己的判断，没有受到她那两位朋友的影响，把迫使她们滞留在克利夫兰的妹妹的病况说得云淡风轻，并且几乎写明了

---

① 皮克牌（piquet），通常由两人用三十二张牌对玩的纸牌戏，当时是最为流行的一种牌戏，在像巴思这样的时髦所在，经常是有银钱的输赢的。

玛丽安能够动身上路的时间。

可是那一天的结束却不像它的开始那么幸运。——临近傍晚的时候，玛丽安又发病了，比之前更加严重，感觉更加坐卧不安，更加难受。不过她姐姐仍旧保持乐观，宁愿把这一变化归咎于整理床铺时让她坐起来把她给累着了；她悉心地服侍妹妹服下医生开的强心药剂，满意地看到她终于沉沉睡去，期望着一夜的酣眠能够带来最有益的效果。她的睡眠虽不像埃莉诺希望看到的那般安稳沉酣，却也持续了相当长的时间；埃莉诺急于亲眼看到睡眠的效果，于是决定一直守在妹妹身边。詹宁斯太太对病人的病情变化毫不知情，比平常更早就上床安寝了；她的女仆本也是重要的看护之一，也到女管家的卧室里歇息去了，所以就只剩下埃莉诺独自一人守着玛丽安。

玛丽安的睡眠变得越来越不安稳；她姐姐目不转睛地关注着她不停地辗转反侧，听着她嘴里不断发出的模糊不清的呓语呻吟，简直想要把她从这么痛苦不堪的睡梦中唤醒，而这时玛丽安突然被房子里某种意外的声响所惊醒，她猛地坐起身来，热狂地大声呼喊——

"妈妈来了吗？"

"还没，"埃莉诺回答道，强压下自己的恐慌，扶她重新躺下，"不过我希望她很快就要来了。路远得很，你知道，从这儿到巴顿。"

"可她千万不要绕道伦敦啊，"玛丽安叫道，同样地急不可耐，"她要是绕道伦敦过来的话，我就永远都见不到她了。"

埃莉诺惊惧地觉察出她精神已经有些失常，一面尽力地安抚她，一面急忙试了试她的脉息。从来没有这么微弱又这么急促！[①]玛丽安仍在发了狂一般念叨着妈妈，埃莉诺的惊惧直线上涨，她决定马上就派人去请哈里斯先生，同时找一个送信的人动身前往巴顿去接她母亲。打定主意以后，她立刻想到去跟布兰登上校商量尽快通知她母亲的最好办法；

---

① 初版感叹号作分号。

她打铃叫来女仆代替她看护妹妹以后就急忙来到楼下的客厅[1]，她知道哪怕是比当时要晚得多，也总能在那儿找到他。

事不宜迟，刻不容缓。她马上向他倾诉了自己的恐惧和为难。她的恐惧是他没有勇气也没有信心帮她解除的；——他默然无语、满怀绝望地倾听着；——不过她的难处却迎刃而解，因为他仿佛早就准备好了，就等她开口似的，马上自告奋勇充当信使，亲自前去把达什伍德太太接来。对此埃莉诺并没有反对，而论理本该是加以推辞的。她简短却又满怀感激地谢了他，上校马上差遣自己的仆人带了口信去请哈里斯先生，一面直接去把沿途的驿马事先都雇好[2]，埃莉诺趁这个空当给母亲写了几行字。

此时此刻，身边能有布兰登上校这样一位朋友——能有这样的人陪同母亲前来，——她是多么心怀感激！——他的判断力能给母亲以指引，他的照顾能够使她放心，他的友谊能够给她慰藉！——如果说这样突如其来的召唤所引起的惊惧震骇尚有可能得以缓解的话，那就唯有依靠他的在场、他的举止、他的帮助才可能实现了。

而他呢，不管内心到底是何感受，他就像一个非常冷静的人那样坚定地行动了起来，以最快的速度做好了一切必要的安排，并估算出了她可以指望他回来的精确的时间。一丁点的时间都没有耽误。马匹到得甚至比预期的还要早，布兰登上校只是神情严峻地紧握了一下她的手，低声说了几句话，低到她都没听清楚他说的到底是什么，就匆忙跨进了马车。那时大约是午夜十二点，她回到妹妹的房间等候医生到来，一整夜都守在她身边。那一夜对姐妹俩而言几乎是同样痛苦难熬。在哈里斯先生到来前，一小时接着一个小时，玛丽安在无眠的痛苦和谵妄状态中挣扎，埃莉诺则忧思如焚、心如刀绞。她的恐惧忧虑一旦涌上心头，

---

① 初版作“餐厅”。布兰登上校等在客厅里显然更为合理。

② 驿马(post-horse)是旅客可以在驿站或客栈雇用的换乘马匹，事先把驿马雇好，布兰登上校就能毫无拖延地在驿站换马，以最快的速度跑完全程。

就一下子盖过了先前的笃定放心；她因为不愿意叫醒詹宁斯太太，跟她一起陪夜的就只有那位女仆，而她一再提起她的女主人一向怀有的不祥预感，只能让埃莉诺更受折磨。

玛丽安的意识时断时续，仍旧一心倾注在母亲身上，每当她提到母亲的名字，可怜的埃莉诺心头就是一阵剧痛，她责备自己这么多天来都轻忽了妹妹的病情，居然妄想她的病马上就能痊愈，现在眼看着所有好转的希望可能马上尽成泡影，一切都已经耽搁得太久，不禁在想象中勾画出她那灾难深重的母亲到得太迟，已经来不及见到她这个宝贝女儿，或者赶不上在她还是清醒的时候见到她了的情景。

她正要再次打发人前去请哈里斯先生，或者如果他来不了就另请高明的时候，医生倒是终于到了——这时候也已经过了五点钟。不过他的看法却也多少弥补了一点他的姗姗来迟，因为他虽也承认病人的病情变化非常出乎意料而且貌似凶险，不过却并不认为实际上有多大危险，并且谈起换一种全新的治疗方法一定能取得良好的疗效，而且说得成竹在胸，这种信心也多少传递给了埃莉诺。他承诺三四个钟头以后会再来一趟，走的时候，病人和她那焦心的看护都比他刚到时镇定了不少。

詹宁斯太太在上午听说了夜间的紧急状况后，不禁大为担心，一再埋怨她们不该不叫她过去帮忙。她原来的忧惧现在看来是越发有先见之明了，使她对更坏的结果已经不再有任何怀疑；她虽然还是尽量对埃莉诺说些宽心的话，但对她妹妹的危险状况却已是深信不疑，安慰中已经不抱任何希望了。她是真心感到难过。像玛丽安这么一个如此年轻又如此可爱的姑娘，却落得一个早衰夭亡的下场，就连一个不太相干的外人都一定会痛惜不已的。更何况詹宁斯太太对她的怜爱还有其他的原因。她已经跟她做了三个月的伴儿，现在仍在她的照顾之下，而且大家都知道她蒙受了极大的伤害，很长时间以来一直都郁郁寡欢。她姐姐——这个她特别宠爱的孩子——的伤心欲绝也让她不忍直视；还有她们的母亲，詹宁斯太太一想到在她眼里的玛丽安就好比她自己眼里的夏洛特，她对她所蒙受的痛苦就越发感同身受了。

哈里斯先生第二次来得倒很准时；——不过发现他上次过来的结果却让他所抱的希望落了空。他更换的用药并没有起效；——热度也没有退下来；玛丽安只是更加安静了——并没有恢复意识——而是陷入了深度的昏迷。埃莉诺把一切都看在了眼里，不仅如此，也注意到了他一时间的惊惶失措，于是建议再找别的医生过来会诊。不过他却认为无此必要；他还有别的招儿可试，他还有一种新药，他就像上一次诊视一样，相信一定能够奏效；临走前他又说了些鼓舞人心的保证之词，可是达什伍德小姐只是听在耳朵里，心里却并不相信。她很平静，只除了想到母亲的时候例外，但她差不多已经是不抱任何希望了；她的这种状态一直持续到中午，几乎从没离开过妹妹的床头①，她的思绪从一幕悲伤的情景转向另一幕，从一个伤心的朋友转向另一个，她的情绪更由于詹宁斯太太的一番话而沉重到了极点，老太太毫不犹豫地将这次病发的严重和危险，归咎于玛丽安的失恋所带来的那长达好多个礼拜的郁郁寡欢。埃莉诺也觉得这种说法大有道理，这就又给她的精神增添了更多的痛苦。

不过，大约在中午的时候，她开始感觉到，她希望她感觉到了妹妹脉搏上的一点点起色——可是她非常小心——她怕失望，所以一时间什么都没说，就连对她的朋友都只字未提；——她等待着，观察着，一遍又一遍地反复检验；——到了最后，她外表的平静实在挡不住内心的激动了，她感觉简直比先前的痛苦还要难以遮掩，她也就壮着胆子把这点希望说了出来。詹宁斯太太试了试脉搏以后，虽不得不承认暂时是有好转，却仍旧劝她年轻的朋友不要奢望这种好转会继续下去；——埃莉诺在仔细斟酌过一切可疑的症状以后，也同样告诫自己不要再抱有任何奢望。可已经太迟了。希望已经闯了进来；她只感觉希

① “几乎从没离开过妹妹的床头”（scarcely stirring from her sister's bed）初版作“几乎从没离开过妹妹的床头一英寸”（scarcely stirring an inch ...）。

望的焦灼难耐，她俯下身去注视着妹妹——自己也不清楚到底想干吗。半个钟头过去了，那可喜的征兆仍在鼓舞着她。甚至还出现了其他的征兆，证明那不是她的一厢情愿。她的呼吸，她的皮肤，她的嘴唇，全都出现了让埃莉诺大为高兴的好转的迹象，玛丽安盯视她的目光虽仍旧倦怠呆滞，却已经恢复了神志。焦虑和希望现在以同等的力量压得她喘不过气来，使她一刻都不得安宁，一直到下午四点钟哈里斯先生到来为止——当他断言她妹妹的恢复情况甚至超过了他的预期，并向她表示祝贺的时候，她这才把悬着的一颗心放到肚子里，她深感宽慰，她喜极而泣。

玛丽安在每个方面都有了实质性的好转，他宣布她已经完全脱离了危险。詹宁斯太太也许是满意于她那些不祥的预感在这一次危急时刻已经部分得到了证实，也就允许自己相信了他的诊断，她满怀真心诚意、继而又是毫无掩饰的喜悦之情，承认玛丽安很快就会完全复原了。

埃莉诺却无法表现得兴高采烈。她的喜悦是另一种类型，反正不是那种单纯的欢欣快乐。玛丽安重获新生，重获健康，重新回到朋友们和溺爱她的母亲身边，一想到这里，她心中就充满了强烈的宽慰之情，并由此而发展为炽热的感恩之意；——可是并没有流露为外在的喜悦，既没有言语，也没有笑意。充溢于埃莉诺心头的是一种满足，沉静而又强烈。

整个下午，她仍几乎是寸步不离地守在妹妹身旁，安抚她的每一丝忧惧，回应她虚弱心灵的每一个疑问，提供她所需要的每一样东西，密切观察着她的几乎每一个眼神和每一次呼吸。有时候，一想到病情还有复发的可能，她自然仍是会重尝焦虑的滋味——不过经过她频繁而又细心的检验，当她看到每一种复原的迹象都在稳定地继续呈现，而且看到玛丽安在傍晚六点钟终于沉入安静而又平稳的酣眠，所有的表现都没有一点不适的时候，她所有的疑虑这才彻底得以平复。

布兰登上校可望回来的时刻越来越近了。她相信，到了夜里十点钟，或顶多再稍迟一点，母亲这一路上悬着的那颗心就可以放到肚子里了。当然还有上校！——他内心的煎熬大概一点也不会少！——哦！——时间怎么过得这么慢，他们还要担惊受怕到什么时候！

七点钟的时候玛丽安仍睡得很香甜，埃莉诺便来到客厅和詹宁斯太太一起用茶点。早餐因为担惊受怕，晚餐的时候又因为突然转忧为喜，她都没吃多少；——因此眼下的这顿点心，在满心欢畅的她看来，也就格外受到欢迎了。用过茶点以后，詹宁斯太太本想劝她在她母亲到来前先休息一下，让她来替她照顾玛丽安；可埃莉诺并没有丝毫倦意，那时候也真是睡不着，而且除非万不得已，她是一刻都不想离开妹妹半步。詹宁斯太太于是就陪她上楼来到病房里，看到一切都很正常也就放下心来，让她继续留在那儿看护病人、想她的心事，自己回房写信、睡觉去了。

那一晚天气凛寒、风雨交加。狂风绕着房子嘶吼，大雨重重地拍打着窗户；不过埃莉诺因为心里高兴，完全不以为意。玛丽安在一阵阵的风雨中安睡，那正在赶路的人儿——虽然目前会有种种的不便，不过等待他们的将是丰厚的酬报。

钟敲了八点。要是十点的话，埃莉诺就会确信她已经听到了一辆马车正在驶近的声音了；尽管几乎不可能是他们已经到了，她还是非常肯定她的确是听到了马车声，所以她走进一旁的更衣室，打开了一扇百叶窗，想看个究竟。她发现自己的耳朵果然没有骗她。一辆马车耀眼的灯光就在眼前了。透过摇曳的光线她依稀辨别出那是一辆驷马高车；这不仅表现出她那可怜的母亲是多么忧心如焚，也多少说明了他们何以到得异乎寻常之快了。

埃莉诺的心情这辈子还从没像那一刻那么难以保持平静。因为她知道马车在门口停下时她母亲肯定会怀有怎样的心情——疑虑——恐惧——也许还有绝望！——还有她要跟母亲讲些什么话！——一想到这些，她又怎么可能保持平静。现在最要紧的就是要快；所以她一等到

她打开了一扇百叶窗

可以把妹妹交给詹宁斯太太的女仆照应，就急匆匆奔下了楼。

她穿过一间内厅的时候，门厅里传来的忙乱声说明他们已经进了屋。她朝客厅奔去——一进门——看见的竟然是威洛比。

第八章

埃莉诺一见是他，惊惧之下倒退了一步，她服从内心的第一反应，马上转身就要往外走，她的手已经按在门把手上的时候被他快步向前拦住了，他的声音与其说是恳求，不如说是命令：

"达什伍德小姐，就半小时——就十分钟——我恳求你留一下。"

"不，先生，"她坚决地回答道，"我不会留下。你不可能是来找我的。我想是仆人们忘了告诉你，帕尔默先生现在并不住在这里。"

"就算是他们告诉我，"他热切地叫道，"帕尔默先生和他全家全都下地狱去了，我也还是会进屋来的。我找的就是你，只找你一个。"

"找我！"她万分惊愕，"那么，先生——那就快说吧——如果可以的话——也别这么激动。"

"坐下吧，我都照办。"

她有些犹豫；她不知道该怎么办好。布兰登上校接母亲回来，发现他在这儿的可能性在她心头闪过。不过她已经答应要听他解释了，而且她被勾起的好奇心也并不亚于言出必践的荣誉感。因此，她在考虑了片刻后，觉得尽快了结此事方为上策，而她的默许则最有利于速战速决，于是她默不作声地走到桌前，坐了下来。他坐在了对面的椅子上，有半分钟时间，两人都没说一句话。

"有话请快说吧，先生，"埃莉诺不耐烦地道，"我没有闲工夫可以浪费。"

他坐在那儿像是陷入了沉思，似乎并没有听到她的话。

"令妹，"又过了一会儿，他才突然说道——"已经脱离了危险。我是听领我进来的仆人说的。赞美上帝！——可这是真的吗？——确实是真的吗？"

埃莉诺不愿意理他。他又问了一遍，语气更为急切了。

“我恳求你留一下”

“看在上帝的分上告诉我吧，她脱离了险境，到底是还是不是？”

“我们希望如此。”

他站起身，走到了房间的另一头。

“要是半小时以前我就知道了这么多的话——可我既然已经来了，”他强装出快活的样子坐回到椅子上。“这又有什么大不了的呢？——就这一次，达什伍德小姐——这也许就是最后一次了——让我们一起开心一下吧。——我现在挺有兴致的，想要高兴一下。——实话告诉我，”他满面通红。“你觉得我究竟是个无赖还是个傻瓜？”

埃莉诺越发惊愕地看着他。她开始觉得他一定是喝醉了；——这么奇怪地闯上门来，这样的行为举止，似乎再没有其他的解释了；有了这样的想法，她马上站起身来说道：

“威洛比先生，我建议你现在还是先回库姆去吧。——我没闲工夫再陪你了。——不管你找我到底所为何来，最好还是留待明天想清楚了再说吧。”

“我知道你是什么意思，”他回答道，意味深长地微微一笑，他的语气非常平静，“是的，我确是醉得厉害。在莫尔伯勒[①]，一品脱黑啤酒再加上点冷牛肉就把我给放倒了。”

“在莫尔伯勒！”——埃莉诺叫道，越发不明白他到底所为何来了。

“是的——我今天早上八点钟离开伦敦，打那以后我离开我的马车就只有十分钟，在莫尔伯勒吃了点便餐。”

他态度的沉着以及他说话时眼神的聪颖，使埃莉诺相信，他跑到克利夫兰来不管是出于什么不可原谅的愚蠢理由，可绝不是因为喝醉了酒。她思索了一会儿以后，说道：

---

① 莫尔伯勒（Marlborough），英格兰西南威尔特行政、历史郡肯尼特区一堂区和城镇，当时位于伦敦至布里斯托尔之间的马车驿道上。

“威洛比先生，你应该知道，而我肯定是知道的——在发生了那样的事情以后——你就这样子跑到这儿来，而且硬要我见你，绝对是需要有非常特别的理由的。——你这么做究竟是为了什么？”

“我是想，”——他说，无比郑重其事——“如果可能的话，能够使你不要再像现在这样讨厌我。我是想为过去的事情做点解释，表达一点歉意；把我的心扉完全向你敞开，想让你相信，虽然我一直都是个大笨蛋，却并非一直都是个流氓无赖，想要得到玛——[1]，令妹的一点宽恕。”

“你真是为了这个来的？”

“我敢发誓，的确如此，”——这就是他的回答，态度的热诚让她想起了当初的那个威洛比，不由得相信他是真诚的。

“如果就为了这个，你也许已经可以心满意足了，——因为玛丽安已经——她早就宽恕你了。”

“真的吗！”——他叫道，以同样热切的语气。“那她就是在本不该宽恕我的时候已经宽恕了我。不过她可以再宽恕我一次，而且是出于更为充分的理由。——那么现在，你肯听我说了吗？”

埃莉诺点头应允。

“我不知道，”两人又都沉吟了片刻以后他这才说道，在她是期待，在他则是思虑，——“你是如何看待我对令妹的行为的，或者你会将何种邪恶的动机加在我头上。——或许你根本就不会把我想得更好一点，——但不管怎样，还是值得一试的，我会把所有的一切全都告诉你。一开始跟府上亲近起来的时候，我并没有别的企图，别的用心，无非是想把我不得不在德文郡度过的这段时间过得愉快一些，比以往都更加愉快一些。令妹可爱的个性和迷人的举止不由我不深深地喜

---

① 此前，威洛比拥有称呼玛丽安教名的特权，尽管他们并未订婚——唯有正式订婚以后如此称呼方是得体的——现在他意识到他已经不再拥有这样的特权了。

爱；而她对我的态度，几乎从一开始就有些——现在回想起那态度的性质，她是如何对我的，我当时的内心居然是那么莫知莫觉，也真是够奇怪的！——不过我必须承认，起先我只是被她激起了虚荣心。我并未考虑过她的幸福，只顾着自己开心快活，我任由自己沉溺于我习以为常的情感放纵中，我不惜用尽各种办法，只想讨取她的欢心，却没有任何回应她的爱情的打算。”

听到这里，达什伍德小姐无比气愤而又蔑视地注视着他，打断了他：

“你不必再说下去了，威洛比先生，我也不必再听下去了。你一开始就这么说，后面也就可想而知了。——这个话题再说下去只会让我感到痛苦。”

“我坚持要让你听到所有的内情，”他回答道，“我的财产从来就不多，而我的花销却一直很大，总是习惯于和收入比我多的人交往。我成年以后，或者甚至在我成年以前，我相信我的债务就已经在逐年增加；虽然我的老表姑史密斯太太一去世，我的债务就能一次性还清；可这桩事情充满了变数，有可能还是遥遥无期，已经有一段时间，我打算通过娶一个有钱的姑娘来重振家业。所以，我从没想过要和令妹结婚；——我真是卑鄙、自私而又残忍——为此，即便是你，达什伍德小姐，无论怎样愤怒、轻蔑地加以指责，都是不会过分的——这就是我的所作所为，一方面竭力想赢得她的芳心，另一方面又从没想到过要加以回报。——可我或许可以为自己说一句话：即使深陷于那样自私而又虚荣的可怕状态中，我却并不知道我会给别人带来多大的伤害，因为那时候我还不知道什么是爱情。但我可曾当真知道过吗？——可能真是未必；因为，假如我真正爱过的话，我又怎么会为了虚荣，为了贪婪而牺牲了自己的感情呢？——或者，尤有甚者，我又怎么能牺牲了她的感情呢？——可我偏偏就这么做了。为了避免比人家贫穷——其实有了她的感情和陪伴，足以祛除它所有的可怕之处——为了获得富足的生活，我失去了能将贫穷变为幸福的一切。”

“这么说来，”埃莉诺说，态度有些软化了，“你确实相信自己是爱过她的。”

“要抗拒这样的魅惑，要抵挡这样的柔情！——这世上能有一个男人做得到吗！——是的，我发现我已经不知不觉真心喜欢上了她；我这一生中最幸福的时刻就是跟她在一起的时候，那时候我感觉自己正心诚意，我的感情无可指摘。可是，即便是在当时，在我已经下定决心向她求婚的时候，我仍旧放任自己完全失当地拖延下去，拖过了一天又一天，因为我实在是不愿意在我的状况如此窘迫的情况下开口求婚。我不愿意在这里进行讨论——我也不想停下来让你来评说我这件事做得何其荒唐，比荒唐尤甚：出于尊严和荣誉已经是义不容辞的事情，我却仍在踌躇顾虑，不肯履行自己的义务。这件事情已经证明了，我就是个狡猾的傻瓜，费尽心思创造可能的机会，使自己为人所不齿，并且永远陷入卑鄙可怜的境地。不过最后，我还是下定了决心，我已经决定，只要一有和她单独相处的机会，就向她表明我一直以来对她的殷勤备至全都出自真心，并公开向她保证我已经费尽心思加以展现[①]的钟情确是出于爱情。可是就在这当口——就在再过几个小时就能有机会单独向她表白的当口——却出现了一个状况——一个非常不幸的状况，毁掉了我所有的决心，以及我所有的幸福。有一件事情败露了，”——说到这里他犹豫了一下，低下了头。——“史密斯太太不知是怎么听说的，我猜是某个远亲告的密，为了自己的利益使我失去史密斯太太的宠爱，我过去的一桩情事，一段两性关系——不过我应该不必再多费口舌了，”他又加了一句，脸有些飞红，眼睛中露出探询的神色，——“你们的关系亲密得很——你可能早就听说过整个事件的来龙去脉了。”

---

①“展现”（display）初版作“表示”（denote）。

“是的，”埃莉诺回答道，同样飞红了脸，再度硬起心肠决定不再给他丝毫的同情了，“我全都听说了。这么一桩可怕的事情你还能怎么为自己开脱任何罪责呢，我承认这实在已经超乎了我的想象。”

“别忘了，”威洛比叫道，“你是听谁讲给你听的。那可能是公正无欺的吗？我承认，我应该尊重她的处境和她的名誉。我不是要为自己辩白，但也不能让你认为我就没有任何可以为自己辩解的了——好像就因为她受到了伤害，她就是无可指责的，就因为我是个浪荡子，她就一定是个圣女了。如果她那狂暴的激情，她那贫乏的理智——不过，我并不是要为自己开脱[①]。她对我的一片深情理应得到更好的对待，我也经常满怀强烈的自责，回想起她的柔情蜜意，那在很短的时间内简直是让人无法抗拒的。我希望——我衷心地希望，要是从来就没发生过这件事该多好。可是我伤害的却不仅是她本人；我还伤害了另一个人，她对我的感情——（我可以这样说吗？）那热烈的程度一点都不比她少；而且她的心灵——哦！不知要比她高出多少！”

“可是，你对那个不幸的姑娘的冷漠无情——我必须要说，尽管我极不愿意谈论这样的一个话题——你的冷漠无情无论如何也无法成为你残酷地置她于不顾所表示的歉意吧？不要以为拿她那方面任何的弱点、任何精神理智上的天生缺陷作为借口，就能成为你如此恣意妄为地残忍对待她的挡箭牌。你自己一定知道得很清楚，当你在德文郡享受生活，追逐新欢，尽情快活的时候，她却陷入了极度贫困的绝境。”

“可我敢发誓，我对此并不知情，”他热切地回答，“我不记得我居然忘了把我的住址留给她了；凭常识她也该知道怎么打听到的。”

“那么，先生，史密斯太太是怎么说的？”

“她一见面就谴责我的罪行，我的慌乱也就可想而知了。她一向过着非常纯洁的生活，她的观念无比正统，她对世事一无所知——这一

① 威洛比是在暗示，两人的情事伊莱扎是主动的一方，而不幸的结局也主要应由她来负责。

切都对我大为不利。事实本身我无法否认，想要大事化小也是徒劳无益。我相信，她早就对我为人处事的总体原则产生了怀疑，又加上那次探访期间，我对她极少关心，就连陪她的时间都很少，她也就越发对我不满了。总之，最后是完全闹翻了。只有一个办法也许还能救我一命。她可真是道德的楷模，善良的女人！她提出，如果我愿意娶伊莱扎，她就既往不咎了。那是不可能的——我也就正式失去了她的宠爱，被她逐出了家门。事情发生后的那个夜晚——第二天早上我就得离开——我一直在反复考虑将来我该如何自处。思想的斗争非常激烈——可惜结束得太快了。我对玛丽安的钟情，我对她也同样爱我的坚信不疑——全都敌不过我对贫困的恐惧，战胜不了人生在世必须富有的错误观念，这是我天生就有的想法，混迹于奢侈的上流社会更是坚定了这一认识。我有理由相信只要我肯开口求婚，我是肯定能得到我现在的这位妻子的，于是我就劝说自己，出于通常的审慎原则的考虑，除此以外，我再无别的路可走了。可是在我离开德文郡之前，还有一个难堪的场合需要我硬着头皮去出席——就是在那天，已经约好了我要去府上跟你们一起吃饭；所以必须为我的爽约表示歉意才行。可是究竟是写封致歉信还是当面表示为上，我也一直都举棋不定。要去见玛丽安，被我视若畏途，我甚至都怀疑再次见到她，我是否还能保持自己的决心。不过事实证明，在这一点上我真是低估了自己的洪量；因为我不但去了，见到她了，而且还看到她伤心欲绝，还任由她伤心欲绝——把她抛下以后还希望自己再也不要见到她。”

“你为什么要亲自前来呢，威洛比先生？”埃莉诺用责备的口吻道，“一封短简就足以解决一切问题了。——有什么必要非得亲自前来？”

“对维护我的面子是必要的。我不能就这么一走了之，因为那有可能引起你们或者其余的乡邻多少猜到一点我和史密斯太太之间真正发生的事情，那是我受不了的——所以我还是决定在前往霍尼顿的路上

“我也就正式失去了她的宠爱，被她逐出了家门”

照旧往府上走一趟。可是见到亲爱的令妹以后，当真让我心慌意乱；而且更糟的是，我发现只有她一个人在家。你们都不知道去了什么地方。仅仅是前一天晚上，我在离开她的时候还完完全全、无比坚决地下定决心做正确的事情！如果再多几个小时，我就会跟她永远地定下终身大事了；我还记得我从你们的小别墅走回艾伦厄姆府的路上，我的内心是多么幸福，我的情绪是多么高昂，我对自己是无比满意，我看到每个人都非常开心！可是这一次，在我们这最后一次的会面中，我走向她时满心都是罪恶感，几乎都掩饰不住真情了。当我告诉她我不得不马上就离开德文郡时，她的悲伤，她的失望，她深深的遗憾——我永志难忘——再加上她是那么依赖我，那么信任我！——哦，上帝！——我是个多么铁石心肠的恶棍啊！”

两人都有一阵子没有作声。埃莉诺先开了口。

“你跟她说，你很快就会回来吗？”

“我不知道都跟她说了些什么，”他回答道，有些不耐烦，“无疑，较少的说的是过去，而十有八九，更多的讲的应该是将来。我想不起来了。——想也无益。——后来亲爱的令堂就来了，用她那无比的慈爱和信任进一步折磨我。感谢上帝！真把我折磨得够呛。我真是苦不堪言。达什伍德小姐，你简直想象不到，现在我在回想当时的悲惨遭际时却得到了多大的慰藉。我因为自己内心的愚蠢，因为我那些卑鄙的蠢行而无比怨恨自己，以至于我过去因此而遭受的一切痛苦，如今对于我反倒成为欢欣和快慰的源泉了。就这样，我走了，把我所爱的一切全都抛下，奔向充其量我也只是漠不关心的那些人。我进城的路上——我是自己驾车去的，所以旅途非常沉闷——没有一个可以说说话的人——我自己的思绪却无比欢欣——展望未来，一片光明！——回顾巴顿，无比温馨！——哦！那真是一次幸福的旅程！”

他停了下来。

“那么，先生，”埃莉诺道，她虽则有些同情他，却有些不耐烦了，希望他快点离开，“就这些了？”

“就这些！——不，——难道你忘了城里发生的那些事啦？——那封可耻的信——她给你看过吧？”

“是的，你们来往的信件我全都看过。”

“我收到她第一封信的时候(信我马上就收到了，因为我一直都在城里)，我的感受——用那个常用的说法来表述，就是‘难以言表’；用一种更简单的说法——也许已经简单得让人无动于衷了吧——我的心情真是非常、非常苦痛。每一行，每个字，用句陈腐的比喻来说——如果书写它们的那位亲爱的人儿就在这里的话，她肯定会禁止我使用这种陈词滥调的——就像是一把匕首戳进了我的心窝。知道玛丽安就在城里，用同样的套话来说——宛如晴天霹雳。——晴天霹雳和匕首剜心！——她会如何数落我呀！——她的品位，她的见解——我相信我对它们的认识比对自己的还要清楚——而且也肯定更为宝贵。”

在这次不同寻常的交谈过程中，埃莉诺的心情经历了很多次变化，现在不由得又心软了；——不过她觉得自己有义务制止她的交谈者持有最后的那种想法。

“这是不对的，威洛比先生。——记住你是个结了婚的人了。你只能讲那些你的良心认为有必要让我听到的内容。”

“玛丽安在信上向我保证，我仍旧像先前的日子一样是她的至爱，尽管我们已经分开了很多、很多个礼拜，她自己的感情始终如一、丝毫未变，而且同样坚信我对她的感情也一样忠贞不贰，这些话唤醒了我满心的悔恨。我说唤醒，是因为时间和伦敦、忙于事务和花天酒地，已经在某种程度上平息了我的自责，我已经渐渐变成了一个十足铁石心肠的恶棍，在想象中以为自己对她已经漠不关心，而且自欺欺人地认为，对我她想必也已经无所谓了；我对自己说，我们过去的相恋不过是一桩打发时间的轻浮消遣，我耸耸肩膀证明事实就是这样，我时不时地悄声对自己说，‘要是听说她嫁了个好人家，我会由衷地为她感到高兴的，’想借此平息我的每一次自责，克服我的每一种顾虑。——可是这封短信却让我更清楚地认识到了自我。我确定无疑地感觉到，在这个世界上，对于我，她比任何一个女人都更为宝贵，而我却毫无廉耻地利用了她。可是当时，正值格雷小姐和我的婚事完全确定了下来。打退堂鼓是绝无可能了。我所能做的，就只有对你们避而不见。我没有给玛丽安回信，希望如此一来就不会再收到她的信了；我一度甚至决定不去伯克利街拜访你们；——但判断下来，最后还是觉得假作只是冷淡的普通相识最好，于是有天上午，我眼看着你们全都出了门并且走远了，这才进去留了张名片。”

“眼看着我们出了门！”

“不仅如此。你要是听说我是多么经常地关注着你们，有多少次差一点就撞见你们，你一定会大吃一惊的。在你们的马车驶过的时候，我曾很多次赶紧钻进一家商店，怕你们看见。我就住在邦德街，几乎没有一天不会瞥见你们当中的某一位；唯有坚持不懈地留神提防，一心一意地避免让你们看到我，我们才能这么长时间都碰不到面。我同样尽可能地避开米德尔顿夫妇，还有可能是我们共同的相识的每一个人。可我并不知道他们也来到了伦敦，我相信我无意中撞见约翰爵士就是在他来到伦敦的第一天，也即我前往詹宁斯太太家里送名片的次日。他邀我当天晚上到他府上去参加一个晚会，是一场舞会。——就算是他没有告诉我你和令妹也会参加，以此作为吸引我去的一个诱因，我也会认为你们肯定会去，绝不敢轻易答应的。第二天上午，我就收到了玛丽安的又一封短信——仍旧热情洋溢、开诚布公、毫无虚饰、满怀信任——相形之下，处处都使我的行径显得无比可憎。我写不出回信。我试过了——可是一句话都编不出来。可我想念她，我相信，那一天我无时无刻不在想念她。如果你能够可怜我，达什伍德小姐，就可怜可怜我当时的处境吧。我满心满脑子地全都是令妹，却又要被迫在另一个女人面前扮演幸福情人的角色！——那三四个礼拜实在是糟得不能再糟了。

“我曾很多次赶紧钻进一家商店，怕你们看见”

结果，这个不用我来告诉你，我们最后还是撞上了；而我的表现是何等地妙不可言！——那是多么令人苦恼的一晚！——一方面，玛丽安美得就像个天使，用那样的语气叫我威洛比！——哦！上帝！——向我伸出她的手，用那双迷人的眼睛以呼之欲出的关切神情紧盯着我，要我做出解释！——而在另一边，索菲娅嫉妒得就像个魔鬼，把一切都看在了眼里——算了，这没什么大不了的了，已经都过去了。——这样的一个夜晚！——我一有可能就从你们身边逃走了；可是仍旧看到了玛丽安那可爱的面庞已经死一样白。——那是我最后，最后一眼看到她的样子；——是她呈现在我面前的最后的模样。多么可怕的景象！——可是今天，当我想到她真的就要死去的时候，这对我倒成了一种安慰，因为我自以为我已经真切地知道了她临终时守在她身边的那些人看到的是怎样的一种模样。她就在我眼前，一直在我眼前，我这一路上，就是那副面容，就是那种脸色。”

两人又陷入了短暂的沉思。威洛比首先打起精神，打破了沉默：

“好了，就让我赶紧说完，快点走吧。令妹肯定是有了好转，肯定已经脱离危险了吧？”

“我们对此确信无疑。”

“还有可怜的令堂！——她多么溺爱玛丽安。”

“可是那封信，威洛比先生，你自己的那封信；你就没什么话要说吗？”

“是的，是的，那是尤其要说一说的。令妹又给我写了一封信，你知道，就在第二天一早。信的内容你也都看到了。当时我正在埃利森府上吃早饭，——她的信，还有其他的一些信件，一起从我的寓所给我送了过去。不巧索菲娅先于我看到了那封信——信的大小，纸张的精美再加上娟秀的笔迹，立刻引起了她的怀疑①。她已经隐约听说之前我

① “引起了她的怀疑”（gave her a suspicion），初版作“使她对信的性质产生了怀疑”（gave her a suspicion of its nature）。初版似更合理。

和德文郡的某位年轻小姐有过一段感情，前一天晚上她的亲眼所见又已经指明了那位年轻小姐到底是谁，这就让她更是嫉妒得发了狂。于是她就装着一副开玩笑的样子(这种样子如果出自你真爱的女人，那是会很讨人喜欢的)，马上把信拆开读了起来。她为这番厚颜无耻付出了不小的代价：她读到的内容让她大为难受。她的难受我是可以忍受的，可是她的震怒——她的恶毒——我却无论如何必须得加以安抚。总之——你觉得内子的文笔如何？——纤巧——温婉——真正的女性气质——不是吗？”

“尊夫人！——可那封信是你自己的笔迹啊。”

“是的，不过我只有遵命唯谨把那些句子照抄一遍的功劳，我都没脸署上自己的名字。原稿全是她一手包办——全都是她的奇妙构思和文雅措辞。可我又有什么办法呢？——我们已经订了婚，一切都在准备中，日子差不多都定下来了——可我这话说得真像个傻瓜。准备！——日子！——把话说白了，我要的就是她的钱，处在我那样的境地，无论如何是绝不能跟她翻脸的。况且，无论我那封信如何措辞，玛丽安和她的朋友们对我人品的看法究竟还会有什么不同呢？——也只能产生同一个结果。我的任务就是宣布自己是个恶棍，而宣布的时候不管是点头哈腰还是吹胡子瞪眼，都已经无关紧要了。——‘我在她们眼里已经是彻底完蛋了，’我对自己说，‘我已经永远被她们拒之门外了，她们已经认定我是个不讲道德的家伙，这封信也无非让她们觉得我还是个品性堕落的恶棍罢了。’我在不顾一切、破罐破摔地抄着内子的信稿，而且要和玛丽安最后的几样信物永别的时候，心里就是这样想的。她的三封短信——不幸全都夹在我的笔记本里，要不然我就会否认它们的存在，可以永远珍藏了——我被迫都交了出来，连亲吻一下都做不到了。还有那绺头发——我也一直都夹在同一个笔记本里一直带在身上的，也让我那位夫人笑里藏刀地给搜了去，——那绺亲爱的头发——所有的一切，每一样纪念物都被抄检了个一干二净。”

“你这就大错特错了，威洛比先生，真该受到责备，”埃莉诺道，可是语气中却不由自主地露出了满腔的同情，“不论是威洛比太太还是舍妹，你都不该用这样的方式来说及。这是你自己做出的选择，并不是别人强加给你的。尊夫人有权利得到你的以礼相待，至少是得到你的尊重。她肯定是爱你的，要不然她就不会嫁给你了。对待她刻薄寡恩，提起她满怀轻蔑，这并不是对玛丽安的任何补偿——我也不认为这对你自己的良心是一种安慰。”

“不要对我提起我这位夫人吧，”他沉重地叹了口气道，“她不值得你的同情。——我们结婚的时候，她就知道我根本不爱她。——好吧，我们既然已经结了婚，那就来到库姆大厦幸福地生活，然后返回城里寻欢作乐吧。——那么现在你确实同情我了吗，达什伍德小姐？——还是我这些话都白说了？——我是否——哪怕只有一丁点儿——在你看来已经不像先前那么罪不可赦了呢？——我的用心并非一直都是坏的。我的解释是否已经减轻了我的一点罪愆呢？”

“是的，你肯定是去除了一些—— 一点点。——你已经证明了你自己，总体来说，不像我原本相信的那么罪不可赦。你已经证明了你的心地没那么邪恶，远没有那么邪恶。可我简直不知道——你使别人遭受的痛苦——我简直不知道还有比这更坏的结果。”

“那么，在令妹康复以后，你能不能把我告诉你的这番话转达给她呢？——就让我在她眼里也能像在你的眼里一样，减轻一点罪愆吧。你跟我说她已经宽恕了我。那就让我能够这样想象吧：在更多地了解到我的心地和我现在的感受以后，能够使她更为自然一点、更为温柔一点地原谅我，而非只是出于宽宏大量。告诉她我的痛苦和我的悔恨——告诉她我对她的心意始终如一，如果你愿意的话，告诉她我此时此刻比以往更加爱她。”

“我会把那些相对而言能够为你所谓洗脱辩护的部分都告诉她。可你还没有跟我说清楚你偏偏这个时候到来的缘故，也没跟我说她的病情你又是怎么听说的。”

“昨天晚上，我在德鲁里巷[1]的大厅里碰到了约翰·米德尔顿爵士，在他认出我是谁以后——两个月来第一次——他居然跟我说起话来。——自打我结婚以后，他就跟我断绝了来往，对此我是既不奇怪，也不怨恨的。他这个人天性良善、为人诚实，只是有些蠢头蠢脑，他对我是满怀怨愤，而对令妹又关切备至，他这次见到我，就忍不住想说些他认为可以使我大为气恼的话——不过也可能他并不认为这真会让我气恼。——于是他就毫不隐讳、直截了当告诉我，玛丽安·达什伍德在克利夫兰得了白喉，就快死了——当天上午他刚收到詹宁斯太太的一封信，信上说她病得非常凶险，危在旦夕——帕尔默一家已经被吓得离家躲避去了，云云。我一听之下简直魂飞魄散，再也装不出无动于衷的架势，就连约翰爵士这样的木头脑袋都觉察到了。看到我这么难过，他马上就心软了；他对我的敌意也就差不多都烟消云散了，我们分手的时候，他还提醒我曾经答应送我一条指示犬幼崽的老话，几乎就要跟我握手言和了。我听到令妹生命垂危的不幸消息时，不禁想到，她临死前仍会认定我是天底下最大的恶棍，在最后的时刻还在蔑视我、憎恨我，我真是情何以堪——因为我怎么知道还有什么可怕的罪名不会往我头上栽呢？有一个人[2]肯定会把我描绘得无恶不作的——我感觉那实在是太可怕了！——我马上打定主意，今天早上八点钟就上了马车。现在你该什么都明白了。”

埃莉诺没有作声。她一直在默默地想心事：一个原本外表和才华样样出众的人，而且又生性开朗诚实、多情善感，就因为过早地开始独立生活而养成了懒散、放荡和奢侈的习惯，他的心灵、品格和终身的幸福无不受到了无可挽救的伤害。社会环境使他变得挥霍而又虚荣——挥霍和虚荣又使他变得冷酷和自私。虚荣驱使他为了追求自己有罪的

① 德鲁里巷（Drury-lane），指位于伦敦德鲁里巷的皇家剧院（The Theatre Royal）。
② 指布兰登上校。

胜利不惜以牺牲他人为代价，结果却陷入了一场真正的爱情；而奢侈的习惯，或者至少是奢侈挥霍的结果：经济上的窘迫，又反过来要求他把爱情给牺牲掉。每一种错误的癖好都把他引向罪恶，也同样把他引向惩罚。这段真正的爱情，他原本不惜违背荣誉、违背情感、违背他每一种更好的兴趣而生生拗断的，而现在，当这种感情已经不被允许的时候，却又占据了他的整个身心；而他的婚姻，为了它的缘故他几乎毫无顾虑地将她妹妹推入悲惨的境地，结果却更有可能成为他自己不幸的源泉，而且相比之下他的这种不幸更加无可救药。她不由自主地陷入了这样的沉思当中，过了好几分钟才被威洛比打断，他也刚从至少是同样令人痛苦的沉思中惊醒过来，站起身来准备要走了，说道：

"再待下去也没有什么益处；我必须走了。"

"你是回城里去吗？"

"不——去库姆大厦。在那儿有事要办；一两天后再从那儿回伦敦。再见了。"

他伸出手来。她不好拒绝，也伸出手：——他热情地紧紧握住。

"你对我的看法当真比以前好些了？"——他说，松开了她的手，身子靠在壁炉架上，像是忘了要走。

埃莉诺向他保证的确如此；——她原谅他，同情他，祝福他——甚至希望他得到幸福——并就如何最有可能得到幸福提了些友善的建议。他的回答却并不那么令人鼓舞。

"至于这个，"他说，"我一定尽力在这世上往下挨吧。家庭的幸福是绝无可能了。不过，如果能允许我认为你和你的家人对我的命运和行动还有那么一点关心的话，那也许可以成为——也许可以使我保持惕厉——至少可以成为我活下去的一种凭借。当然，我已经永远失去了玛丽安。可是如果上帝保佑，我有机会重获自由之身的话——"

埃莉诺以一声责备止住了他的话。

"好吧，"——他回答道——"再次说声再见。我现在就走了，只害怕一件事。”

“这话什么意思?”

“令妹的婚姻。”

“你大错特错了。你失去她的程度，再没有比现在更加彻底了。”

“可她是会让别的人给得了去的。而如果此人正是我最受不了的那个人的话——不过我不能再待下去了，以免见到我最不能原谅恰恰又是我伤害最深的那个人①，因而失去了你对我所有好意的同情。再见了，——上帝保佑你!”

说完这几句话，他几乎是从屋里跑了出去。

---

① 威洛比最受不了的就是玛丽安会嫁给布兰登上校，而同时又因为对伊莱扎始乱终弃而深深伤害过上校。

第九章

埃莉诺在他离开了好长时间，甚至在他的马车声都已经消失了好长时间以后，仍旧深陷于无比纷杂的思绪中无法自拔，这些思绪虽大相径庭，其总体的结果却都让她颇为难过，一时间就连她妹妹都被抛在脑后了。

威洛比，这个仅仅半小时前还让她深恶痛绝，视为最无耻的卑鄙小人的威洛比，尽管他有那么多错处，却也因为这些过错也使他本人无比痛苦，从而激起了她某种程度的同情和怜悯；这也使她一想到他从此就将与她们全家形同陌路，而不由得心生一点柔情、一点遗憾，不过她很快也就承认，她的这种情绪更多地是契合了他的心愿，而非他的品德。她感觉到他对她的内心所产生的影响，被那些按理说来本应无足轻重的情况所大为加强了，那就是他那非同寻常的个人魅力，他那开朗、深情而又活泼泼的举止风度——虽然这些特点本身都并不是什么美德，还有他对玛丽安那仍旧热烈的爱情——而放任这种感情甚至不能说是无罪的。尽管如此，她仍能强烈地感受到他的这种影响，过了很久很久才终于有所减轻。

当她终于回到毫不知情的玛丽安身边时，发现她刚好醒过来，完全如她所愿，在美美地睡了一大觉以后，精神已经大为好转。埃莉诺真是思绪万千。过去，现在，将来，威洛比的意外来访，玛丽安的脱离险境，她母亲的即将到来，这一切都使她精神亢奋，一时间没有任何倦意，只怕在妹妹面前不小心泄露了自己的心迹。幸好她提心吊胆的时间不长，因为威洛比走后还不到半个钟头，又一辆马车的声响再次把她唤下楼去。——一心不想让母亲多受一时一刻不必要的担惊害怕，她立刻朝门厅奔去，来到大门口的时候刚好迎着母亲，把她搀了进来。

他们在快到克利夫兰庄园的时候，达什伍德太太越来越害怕，几乎确信玛丽安已经不在人世了，所以她根本就没问起她的病情，连招呼都没跟埃莉诺打；不过她也根本没等着母亲向她招呼或是询问，马上就把好消息告诉了她，让她但放宽心；——她母亲以平常一贯的热情劲头拥抱了这个好消息，一时间快乐得无以复加，就跟之前担惊害怕的程度不相上下。她被她的女儿和朋友左右搀扶着走进客厅；——来到客厅以后，喜极而泣，虽然还是说不出话来，却一次又一次地拥抱埃莉诺，又间错转过身去紧紧握一下布兰登上校的手，眼神中满含着感激，而且表明她相信此时此刻他跟她一样欣喜若狂。他的欣喜甚至比她自己的还要强烈几分，不过他只是默默地压在心底。

达什伍德太太刚从激动的情绪中恢复过来，首要的愿望就是赶快去看玛丽安；两分钟之内，她就跟她钟爱的孩子聚在一起了，历经分别、不幸和危险之后，玛丽安在她眼里显得更加亲不够了。埃莉诺眼看着母女俩劫后重逢的开心和激动，自己也由衷地感到高兴，唯一的担心就是这么一来玛丽安就没办法再继续睡下去了；——不过达什伍德太太在孩子的生命仍有危险的时候倒是能够做到安安静静，甚至明智审慎，玛丽安在知道母亲终于来到自己身边以后真感觉心满意足，她知道自己身子太虚弱，不宜于多说话，也就顺从地遵照身边护士的嘱咐，安安静静地卧床休息。达什伍德太太决定通宵都守在她身旁，埃莉诺也就听从了母亲的恳求，上床休息去了。埃莉诺在经过一整夜无眠的陪护和长时间心力交瘁的担心焦虑以后，按理是最需要的休息的，可由于精神的亢奋，反而偏偏睡不着。威洛比，“可怜的威洛比”——她现在允许自己这么来叫他了——一直在脑子里挥之不去；不管怎么说，她终究还是听了他对自己的无罪辩护，她时而责备自己以前不该对他那么苛刻，时而又认定那是他罪有应得。但她答应了要把他那番话讲给她妹妹听，这却让她感到非常为难。她很怕实际去做这件事，担心这对玛丽安究竟会有怎样的影响；她很怀疑经过这么一番解释以后，她是否还能和另一个男人幸福地共度一生；她一度甚至希望威洛比能成为一个鳏夫。接着她随即想到布兰登上校，又开始责备自己，深感凭他所遭受的苦痛和他的始终如一，理应比他的情敌更配得到她妹妹的回报，她希望什么也绝不能希望威洛比太太死掉。

布兰登上校亲自前往巴顿接她对达什伍德太太所造成的震动，已经被她自己此前所感到的恐慌大为削弱了；因为她对玛丽安病情实在放心不下，已经决定不再等待任何进一步的消息，就在那一天动身前往克利夫兰庄园了，而且在上校到来之前就已经安排好上路的事宜，就等着凯里家派人来把玛格丽特带走，因为她不愿意带她同往，怕她受到传染。

玛丽安继续一天天地好转起来，达什伍德太太不禁情绪高涨、喜上眉梢，如她自己反复宣布的那样，证明她确是世上最幸福的女人。埃莉诺听她母亲这么说，看到她这副高兴的样子，有时候忍不住怀疑她母亲是不是已经完全把爱德华给忘了。埃莉诺曾在信上很有节制地提及自己的失望，达什伍德太太也就信以为真了，而且她眼下正在高兴头上，也就顾不上这些，只想着怎么能喜上加喜了。玛丽安已经脱离了危险，又重新回到她的怀抱，她这才开始感觉到女儿之所以身陷险境，自己由于误判而鼓励她不幸爱上威洛比，实在是难辞其咎的；——而且在她的康复期间，她还有另外一桩欢喜的来源是埃莉诺没有想到的。一等到母女俩有机会单独待在一起，达什伍德太太就迫不及待地透露给了她。

“终于就剩下咱们俩了。我的埃莉诺，你还不知道我全部的高兴呢。布兰登上校爱上了玛丽安。这是他亲口告诉我的。”

她女儿不禁悲欣交集，既感到惊讶又果不出所料，只是默默地倾听着。

“你从来都不像我，亲爱的埃莉诺，要不然的话你这么冷静就要让我感到奇怪了。如果我曾坐下来真心盘算过有什么可以改善我们这个家庭境况的办法，我是会认定布兰登上校若能迎娶你们姐妹中的一个的话，那将是最为圆满的。而且我也认为你们俩当中，玛丽安若能嫁给他，也将是最幸福不过的。”

埃莉诺本想问问她这么想的理由何在，因为平心而论，不论是基于他们的年龄、性格还是感情，按理说无论哪一条都没办法拿来作为根据的；——不过她母亲对无论什么自己感兴趣的问题总是一厢情愿的，因此也就省了这份口舌，一笑置之。

“昨天我们一路过来的时候，他向我敞开心扉，把所有的心里话都跟我说了。事前真是毫无迹象，不经意间就这么讲了出来。你也知道，我是口口声声都离不开我那个生病的孩子的；——他也难掩自己的悲痛；我看得出其程度并不亚于我自己，他或许是认为，如果仅仅是友谊，一般意义上所谓的友谊，这么热切的同情似乎是说不大过去的——或者我想，也许根本就未假思索——一时间情难自已，就把他对玛丽安所怀有的真挚、温柔、忠实的感情告诉了我。埃莉诺，他可是第一眼看到她的时候就爱上了她。”

不过，根据埃莉诺的认识，这应该并非布兰登上校的原话，不是他的表白，而是她母亲那活跃的想象力自然而然添油加醋的结果，她总是随心所欲地依照自己的喜好来对任何事物进行加工改造的。

“他对她的情意，不论威洛比当初是真心还是假意，都是万万比不上的，都远比他更为热情、更为真挚、更为忠实——我们无论怎么称呼这种感情都行——尽管他完全清楚亲爱的玛丽安不幸爱上的是那个一文不值的年轻人，他的感情却始终不渝！——不怀有任何私心——不抱有任何希望！——甚至甘愿眼看着她和别人能够得到幸福——多么高贵的心灵！——如此胸怀坦荡，如此真诚无欺！——没有任何人会对他感到失望。”

“布兰登上校的人品，”埃莉诺道，“那是世所公认，有口皆碑的。”

“我就知道，”——她母亲郑重其事地回答道，“否则经过这么一次教训，我是决不会再鼓励这种感情，甚至都不会为此而感到高兴的。可是他这样子特意跑来接我，那么积极主动，那么殷勤友好，足以证明他是个最有价值的好人。”

“他的人品，”埃莉诺回答道，“却也并不只限于这一桩善行，这原本是人之常情，他出于对玛丽安的爱情原是会这么去做的。除此以外，詹宁斯太太、米德尔顿夫妇，是早就已经深知他的为人了；他们全都是既爱他，又敬重他；就连我对他的认识，虽然是最近才获得的，也让人印象非常深刻；我个人是无比重视和尊敬他的，如果玛丽安真能幸福地跟他在一起，我会像您一样高兴地认为这门亲事将是我们家的最大喜事。您是怎么回答他的？——您给他希望了吗？”

“哦，我亲爱的，那时候无论是对他还是对我自己，都是无从谈起什么希望的。玛丽安也许已经不久于人世了。不过他也并不是要寻求什么希望或是鼓励。他那是对一个贴心朋友不由自主的信任，是一种抑制不住的情感迸发——不是对做母亲的一种请求。不过过了一会儿我的确说过，因为一时间我情难自已——如果她能活下来，我相信她会活下来的，我最大的快乐就将是促成他们的婚事；自从我们来到这里，既然玛丽安幸而已经脱险，我也已经更为切实地向他重申了我的保证，给了他我所能给予的一切鼓励。时间，只需一点点时间，我跟他说，一切就将迎刃而解；——玛丽安的心是不会永远浪费在威洛比这样的人身上的。——他自己的人品美德不久必将赢得她的芳心。”

“可是从上校的情绪看来，您的话像是并没有让他充满信心啊。”

“是的。——他认为玛丽安入情太深，非很长一段时间是难以期望有什么改变的，甚至认为就算是她从过去这段感情中摆脱了出来，以他们之间年龄和性情都相差这么大而言，他也很难相信自己真能赢得她的芳心。不过，在一点上他是大错特错了。他的年龄是比她大不少，这反倒是个优点，因为他的性格和原则早就定了型；而且他的性情，我确信，正是可以让你妹妹幸福的那一种。还有他的仪表，他的举止也是，全都对他大为有利。我对他的偏爱可并没有蒙住了我的眼睛；论漂亮他当然是及不上威洛比——可与此同时，他的容貌当中自有一种更加讨人喜欢的东西。——在威洛比的眼睛当中，有一种什么东西——你应该记得的——时不时地总让我不大喜欢。”

埃莉诺不记得了；——不过她母亲也并不等她表示同意，又继续道：

“还有他的举止风度，上校的风度不仅是在我看来要比威洛比更加讨人喜欢，而且也是会让玛丽安真正喜欢的那种类型，对这一点我是很清楚的。他那举止的文雅，他对别人那真心实意的关心，还有他那男子气概的毫不做作的朴实大方，都远比另一位的那活泼轻快——经常有些矫揉造作和不合时宜——更加适合她真正的性情。我自己是非常有把握的，就算威洛比不像现在这样露出了原形，就算他一直都很亲切可爱，玛丽安跟他在一起，也绝不会像跟布兰登上校在一起这么幸福的。”

她停下来喘了一口气。——她女儿虽然并不很同意她这番话，因为也只不过是腹诽，所以并没有冒犯到她。

“住到德拉福庄园以后，她离我的距离就很近了，”达什伍德太太又补充道，“即便是我仍旧待在巴顿不动；而最大的可能是，——因为我听说那是个大村子，——附近肯定会有些合适的小宅子或者小别墅什么的，那将就像咱们现在的住处一样适合我们居住的。”

可怜的埃莉诺！——又有了个把她弄到德拉福的新计划了！——不过她的精神仍旧坚定不移。

“还有他的财产！——因为像我这个年纪的人，你知道，都不会不关心这个的；——虽然我既不知道，也不想知道他到底有多少财产，不过我确信那肯定是非常可观的。”

这时有一位第三者进来了，打断了她们母女俩的谈话，埃莉诺退回自己的房间，把所有的情况全都细想了一遍，她唯愿她的朋友能马到成功，可是在她满怀希望的同时又不禁深为威洛比感到难过。

第十章

玛丽安的病势虽然沉重，好在诊治及时，没有拖延，恢复起来也就并不缓慢；再加上她年轻，底子好，又有母亲赶来照顾，康复的进程非常顺利，她母亲赶来以后还不到四天，她就搬到了帕尔默太太的化妆室。搬到那里以后，她特别提出要求，请布兰登上校过来跟她见个面，她迫不及待地要向他道谢，感谢他亲自前去把母亲接了来。

他进来，看到她那大为改变的容貌，握住她马上伸给他的苍白的手以后，那情绪的激动，据埃莉诺揣想，肯定不只是因为他深爱玛丽安，或是意识到其他人也都知道他对玛丽安的感情；而且她很快又从他看着她妹妹时那忧郁的眼神以及不断变化的表情中发现，由于他已经向她说过玛丽安和伊莱扎相貌上的相似之处，他可能又想起了已经过去的那一幕幕悲惨的场景，何况眼下玛丽安那深陷的眼眶、苍白的皮肤、斜倚在床上的虚弱身姿，以及特别向他郑重道谢的热切态度，又无一不加强了那些过去的情景。

达什伍德太太对这一幕场景的关注是丝毫都不亚于她女儿的，不过由于先入为主的想法各不相同，所以由此而得到的印象也就相差云泥了：她在布兰登上校的举动当中只看到了那种最简单、最不言而喻的激动之情，而在玛丽安的言行当中，她自认为，某种超出于单纯的感激之外的情感已经开始出现了。

又过了一两天以后，玛丽安真是每天都明显地强健起来，达什伍德太太本人就和她女儿一样盼着尽快回家，于是正式开始将返回巴顿提上了议事日程。她那两位朋友的行止是要依照她的举措而后定的：只要达什伍德母女不走，詹宁斯太太就不会离开克利夫兰庄园；而布兰登上校在她们的一致请求之下，很快也就认为自己继续留在那里，虽说不上必不可少，也同样是义不容辞的了。到了这时候，他和詹宁斯太太又反过来一致请求达什伍德太太，说服她为了生病的孩子一路上的舒适起见，不要再推辞，还是乘坐他的马车返回巴顿；而上校也接受了达什伍德太太和詹宁斯太太的联合邀请——在詹宁斯太太那活跃善良的品性的感染下，别的人也都变得像她一样友善、好客起来——愉快地约定几个礼拜以后造访巴顿别墅，到那时再顺便取回他的马车。

分手和离别的日子到了；玛丽安特别向詹宁斯太太长时间地殷殷告辞，满怀真诚的感激和美好的祝愿，像是发自内心地在为自己过去对老太太的怠慢冷淡默默地表示歉意；以一个朋友的热诚跟布兰登上校道了别，他则小心地扶她坐进马车，就像是急于向她表示，她至少拥有这辆马车的一半权利似的。达什伍德太太和埃莉诺随后也上了车，剩下其余的人就只能谈谈已经上路的这母女三人，备感无聊了，一直到詹宁斯太太也被请上自己的马车，因为两位年轻的伴当已经不在身边，只好满足于和贴身女仆说说闲话；而布兰登上校随即也独自踏上了去德拉福庄园的旅程。

达什伍德母女在路上走了两天，这两天玛丽安都还承受得了，没觉得特别累。每一个陪在她身边的人无不时刻小心，以万分热忱的钟爱之情无比细心地关切着她，务必要处处都让她感到舒适，而看到她身体清健、精神平和，每个人也都备感欣慰，终于放下心来。对埃莉诺而言，看到玛丽安精神的平和，尤其开心快意。她曾一周接着一周眼看着她备受折磨，看着她内心极度痛苦和压抑，既没有明说出来的勇气，又没有强压下去的毅力，现在看到她的心境明显平静了下来，确信这是她认真反思后的结果，而且一定会达到最后的心满意足和开心愉悦，埃莉诺的高兴是任何人都无法完全体会的。

当她们离巴顿已经越来越近，已经进入每一块田地和每一棵树木都能带来几分特别、几分痛苦的记忆之时，玛丽安也越来越沉默和沉思起来，她转过脸去避开她们的视线，严肃地端坐在车里望着窗外。不过埃莉诺对此既不奇怪，也不责怪；当她扶她从车上下来时，看到她脸上有哭过的痕迹，她觉得玛丽安的这种情感流露是再自然不过的了，只会让自己对她深表同情，尤其她能做到不露声色地暗自垂泪，更是值得嘉许。而玛丽安随后所有的表现，处处表露出她正努力依照理智来行事；因为她们刚走进全家共用的起居室，玛丽安就用异常坚定的目光环顾了一下四周，仿佛是要下定决心使自己习惯于看到每一样都会让她想起威洛比的家具什物似的。——她极少说话，不过每一句都是为了表示她很高兴，尽管有时候忍不住也会一声叹息，却也马上会露出一丝微笑来加以弥补。晚饭后她想弹弹琴。她走到钢琴前，可是目光所及，看到的却是威洛比送给她的歌剧乐谱，里面有几首他们最喜欢的二重唱，封面上还有他亲笔题写的她自己的名字。——这可不行。——她摇了摇头，把乐谱放在一边，在琴键上摸了一遍，就抱怨自己手指无力，又把琴盖盖上了；尽管如此，她仍坚定地表示，以后一定要多多练琴。

第二天上午，这些令人高兴的迹象并没有丝毫减少。正相反，经过一夜的休息以后，身心两方面的力量都有所加强，她的神情和话音都真正显得更有精神了，期待着玛格丽特回家来时的快乐景象，谈起一家人终于重新得以团聚，说归根结底，只有她们一家人心意相通、美满和睦，才是唯一值得期盼的幸福。

“等天气持续晴好起来，我也有了力气，”她道，“咱们就每天都一起长距离散步去。咱们要一直走到高地边上的农场，去看看那里的孩子们日子过得怎么样；咱们要一直走到约翰爵士在巴顿十字路新培育的林场，还有旁边的修道院属地；咱们还要经常前往小修道院的遗址，好好地考察一下它整个的地基，把据说是它曾经的领地统统实地勘察一遍。我知道我们会过得很开心。我知道这个夏天都会过得很快乐。我打算绝不晚于六点钟就起床，从睁开眼睛到晚饭时间，我要把每时每刻都用在音乐和阅读上。我已经都计划好了，决心要认认真真地进行阅读学习。咱们家的藏书我已经是再熟悉不过了，再重新阅读的话也不过纯是为了消遣。不过巴顿庄园里有很多作品是非常值得一读的；而且我知

“去看看那里的孩子们日子过得怎么样”

道还能从布兰登上校那儿借到其他更加现代的出版物。每天只需要阅读六个钟头，只要一年的时间就能获得大量我自己缺乏的知识。”

埃莉诺对她制订出如此高尚的计划表示赞赏；虽然眼看着这同样的一种热切的幻想过去曾把她引入极度的慵懒和自私的怨艾，如今又使原本合理的工作规划和良好的自我控制计划做得过了头，不禁微微一笑。可是当她想起答应过威洛比的事情还没有完成，那微笑又变成了叹息，她是担心一旦把他的话转述以后会有可能再次扰乱玛丽安的心境，至少也会暂时毁了这忙碌而又安静的美好的生活憧憬。于是她愿意将这不幸的时刻再往后拖延一下，等她妹妹的健康状况真正稳定下来以后再说不迟。不料这个决定刚刚做出就又被打破了。

玛丽安在家里等了两三天以后，天气才终于晴好得让她这种大病初愈的人也敢于出门了。终于盼到了一个和煦温暖的早晨，做女儿的是跃跃欲试，做妈妈的也能够放心；于是玛丽安被获准由埃莉诺从旁搀扶，到房前的小径上散步消遣，时间不限，只要别累着就行。

玛丽安自从生病以后还没怎么活动过，身体还很虚弱，所以姐妹俩的步子迈得很慢；——转过屋角，刚刚能看到屋后那座小山，那座意义重大的小山的全貌以后，玛丽安就停下脚步，向它望去，心平气和地道：

“那儿，就在那儿，”——她一只手指着，“我就在那个突起的小丘岗上摔倒的；也就在那儿第一次见到了威洛比。”

说到这个名字的时候她的声音低沉了下去，不过很快就振作了起来，继续道：

“谢天谢地，我发现我能看到这个地方也几乎不会感到痛苦了！——我们还应该再谈一下这个话题吗，埃莉诺？”——这句话说得有些犹疑——“还是最好不要再谈了？——我现在已经能谈了，我希望，能心平气和地谈了。”

埃莉诺亲切地鼓励她说下去。

“说到悔恨，”玛丽安道，“就他而言，我已经悔恨得尽够了。我不想再跟你啰嗦我曾有过的感受，而想谈谈现在的。——现在，如果我能在一件事上得到满足，如果我能够相信他过去并非一直都在做戏，并非一直都在骗我该有多好；——不过最重要的是，如果我能够确信，他并非像我在听说了那个不幸姑娘的故事以后，有时候满怀恐怖地想象得那么十恶不赦该有多好！”

她说不下去了。——埃莉诺一听之下真是如获至宝，于是问她：

“如果你能得到这样的确信，你认为你会如释重负吗？”

“是的。这对我心情的平静具有双重的影响；——因为不但怀疑一个像他那样在我的心目中曾占据过如此地位的人是有意作恶，这是非常可怕的，——而且这么一来我自己又成了什么样的人了？——我岂不成了一个最可耻的、人尽可夫的——”

“那么，”她姐姐问道，“你又如何解释他的所作所为呢？”

“我会认为他只是，——哦！我是多么想认为他只是用情不专，非常，非常地用情不专啊。”

埃莉诺没再说什么。她心里一时委决不下，到底是现在就把威洛比的那番话告诉她，还是再等等，等玛丽安的身体更健壮些时再说为好；——姐妹俩又默默无语地继续往前走了几分钟。

“我也只能希望他，”玛丽安最后叹了口气道，“在扪心自问、回顾过往的时候不至于比我更为懊恼。这样的反省已经尽够他痛苦的了。”

“你是在拿他的行为和你的相提并论吗？”

“不。我是拿它和正当的行为比较；我拿它和你的行为相比较。”

“我们的境遇可是绝少相似之处。”

“我们的境遇比我们的实际行为有更多的相似之处。——不要，我最亲爱的埃莉诺，不要让你的好心再去为那些我知道你的理智肯定会加以谴责的行为辩解了吧。我这场病让我想了很多——它给了我闲暇和平静，让我可以认真地思索过往。在我还远没有恢复到可以开口讲话的时候，我就完全能够进行思考了。我把过去认真思考了一遍；我清楚地认识到，自从去年秋天我跟他结识以来，我的一系列行为对自己来说都是轻率鲁莽，对别人都是极不厚道的。我清楚地看到，是我自己的情感导致了我的苦难，而在苦难中缺乏坚忍和毅力则差一点把我的命都搭上。我生的这场病，我很清楚，完全是我自作自受，甚至在我已经感觉不妙的时候仍旧完全罔顾自己的身体健康。我真要死了的话，——那也等于是自戕。我是直到已经脱离了险境，才明白我曾遭遇到这样的危险；不过，怀抱这些反思带给我的这样的情绪，我惊讶于自己居然真的挺了过来，——真奇怪，我那想活下去，想赢得向上帝、向你们大家赎罪的急切的渴望，居然没有马上就把我害死。我真要死了的话，——我将留给你，我的看护、我的朋友、我的姐妹怎样特别的苦痛！——你曾亲眼目睹了我最后那段日子里所有的苦恼和自私，你深知我内心当中所有的呻吟和呢喃！——留在你的记忆当中的我，将是怎样的一种形象！——还有我的母亲！——你又怎么才能安慰她！我简直无法表达我对自己有多么厌恶和痛恨。每当我回顾过去的时候，我看到的都是我该做的事情没有做到，却由着性子尽做错事。每个人似乎都受到了我的伤害。面对詹宁斯太太的仁心厚意，始终如一的仁心厚意，我回报的是忘恩负义、轻藐不屑。对于米德尔顿夫妇、帕尔默夫妇、斯蒂尔姐妹，甚至是每一位普通的相识，我总是傲慢无礼、充满偏见；我对人家的优点美德视而不见，人家越是好意地对我表示关切，就越是激起我的恼怒和不耐烦。——对约翰，对范妮，——是的，即便是对于他们，尽管他们不配，我也并没有予以公平的对待。可是你——最受到我的错待的就是你，超过了所有的人，超过了我们的母亲。我，唯有我，深知你的心事和创伤；可结果又是怎样呢？——并没有激起能够对你或是对我自己有所助益的丝毫同情。——你的榜样就在我面前，可又有什么用呢？——那可曾增加我对你和你的安适的丝毫体贴之情？那些礼尚往来、感激致谢的责任我统统都推给了你，我可曾有过一次效仿你的宽容和忍耐，分担过你丝毫的义务，减轻过你任何的负担？——没有；——不论是在我以为你称心如意，还是我明知你伤心难过的时候，我都同样地躲开应酬的责任或是友朋间的交往；我只许自己伤心，不知道别人也会难过，只知道悲叹那颗心抛弃和错待了我，却任由我无比深爱的你为了我而痛苦不堪。”

她那番自责自艾的滔滔倾泻到此总算是打住了；埃莉诺虽然因为过于诚实而不愿妄加恭维，却急于要安慰她，于是马上就对她的坦诚和悔悟给予了她分所应得的赞赏和支持。玛丽安紧紧地握住她的手，回答道：

“你真是好心。——我一定说到做到。我已经制订好了计划，只要能坚持下去——我的感情就能得到控制，我的脾气也就能得到改善。以后也就再也不会烦扰别人、折磨自己了。从现在开始我就专为我的亲人而活。你，母亲和玛格丽特，今后就是我的一切；我把所有的爱全都献给你们。我将丝毫都不再会有离开你们，离开我的家的私心杂念了；如果我果真结识了新的朋友，那也只是为了表明我的精神已经谦恭起来，我的内心已经改过自新，我已经能够温文有礼、宽容克制地讲究一下礼仪常轨，履行一下生活中的繁文缛节了。至于威洛比——若是说我将很快或者终将把他遗忘，那都将是无稽之谈。无论环境或是观念如何改变，我都无法完全抹去我对他的记忆。但它必将受到信仰、理智和日常工作的节制和检验。”

她停顿了一下——又低声加了一句：“我只要能知道他的心，一切就会变得容易多了。”

埃莉诺已经权衡了有段时间，考虑马上就冒险把威洛比的那番话告诉她是否合适，结果却依旧委决不下；现在听她这么一说，感觉就这么左思右想根本解决不了任何问题，不如索性下定决心一了百了，于是就干脆把实际的情况开始讲给她听了。

她尽量如她所希望的那样，讲得颇有技巧，小心地让那焦急的倾听者做好思想准备；简单、如实地讲述了威洛比赖以自我辩解的要点；不偏不倚地传达了他的悔过之意，只是把他目前仍旧爱她的声明一笔带过。玛丽安不发一言。——她浑身颤抖，眼睛紧盯住地面，病后本就苍白的嘴唇变得更加血色全无。有一千个问题从心底喷涌而出，而她一个都不敢吐露出口。她迫不及待、气喘吁吁地不放过任何一个字眼，她的手不自觉地紧握住姐姐的手，泪流满面。

埃莉诺怕她累坏了，领着她往家里走去；虽然玛丽安强忍住什么都没说，埃莉诺轻易就能猜出她最感兴趣的到底是什么，因此一路上说的就只有威洛比以及他们之间的那次长谈；而且[①]威洛比的每一句话和每一个神态，凡是她认为但说无妨的，她统统不厌其烦地描述得巨细靡遗，这样讲讲谈谈，一直来到了小别墅的门口。一进门，玛丽安就满怀感激地亲吻了姐姐一下，含着眼泪只说了四个字“告诉妈妈”，然后就离开她，慢慢上了楼。埃莉诺觉得她现在想不受干扰地独自待一会的心情是完全可以理解的，也就并不想去打搅她；她心里一边焦急地揣摩这次彻底交底可能产生的结果，决定如果妹妹不想再提这件事，就由她来帮她提起；她于是转身走进客厅，去完成妹妹临别时的嘱托。

---

①“而且……”（and was...），初版没有“而且”（was...）。

第十一章

达什伍德太太听到她此前宠爱有加之人的自辩之词，并不是无动于衷的。她很高兴那些归咎于他的罪行当中有一部分得到了洗刷；——她为他感到难过；——她希望他幸福安康。可是过去的感情已经是覆水难收了。——对于玛丽安来说，他再也无法重新成为一个可以完全信任——一个白璧无瑕的人物了。任何东西都无法去除玛丽安为他所受的痛苦，也无法抹杀他对伊莱扎犯下的罪行。所以，他是无论如何也无法重获她之前的器重，而且布兰登上校的利益也绝不能受到损害。

如果达什伍德太太和她女儿一样，是亲耳听威洛比本人讲述的——如果她是亲眼目睹了他的痛苦神情，受到了他的表情和态度的感染，那么她对他的同情其程度可能还会更深一些。可是，埃莉诺却既没这个本事也没这种愿望，通过自己的转述激起母亲自己初闻之下的那种情感体验。深思熟虑已经使她的判断更为冷静，对威洛比功过是非的看法也更为清醒了；——所以她希望的只是传达简单的实情，摆明能真正说明他品性的事实，不做任何修饰和添加，以免产生误导。

晚上，当她们母女三人聚在一起[①]的时候，玛丽安又主动说起了威洛比；——不过也并非是轻易就能说出口的，因为她先是坐立不安地考虑了好半晌——终于开口时面色飞红——声音颤抖，这些全都清楚地说明了这一点。

“我希望能向你们俩保证，”她说道，“我一切都想明白了——正像你们期望的那样。”

达什伍德太太原想马上就以慈爱的抚慰打断她的，不过埃莉诺因为真心希望听到妹妹不带任何偏见的想法，赶紧示意母亲不要开口，她这才把已到嘴边的话又咽了回去。玛丽安缓缓地继续道——

“对我来说真是莫大的宽慰——埃莉诺今天早上告诉我的那番

话——我终于听到了我最想听的话。”——她一度哽咽失声；不过很快就镇定了下来，她继续说下去，声音要比刚才平静多了——“我现在已经心满意足了，不再奢求任何改变。在知道了这一切以后——这是迟早肯定会知道的——我跟他在一起是绝不可能有任何幸福可言的。——我对他已经没有任何信任，任何尊重。什么都无法消除我的这种感受了。”

“我知道——我知道，”她母亲叫道，“跟这么一个浪荡子怎么可能幸福！——他还如此严重地伤害过我们最亲爱的朋友，而且是天底下最好的人！——不——我的玛丽安跟这样一个人在一起是绝不可能幸福的！——她的丈夫在良心上应该感觉到的一切，她的良心，她那敏感的良心是肯定会感同身受的。”

玛丽安叹了口气，又重复了一遍——“我不希望有任何改变了。”

“你对这件事情的认识，”埃莉诺道，“正是一个心地善良、识见健全的人一定会有的考虑；而且我敢说，你应该就像我一样，不光是在这一点上，而且还在其他的众多方面，都看出有充分的理由确信，你们的婚姻必定会陷入种种的麻烦和失望中，到了那个时候你们的爱情是根本没办法支撑你们渡过这些难关的，尤其是他那方面的爱情还非常靠不住。你们要是真结了婚，一定会陷入贫困窘迫的境地。他的奢侈挥霍是连他本人都供认不讳的，而且他的所有行径无不表明他是根本就不知道什么叫作自我克制的。他的需求无度和你的没有经验加在一起，仅靠这么一点菲薄的、非常菲薄的收入过活，结果肯定会陷你们于贫困和不幸之中，其痛苦的程度是绝不会因为你们此前对其一无所知、从没想到过而有丝毫减轻的。而你一旦明白了你的处境，我知道，你的荣誉感和正直的天性就会使你想尽一切办法撙节俭省；只要你的勤俭节省只限于紧缩你个人的生活用度，也许你还能咬紧牙关坚持下去，可如果超出

---

①“她们母女三人聚在一起”（they were all three together）初版作“她们全都聚在一起”（they were all there together）。

了这一点——何况不管你单方面努力到怎样的极限，你又怎么能止得住你们婚前就已然开始的破产进程？——如果超出了这一点，如果你不得不尝试削减他的吃穿用度，不管是多么合情合理，你就不怕他非但不会克制自己的自私心理予以认同，反倒会削弱了你对他内心的影响，使他开始后悔跟你结合在一起，害他陷入了这样的困境吗？”

玛丽安的嘴唇颤抖着，重复了一遍“自私”这个词，语气中透露的意思是——“你当真认为他自私吗？”

“他的整个行为，”埃莉诺回答道，“从这件事的一开始到最后，全都是基于自私的考虑。一开始使他玩弄你的感情的是自私；后来，当他自己也动了真情，使他迟迟不肯向你表白的是自私，最后使他离开巴顿的仍旧是自私。他自己的开心享乐，或者说他自己的舒适安逸，在每一件具体的事情上面，都是他的行为准则。”

“这话说得很对。我的幸福他从来就没有放在心上。”

“现在，”埃莉诺继续道，“他对自己的所作所为是感到后悔了。他为什么感到后悔？——因为他发现他并没有称心如意。他并没有感到幸福。他现在的景况已经是丝毫都不窘迫了——换句话说他已经不再受到手头拮据之苦了；他现在就只觉得他娶的这个女人不够称心，在性情上没有你那么可爱。但是否因此就可以说如果他当初娶的是你，他就会感到幸福了呢？——只是他感到的不便不同了而已。到那时候他感到的就是经济窘迫之苦了，他现在觉得经济问题不算什么，只不过因为这个问题已经不存在了。他妻子的品性倒是没有任何可抱怨的了，可他就总是会备感拮据之苦——总是在闹穷了；很可能要不了多久他就会得出结论，认为即便是对于家庭幸福而言，由巨额的家产和可观的收入所带来的数不胜数的舒适条件，可比一位温柔可爱的妻子重要得多了。”

“对此我毫不怀疑，”玛丽安道，“而且我也没有任何好后悔的——后悔的就只是我自己的愚蠢。”

“还不如说是你母亲的轻率呢，我的孩子，”达什伍德太太道，“她才是应该负责的。”

玛丽安不让她说下去了；——而埃莉诺看到她们俩都认识到了自己的错处，很是满意，也不愿意再去深究过去的种种，以免影响到妹妹的情绪；所以她重新回到最初的话题，马上继续说道：

“从这整个事件当中，我想，可以公正地得出这样一个结论——那就是威洛比所有的麻烦全都肇始于他那第一桩对道德的肆意冒犯，即对于伊莱扎·威廉斯的始乱终弃。那桩罪行是此后每一桩小奸小恶以及他目前一切怨愤和不满的根由。”

玛丽安由衷地赞同这一说法；而她母亲又借此机会一一历数了布兰登上校受了多少伤害，拥有多少美德，那种热烈的劲头不仅出于对上校的友情，同时也是别有用意。不过，她的女儿却像是并没有听进多少去。

果不出埃莉诺之所料，在接下来的两三天里，玛丽安的体能并没有像她前几天看到的那样有持续性的增强；不过她的决心却毫无动摇，仍旧努力表现出愉快自在的样子，她姐姐也就放下心来，相信假以时日她是一定会好起来的。

玛格丽特也回来了，一家人得以重新团聚，再一次在小别墅里开始了安静的生活，做起日常的功课来虽然不像初来巴顿时那么劲头十足，至少是计划着将来要劲头十足地进行下去的。

埃莉诺迫不及待地想得到一点爱德华的音信。自从离开伦敦以来，她还没有听到他的任何消息，不知道他有什么新的打算，甚至不清楚他的目前的落脚之处。由于玛丽安大病一场，她跟她哥哥曾通过几封信；在约翰的第一封信里有这样的一句话：——“对于不幸的爱德华我们是一无所知，对这样一个严禁提起的话题也没办法询问打听，不过我们推断他应该仍旧待在牛津。”这就是她从通信当中获得的所有爱德华的信息，因为在接下来的几封信里，就连他的名字都绝口不提了。不过，她倒也并非注定了要对他的状况长时间地一无所知。

有天上午，她们打发男仆前往埃克塞特去办点事；他伺候她们吃饭的时候，在回答了女主人有关这趟差使的问询以后，又主动地补充道：

“我猜想，夫人，费拉尔斯先生结婚了，您是知道的吧。”

玛丽安猛然一惊，眼睛盯住埃莉诺，但见她脸色煞白，往椅背上一靠，撒起了癔症。达什伍德太太在回答男仆的询问时，目光也不由自主地朝同一个方向望去，她从埃莉诺的脸色中看出她竟然如此痛苦，不禁也大为惊骇，随即又看到玛丽安的情况，也同样让她忧心忡忡，一时间真不知道应该首先照顾哪个孩子为好了。

那位男仆只看到玛丽安小姐生了病，还算是明白，赶紧叫来了一位女仆，达什伍德太太帮着她一起把玛丽安搀到了另外一个房间。到了那时，玛丽安已经好了不少，她母亲就把她留给玛格丽特和女仆照应，自己又回到埃莉诺身边；埃莉诺虽则仍旧有些精神错乱，神志也已经恢复了不少，能够开口说话了，正开始盘问托马斯他这个消息的来源。达什伍德太太马上接过话头，代她盘问下去；这么一来，埃莉诺至少无须自己费力就能知道事情的原委了。

“谁告诉你费拉尔斯先生已经结婚了，托马斯？”

“我亲眼见到费拉尔斯先生了，夫人，今天上午在埃克塞特，还有他的夫人，也就是原来的斯蒂尔小姐。他们当时乘坐的轻便马车正停在新伦敦旅店的门口，我是替巴顿庄园的萨莉给她哥哥带口信去的，她哥哥在那儿当马车夫。经过那辆轻便马车的时候我抬头看了一眼，刚好看到了那位年轻的斯蒂尔小姐；我就脱下帽子，她认识我，就把我叫过去，问起您，夫人，还有几位小姐，尤其是玛丽安小姐的近况，并吩咐我代她和费拉尔斯先生向您问候致意，说是很抱歉来不及过来看望您了，他们着急赶路，因为还要再往前多走一段，不过等他们回来的时候一定会来看望您的。”

“可是她跟你说她已经结婚了吗，托马斯？”

“我猜想，夫人，费拉尔斯先生结婚了，您是知道的吧”

“是的，夫人。她面带微笑，说她如何自从来到这里以后就改了姓氏。她一直都是位态度友善、讲话直率的年轻小姐，行为举止非常客气。所以我也就不揣冒昧向她道了喜。”

“费拉尔斯先生跟她一起在马车上吗？”

“是的，夫人，我只看到他在车厢里靠后坐着，不过他没有抬头看我；——他从来都不是位健谈的绅士。”

埃莉诺心里面很容易就能为他不愿意抛头露面的做法做出解释；而且达什伍德太太大概也是一样的想法。

“马车里再没有别的人了吗？”

“是的，夫人，就他们两个。”

“你知道他们是从哪儿来的吗？”

“他们是直接从城里过来的，是露西小姐——费拉尔斯太太告诉我的。”

“他们是继续往西走吗？”

“是的，夫人——不过待的时间不会太长。他们很快就会回来，到时候他们说一定要来拜访咱们的。”

达什伍德太太看了女儿一眼；不过埃莉诺知道他们是肯定不会来的。她从中看透了露西的所有用心，非常确定爱德华是再也不会到她们这儿来了。她低声对母亲说，他们大概是要去普拉特先生府上，那是在普利茅斯附近。

托马斯的情报似乎就这么多了。埃莉诺看起来却还想要再多了解一些情况。

“你走之前，是看着他们上路的吗？”

“没有，夫人——他们拉车的马才刚刚出来，我可是不能再耽搁了；我怕误了事。”

“费拉尔斯太太看起来气色好吗？”

“是的，夫人，她说她感觉非常好；依我看来，她一直就是位非常漂亮的年轻小姐——而且她看样子真是心满意足。”

达什伍德太太再也想不出什么问题来问了，托马斯和桌布一样，现在都不需要了，很快也都被打发走了。玛丽安已经派人来说她什么都不再吃了。达什伍德太太和埃莉诺也同样都丧失了胃口，玛格丽特或许会认为自己非常走运，因为她那两个姐姐近来全都碰到了那么多烦心的事儿，有那么多的理由会导致她们经常性地茶饭不思，她可是从来都不需要在把饭都吃完以前就离开餐桌的。

在上过甜点和餐后酒以后，就剩下了达什伍德太太和埃莉诺两个人，母女俩一起都陷入了同样的沉思默想之中。达什伍德太太怕语出唐突，没敢冒失地安慰女儿。她现在才发现，自己真是误信了埃莉诺自己的剖白；她想当然地认为，时至今日，一切都已经明显地缓和下来，在经历了为玛丽安的痛苦所遭受的那番折磨以后，她已经不会再经受更多的不幸了。她原以为她对埃莉诺和爱德华之间的感情是了如指掌的，结果却发现自己被女儿小心谨慎、体贴入微的心思给误导了，误以为这种感情事实上要比自己原本乐于相信，或者现在已经被证明了的要淡薄得多。她真怕由于这种想法，她对待她的埃莉诺一直以来都是不公正、不关心，不，简直就是很刻薄的；——而玛丽安的痛苦，因为是更加广为人知，是直接摆在她眼前的，也就因此而独占了她太多的柔情和关切，结果竟使她忘了埃莉诺，忘了她还有一个女儿或许也在承受几乎同样痛苦的折磨，当然她不像玛丽安那么自寻烦恼，而且也更加坚忍刚毅。

第十二章

埃莉诺现在发现，对于一桩令人不快的事情，不管你事先已经是多么确信它肯定会发生，在它终于成为现实的时候，那感受还是大为不同的。她现在发现，只要爱德华还是单身，她总还是不由自主地暗自抱有一线希望，也许会有什么意外的情况出现，使他无法和露西正式结婚；或是他自己做出了什么决定或是他的朋友们居间调停，或是那位小姐有机会缔结更为理想的良缘，结果使得人人皆大欢喜。可是他现在终究还是结了婚，她责备自己不该心存侥幸、抱有奢望，结果只落得自己在听到这个消息以后倍加痛苦。

他居然这么快就结了婚，没有照她设想的那样，先得到圣职，至少有了份生计以后再作打算，一开始还是让她有点吃惊的。不过她很快也就明白过来，这也是完全符合逻辑的，因为露西一心为了自己的将来打算，肯定是会迫不及待地把他抓在手里，除了担心夜长梦多，其他的一切是概不考虑的。他们已经结了婚，在城里结了婚，现在正赶着回舅舅家一趟。爱德华在来到距巴顿不过四英里的地方，见到了她母亲的仆人，又听到了露西故意说给她听的那番话，他的内心到底作何感想！

她估计他们很快就要在德拉福安下家来。——德拉福，——这么多因素齐心协力一定要激起她兴趣的这个地方；这个她一方面极欲认识和熟悉，另一面又避之唯恐不及的地方。她马上就在想象中看到他们搬入了牧师公馆；看到露西，这个精力充沛、长袖善舞的当家人，面子上时髦体面，骨子里极度省俭，生怕人家有半分怀疑她其实在精打细算；——想尽一切办法追逐自己的利益，尽力地讨好布兰登上校、詹宁斯太太以及每一位有钱的朋友。至于爱德华，——她不知道他会变成什么模样，或者她希望看到他是什么样子，——不管他是幸福还是不幸，——都不会使她感到高兴；她索性掉转过头去，不再去揣想他的样子。

埃莉诺满以为她们在伦敦的某位亲朋会写信来宣布这一婚讯，并提供一些进一步的详情，——可是一天天过去了，却既没有来信，也没有消息传来。既然无法确定这到底该怪谁，她就埋怨起了每一位不在身边的朋友。他们全都要么没心没肺，要么懒惰无比。

“您什么时候给布兰登上校写信啊，妈妈？”她一心想知道进一步的消息，就忍不住问她母亲。

“我上周刚给他写了信，我亲爱的，我这是在等他亲自前来，而不是等他的回信呢。我诚挚地力邀他来咱们家做客，就算是今天或明天，或者任何一天看到他推门进来，我都不会感到惊讶的。”

这总算是有所收获，总算是有点东西可以让人期盼了。布兰登上校肯定会带来一些消息的。

她刚刚有了这样的打算，一个骑在马上的身影就吸引她朝窗外望去。他在她们的门前停下了。那是位绅士，就是布兰登上校本人。现在她终于能听到更多情况了；她在期待中不由得哆嗦了起来。可是——那不是布兰登上校——神态不对——身高也不对。要是有这个可能的话，她会说那准是爱德华。她再次定睛观瞧。他刚从马上下来；——她不可能认错；——那就是爱德华。她离开窗口，坐了下来。“他是从普拉特先生家特意赶来看我们的。我一定要镇定；我一定要控制住自己。”

一时间她看得出来，其他人也同样意识到了这个错误。她看到母亲和玛丽安变了脸色；看到她们都在看自己，相互耳语了几句。如果这时自己能说得出话，她甘愿付出一切代价——她想让她们明白，她希望她们在对待他的态度上不要有任何冷淡和怠慢；——可她一句话都说不出来，只得任由她们自行其是。

大家谁都没有作声。她们全都默默地等着来访的客人露面。她们听到他沿着砾石小路走进来的脚步声；过了一会儿，他来到了那条过道

那就是爱德华

上；又过了一会儿，他就出现在了她们面前。

他的神情，在进入房间的时候，看起来并不太高兴，即便对埃莉诺也是如此。他的面色激动得发白，他看起来就像是害怕受到冷遇，而且也明知道自己不配受到礼遇似的。达什伍德太太勉强摆出一副自得的神情，把手伸给他，向他问好；她相信这是符合女儿的意愿的，而一切都顺从女儿的心意来办正是她满怀热情一心要做到的。

他脸一红，结结巴巴地回了一句话，也听不出说的是什么。埃莉诺的嘴唇也跟着母亲动了动，寒暄过后她又后悔没有也跟他握握手。可是为时已晚，只得作出一副坦诚相见的样子，重新落座，谈起了天气。

玛丽安已经尽可能退到众人的视线范围以外，以掩藏她的难过；而玛格丽特对事情的性质已经有所察觉，却又并不全懂，认为保持尊严是她义不容辞的责任，于是就拣了个离他最远的座位坐下，一派凛然地严守沉默。

埃莉诺在称赞了一番这个季节的干爽以后，继之以非常尴尬的冷场。达什伍德太太万般无奈，只得表示了一声但愿费拉尔斯太太一切安好，算是打破了僵局。他慌慌张张地给出了肯定的答复。

再次冷场。

埃莉诺尽管害怕自己的声音听起来会很不自然，还是硬着头皮接过了话茬：

“费拉尔斯太太眼下在朗斯坦普尔吗？”

“在朗斯坦普尔！”他语带惊讶地回答道——“不，家母在城里。”

“我问的是，”埃莉诺从桌上拿起一样针线活道，“爱德华·费拉尔斯太太。”

她不敢抬眼望他；——不过她母亲和玛丽安的目光都转向了他。他飞红了脸，像是有些不知所措，露出一副怀疑的神色，踌躇了半晌这才说：

“也许你说的是——舍弟——你说的是罗——罗伯特 · 费拉尔斯太太。”

“罗伯特 · 费拉尔斯太太！”——玛丽安和她母亲重复道，语气中透出无比的讶异；——埃莉诺虽然说不出话来，就连她的目光也同样急切而又惊奇地紧盯着他。他从座位上站起身来，走到窗前，显然有些不知道如何是好；他拿起一把放在那儿的剪刀，一边说话一边拿着剪刀乱剪，不但把剪刀套子剪成了碎块，把剪刀也给弄坏了，他的声音非常急促：

“你们可能还不知道——你们或许还没听说，舍弟最近和那位——和那位最年轻的——和露西 · 斯蒂尔小姐结婚了。”

大家全都以无以言表的惊讶之情重复了一遍他这句话，唯有埃莉诺坐在那里，头俯在针线活上，激动得几乎不知道自己身在何处。

“没错，”他说，“他们是上礼拜结的婚，现在在道利什。”

埃莉诺再也坐不住了。她几乎是跑出了房间，门一关上，幸福的泪水就奔涌而出，她一时间还以为再也流不完了。爱德华呢，原本一直都故意不朝她那个方向看的，如今看到她匆匆跑开，而且也许不但是看见了——甚至已经听到了她激动不已的情感反应；因为他紧接着也就陷入了沉思默想之中，达什伍德太太无论是说什么，问什么，如何亲切地招呼他，都无法让他回过神来，最后，他一句话都没说就离开了她们家，朝农场的方向走去——留下众人面对他处境的巨大变化——这个变化是如此美妙又如此突然——万分惊讶又困惑不解；这个谜团没有办法可以解开，只能任由自己妄自揣测了。

第十三章

尽管爱德华获得解脱的原委在她们母女看来可能显得不可思议，可他已经是自由之身的事实却是肯定无疑的：而他将如何应用这份自由，所有的人都很容易地替他预先决定了；——因为他未经母亲同意就鲁莽地私定了一次终身，历经四年多的磨难后才终获解脱，所以完全可以预料得到，在那次婚约失败以后，他肯定马上就会缔结另一桩婚约的。

他来巴顿的任务，事实上也非常简单。那就是请求埃莉诺嫁给他；——有鉴于他在这样一个问题上并非是毫无经验，临到他真正实施的时候居然如此忐忑不安，如此需要别人的鼓励和新鲜空气，那确是显得有些奇怪了。

不过，他到底走了多久才做出了正确的决定，那个实际操作的时机是什么时候出现的，他是如何表达自己的意愿，又是如何得以接受的，种种详情都不需要一一细表了。只需要说明这一点；——那就是在他来到这里大约三个钟头以后，下午四点钟大家全都在餐桌前坐下来用餐时，他已经赢得了自己的夫人，征得了岳母的同意，成为全世界最幸福的男人了——这不仅仅是身为情人欣喜若狂的表白，而且是千真万确、有理有据的事实。他的境遇确实使他的欣喜超过了一般的程度。除了求爱获得成功的高兴以外，还有其他的原因让他的心潮格外澎湃，情绪分外高涨。他终于从长期以来令他痛苦不堪的感情纠葛中解放出来，彻底摆脱了一个他早就已经不再爱慕的女人，责任又不在自己这一方，丝毫无须责备自己；——而且一步登天，马上就赢得了自己的真爱，而想当初他刚刚产生这种渴慕之情的时候，原本是满怀绝望地认为绝无可能的。他不是从疑虑不安，而是从痛苦不堪里一步跨入了完美的幸福中；——他真心实意、感激不尽、兴高采烈、滔滔不绝地公开谈论着这样一种天翻地覆的变化，他的朋友们此前还从没见识过他有这样的表现。

他向埃莉诺完全敞开了自己的内心，坦白了自己所有的弱点、全部的过失，以一个二十四岁的成年人所有的明哲和尊严，讲述了当初他对露西少不更事的初恋。

“我当时真是愚蠢无知而又游手好闲，”他说道，“完全是涉世未深、不通世故——再加上完全无所事事的结果。十八岁那年，在普拉特先生对我的监护已经结束的时候，如果家母给我找个像样的职业干的话，我想，——不，我相信这种事情就绝不会发生了；因为我离开朗斯坦普尔的时候，虽然自认为对他的外甥女怀有一种无可比拟的钟爱之情，可如果我那时候有任何可以从事的职业，有任何把时间占用起来的目标，只要离开她几个月的时间，尤其是如果能多跟世人打打交道，多了解一些世事的话——在那种情况下我肯定会那样做的——我很快就能成熟起来，丢开那一时间异想天开的恋慕之情。可我却无事可做，既没有为我选定任何职业，也不许我自作选择，我回到家里，完完全全地游手好闲；在这之后的整整一年期间里，我就连个大学里名义上的学习任务都没有，因为我是直到十九岁才进了牛津。因此我在这个世界上没有任何事情可做，就只剩下沉溺于爱情的幻想中了；再加上家母并没有为我营造一个舒适的家居环境，我既没有朋友，跟舍弟也合不来，又不喜欢结交新朋友，我总往朗斯坦普尔跑也就理所当然了，我在那儿总觉得很自在，一直都很受欢迎；因此我十八到十九岁那一年的大部分时间都是在那儿度过的：露西处处都表现得可亲可爱而又热情友善。她人又长得漂亮——至少当时我是这么想的，我几乎没见过别的女人，无从比较，看不出她的任何缺陷。所以，考虑到这一层，尽管我们的私定终身非常愚蠢，事后在一切方面都证明其蠢不可及，可在当时，我想，却也并算不上一桩多么不近人情或是不可原谅的蠢行。”

在短短几个钟头内就经历了如此重大的情绪变化，达什伍德母女简直是欣喜若狂，她们也乐得整夜都睡不着觉了。达什伍德太太高兴得都有些无所适从了，简直不知道该怎么疼爱爱德华，怎么夸奖埃莉诺才好了，不知道该怎么感谢他能在不伤及体面的前提下全身而退才算到位，她是既想马上就让他们单独待在一起尽诉衷肠，又巴不得他们俩都陪着自己，怎么看都看不够，也真是够她为难的了。

玛丽安只能用泪水来表达她的欣喜。比较是在所难免的——悔恨也自会油然而生；——而她的喜悦尽管就像她对姐姐的爱一样真心诚意，却既无法使她振作起精神，又无法让她开口讲话。

可是埃莉诺——又该如何描述她的情感呢？——从得知露西嫁给了别人，爱德华已经自由的那一刻起，到证实她随即产生的所有希望就将成真的那一刻为止，她的内心真是百感交集，难以平静。不过在那第二个时刻过去以后，当她发现相比于自己最近以来的处境，她所有的怀疑、所有的焦虑全都一扫而光，——看到他不失体面地从前一次婚约中全身而退，看到他马上就把握住机会向她求婚，而且对她的爱意完全如自己曾经想象的那般体贴温柔、那般始终如一，——她简直感到压抑，她被自己的幸福压得几乎喘不过气来；——尽管人们总是乐于见到任何情况的好转，人的心理也更加容易就能适应，她仍旧需要好几个钟头的时间让自己的情绪稍稍得以平复，让自己的心境重获些微的平静。

爱德华要在她们这里住上至少一个礼拜；——因为不管他还有别的什么重要的事情要去做，他尽情享受和埃莉诺相依相伴的时间也不可能少于一个礼拜，而且关于过去、现在和未来，恐怕连一半的话都说不完；——因为虽然对于两个有理性的人来说，连续几个钟头费时费力的探讨就基本上能够穷尽所有相关的话题，但对恋人而言就不一样了。在他们之间，任何一个话题都非得至少重复二十遍以上才能算完，否则就根本称不上是谈心。

露西那理所当然让所有人都无比惊讶的婚事，自然也就成为两位恋人最早讨论的话题；——埃莉诺对当事的双方都有深入的了解，所以在她看来，无论在哪个方面这都是她闻所未闻的一桩最特别、最不可思议的奇事。他们俩究竟是怎么凑成一对儿的，罗伯特又是受到怎样的吸引，竟会去娶一个她曾亲耳听他讥评为毫无姿色的姑娘的，——这个姑娘还早就和他哥哥订了婚，而且他哥哥还为此而被逐出了家门——这实在是让她百思而不得其解。对她自己的内心来说，这当然是件大喜事；就她的想象来说，这简直荒谬绝伦；而对她的理性判断而言，这完全是个不解之谜。

爱德华也只能凭猜测尝试做一解释，可能在最初某次不期而遇的时候，其中一方的谄媚讨好恰好与另一方的骄矜虚荣合了拍，结果逐渐导致了后来的结果。埃莉诺记得在哈利街罗伯特曾如何跟她说过，若是他能及时出面干预的话，他哥哥那桩婚事的结果就将如何不同。她将他的那番话讲给了爱德华听。

“那正是罗伯特的行事风格，”——他马上道。——“而那，”他当即又补充道，“也可能正是他们俩初次相识时，他脑子里的想法。而露西一开始可能也只是想求他帮帮我的忙。其余的那些图谋应该是后来才渐次萌生的。”

不过他们俩到底交往了有多久，他也跟她同样不得而知；因为自从离开伦敦以后他就选择一直待在牛津，除了通过露西本人写给他的信以外，对她的情况其实是一无所知的，而她写给他的信一直到最后都是既不比以往更少，也一点不比平常更为冷淡。所以，他丝毫都没有起过疑心，对后来的突发事件一点思想准备都没有；——露西最后写给他的那封信对他不啻是个突然袭击，得知她主动解除了婚约以后他真是既惊讶，又惊恐，又高兴，一时间真是目瞪口呆。他把那封信拿给埃莉诺看。

亲爱的先生：

鉴于确知我早已失去你的爱情，我自思有权将我的爱情付与他人，而且我毫不怀疑，跟他在一起会像我一度认为跟你在一起一样地幸福；但既然你的心已另有所属，我也就不屑于再与你携手共度此生了。衷心祝福你与你的意中人幸福美满，如果我们无法继续再做好朋友，那也不是我的错，因为我们现在已经成为近亲，理应相亲相爱。[①]我可以向你保证，我对你绝无任何恶意，也确信你为人宽宏大量，绝不至于与我们为敌。令弟已完全赢得了我的爱情，我们俩谁离开了谁都会活不下去，我们刚刚在教堂正式完婚，正要前往道利什去住几个礼拜，你亲爱的令弟很想去看看那个地方，不过我想还是应该先聊致数语，通报情况如上。我永远都是

你诚挚的祝福者、朋友和弟媳 露西·费拉尔斯

我已经把你的来信全部付之一炬，一有机会即将你的画像奉还。也请将我的胡涂乱抹全部销毁——不过那枚缠有我头发的戒指，欢迎你保留存念。

埃莉诺看完后又还给了他，未做任何评论。

“我不想问你对这封信的文笔有什么看法，”爱德华道，“要是放在以前，我是无论如何都不会把她的信拿给你看的。——作为弟媳已经够瞧的了，何况是作为妻子！——光是看看她那笔书法就够让人脸红的了！——我想我可以这么说，自从我们做下那桩——蠢事的头一个半年以来，这还是我收到的她的来信当中唯一一封其内容可以对她那恶劣的文笔稍微做点弥补的信。”

“事情不管是怎么发生的，”埃莉诺沉吟了一会儿以后说，“他们终归已经是结了婚了。令堂也真是自作自受，可说是报应不爽。她

---

① 此处的句号初版作逗号。

因为怨恨于你，把大笔财产转到罗伯特手里，使他经济上完全独立，让他有能力自作选择；她实际上等于是用一年一千镑来收买一个儿子去做她以为另一个儿子打算去做的事，而另外那个儿子却因此而被她剥夺了继承权。我想，罗伯特娶露西对她的打击，应该不见得比你娶她更小。”

“她受到的打击只会更大，因为罗伯特一向都是她的宠儿。——她因此受到的打击更大，而基于同样的原因，也会更快地原谅他的。”

这件事对母子的关系到底造成了什么样的影响，爱德华并不知道，因为至今他还没尝试跟他的任何一位家人有过联系。他收到露西的信后，还不到二十四小时就离开了牛津，眼前的目标只有一个，取最近的路赶往巴顿，而任何跟这条路线并无最密切联系的计划他统统没有时间考虑。在他与达什伍德小姐的命运得以确定以前，他什么事都做不了；而从他迫不及待地要寻求这一命运的做法来看，可以认为，尽管他曾嫉妒过布兰登上校，尽管他在评估自己的优点时很谦虚，在谈起自己的疑虑时很殷切，整体说来，他预料自己并不会受到非常苛刻的接待。不过他仍旧说他很怕受到冷遇，而且说得非常动听，这也是他的职责所在。至于一年以后提起这个话题他会怎么说，那就必须留给做丈夫和妻子的去想象了。

埃莉诺非常清楚，露西之所以让托马斯给她们传那种口信，就是故意要欺骗她们，要对爱德华大肆恶意中伤；而爱德华现在也已经完全看透了她的为人，丝毫都不怀疑无论多么恶毒卑鄙的事情她都干得出来。尽管他早就认识到——甚至在他结识埃莉诺之前——她的有些看法既无知又狭隘，而他把这些问题都只归咎于她的缺乏教育了；在接到她最后那封信之前，他还一直都相信她是个性情好、心肠好的姑娘，而且一心一意地爱着他。也正是出于这样的信念，他才拒绝解除他们的婚约的，而那桩婚约在无意中败露、引起他母亲震怒之前，早就已经成为他不断感到焦虑和悔恨的根源了。

“在我遭到母亲的斥逐，”他说道，“而且放眼望去，没有一个朋友会支持和帮助我的时候，我仍旧认为，不管我自己的态度如何，我还是应该让她来决定是否将我们的婚约继续下去，这是我的职责所在。我在那样的处境当中，应该是没有任何地方能够引动任何人的贪婪或是虚荣了，当她如此诚挚、如此热情地坚持和我共命运，不管结局如何时，这叫我怎能不认为，唯有最无私的爱情才会促使她如此行事呢？即便是现在，我还是无法理解，究竟出于什么样的动机，或者她认为到底会有什么好处，竟然使她一定要跟一个她其实根本就不爱而且总共只有两千镑财产的人拴在一起呢？她当时也不可能预见到布兰登上校会给我一份营生的呀。”

“话虽如此，不过她会寄希望于总有什么对你有利的事情发生；寄希望于你的家人到时候会改变对你的态度的。而不管怎么说，她继续坚持这桩婚约至少是不会有任何损失的，因为她已经证明了，这个婚约无论对她的主观意愿还是实际行动都是没有任何约束力的。跟你的婚姻关系肯定是非常高尚体面的，很能赢得她那帮朋友的尊敬；退一万步讲，就算将来不会有任何对你有利的事情发生，她嫁给你也总比单身强啊。”

爱德华当然立即心悦诚服，认为露西的所作所为确是最自然不过，她的动机也是再明显不过了。

埃莉诺责备他不该在明明已经认识到自己这么做纯属见异思迁的情况下，还在诺兰庄园消磨了那么多时间，女士们对于这种为自己增光添彩的鲁莽行为总是要严加责备的。

“你的行为肯定是非常错误的，”她说道，“因为——且不说我自己会怎么想，我们的亲戚们全都因此而想象并期待着照以你当时的处境而言是绝不可能实现的事情呢。”

他只能借口这是自己的失察，而且错误地相信自己既然订了婚，就不会再产生这样的问题了。

“我是想得太简单了，认为既然我的誓约已经给了另一个人，我跟你在一起就不会有什么危险了；而且认为我既已订了婚，我的婚约就能保证我的内心像我的荣誉一样安全而又神圣。我感觉到我是爱慕你的，但我告诉自己这不过是友谊；一直等到我开始拿你和露西进行比较了，我才知道自己已经走得太远了。在那以后我还在萨塞克斯待了那么长时间，我想，确是不对的，而我纵容自己安于如此权宜之计的理由也无非是：——这危险是我自己的；除了自己，我不会对任何人造成伤害。”

埃莉诺微笑着摇了摇头。

爱德华听说布兰登上校就要到小别墅来做客，非常高兴，因为他不仅真心希望能加深跟他的友谊，而且借此机会，还可以让上校相信他已经不再埋怨他将德拉福教区的营生送给自己了——“当时我对他道谢的时候表现得那么没有礼貌，他一定是认为我是不识好歹、恩将仇报呢。”

现在，他才为自己居然都没去过那个地方感到惊讶。由于当初他对这方面的事情简直是毫无兴趣，举凡那里的公馆、花园和圣职附带的耕地、教区的大小、田地的好坏，以及什一税的税率等等，全都是从埃莉诺那里知道的，埃莉诺又都是从布兰登上校那儿听来的，而她居然听得那么认真仔细，那态度完全就像是牧师公馆的主妇似的。

在这之后，他们两人之间就只有一个问题还悬而未决，只有一个困难需要克服了。他们是由共同的爱情结合为一体的，他们真正的朋友们无不最为热情地加以赞许，他们相互间相知甚深，看来一定是能够幸福美满的——只是他们究竟靠什么生活还成问题。爱德华有两千镑，埃莉诺有一千，再加上德拉福的营生，就是他们全部的财产了；因为达什伍德太太是不可能再给他们什么钱了，而他们俩是无论怎么相爱，都不会认为一年三百五十镑就足够他们过上舒适的生活了[①]。

---

① 参见第一卷第五章注。

爱德华对于母亲的回心转意并没有完全丧失希望；他就把弥补他们收入不足的希望寄托在了这上面了。不过埃莉诺却觉得靠不住；因为既然爱德华还是不能迎娶莫顿小姐，他选择自己，用费拉尔斯太太的奉承话说，其罪过也不过只比他选择露西 · 斯蒂尔略减一等而已，她担心罗伯特的这次忤逆行为可能只会便宜了范妮。

爱德华到来大约四天以后，布兰登上校也来到了巴顿别墅，这让达什伍德太太心满意足，尤其让她倍感荣宠的是，自从她搬到巴顿别墅以来，这还是头一次家里的客人多得都住不下了。爱德华因为捷足先登的缘故，有了继续在别墅住下去的特权，因此布兰登上校每天晚上就得走回巴顿庄园的老地方去住；他通常一早就从庄园返回别墅，总是打断了两位情人早饭前的第一场情话。

在德拉福度过的三个礼拜，至少每天晚上他都没别的事可做，尽在盘算三十六和十七岁之间的年龄差距，带着这样的心情来到巴顿，要是没有玛丽安大为改善的精神状态，没有她对他的热切欢迎以及她母亲言语中无处不在的热情鼓励，他是无论如何也高兴不起来的。不过处在这样的朋友们中间，受到这样亲切的对待，他的精神果然为之一振。他还没有听说露西结婚的消息；——他对已经发生的一切一无所知；于是他登门造访的前几个钟头就全用来倾听和诧异了。达什伍德太太把来龙去脉一五一十都告诉了他，这么一来他就更为自己对费拉尔斯先生的帮忙感到高兴了，因为这等于最终还是帮了埃莉诺的忙。

无须说，这两位绅士相知越深，相互间的好感也就越深，因为不可能有其他的可能。两个人都为人端方、极有头脑，在性格品性和思维方式上也很相似，即便没有任何其他的因素，应该也尽够使他们成为好朋友的了；更何况他们还分别爱上了姐妹俩，而这两姐妹又相亲相爱，这就使得他们之间的相互爱重更加必然和紧迫了，要不然的话，可能还是要费些时间和斟酌方能如此的。

城里的信终于到了，要是早几天的话，埃莉诺身上的每根神经都会兴奋得发颤的，现在读起来却连高兴都谈不上了。詹宁斯太太在信上讲了这件令人啧啧称奇的重大新闻，对那个水性杨花的姑娘发泄了一通诚实的义愤，对可怜的爱德华先生倾注了万分的同情，她确信爱德华对这个一文不值的荡妇一往情深，大家都说，他现在正在牛津伤心欲绝呢。——“说真格的，”她继续写道，“我还没见过这么狡猾的小东西；因为就在两天前，露西还跑了来跟我闲坐了两三个钟头。对这件事，谁都没有过一丝一毫的怀疑，就连南希都蒙在鼓里，可怜的人儿！第二天她哭着跑来找我，吓得要死，唯恐费拉尔斯太太知道后大发雷霆，又没办法逃往普利茅斯；因为露西似乎在去结婚前把她的钱全都借走了，我们猜想，为的是要显摆显摆，而可怜的南希整个家当就连七个先令都没剩下；——所以我很高兴地给了她五个几尼，让她可以到埃克塞特去，她想在那儿跟伯吉斯太太待上三四个礼拜，希望，我跟她说，能再碰上那位大夫。我必须得说，露西使气任性故意不带她乘他们的马车一起走，心眼儿真是太坏了。可怜的爱德华先生！我真是没办法不去想他，不过你可一定要把他请到巴顿去，玛丽安小姐一定得想办法安慰安慰他。”

达什伍德先生来信的语气就更加严肃了。费拉尔斯太太真是最为不幸的女人——可怜的范妮情绪极为痛苦，备受煎熬——他认为这母女俩经受了这样的打击还能活下来，简直就是个令人感激不尽的奇迹。罗伯特的冒犯之举不可原谅，不过露西就更是罪大恶极了。这两个人的名字都永远不能向费拉尔斯太太提起；即使费拉尔斯太太有朝一日可能会在众人的劝说下原谅她的儿子，他的妻子却永远都不会被承认为她的儿媳，也绝不准她出现在自己面前。他们俩背地后干的这些瞒天过海的勾当，理所当然使他们的背信弃义罪加一等，因为只要他们的行为引起了别人丝毫的怀疑，就能够采取适当的措施来阻止这门婚事了；他号召埃莉诺跟他一起为露西和爱德华的婚约没有实现而感到遗憾，因为如此一来的话，露西也就不会为这个家庭带来这么大的祸患了。——他接下去这样写道：

“费拉尔斯太太还没有提起过爱德华的名字，这并不让我们感到奇怪；可是让我们大感意外的，在这种时候居然没有收到他写来的哪怕一封书信。不过，他之所以保持沉默可能是怕惹他母亲生气，所以我想写封信到牛津，暗示他他姐姐和我都认为这个时候他如果写一封适当的悔罪书过来，或者写给范妮就行，再由她转呈给她母亲，她应该是不会见怪的；因为我们都知道费拉尔斯太太是一副菩萨心肠，她是最希望和她的孩子们和睦相处的。”

这段话对于爱德华的前途和应该采取什么样的行动还是挺重要的。这使他决定尝试一下与母亲和解，虽然并不完全采用他姐姐和姐夫所指示的办法。

“写一封适当的悔罪书！”他重复道，“他们是要我因为罗伯特对她的忘恩负义以及对我的名誉的破坏，而请求母亲宽恕吗？——我没什么好认罪的——我对自己的所作所为既不感到卑下也不感到后悔。——我现在非常幸福，不过这也没什么关系。——我真不知道什么样的悔罪才是适当的。”

“你当然也是可以请求原谅的，”埃莉诺道，“因为你毕竟惹她生气了嘛；——我想，你现在也许可以因为曾私定终身惹她生气而表示一下你的悔意。”

对此他表示同意。

“等她原谅了你以后，你在向她承认你这第二次婚约的时候，态度上也许不妨稍稍谦卑一点，因为这在她看来，几乎就跟第一次一样轻率鲁莽呢。”

对此他倒也并无异议，不过仍旧坚持不肯写什么“适当的悔罪书”；由于他说过真要有所让步的话，他宁肯当面表示，也不愿意写在纸上，于是，为了让他的任务轻省一些，遂决定不用再给范妮写信，而是亲自前往伦敦当面求她为他说些好话。——“如果他们当真对此表示关切，”玛丽安也转而采取非常坦率的态度道，“愿意促成你们母子和解，我会认为即便是约翰和范妮也并非是一无是处的。”

布兰登上校这次特地前来巴顿做客，但只待了三四天，就和爱德华一起离开了。——他们先是直接前往德拉福，爱德华可以先看看他未来的家到底是个什么样子，同时帮助他的保护人和朋友决定还需要进行哪些增改扩建；在那儿待上两三晚以后，再继续起程前往伦敦。

第十四章

费拉尔斯太太在经过一番适度的抗拒之后——态度非常激烈和坚决，不过那只是为了免招物议，因为她一贯怕被人说她心地太善——终于同意爱德华前来参见，正式宣布他再次成了她的儿子。

她的家庭近来变动非常之大。这么多年来她一直都有两个儿子；但几周前爱德华因为犯了忤逆大罪而被扫地出门，她就少了一个儿子；在罗伯特因为同样的原因被扫地出门以后，两个星期的时间里她就一个儿子都不剩了；而现在，由于爱德华的起死回生，她又有了一个儿子。

尽管已经获准复活，但是在透露出他再次订婚的消息以前，爱德华觉得自己能否继续生存下去还并不保险；因为他害怕这一情况一旦公之于众，他的身份就会来个突变，又会像上次那样马上被扫地出门。所以他在说的时候满怀疑虑、万分小心，谁知他母亲在听他讲的时候竟然非常冷静。起先，费拉尔斯太太自然还是尽力劝他不要和达什伍德小姐结婚，把所有的理由全都说到了；——跟他说，莫顿小姐显然地位更高，财产更多；——为了增强说服力，又补充说明莫顿小姐是位贵族的千金，拥有三万镑财产，而达什伍德小姐不过是个普通绅士的女儿，只有不到三千镑的财产；不过，当她发现尽管他完全承认她说的全是事实，却完全无意于听从她的建议以后，根据以往的经验，她觉得还是同意他自己的选择最为明智——因此，在为了维护自己的尊严，谨防有人怀疑她心肠太好而故意无礼地拖延了一阵子以后，她也就发布命令，同意了爱德华和埃莉诺的婚事。

接下来要考虑的，就是该如何增加他们的收入了；而有一点很明确，那就是爱德华现在虽然是她唯一的儿子，却绝不是她的长子了；因为她虽然不可避免地每年都得给罗伯特一千镑，却丝毫也没有反对爱德华为了每年最多二百五十镑而去接受圣职；除了那已经给过范妮的一万镑以外，不论是对于现在还是未来，她都没有做出任何承诺。

不过，爱德华和埃莉诺所希望的也不过如此，而且已经超过了他们的预期；倒是费拉尔斯太太还在磨磨叽叽地寻找各种搪塞的理由，似乎她才是唯一对自己竟然如此吝啬而感到惊讶的那个人。

既然已经有了可以满足他们生活需要的收入保障，在爱德华获得那份牧师的营生以后，只要等房子准备就绪便可以正式结婚了，而布兰登上校因为急于要让埃莉诺住得尽量舒适，正在对牧师公馆大肆增改扩建；而在白白耗费了不少时间等待工程完工，在照例经历了工人无数次不负责任的拖延以后，埃莉诺也便照例打破了最初一定要等一切准备就绪才肯结婚的明确决心，于是初秋时节就在巴顿的教堂里举行了婚礼。

他们婚后的第一个月是在德拉福的领主庄园里和他们的朋友一起度过的，在那儿，他们可以监督牧师公馆的改建工程，可以随时到现场去指导和决定一切事宜；——可以选定墙纸，规划灌木，还辟出了一条曲径通幽的马车道。詹宁斯太太的预言虽说错点了鸳鸯谱，却大体上都成为现实；因为她终究是能在米迦勒节前来牧师公馆拜访爱德华牧师夫妇了，她发现埃莉诺和她丈夫，如她真正相信的那样，成了世上最幸福的一对儿。事实上他们也真是别无所求了，只希望布兰登上校和玛丽安能早日缔结良缘，再有就是他们的奶牛能吃上更好的牧草。

他们刚把家给安好，几乎所有的亲朋好友就都来做过客了。费拉尔斯太太当初几乎是羞于同意这门婚事，亲自前来视察了他们的幸福生活；就连达什伍德夫妇也不惜长途破费，特意从萨塞克斯赶来向他们道喜。

“我不想说我还有些失望，我亲爱的妹妹，”一天上午他们一起在德拉福庄园门前散步的时候，约翰说道，“那样说就有些过分了，因为实际上，你肯定已经是这个世上最幸运的年轻女人了。不过，说心里话，我要是能管布兰登上校叫妹夫的话，那我真会高兴死了的。你看看他这里的这份产业，他的土地，他的宅第，桩桩件件全都这么体面，打

“你看看他这里的这份产业，他的土地，他的宅第，桩桩件件全都这么体面”

理得这么好！——还有他的林地！——我在多塞特郡还没见过有像德拉福坡地上生长得这么好的林木呢！——虽然玛丽安也许不见得是最能吸引他的那个人——不过我想你还是应该尽量地经常把他们撮合在你身边，因为布兰登上校既然像是很喜欢家居生活，那谁也料不到究竟会有什么样的结果——因为两个人要是老待在一起，几乎见不到别的人的话——你总是有办法让她更加漂亮些，诸如此类的，助她一臂之力的——总之，你不妨给她创造个机会——你懂我的意思的。”

尽管费拉尔斯太太的确前来看过他们，而且对待他们总是做出一副颇为热情的样子，他们却从未真正赢得她的欢心和喜爱。那得归功于罗伯特的蠢行和他妻子的狡诈；没过多少个月，他们就赢得了费拉尔斯太太的欢心。露西那无比自私的精明睿智一开始使罗伯特陷入了困境，后来也成为解救他脱离困境的主要手段；因为她那无比恭顺的谦卑、加意小心的殷勤和没有止境的谄媚，只要得到哪怕最为有限的施展空间，就使费拉尔斯太太认可了儿子的选择，并完完全全重新成为她的宠儿。

因此，露西在这桩事情上全部的作为，尤其是由此而获得的荣华富贵，尽可以被当作一个最为鼓舞人心的实例，说明只要一心一意图谋私利，不管其过程表面看来有多大的障碍，结果总能心想事成、大获成功的，只须不怕花费时间、昧着良心就行。罗伯特最初想到要去见见她，私下里前往巴特利特大楼的时候，只是想帮哥哥一把，劝她放弃婚约；既然他认为只需要控制一下双方的感情即可做到，他自然也就指望见个一两次面就可以把这个问题给解决的。不想在这一点上，也仅只是在这一点上，他错了；——因为尽管露西很快就让他信心满怀，觉得自己的雄辩滔滔到时候一定能够说得她心悦诚服，不过要想达到这一目的，总是需要再见一次、再谈一次才行。每次他们分手的时候，总还有那么一点点疑虑残存在她心头，只有再跟他谈上半个钟头才能将其消除。她就以这样的办法把他给套牢了，事情随后的进程也便顺理成章了。渐渐地，他们不再提起爱德华，而是只谈罗伯特了，——对这个题目他一直以来都比任何其他的话题更有话可说，而对此她也很快就产生了跟他本人一样浓厚的兴趣；总之一句话，两个人很快就明确，他已经完全取代了他哥哥的位置。他为自己的大获成功，为背地后要弄了爱德华而洋洋得意，而且为不用经过母亲同意就能悄没声地结婚而无比自豪。接下来发生的那些事情大家都已经知道了。他们在道利什无比快活地过了几个月；因为她有很多亲戚和故交需要断绝来往——而他则为好几幢宏丽的小别墅设计好了图样；——他们从那儿回到伦敦后，就设法求得费拉尔斯太太的宽恕，在露西的指点下，他直接就上门请罪去了，结果马上便如愿以偿。当然，费拉尔斯太太一开始宽恕的只是罗伯特，这也是理所当然的；而露西对他母亲原本也没有什么应尽的义务，所以也就谈不上有什么冒犯，因此有好几个礼拜的时间依旧没有得到宽恕。不过她总是坚持不懈地言语恭顺、举止谦卑，一再带口信给费拉尔斯太太，深为罗伯特对她的冒犯而无比自责，为她所遭受的苛待满怀感激，皇天不负有心人，终于赢得了婆婆屈尊俯就的垂顾，并且表示如此的宽宏大量实在令她无以克当；而这直接导致了随后不久，她以最快的速度，一变而升格为最受宠的程度，对费拉尔斯太太拥有了最大的影响力。露西就跟罗伯特或是范妮一样，成了费拉尔斯太太不可或缺的人儿；爱德华却因为曾经一度想要娶她而从未获得母亲真正的谅解，而埃莉诺尽管无论在出身和财产方面都比她优越，每次提起来却仍旧当她是个不请自来的闯入者，她则在各个方面都被当作，而且是毫不讳言地公开承认为最为得宠的心肝宝贝。他们在伦敦定居下来，受到费拉尔斯太太无比慷慨的资助，跟达什伍德夫妇也保持着最为友好的关系；如果撇开范妮和露西之间持续不断的嫉妒和敌意——这其中她们的丈夫自然也有份——以及罗伯特和露西经常出现的家庭纠纷不谈，他们大家真可以说是相处得无比融洽和睦了。

爱德华究竟犯了什么过错而导致丧失了他的长子权利，可能让很多人都感觉莫名其妙；而罗伯特究竟何德何能使他承继了这份权利，可能会让大家更加大惑不解。不过话说回来了，尽管其起因毫无公道可言，这种安排本身的结果倒也恰如其分；因为罗伯特这方面，无论是在其生活方式还是言谈举止当中都毫无迹象会令人怀疑他对自己的巨额收入感到问心有愧，他是既不认为他哥哥得到的太少，也不惭愧自己得到的太多；——而爱德华则是时时处处克尽厥职，对妻子和家庭的感情与日俱增，而且他平常又总是那么精神愉快、情绪高昂，从这种种迹象判断，可以认为他对自己的命运也是跟他弟弟一样称心满意，绝不会想和他来个对调的。

埃莉诺尽管已经结了婚，却并没有因此就减少了跟自己家人团聚的时间，因为在尽量不让巴顿别墅完全闲置的情况下，她母亲和两个妹妹大半的时间都和她住在一起。达什伍德太太之所以如此经常地造访德拉福，既是因为喜欢那里，也不乏策略上的考虑；因为她想把玛丽安和布兰登上校撮合到一起的愿望极为热切，简直不亚于约翰之前的表述，当然方式方法上没他那么急赤白脸。这件事成了她当前最为热心的目标。尽管她很珍惜女儿陪伴在身边的时光，不过她更希望将此恒久的乐趣让给她无比器重的朋友；而且看到玛丽安能在领主的大宅里安下家来，也同样是爱德华和埃莉诺的心愿。他们每个人都对上校经历过的伤心事感同身受，都觉得自己有义务帮助他获得幸福，而玛丽安则被一致公认为对这一切做出报偿的那个人。

身边所有人齐心协力地一致撮合——她又深知他的一切好处——而且深信他对自己一往情深——虽然大家全都已经有目共睹，现在她自己也终于感受到了——她还能怎么办呢？

玛丽安·达什伍德的命运真是天生与众不同。她是命中注定要发现自己的看法主张中的错误之处，而且要以自己的行动来对抗自己最为喜欢的行为准则。她是命中注定要抛弃晚至十七岁才情窦初开的那段恋情，心甘情愿地与另一个人携手共度余生，而她对这个人只怀有强烈的敬意和诚挚的友情！——而她的那另一半，在上一次恋情当中所经受的情感磨难也并不比她少，就在两年前她还认为他已经老得没法结婚了，——而且仍旧需要加一件法兰绒背心来为身体保暖！

可事实就是如此。玛丽安并没有像她一度天真地期望的那样，沦为一种无法抗拒的激情的牺牲品，——也没有像她痛定思痛，心情更加平静、头脑更加冷静的时候所决定的那样，一直陪伴在母亲身旁，终生以恬淡的退隐和阅读学习为乐，——在十九岁上，她发现自己重又接受了新的恋情，担负起新的职责，在一个新家里安顿下来，成为一位妻子、一个家庭的主妇，以及一个庄园的女主人。

布兰登上校终于获得了完美的幸福，所有那些最爱他的朋友都期盼他能够获得，而且当之无愧的那种幸福，——他过去所历经的所有痛苦和磨难，全都在玛丽安身上得到了慰安；——她的关切和陪伴使他的心灵重又恢复了活力，精神重又欢快了起来；而每个关心他们的朋友也同样欣喜地观察到并且相信，玛丽安也在使她丈夫获得幸福的行动中得到了自己的幸福。玛丽安从来不会半心半意地去爱；她终于把整颗心全都献给了丈夫，就像她一度曾献给威洛比那样。

威洛比在听到她结婚的消息后，不可能不感到极度的痛苦；而且事过不久，史密斯太太就主动原谅了他，他这才算是受到了完全、十足的惩罚，因为她明确表示，他与一个正派女人结婚正是她宽恕他的前提，这就使他有理由相信，如果他当初正正经经对待玛丽安的话，他原是幸福和财富可以兼得的。他由于自己的行为不端而自食恶果，他的悔恨是真心诚意、无庸置疑的；——同样无庸置疑的是，在很长一段时间内，他一想到布兰登上校就满心嫉妒，而一想起玛丽安就追悔莫及。不过若说从此他会永远地伤心欲绝，他会离群索居，或是形成习惯性的精神抑郁，甚或心碎而死，那可就是言过其实了——因为他是不会这样的。他活得尽心竭力，而且经常活得无比尽兴。他的妻子并非总是情绪不佳，他的家庭也并非总是剑拔弩张；他驯马养狗，他参加每一种游猎活动，他发现他的家庭幸福也并非是毫不足取的。

不过对于玛丽安——尽管在失去她以后他竟还能活得下去，着实有些失礼——他一直都怀有一种不变的敬慕之情，对有关她的一切消息都非常关心，而且暗地里总把她当作完美女性的标准；——后来的社交界也涌现出不少的美女，可他统统都看不上眼，认为根本没法和布兰登太太相提并论。

达什伍德太太为人慎重，仍旧住在巴顿别墅，不愿搬到德拉福庄园；让约翰爵士和詹宁斯太太感到庆幸的是，玛丽安尽管已经离开了他们，玛格丽特却也到了非常适合参加舞会的年龄，找个心爱的人儿也没什么不合适的了。

在巴顿和德拉福之间一直保持着经常的来往，这是由深厚的亲情所自然决定的；——而在埃莉诺和玛丽安所拥有的诸多优点和享受到的众多幸福当中，有一点可千万不可轻忽，那就是她们虽是姐妹，而且住得近在咫尺，两人却能相得无间，也没有造成两位连襟之间的任何疏远。

译后附记

这是奥斯丁名著《理智与情感》的最新译本，因为晚出，得以参考到几个优秀的注释本，希望因此在对原文的理解和传达上能尽量减少一些差错。这个译本以牛津大学出版社出版的著名奥斯丁专家查普曼(R. W. Chapman，1881—1960)的校订本作为底本翻译，同时参考了由Claudia L. Johnson 编辑的新诺顿批评版和哈佛大学出版社贝尔纳普分社由 Patricia Meyer Spacks 编辑的注释版。

为便于读者更好地理解这部创作于十九世纪初的英国文学经典，译者参考以上三种注释版、参阅其他资料和工具书，酌加了一些注释，除人名、地名等专用名词以外，特别对当时的社会背景、经济状况和时尚潮流等做了些简要的解释；并注明了一八一一年的初版和后来作为定本的一八一三年的第二版具体字句上明显的不同之处，但仅限于这种不同在译成中文以后也能有所体现的情况，这方面则完全取材于查普曼的校订注释本。

著名翻译家和编辑前辈吴劳先生曾为上海译文出版社出版的《理智与情感》国内最早的译本之一做过逐字逐句的编辑加工并撰写了译本序，为表达对吴劳先生的敬意，译者的这个最新译本仍旧采用这一“译本序”，唯其中对作品字句的引用替换为现在的这个译本。

冯　涛

二〇一九年六月谨识

译文名著精选书目

傲慢与偏见	〔英〕简·奥斯丁 著 王科一 译
简·爱	〔英〕夏洛蒂·勃朗特 著 祝庆英 译
基督山伯爵	〔法〕大仲马 著 韩沪麟 周克希 译
少年维特的烦恼	〔德〕歌德 著 侯浚吉 译
茶花女	〔法〕小仲马 著 王振孙 译
呼啸山庄	〔英〕艾米莉·勃朗特 著 方平 译
悲惨世界	〔法〕雨果 著 郑克鲁 译
堂吉诃德	〔西班牙〕塞万提斯 著 张广森 译
红与黑	〔法〕司汤达 著 郝运 译
雾都孤儿	〔英〕狄更斯 著 荣如德 译
欧叶妮·葛朗台／高老头	〔法〕巴尔扎克 著 王振孙 译
莎士比亚四大悲剧	〔英〕莎士比亚 著 孙大雨 译
泰戈尔抒情诗选	〔印〕泰戈尔 著 吴岩 译
乱世佳人	〔美〕玛格丽特·米切尔 著 陈良廷等 译
鲁滨孙历险记	〔英〕笛福 著 黄杲炘 译
安娜·卡列尼娜	〔俄〕列夫·托尔斯泰 著 高惠群等 译
十日谈	〔意〕薄伽丘 著 方平 王科一 译
福尔摩斯探案精选	〔英〕柯南·道尔 著 梅绍武 屠珍 译
老人与海	〔美〕海明威 著 吴劳等 译
漂亮朋友	〔法〕莫泊桑 著 王振孙 译
巴黎圣母院	〔法〕雨果 著 管震湖 译
双城记	〔英〕狄更斯 著 张玲 张扬 译
最后一片叶子	〔美〕欧·亨利 著 黄源深 译
瓦尔登湖	〔美〕梭罗 著 徐迟 译
一九八四	〔英〕奥威尔 著 董乐山 译
复活	〔俄〕列夫·托尔斯泰 著 安东 南风 译
三个火枪手	〔法〕大仲马 著 郝运 王振孙 译
苔丝	〔英〕哈代 著 郑大民 译
变色龙	〔俄〕契诃夫 著 汝龙 译
钢铁是怎样炼成的	〔俄〕奥斯特洛夫斯基 著 王志冲 译
浮士德	〔德〕歌德 著 钱春绮 译
太阳照常升起	〔美〕海明威 著 赵静男 译
莎士比亚喜剧五种	〔英〕莎士比亚 著 方平 译
理智与情感	〔英〕简·奥斯丁 著 冯涛 译
罪与罚	〔俄〕陀思妥耶夫斯基 著 岳麟 译
羊脂球	〔法〕莫泊桑 著 郝运 王振孙 译
鼠疫	〔法〕加缪 著 刘方 译
青年艺术家画像	〔爱尔兰〕乔伊斯 著 朱世达 译

我是猫	〔日〕夏目漱石 著 刘振瀛 译
神曲	〔意〕但丁 著 朱维基 译
红字	〔美〕霍桑 著 苏福忠 译
到灯塔去	〔英〕伍尔夫 著 瞿世镜 译
格列佛游记	〔英〕斯威夫特 著 孙予 译
大卫·考坡菲	〔英〕狄更斯 著 张谷若 译
道连·葛雷的画像	〔英〕王尔德 著 荣如德 译
童年／在人间／我的大学	〔俄〕高尔基 著 高惠群等 译
城堡	〔奥地利〕卡夫卡 著 赵蓉恒 译
汤姆·索亚历险记	〔美〕马克·吐温 著 张建平 译
九三年	〔法〕雨果 著 叶尊 译
铁皮鼓	〔德〕格拉斯 著 胡其鼎 译
卡拉马佐夫兄弟	〔俄〕陀思妥耶夫斯基 著 荣如德 译
远大前程	〔英〕狄更斯 著 王科一 译
马丁·伊登	〔美〕杰克·伦敦 著 吴劳 译
名利场	〔英〕萨克雷 著 荣如德 译
嘉莉妹妹	〔美〕德莱塞 著 裘柱常 译
细雪	〔日〕谷崎润一郎 著 储元熹 译
哈克贝里·芬历险记	〔英〕马克·吐温 著 张万里 译
儿子与情人	〔英〕劳伦斯 著 张禹九 译
野性的呼唤	〔英〕杰克·伦敦 著 刘荣跃 译
牛虻	〔英〕伏尼契 著 蔡慧 译
包法利夫人	〔法〕福楼拜 著 周克希 译
达洛卫夫人	〔英〕伍尔夫 著 孙梁 苏美 译
永别了，武器	〔美〕海明威 著 林疑今 译
喧哗与骚动	〔美〕福克纳 著 李文俊 译
猎人笔记	〔俄〕屠格涅夫 著 冯春 译
圣经故事	〔美〕房龙 著 朱振武等 译
希腊神话	〔俄〕库恩 编著 朱志顺 译
格林童话	〔德〕格林兄弟 著 施种等 译
月亮和六便士	〔英〕毛姆 著 傅惟慈 译
失乐园	〔英〕弥尔顿 著 刘捷 译
海底两万里	〔法〕儒勒·凡尔纳 著 杨松河 译
丧钟为谁而鸣	〔美〕海明威 著 程中瑞 译
安徒生童话	〔丹麦〕安徒生 著 任溶溶 译
了不起的盖茨比	〔美〕菲茨杰拉德 著 巫宁坤等 译
虹	〔英〕劳伦斯 著 黄雨石 译
摩格街谋杀案	〔美〕爱伦·坡 著 张冲 张琼 译
坎特伯雷故事集	〔英〕乔叟 著 黄杲炘 译
战争与和平	〔俄〕列夫·托尔斯泰 著 娄自良 译
环游地球八十天	〔法〕儒勒·凡尔纳 著 任倬群 译
人生的枷锁	〔英〕毛姆 著 张柏然 张增健 倪俊 译

剧院魅影	〔法〕加斯东·勒鲁　著　符锦勇　译
百万英镑——马克·吐温中短篇小说选	〔美〕马克·吐温　著　方平　等译
培根随笔全集	〔英〕弗兰西斯·培根　著　蒲隆　译
金银岛　化身博士	〔英〕斯蒂文森　著　荣如德　译
无名的裘德	〔英〕哈代　著　刘荣跃　译
一千零一夜	方平　等译
刀锋	〔英〕毛姆　著　周煦良　译
小妇人	〔美〕露易莎·梅·奥尔科特　著　洪怡　叶宇　译
玻璃球游戏	〔德〕黑塞　著　张佩芬　译
凯旋门	〔德〕雷马克　著　朱雯　译
变形记——卡夫卡中短篇小说集	〔奥地利〕卡夫卡　著　张荣昌　译
伊索寓言	〔希腊〕伊索　等著　吴健平　于国畔　译
前夜　父与子	〔俄〕屠格涅夫　著　丽尼　巴金　译
大师和玛格丽特	〔俄〕布尔加科夫　著　高惠群　译
死农奴	〔俄〕果戈理　著　娄自良　译
被伤害与侮辱的人们	〔俄〕陀思妥耶夫斯基　著　娄自良　译
黑桃皇后	〔俄〕普希金　著　冯春　译
伊利亚随笔精选	〔英〕查尔斯·兰姆　著　刘炳善　译
危险的关系	〔法〕拉克洛　著　叶尊　译
夜色温柔	〔美〕菲茨杰拉德　著　汤新楣　译
弗兰肯斯坦	〔英〕玛丽·雪莱　著　刘新民　译
卡门	〔法〕梅里美　著　王钢　等译
忏悔录	〔法〕卢梭　著　陈筱卿　译
伪币制造者	〔法〕纪德　著　盛澄华　译
斯巴达克思	〔意〕乔万尼奥里　著　李俍民　译
追忆逝水年华（精华本）	〔法〕普鲁斯特　著　沈志明　译
去吧，摩西	〔美〕威廉·福克纳　著　李文俊　译
蒙田随笔集	〔法〕蒙田　著　马振骋　译
美国悲剧	〔美〕德莱塞　著　潘庆舲　译
汤姆叔叔的小屋	〔美〕斯陀夫人　著　杨怡　译
三毛钱小说	〔德〕贝·布莱希特　著　高年生　黄明嘉　译
动物农场	〔英〕乔治·奥威尔　著　荣如德　译
黑郁金香	〔法〕大仲马　著　郝运　译
白痴	〔俄〕陀思妥耶夫斯基　著　荣如德　译
快乐王子	〔英〕王尔德　著　巴金　译
笑面人	〔法〕雨果　著　鲁膺　译
娜娜	〔法〕左拉　著　徐和瑾　译
贝姨	〔法〕巴尔扎克　著　许钧　译
蝇王	〔英〕威廉·戈尔丁　著　龚志成　译
看得见风景的房间	〔英〕E·M·福斯特　著　巫漪云　译

最后一课——都德小说选　〔法〕都德 著　郝运 译
浮士德博士　〔德〕托马斯·曼 著　罗炜 译
草叶集　〔美〕沃尔特·惠特曼 著　邹仲之 译
流动的盛宴　〔美〕海明威 著　汤永宽 译
平家物语　〔日〕佚名 著　王新禧 译
柏拉图对话集　〔古希腊〕柏拉图 著　戴子钦 译
荷马史诗：伊利亚特·奥德赛　〔古希腊〕荷马 著　陈中梅 译
罗密欧与朱丽叶　〔英〕莎士比亚 著　方平 译
都柏林人　〔爱尔兰〕乔伊斯 著　王逢振 译
美丽新世界　〔英〕奥尔德斯·赫胥黎 著　陈超 译
纯真年代　〔美〕伊迪丝·华顿 著　吴其尧 译
愤怒的葡萄　〔美〕斯坦贝克 著　胡仲持 译
项狄传　〔英〕劳伦斯·斯特恩 著　蒲隆 译
名人传　〔法〕罗曼·罗兰 著　傅雷 译
权力与荣耀　〔英〕格雷厄姆·格林 著　傅惟慈 译
叶甫盖尼·奥涅金　〔俄〕亚历山大·普希金 著　冯春 译
爱的教育　〔意〕亚米契斯 著　储蕾 译
西顿野生动物故事集　〔加拿大〕E.T.西顿 著　蒲隆 译
富兰克林自传　〔美〕本杰明·富兰克林 著　蒲隆 译
魔山　〔德〕托马斯·曼 著　钱鸿嘉 译
丛林故事　〔英〕约瑟夫·鲁德亚德·吉卜林 著　蒲隆 译